Para compreender hoje a cultura do mundo ocidental, é necessário o conhecimento dos textos que a Grécia e Roma nos legaram.

SÉNECA

TRAGÉDIAS

VOLUME 2

Título original:
Medea, Phaedra, Hercules Furens, Hercules Oetaeus, Octauia

Tradução e introdução: Ricardo Duarte

Revisão: Edições Almedina

Capa: Susana Villar

Depósito Legal n.º

Biblioteca Nacional de Portugal – Catalogação na Publicação

SÉNECA, 4 a.C.-65 d.C.

Tragédias. – v. 2 – Medeia, Fedra, Hércules Enlouquecido,
Hércules no Eta, Octávia. – (Extra-coleção)
ISBN 978-972-44-2505-4

CDU 821.124-2"00"

Paginação:
MA

EDIÇÕES 70, uma chancela de Edições Almedina, S.A. Avenida
Emídio Navarro, 81, 3D
3000-151 Coimbra – Portugal
e-mail: editoras@grupoalmedina.net

SÉNECA

TRAGÉDIAS

VOLUME 2

MEDEIA

FEDRA

HÉRCULES ENLOUQUECIDO

HÉRCULES NO ETA

OCTÁVIA

TRADUÇÃO, INTRODUÇÃO E NOTAS DE
RICARDO DUARTE

Introdução

A vida de Séneca[1]

Lúcio Aneu Séneca, filho de Séneca, *o Antigo*, e de Hélvia, nasceu entre os anos 4 a. C. e 1 d. C., em *Corduba* (actual Córdova), cidade da província da Bética, na Hispânia. Pertencia a uma opulenta e ilustre família. O seu pai celebrizou-se por ter composto, a pedido dos filhos, a quem acabaria também por dedicá-la, uma obra em que reunia e comentava as mais famosas *controuersiae* (controvérsias/ /litígios) e *suasoriae* (suasórias/deliberações), exercícios-base na formação dos oradores romanos, motivo por que havia de ficar conhecido, também, por Séneca, *o Retor.*

Séneca tinha dois irmãos: Aneu Novato, o mais velho, que viria a ser adoptado pelo orador Júnio Galião e a ser tratado precisamente por esse nome, e Aneu Mela, o mais novo, procurador imperial e pai do poeta Lucano.

Foi em Roma que, mercê do desvelo da família, Séneca recebeu uma esmerada educação, orientada sobretudo para a filosofia e para a retórica, escolhas que consubstanciam uma inclinação que terá sentido desde muito cedo. Determinantes para que perseverasse nessa senda foram os mestres Sócion, Átalo e Papírio Fabiano, todos discípulos de Quinto Sêxtio, filósofo que, na época de Augusto,

---

(1) Esta e a próxima secção da *Introdução*, «As tragédias de Séneca», reproduzem *ipsis verbis* as secções homónimas do primeiro volume desta obra. [N. do E.]

fundara um movimento filosófico afim com o estoicismo e com o neopitagorismo, radicado num estilo de vida frugal e que privilegiava a ascese e o quotidiano exame de consciência.

Prova da profunda adesão de Séneca a esse estilo de vida é o facto de, mesmo rodeado de sumptuosidades, ter continuado a impor-se restrições alimentares — como a recusa de cogumelos e ostras, muito apreciadas pelos romanos mais ricos —, uma cama dura, banhos frios e o exercício diário de auto-avaliação, para o que muito terá influído, igualmente, a saúde débil que sempre o afligiu e que por vezes o levou inclusive a ponderar o suicídio, tendo apenas rejeitado essa hipótese para não causar sofrimento ao pai, como refere na *Epístola* 78.1–6.

A par da brilhante carreira que vai desenvolvendo enquanto advogado e orador, e que passa pela natural ascensão no *cursus honorum*, a carreira das magistraturas, que havia de lhe granjear não pouco renome, Séneca afirma-se, com o tempo, como a mais proeminente e emblemática figura do estoicismo imperial, quer pelo empenho e dedicação com que se entregou à filosofia, quer pelas muitas obras que escreveu, sem as quais nos veríamos privados de um precioso contributo para a compreensão da doutrina estóica.

Aos 25 anos, com a saúde debilitada, em parte devido à austera dedicação aos estudos filosóficos, Séneca parte para o Egipto, onde desfruta da companhia da tia materna, casada com o então prefeito dessa província, Gaio Galério, e recolhe dados para a composição de uma obra que se perdeu, intitulada *Da Região e dos Ritos Sagrados Egípcios*. Depois de convalescer, regressa a Roma, em 31, juntamente com os tios. A viagem foi difícil e perigosa. Galério morreu poucos dias antes de o navio em que viajavam quase não ter escapado a um naufrágio. Séneca descreve como, no meio da tempestade, a tia lutou com todas as forças para preservar das ondas o cadáver do marido. Aludindo a Alceste, casada com Admeto, rei de Feras, imortalizada na poesia por se ter oferecido como substituta do cônjuge na morte, Séneca afirma que muito mais grandioso é o exemplo da sua própria tia, que, arriscando a vida, quis assegurar as devidas honras fúnebres ao marido (*Consolação a Hélvia* 19.4–7).

Séneca chega a Roma decidido a retomar, quanto antes, o percurso das várias magistraturas do *cursus honorum*. Assim, foi questor em 33 ou 34, o que lhe abriu o caminho para o Senado; depois, como era da praxe, terá sido edil ou tribuno da plebe. Detentor de uma eloquência brilhante, torna-se cada vez mais notado, para o que contribui de igual modo a publicação das primeiras obras, entre as quais se encontram três estudos que não chegaram até nós sobre as pedras, os peixes e os terremotos; e a *Consolação a Márcia*, dirigida à filha do historiador Cremúcio Cordo, que, inconsolável com a perda de um filho, se abandonara a um luto desabalado, e a quem Séneca, enquanto estóico, se sente na necessidade de acudir, já que morrer é o destino dos homens e nenhum pranto traz de volta os mortos.

De acordo com o historiador Díon Cássio, no ano 39, Calígula terá ponderado mandar matar Séneca por este ter discursado com assombrosa facúndia diante dele no Senado, mas desistiu desse maligno intento quando uma das suas amantes o persuadiu de que o orador não tardaria a sucumbir a uma doença, dada a evidente debilidade da sua saúde. É provável que Séneca se tenha sentido obrigado a abandonar a advocacia em consequência dessa hostilidade de Calígula, que, julgando-se o maior orador de Roma, via no filósofo um rival.

Em 41, com a chegada de Cláudio ao poder na sequência do assassínio de Calígula, Séneca, já senhor de uma fama e riqueza bastante consideráveis, foi exilado na Córsega, vinte dias depois de ter perdido um filho (fruto de um casamento de que muito pouco se sabe). A acusação oficial para a *relegatio* foi a de adultério com Júlia Livila, irmã de Calígula e sobrinha de Cláudio. Todavia, tudo não terá passado de um estratagema para a jovem mulher de Cláudio, Valéria Messalina, se ver livre de Livila, que considerava uma potencial adversária (que se poderia valer da relação próxima com o tio para o tentar conquistar, afastá-la a ela, Messalina, e substituí-la no lugar de imperatriz).

No exílio, pesaroso, o filósofo reúne conhecimentos para uma das obras que havia de compor nos últimos anos da sua vida, as *Questões Naturais*, e escreve duas *Consolações*, em que afirma a sua inocência, uma dirigida à mãe, na qual defende que, sendo a pátria do sábio estóico o mundo inteiro, não há qualquer fundamento para se sofrer com o exílio; e a outra, no ano 43, a Políbio, um muito influente liberto de Cláudio, por muitos considerada uma súplica de perdão e de regresso a Roma, tanto mais aviltante quanto não surtiu o efeito pretendido, tendo Séneca permanecido exilado por oito anos.

Em 49, Séneca regressa finalmente a Roma. Messalina fora assassinada e Agripina Menor chegara por fim ao poder, depois de ter casado com Cláudio, seu tio. A nova imperatriz faz designar Séneca pretor e escolhe-o para preceptor de Nero, juntamente com Afrânio Burro, prefeito da guarda pretoriana e encarregado da educação prática daquele que seria o futuro imperador, que à época contava doze anos. Parece datar desse ano o diálogo *Da Brevidade da Vida*, também ele de teor estóico e centrado na busca da virtude e na preparação para a morte (*meditatio mortis*) mediante uma justa percepção e fruição do tempo. Terá sido também nessa altura que Séneca casou com Pompeia Paulina, muito mais nova do que ele.

O período de educação de Nero durou cerca de cinco anos. Em 54, Cláudio é assassinado, ao que tudo indica por acção de Agripina, e Nero ascende ao poder. Séneca divulga, nesse ano, o panfleto político *A Metamorfose em Abóbora do Divino Cláudio*, uma violenta sátira àquele que o mantivera tanto tempo relegado. Em finais de 55, um ano após a chegada de Nero ao poder, Séneca dedica-lhe o *Da Clemência*, recomendando um exercício moderado do poder e veiculando a esperança de guiar o jovem *princeps* na senda da virtude.

Em 56, Séneca atinge o topo do *cursus honorum*, o consulado, e torna-se um dos mais prósperos senhores de Roma, com uma fortuna avaliada em 300 milhões de sestércios.

Entretanto, enquanto *amici principis*, conselheiros do imperador, Séneca e Burro zelaram por que em Roma se vivessem tempos de relativa paz e estabilidade. E assim aconteceu pelo menos nos primeiros cinco anos do principado, conhecidos por *quinquennium Neronis*. Séneca exercia então uma influência benéfica sobre Nero, escrevendo-lhe os textos de muitos discursos e comunicados oficiais. De resto, era voz corrente entre os Romanos que tudo o que de bom sobressaía na governação do *princeps* se devia ao filósofo. Contudo, aos poucos Séneca foi sendo forçado a adoptar atitudes de complacência. À pergunta porque o fazia, é, pelo próprio, dada resposta no *Da Tranquilidade da Alma*: mesmo quando é um tirano que governa, o sábio tem o dever de não desertar do campo de batalha, visto que poderá colher os frutos do seu exemplo e da sua acção.

Mas o imperador mostrava estar muito longe do ideal do sábio estóico. A ignomínia e monstruosidade do seu carácter revelam-se passo a passo. Sedento de liberdade de movimentos, quantas vezes para refocilar na depravação e na crueldade, decide que todos são dispensáveis, Agripina, Séneca, Burro.

É assim que, em 59, Nero ordena o inconcebível, a morte da própria mãe. Séneca redige, em nome do imperador, uma carta para o Senado, segundo a qual, de acordo com a versão oficial, Agripina teria atentado contra a vida do filho e, malogrados os seus intentos, teria acabado por se suicidar.

Séneca foi duramente criticado pela fraca oposição à tirania de Nero e pela acumulação de bens, incompatíveis com os preceitos estóicos (desta última acusação, em particular, já se defendera no *Da Vida Feliz*, alegando que a riqueza pode ser um bem, se dela se fizer um bom uso). Compõe, por essa altura, *Do Lazer*, por que perpassa um evidente tom de desengano: Séneca diz agora que perante uma irreversível situação de incontrolável despotismo o sábio se deve retirar da sede do poder, para não correr o risco de compactuar com o déspota; nas entrelinhas, lê-se já um desejo de afastamento de Nero, que, entretanto, supondo-se o novo Apolo, frequentemente se exibia em público como citarista, actor e auriga.

Esse afastamento, porém, só acontece três anos mais tarde, em 62, aquando da morte de Burro (talvez por envenenamento) e da sucessão de Ofónio Tigelino como prefeito da guarda pretoriana. Formalmente, Nero nega a Séneca a demissão requerida e não aceita a devolução dos bens que o filósofo acumulara ao longo dos anos. Mas, na prática, Séneca consegue manter-se afastado da corte e de Roma. Desejando terminar os seus dias em estudo e meditação, produz por essa altura um muito significativo número de obras: as *Questões Naturais*, o *Dos Benefícios*, o *Da Providência*, todas ou parte das suas tragédias, as *Epístolas Morais a Lucílio*, manancial da doutrina estóica, e algumas obras que se perderam ou de que restam meros fragmentos, como os *Livros Morais de Filosofia*, as *Exortações*, o *Dos Ofícios*, o *Do Matrimónio*, o *Da Amizade* ou o *Da Superstição*.

Em 64, dá-se o célebre incêndio de Roma: a fim de reconstruir a *Vrbs*, devastada pelo fogo, e a que passaria a chamar-se *Neropolis*, e de concretizar os seus planos megalómanos (nomeadamente a construção da *Domus Aurea*, o Palácio Dourado), Nero acusou de *maiestas* (crime de lesa-majestade) abastados cidadãos, apropriou-se dos seus bens e saqueou os templos. Séneca põe novamente os seus bens à disposição de Nero, que dessa vez os aceita, e pede, com insistência, autorização para abandonar a cidade. À reiterada recusa de Nero, responde com um ostensivo recolhimento. A partir de então, é provável que Nero tenho passado a ver em Séneca um opositor e que, nesse mesmo ano, o tenha tentado envenenar.

Em Abril do ano 65, Séneca, então numa das suas propriedades a sul de Roma, foi arrolado na conjura de Calpúrnio Pisão, que visava destituir Nero do poder. Séneca não terá participado activamente nessa conjura, embora provavelmente estivesse a par dela. O seu sobrinho Lucano estava entre os conjurados (e o seu desfecho ficou marcado pelo opróbrio, tendo acusado a própria mãe, ao tentar inocentar-se). Segundo Tácito, parte dos conjurados pretenderia que, morto Nero, fosse o próprio Séneca a ascender ao poder, e não Pisão.

O malogro da conjura levou imediatamente à condenação de Lucano e de Séneca (e, pouco depois, os seus dois irmãos foram também condenados). Sem qualquer julgamento, Séneca foi obrigado a cometer suicídio. De acordo com Tácito, a morte de Séneca foi a que mais agradou a Nero. Séneca cortou os pulsos na presença dos seus amigos e da devotada mulher com uma serenidade e uma dignidade em tudo concordantes com a perspectiva estóica da vida como preparação para a morte. Devido à narrativa de Tácito (*Anais* 15.62–64), a morte de Séneca ficou para a posteridade como um exemplo igual ao de Sócrates e ao de Catão de Útica.

Em suma, a vida de Séneca, plena de acontecimentos dramáticos, foi também preenchida pela meditação, pelo estudo e pela escrita. Embora se tenham perdido todos os discursos com que, nos inícios da sua vida pública, conquistou a admiração e o respeito gerais, e embora se tenha perdido, igualmente, um substancial número de obras reveladoras da sua vasta curiosidade intelectual (além das já referidas, assinalem-se, ainda, *Da Região da Índia*, *Da Forma do*

Mundo, Da Morte Extemporânea, Dos Remédios das Coisas Fortuitas), Séneca tornou-se um dos mais célebres moralistas da literatura ocidental, graças às muitas obras filosóficas que, felizmente, chegaram até nós (*Diálogos, Da Clemência, Dos Benefícios, Questões Naturais, Epístolas Morais a Lucílio*).

Não menos célebres são as suas dez tragédias (*Tiestes, Troianas, Agamémnon, Édipo, Fenícias, Medeia, Fedra, Hércules Enlouquecido, Hércules no Eta* e *Octávia*)([2]), as únicas que, de todo o teatro romano, se conservaram na íntegra e que chegaram a gozar de mais popularidade do que as gregas. Espuriamente, são ainda atribuídos 77 epigramas a Séneca e a troca de cartas com São Paulo (oito supostamente do filósofo, seis do apóstolo), falsificação da segunda metade do século IV, decorrente dos muitos pontos de contacto entre estoicismo e cristianismo, sobretudo no campo da ética.

Ora, matricial na ética estóica é a noção de paixão, de mais a mais, elemento de coesão entre Séneca filósofo e Séneca tragediógrafo (duas aptidões que, pelo menos desde finais do século IV, e durante muito tempo, foram julgadas inconciliáveis, ao ponto de se postular que o filósofo e o tragediógrafo eram duas pessoas distintas).

Paixão, do latim *passio*, remete para o verbo *patior*, que significa «sofrer», «suportar», «ser passivo». A paixão é, pois, algo que se sofre, que se suporta passivamente, um *affectus*.

Decorrentes de um falso juízo, de uma falsa apreciação relativa a realidades ou circunstâncias exteriores, que não dominamos, as paixões perturbam a alma, suscitando nela movimentos contrários à sua essência, a razão, e fazendo dela o campo de batalha onde se

---

([2]) Incluímos neste elenco as duas peças cuja autoria e datação têm gerado controvérsia: *Hércules no Eta* e *Octávia*. No caso da primeira, uma peça com cerca de 2000 versos, os estudiosos tendem actualmente, e quase por unanimidade, para a hipótese de que não terá sido composta por Séneca e propõem uma datação em torno de finais do século I ou inícios do século II. Quanto à *Octávia*, parece haver um consenso a respeito da posição de que Séneca não é o seu autor e que antes terá sido escrita, como homenagem, por um seguidor ou admirador do filósofo, não só porque a personagem Agripina vaticina a morte de Nero (nos vv. 629–631), que ocorreu no ano 68 e, como tal, é posterior à morte de Séneca, mas também porque o próprio Séneca é uma personagem dessa tragédia, o que constituiria algo verdadeiramente insólito na tradição teatral antiga.

digladiam essas forças antagónicas. São, pois, doenças intelectuais, que se manifestam por um conjunto de sintomas, do que procede a imagem do estóico enquanto médico que lança mão de diversos remédios para as combater e erradicar.

Assim, não deverá causar admiração que seja uma aguda densidade de análise psicológica um dos traços mais característicos e originais do teatro filosófico de Séneca, teatro de uma impressionante feição egotista e introspectiva, repassado de paixões como a rivalidade, a sede de vingança, a ganância, o ódio e a ira (que levam Atreu, na tragédia *Tiestes*, a preparar ao irmão um atroz banquete), o amor mórbido, a inveja e o ciúme (de que padecem figuras como Medeia e Fedra, nas peças homónimas, e Clitemnestra, no *Agamémnon*), ou a hesitação, a ansiedade e o medo, que atormentam Édipo.

O grau de nocividade de paixões como o ódio e a ira é medido pela loucura que instigam e pelos efeitos quase sempre letais que provocam; já o do medo mede-se pelo tolher de movimentos, pelo seu resultado paralisante, obstáculo a uma fruição plena da vida. Especialmente nocivo é o medo da morte, que distrai a alma, corrói a contemplação pura e impede o homem de ser sábio e de alcançar o bem supremo, a vida feliz — idealizada nas metas estóicas da apatia e da ataraxia —, uma vida em que, em relação a tudo, alegria ou contrariedade, o sábio é como o promontório que permanece imóvel, imperturbável, apesar do constante fustigar das ondas, para usarmos uma imagem de Marco Aurélio (4.49).

Porém, o *sapiens* é como a Fénix, surge um de quinhentos em quinhentos anos. E, já no fim da vida, o próprio Séneca admite estar ainda longe do ideal do sábio, definindo-se como um homem em busca contínua e persistente da verdade (*Epístola* 45). Não lhe faltou, ainda assim, a coragem e a virtude no momento de acolher a morte. Em verdade, não há, para um estóico, prova maior de liberdade do que poder aceitar com paz de espírito e nobreza, ou escolher, se a tal for forçado pelas circunstâncias, a hora da morte. Moldadas por este preceito são a morte de Políxena (nas *Troianas*) e os suicídios de Astíanax (também nas *Troianas*) e de Hércules (no *Hércules no Eta*).

As tragédias de Séneca

As peças de Séneca, escritas em meados do século I, situam-se no termo da cronologia da poesia trágica na Antiguidade Clássica, iniciada cerca de cinco séculos antes com os três grandes tragediógrafos gregos (Ésquilo, Sófocles e Eurípides). Apesar de profícua, essa cronologia está muito mal documentada, porquanto é rarefeito, difuso e indirecto o conhecimento do período que decorre entre os dois marcos e que abarca quer a tragédia grega do período helenístico, quer a produção romana das épocas republicana e imperial. Assim, é difícil, se não mesmo impossível, rastrear a sequência e as causas das mutações que o género foi sofrendo até ser reinventado pelo engenho de Séneca. E é realmente de uma reinvenção que falamos, já que as tragédias de Séneca são, como há muito vem sendo notado, diferentes. Contudo, essa diferença nem sempre foi perceptível (ou, de resto, bem reputada).

Apesar de se acreditar que tenham exercido grande influência muito para lá da época em que foram escritas, as tragédias de Séneca praticamente desapareceram durante a Idade Média. Mas a composição, no fim do século XI, de um manuscrito com nove peças atribuídas a Séneca (o *Codex Etruscus*) e, sobretudo, as muitas cópias que dele se fizeram nos séculos XIII e XIV, possibilitaram um ponto de referência notável na história da literatura universal: o renascimento do género trágico. Simulando, embora, interesse pelos tragediógrafos gregos, renascentistas e barrocos tomaram claramente Séneca como paradigma para os seus próprios textos, como testemunham as obras de Corneille, Racine, Shakespeare, entre outros.

Porém, a revalorização, a partir de finais do século XVIII, das tragédias gregas representou um ponto de viragem na sorte das tragédias de Séneca, que viram obnubilado o seu fulgor. Indevida e imerecidamente, as peças senequianas foram consideradas tentativas não muito felizes, e não muito bem conseguidas, de recriação das tragédias gregas, seus pretensos modelos directos, e, consequentemente, relegadas para segundo plano, enquanto degenerescência literária. Os trágicos gregos passaram a gozar de clara preferência, como resulta evidente da avaliação que deles fizeram os autores românticos.

Estava, pois, assinalada a diferença das tragédias de Séneca. Mas foi preciso aguardar pelos inícios do século XX para que essa diferença fosse justamente calibrada e ponderada: o teatro de Séneca é, efectivamente, diferente, mas isso não faz dele nem inferior, nem superior ao teatro grego; ele é apenas diferente. À luz dessa justificada apreciação, as tragédias de Séneca têm recebido, desde aí, uma atenção em proporções inauditas. Indispensáveis a uma verdadeira massificação do interesse pelo teatro de Séneca, patente sobretudo nas últimas décadas, foram a multiplicação de ensaios e estudos, a tradução das peças, no conjunto do *corpus* ou avulsamente, para variadíssimas línguas estrangeiras, bem como as edições e comentários a peças individuais, e, não menos importante, a encenação de muitas delas, em palcos espalhados um pouco por todo o mundo.

Mas vejamos brevemente quais as principais singularidades das peças de Séneca. É importante começar por notar que alguns dos atributos que as distinguem das tragédias gregas devem ser considerados no contexto dos elementos que parecem caracterizar o teatro romano arcaico: a insistência no tema do poder, o exacerbar violento e inflamado das paixões, o gosto do tétrico, as cores vivas e carregadas, os efeitos hediondos e terríveis (nos quais o grande teatro elisabetano se havia de inspirar), a importância dos papéis femininos (evidente em Pacúvio), a dimensão titânica dos protagonistas (digna de nota em Ácio), e também a tendência para o uso de *sententiae*, «sentenças» (fórmulas lapidares que encerram um pensamento de valor moral).

Apesar de recorrer a mitos gregos, o que tematicamente aproxima as suas tragédias das de Sófocles e Eurípides e faz deles os seus predecessores, Séneca imprime a esses mitos um tratamento diferente, alinhado com o objectivo, também ele diferente, que o guia enquanto dramaturgo. Na linha de uma tendência que havia despontado com o teatro helenístico, e que traduziu a evolução da filosofia no sentido de uma pregação da sabedoria, de forma a torná-la mais acessível, o teatro de Séneca insinua-se como exercício de predicação estóica, uma dissertação sobre moral, numa época em que tão necessária a sentiria o filósofo ante a série de crimes e atrocidades que figuras como Calígula, Cláudio, Messalina, Agripina, Nero, entre tantas outras, protagonizavam.

Enquanto homem do seu tempo e dado o gosto do público romano pelo teatro, Séneca ter-se-á sentido tentado a transmitir alguns dos preceitos essenciais da ética estóica por meio de uma forma literária apelativa, capaz de conquistar e de prender, mais do que a prosa, a atenção de uma audiência alheia às discussões filosóficas (como se pode ler na *Epístola* 108.10–12).

É à luz desse princípio que podemos analisar as tragédias de Séneca e o seu contributo, de cariz pedagógico, na divulgação da filosofia estóica, visto que a maioria das personagens de Séneca enferma dessas doenças intelectuais que são as paixões, que as fustigam com variados sintomas e não raras vezes se revelam fatais, seja para as próprias personagens, seja para aqueles que as rodeiam (pense-se nos filhos de Medeia ou nos filhos e mulher de Hércules, no *Hércules Enlouquecido* vítimas inocentes de um terrível e cego delírio).

Daí que as figuras de Séneca trágico sejam vistas como *exempla*, em pé de igualdade com os muitos *exempla* disseminados pela sua prosa. Seria essa uma forma de chegar aos não iniciados, mostrando-lhes quão nefastos são os efeitos da submissão aos falsos juízos, que comprometem a razão e a moral. É de sublinhar que os autores gregos e romanos evocavam regularmente figuras históricas e mitológicas para elucidar e robustecer os seus argumentos e mensagens, e havia, inclusive, compilações de *exempla*, como a recolha de Valério Máximo, intitulada *Factos e Ditos Memoráveis*. Os estóicos romanos, em particular, viam os *exempla* como inestimáveis no combate contra as falhas morais, porquanto, como diz Séneca (*Epístola* 6.5), o caminho filosófico é longo através de preceitos/conselhos, mas curto e eficaz através de *exempla*.

É nesse sentido que se reconhece nas tragédias de Séneca uma concepção moralizante, didáctico-pedagógica, alcançada por meio da exibição de *exempla* negativos de caracteres (exemplos apotropaicos), e, em alguns casos, mais raros, também de *exempla* positivos (exemplos protrépticos/parenéticos).

Ora, o predomínio de *exempla* negativos sustenta a poética não-aristotélica das tragédias de Séneca. Se para Aristóteles o herói passa da prosperidade à desgraça, não por causa do seu carácter, de uma eventual perversidade ou maldade que nele germinem, mas devido a um erro de apreciação, o erro trágico (*Poética*, cap. 13, 1453a, 15); em Séneca, pelo contrário, a catástrofe decorre dos vícios das personagens, que podem ser responsabilizadas pelos seus actos, pelos seus crimes — e são-no, de facto —, ilustrando o nivelamento por um plano meramente humano (os deuses estão esquecidos no Olimpo e não interferem na vida dos mortais) e, até, uma diluição do sentido último do trágico, pois se o homem cai em desgraça, é porque o merece.

Ademais, se Aristóteles teorizava a purificação das paixões pela identificação do espectador com aquilo que era representado, em Séneca não há esse elemento catártico, dado as suas tragédias estarem construídas de maneira a impedir a assimilação, total ou parcial, do espectador/leitor aos protagonistas. Séneca visa, antes, um estímulo para um papel activo, interventivo, por parte do espectador, um repúdio pelo que é apresentado, uma reflexão crítica que mostre que a queda do herói podia ter sido evitada, podia não ter ocorrido. E esse objectivo é, de verdade, plenamente alcançado ao assistirmos à voragem das múltiplas paixões que arrastam Medeia, Atreu, Fedra, Clitemnestra, Édipo ou Jocasta para uma loucura de funestos resultados.

Quase todas as tragédias de Séneca expõem casos marcantes das calamitosas consequências de perversas paixões que a razão não consegue domar. E Séneca parece ter escolhido, para recriar, mitos em que a morte desempenha um papel central e que mais se prestam à demonstração da evidência da alma humana como reduto do mal. Para essa demonstração concorrem outras características muito vincadas, e talvez exclusivas, das suas tragédias: a dissecação psicológica, a análise da psique das personagens, dos sinuosos caminhos das paixões na interioridade, dos mecanismos mais sombrios e tortuosos que promovem e explicam o comportamento humano em todas as suas contradições e crueldade.

Crueldade que é personificada, por exemplo, na figura dos déspotas ferinos e sanguinários (de que Atreu, na tragédia *Tiestes*, é o exemplo acabado), cujo retrato, remontando ao teatro romano arcaico, é feito por Séneca com cores mais carregadas e caliginosas, deixando, quiçá, transparecer a experiência pessoal do autor (que, recorde-se, terá sido ameaçado de morte por Calígula, foi depois exilado por Cláudio e, por fim, acompanhou de perto as muitas perversidades de Nero). As atitudes desastrosas dos governantes tirânicos são enquadradas no contexto das paixões desenfreadas, de que o poeta/filósofo exibe as consequências devastadoras, tantas vezes letais e descritas com um evidente gosto do sangue, do horror, do bombástico e do grotesco.

Quanto à forma, a linguagem da interioridade (via para a alma humana), os retratos nítidos das personagens e dos seus vícios, e as cores pesadas dos quadros das paixões — assim como dos seus sintomas e consequências — são veiculados por um estilo declamatório, intensamente retórico, tenso, faustoso em longos monólogos e descrições, e grandíloquo em diálogos veementes e céleres. É um autêntico barroco *avant la lettre*, fruto das profundas mudanças que a retórica sofrera a partir de Augusto, passando a centrar-se mais em si mesma e explorando todas as suas qualidades, e talvez decorrente da própria tradição romana do género trágico.

Ora, esse pendor exuberantemente retórico foi um dos aspectos criticados pelos românticos e é, também, uma das razões alegadas pelos que são da opinião de que as tragédias de Séneca não foram feitas para o palco, o que nos leva ao encontro do tema da (ir)representabilidade das peças, campo que se mantém fértil em controvérsia.

Durante muito tempo, pensou-se que não era possível as peças de Séneca terem sido representadas. Eram aduzidos argumentos como a excessiva violência de algumas cenas, a necessidade de executar mortes em palco, as aparições de espectros, as falas muito longas das personagens (amiúde com extensas digressões descritivas ou narrativas), que, por outro lado, obrigavam a longos silêncios de outras personagens em cena, ou uma acção quase sempre estática e cuja dinâmica e fluidez são preteridas em favor das estruturas discursivas e de retrato psicológico.

Acresce a esses argumentos que, nos inícios da época imperial, o público teria deixado de ter pelas representações públicas de dramas o interesse de outros tempos, voltando-se sobretudo para a pantomima (representação dramática com um dançarino solista e um coro narrativo). Há informações de que, em algumas casas particulares, se faziam recitais, e de que a leitura de textos literários passou a ser cada vez mais comum, a ponto de incluir textos teatrais. É, pois, provável que os novos textos dramáticos se destinassem a representações em teatros públicos ou privados; ou a serem lidos perante um auditório comum ou selecto; ou, enfim, à leitura individual.

Todavia, não dispomos de quaisquer dados que permitam determinar se, durante a vida de Séneca, as suas tragédias terão alguma vez chegado a ser apresentadas ao público, e de que modo, nem tão-pouco sobre qual o tipo de actualização visado pelo poeta para as suas peças: serem apresentadas em *recitationes* (leituras públicas), serem lidas individualmente, ou uma efectiva representação cénica, em recinto público e/ou privado? Embora se trate de questões em aberto, e que provavelmente assim permanecerão, nos dias que correm há muitos autores que admitem a possibilidade de as tragédias terem sido encenadas e de poderem ser encenadas. E muitas têm-no sido, de facto.

Tradução e notas

Servimo-nos, para a tradução, da edição crítica de Otto Zwierlein, *L. Annaei Senecae Tragoediae* (Oxford, 1986).

As notas visam ora esclarecer referências mitológicas e geográficas, ora chamar a atenção para passos obscuros do texto. O elevado número de notas de algumas tragédias é reflexo da admirável densidade e riqueza do original.

Sinais críticos usados

* * * Texto em falta no manuscrito
†. . . . . † Texto considerado corrupto
[. . . . .] Texto considerado espúrio

As tragédias do volume II

O volume II é um tributo a mulheres poderosas. Até nas duas peças que têm Hércules nos títulos, são as mulheres (Mégara, Íole, Dejanira, Alcmena, para apenas mencionar algumas) que se avultam pela dimensão trágica dos seus destinos, emaranhados nos traços mais sombrios da heroicidade do próprio Hércules.

Além dessas, deparamos ainda com duas portentosas heroínas, com direito a títulos de tragédias individuais, os quais decerto reclamariam, tal como reclamam para si a autoria e responsabilidade pelos crimes que o tumulto das paixões estóicas, nomeadamente o amor mórbido e a ira (que geralmente andam de mãos dadas), as leva a cometer: de um lado, Medeia, que não hesita em matar por amor a Jasão, mas trocada por uma mulher mais nova e mais ilustre, sadicamente pune o marido com o filicídio; de outro, Fedra (nem por acaso prima de Medeia), que, sem saber como lidar com uma inconveniente paixão pelo próprio enteado, Hipólito, acaba por agir de forma que o deita a perder, bem assim a ela mesma.

Resta Octávia, cuja indolente submissão e passividade perante as circunstâncias e os desejos de outros a colocam nos antípodas das veementes Fedra e Medeia, ou da sua própria mãe, a devassa Messalina, ou da sua madrasta, a incomensuravelmente ambiciosa Agripina.

Apontamentos sobre o **Hércules no Eta**

A ser da autoria de Séneca, os ecos das tragédias tidas por genuínas sugeririam para o *Hércules no Eta* uma datação bastante tardia. A morte e grandiosa transfiguração de Hércules seriam, em verdade, muito insinuantes para um filósofo que, bem ao jeito estóico, havia de deixar a sua própria vida, cometendo suicídio.

Dois aspectos formais que causam alguma surpresa são a aparente composição à pressa e os 1996 versos (cerca de mais 650 versos do que *Hércules Enlouquecido*), que levam a crer que a tragédia não pôde, por qualquer motivo, levar a última demão para ficar concluída, carecendo de revisão e compressão. Ecos de Sílio Itálico e Estácio sugerem uma cronologia alta, talvez do princípio do século II, mas os paralelismos literários não permitem determinar, sem margem para dúvidas, qual a fonte e qual a obra modelada. Acresce a isso que a discussão dos críticos modernos em torno da autoria do *Hércules no Eta* resvala muitas vezes para a aferição da qualidade da poesia da peça, tornando-se pouco proveitosa.

Apontamentos sobre a **Octávia**

É o único testemunho que chegou até nós, na íntegra, de um subgénero profícuo na literatura latina, as *fabulae praetextae*: tragédias em que as personagens são, na maioria, da história romana. A precisa definição de outras características desse subgénero trágico esbarra no desconcertante facto de, de muitas outras *praextextae*, apenas nos terem chegado fragmentos, muitos deles exíguos.

A peça não se encontra claramente dividida em actos, apesar de os manuscritos apresentarem algumas subdivisões. O principal eixo da peça é a duração da acção: três dias.

O autor da tragédia baseou-se conspicuamente em Séneca, não apenas nas suas tragédias (todas de tema mitológico), mas também na sua prosa, mormente o *Da Clemência* e a *Consolação a Hélvia*, como se pode ler no monólogo de Séneca (vv. 377–436), e no diálogo com Nero (vv. 437–592), em que se detectam muitas afinidades com o pensamento do filósofo: as terríveis consequências das paixões, a morte como libertação e derradeira oportunidade de manter/recuperar a dignidade, a exaltação da mediania e do justo meio-termo, entre outras.

As principais *uexatae quaestiones* relativas à tragédia *Octávia* são a sua datação e autoria. Se, actualmente, há quase um consenso académico em torno da convicção de que a peça não foi escrita por Séneca([3]), persiste a dúvida, e a subsequente especulação, quanto à determinação do quanto distará da queda de Nero, no ano 68, a composição da tragédia. Para a autoria da *praetexta* têm sigo sugeridos nomes como Lucano, Aneu Cornuto ou Curiácio Materno, e há até quem já tenha proposto para a *Octávia* uma cronologia muito alta (séculos III ou IV), tentando fundamentar esse ponto de vista na assumpção de que a peça se baseia, e imita, os *Anais* e as *Histórias* de Tácito, historiógrafo romano do século II. Tudo isso no âmbito de uma discussão académica certamente estimulante, mas, em verdade, pouco profícua quanto a inequívocas conclusões.

([3]) Com base em questões de estilo, alusões históricas (nomeadamente a profecia de Agripina, nos vv. 629–631, da morte de Nero) e o facto de Séneca ser umas das personagens da tragédia, em duas longas cenas entre os vv. 377–592.

A tragédia comprime em três dias, certamente por convenção dramática, dois factos marcantes na história de Roma, que se espraiaram entre Maio e Junho de 62: o divórcio e exílio da filha mais nova de Cláudio, Cláudia Octávia.

Para o conhecimento de Octávia, em muito contribui, a par dos *Anais* de Tácito, essa pretexta homónima que até nós chegou. Do seu retrato, ressaltam sobretudo a presença apagada, nos antípodas das figuras politicamente vigorosas de uma Messalina ou Agripina Menor, e o seu papel passivo na teia de intrigas e manobras políticas em que foi enredada. O acontecimento marcante da vida de Octávia foi o casamento com Domício, a respeito do qual é muito pouco provável que sequer tenha sido consultada, expediente para associar mais estreitamente o futuro imperador Nero à *gens Claudia* (fazendo dele genro, além de filho adoptivo, de Cláudio). Do dia desse casamento, diz Tácito (*Anais* 14.63.4) que para Octávia bem poderia ter sido antes um funeral, escoltada para uma casa onde apenas a esperava dor.

Para que pudesse ter lugar esse casamento, rompeu-se o noivado com Lúcio Silano, sobre o qual não é possível saber em que medida a opinião de Octávia fora tida em conta, lançando-se contra ele uma campanha de calúnias (Tácito, *Anais* 12.4), baseada num suposto incesto de Silano com a sua irmã Júnia Calvina e geradora de um mal-estar que levaria ao suicídio de Silano (Tácito, *Anais* 12.8.1).

Na tragédia, Octávia é caracterizada por meio de um conjunto de qualidades positivas que fazem recair sobre ela, não só o apoio do povo romano, mas também a admiração da personagem Séneca, que lhe louva a honra, a fidelidade, os costumes e o pudor (vv. 546–547). Ainda assim, Octávia é uma figura passiva, isolada num mundo hostil, entre uma madrasta cruel e ambiciosa e um marido imposto por motivos políticos.

É muito pouco provável que alguma vez tenha Octávia acalentado qualquer tipo de ambição política. Apesar de determinante na passagem do poder de Cláudio para Nero, ela terá sido, ainda assim, mero peão no tabuleiro de interesses e desígnios que a transcendiam; sem nunca, aparentemente, ter tido oportunidade de se afirmar, ela acabaria vitimada por esse jogo de interesses. Tal como político fora o seu casamento, igualmente a sua morte seria política, pois Nero estava decidido a desfazer todos os laços com a *gens* sob cuja égide se alcandorara no poder, facto que o levara já a matar Britânico([4]) e a própria mãe, Agripina([5]), não fossem eles tentar reclamar o poder ou intentar algum golpe que visasse destituí-lo do trono. Restava apenas um laço, Octávia. Também esse tinha de ser cortado, até

([4]) No ano 55, durante a festa em honra de Saturno, Nero envenenou Britânico (que então contava 14 anos), com uma bebida que, depois de experimentada pelo servidor de confiança, foi dada ao jovem. Este, que a terá achado demasiado quente, mandou que lhe juntassem um pouco de água fria, o que logo foi feito, mas não sem lhe ser adicionada, também, uma forte dose de veneno. Britânico ingeriu a dita bebida, e de imediato caiu, perdendo a voz e a respiração. Ante a perplexidade geral no salão, Nero, indiferente, afirmou que aquela era só mais uma indisposição de Britânico devido à epilepsia que o atormentava desde a infância (Tácito, *Anais* 13.16.5). Com a morte de Britânico, Agripina perdeu a oportunidade de se vingar do filho, de quem se começara a distanciar, e Octávia, a esperança de ver o irmão como imperador de Roma.

([5]) Temendo que, de alguma forma, Agripina tentasse com êxito eliminá-lo da cena política, Nero decidiu matá-la. Recorreu a Aniceto, prefeito da armada de Miseno e seu antigo preceptor, que engendrou o seguinte plano: construir um barco que se desconjuntasse em pleno mar, quando Agripina estivesse a bordo. Carinhosamente recebida por Nero numas festividades em honra de Minerva (em Baias, de 19 a 23 de Março de 59), Agripina participou num magnífico banquete, findo o qual, foi acompanhada por Nero até ao porto, onde deveria embarcar em direcção à sua casa de campo. Quando o barco estava para zarpar, verificou-se uma avaria. Nero prontamente lhe cedeu o seu próprio barco, previamente armadilhado. A meio da viagem, o tecto da embarcação desfaz-se e abate-se sobre os viajantes. Por se encontrar junto a uma coluna, Agripina escapou à morte, mas por pouco tempo. Apesar de ferida, depois do naufrágio salvou-se a nado. Reconduzida à sua casa de campo, na região de Nápoles, mandou que informassem o filho do sucedido. Quando o mensageiro, Agermo, chegou junto de Nero, foi-lhe atirado para os pés um punhal, e Nero afirmou que ele tinha sido mandado por Agripina para o matar. Então, na companhia de um capitão de navio e de um centurião, Aniceto dirigiu-se a casa de Agripina. Ao ver os três sicários aproximarem-se dela, Agripina diz que, se vinha para a matar, não acreditava que viesse da parte do filho, já que não se pode ordenar o assassínio de uma mãe (Tácito, *Anais* 14.8.4). Ignorando tais palavras, os sicários avançam. Um dá-lhe uma pancada na cabeça, outro desembainha a espada, enquanto o terceiro se prepara para desferir o golpe fatal. Agripina descobre o ventre e pede que seja aí desferido o golpe. Cumpria-se assim o voto que um dia formulara, que o filho a matasse, contanto que reinasse.

porque Octávia teria começado a ser vista como símbolo de um círculo ideológico pró-claudiano, ela que era já a única representante viva (e legítima) da ilustre *gens*.

Além disso, seduzido pela beleza deslumbrante (Tácito, *Anais* 13.45.2–4) e pelos ardis (Tácito, *Anais* 13.46.2) de Popeia Sabina, Nero foi levado a ponderar a hipótese de desposá-la. Para tal, tinha de divorciar-se de Octávia, o que aconteceu nove anos após o seu casamento, sob a acção de Popeia e seu partido, com Ofónio Tigelino à cabeça, ele que sucedeu, como prefeito do pretório, a Afrânio Burro. Segundo Tácito (*Anais* 14.60–64), primeiro, Nero começou por repudiar Octávia, sob o pretexto de ela ser estéril. Depois, vítima das intrigas de Popeia, Octávia foi acusada de adultério com um dos seus escravos, um alexandrino tocador de flauta. Mas, mesmo sob tortura, a maioria das escravas de sua casa não confirmou a acusação. Uma houve, de resto, que à afronta retorquiu que o sexo de Octávia era mais casto do que a boca de Tigelino.

Ainda segundo Tácito, Octávia foi, primeiro, afastada, sob a aparência de um comum divórcio legal, e, posteriormente, relegada para a Campânia, com residência vigiada, decisão que suscitou grande desagrado público. Como tal, Nero fez saber que aceitava de novo Octávia como sua mulher. A reacção de contentamento do povo, que a amava e admirava, foi imediata: deu graças, honrou as estátuas de Octávia, destruiu as de Popeia, que terá, entretanto, conseguido convencer Nero de que a manifestação era fundamentalmente dirigida contra ele e de que a sua própria vida (de Popeia) tinha sido posta em perigo por clientes e escravos de Octávia.

Esse movimento de desagrado por parte do povo simbolizaria não tanto uma exclusiva preocupação com Octávia, como uma manifestação de não reconhecimento de Nero enquanto representante da *gens* Cláudia, o que aponta, mais uma vez, para a questão da (i)legitimidade da subida de Nero ao poder.

Perante a necessidade de um pretexto mais forte e válido do que o anterior para afastar Octávia, Nero convoca o conselho dos seus amigos e conselheiros, o *consilium principis*, e faz com que Aniceto, o sicário de Agripina Menor e a quem foram prometidas recompensas, declare, perante esse tribunal, ser amante de Octávia; e o próprio Nero, o mesmo que antes a acusara de esterilidade, difamou Octávia, afirmando que ela tinha abortado o fruto desses amores depravados e divulgou ainda a informação de que Octávia, unida a Aniceto, pretendia sublevar a armada de Miseno.

Octávia foi então exilada na Pandatária e, pouco depois, assassinada. Tácito lembra que nenhuma outra mulher exilada, nem Agripina *Maior* (exilada em 29 por Tibério), nem mesmo Júlia Livila (filha de Germânico Júlio César, exilada em 41 por suposto adultério com Séneca), causou tanta piedade, em muito devido à tenra idade de Octávia, morta aos 20 anos por soldados que às ordens de Popeia lhe abriram as veias dos pulsos e dos tornozelos e lhe deceparam a cabeça.

A pretexta mostra a protagonista a encarar a morte com uma branda resignação (cf. vv. 968–972) que nos traz à mente a doutrina de Séneca, facto que sugere o provável contacto que Octávia teria tido com o filósofo, entre outras figuras da corte.

Tácito, todavia, na descrição pormenorizada e terrível que faz da morte de Octávia (*Ann.* 14.64.1–2), mostra-a a fraquejar no momento decisivo, quando a ouvimos afirmar que era então viúva, e não mais do que uma irmã (para Nero), e a invocar os Germânicos, ascendência em comum com Nero, e também o nome de Agripina *Minor*, durante a vida da qual ela suportara um casamento infeliz, é certo, mas isento do perigo de morte.

Já foi defendido que, vendo ainda a morte de longe, Octávia pode muito bem tê-la reputado (como na tragédia pretexta) um bem, a libertação dos seus males, mas posteriormente, chegada a hora de morrer, não conseguiu (de acordo com Tácito) vencer o medo «instintivo» da morte.

Apesar de muito válida, essa posição não parece ir ao cerne da questão: conquanto a versão de Tácito possa estar mais próxima da verdade histórica, Octávia é, na *praextexta*, retratada de modo intencionalmente estóico a aceitar a morte, o que, de resto, vai ao encontro da hipótese proposta por alguns críticos modernos: o autor da peça, um seguidor ou um admirador de Séneca, quis prestar uma homenagem póstuma ao filósofo.

RICARDO DUARTE

Bibliografia selecta

Edições, comentários e traduções

AVERNA, Daniela (2002). *Lucio Anneo Seneca. Hercules Oetaeus; Testo critico, traduzione e commento*, Roma.

BARTSCH, Shadi (org.) (2017). *Seneca. The Complete Tragedies*, 2 volumes, Chicago.

BOYLE, Anthony J. (1987). *Seneca's Phaedra. Introduction, Text, Translation and Notes*, Liverpool.

____ (2008). *Octavia, Attributed to Seneca*, Oxford.

____ (2014). *Seneca. Medea*, Oxford.

CAMPOS, José A. S. (1972). *A Tragédia Octauia: A Obra e a Época* (2 vols. — 1.º vol.: Estudo histórico-literário; 2.º vol.: *Octauia praetexta*: texto, tradução, comentário e índices). Tese de doutoramento em Literatura Latina, apresentada à Faculdade de Letras da Universidade de Lisboa.

____ ([2]2004). *Séneca. Cartas a Lucílio*, Lisboa.

COFFEY, Michael e R. Mayer (1990). *Seneca. Phaedra*, Cambridge.

COSTA, Charles D. N. (1973). *Seneca. Medea*, Oxford.

FERRI, Roland (2003). *Octavia: A Play Attributed to Seneca*, Cambridge.

FITCH, John G. (1987). *Seneca's Hercules Furens*, Ithaca e Londres.

____ (2002). *Seneca Tragedies: I*, Cambridge.

____ (2004). *Seneca Tragedies: II*, Cambridge.

HINE, H. M. (2000). *Seneca. Medea*, Warminster.

LEFÈVRE, Eckard (1972). *Senecas Tragödien*, Darmstadt.

Luque Moreno, Jesús (1979–1980). *Seneca. Tragedias*, 2 vols., Madrid.
Marcucci, Silvia (1997). *Analisi e interpretazione dell'Hercules Oetaeus*, Pisa e Roma.
Miller, Frank J. (1968). *Seneca's Tragedies*, Londres.
Slavitt, David R. (1992). *Seneca. The Tragedies*, vol. I, Baltimore e Londres.
Slavitt, David R. e P. Bovie (1995). *Seneca. The Tragedies*, vol. II, Baltimore e Londres.
Watling, Edward F. (1966). *Seneca. Four Tragedies and Octavia*, Londres.
Whitman, Lucile Yow (1978). *The Octavia*, Bern.

Estudos

Armisen-Marchetti, Mireille (1989). *Sapientiae Facies: étude sur les images de Sénèque*, Paris.
Barrett, Anthony A., E. Fantham e J.C. Yardley (orgs.) (2016). *The Emperor Nero: A Guide to the Ancient Sources*, Oxford.
Beato, João (2000). *Nero* (col. «Vultos da Antiguidade»), Lisboa.
Borgo, Antonella (1998). *Lessico Morale di Seneca*, Napoli.
Boyle, Anthony J. (1985). «In Nature's Bonds: A Study of Seneca's *Phaedra*», *ANRW* II 32.2, pp. 1284–1347.
Campos, José A. S. (1972). «O Simbolismo do Fogo nas Tragédias de Séneca», *Euphrosyne* 5, pp. 185–247.
____ (1977). «Séneca e Hércules. Observações sobre o *Hercules Furens*», *Euphrosyne* 8, pp. 161–168.
____ (1983–1984). «Notas para Uma Leitura da *Phaedra* de Séneca», *Euphrosyne* 12, pp. 155–176.
____ (1985). «A Magia de Medeia», *Euphrosyne* 13, pp. 205–217.
____ (1987). «A Linguagem dos Gestos no Teatro de Séneca», *Euphrosyne* 15, pp. 109–134.
____ (1999). «Séneca, Brecht e o Teatro Épico», *Classica* 23, pp. 9–26.
Damschen, Gregor e A. Heil (orgs.) (2014). *Brill's Companion to Seneca*, Leiden e Boston.
Davis, Peter (1983). «*Vindicat omnes natura sibi*: A Reading of Seneca's *Phaedra*», in *Seneca Tragicus: Ramus Essays on Senecan Drama*, org. A. J. Boyle, Berwick, pp. 114–127.

Duarte, Ricardo (2008). *De* Mater *a* Monstrum*: O Abismo dos* Affectus *Estóicos na* Medea *de Séneca.* Dissertação de Mestrado apresentada à Faculdade de Letras da Universidade de Lisboa.

____ (2012). «O Xadrez do Poder nas Cortes de Nero e Herodes-o-Grande: As Figuras de Octávia e Mariame I», in *Narrativas do Poder Feminino*, orgs. M. J. Lopes, A. P. Pinto *et al.*, Braga, pp. 241–250.

____ (2013). «O Horror da Vingança na *Medeia* de Séneca», in *Mulheres: Feminino, Plural*, orgs. C. S. Pinheiro, A. M. Emonts *et al.*, Funchal, pp. 73–81.

____ (2021). «Blindness as the Threshold between Life and Death, in Seneca's *Oedipus* and *Phoenissae*», *CQ* 71.2, pp. 707–720.

Dupont, Florence (1995). *Les monstres de Sénèque. Pour une dramaturgie de la tragédie romaine*, Paris.

Fitch, John G. (1979). «*Pectus o nimium ferum*: Act V of Seneca's *Hercules Furens*», *Hermes* 107, pp. 240–248.

Fitch, John G. e S. Mcelduff (2002). «Construction of the Self in Seneca Drama», *Mnemosyne* 55, pp. 18–40.

Flower, Harriet (1995). «*Fabulae Praetextae* in Context: When Were Plays on Contemporary Subjects Performed in Republican Rome?», *CQ* 45, pp. 170–190.

Gill, Christopher (1987). «Two Monologues of Self-Division: Euripides, *Medea* 1021–1080 and Seneca, *Medea* 893-977», in *Homo Viator: Essays for John Bramble* (orgs.) P. Hardie e M. Whitby, Bristol, pp. 25–37.

Griffin, Miriam T. ([2]1992). *Seneca. A Philosopher in Politics*, Oxford.

Grimal, Pierre (1963). «L'originalité de Sénèque dans la tragédie de *Phèdre*», *Revue des Études Latines* 41, pp. 297–314.

Henry, Denis e B. Walker (1963). «Tacitus and Seneca», *G&R* 10, pp. 98–110.

____ (1967). «Loss of Identity: *Medea Superest*? A Study of Seneca's *Medea*», *CPh* 62, pp. 169–181.

Ker, James (2009). *The Deaths of Seneca*, Oxford.

King, Christine M. (1971). «Seneca's *Hercules Oetaeus*: A Stoic Interpretation of the Greek Myth», *G&R* 18.2, pp. 215–222.

Kragelund, Patrick (2002). «Historical Drama in Ancient Rome: Republican Flourishing and Imperial Decline?», *Symbolae Osloenses* 77, pp. 5–51.

Laurand, Valéry (2002). *Le vocabulaire des stoïciens*, Paris.
Littlewood, Cedric A. J. (2004). *Self-Representation and Illusion in Senecan Tragedy*, Cambridge.
Mader, Gottfried (1990). «Form and Meaning in Seneca's "Dawn Song" (*H. F.* 125–201)», *Acta Classica* 33, pp. 1–32.
Mayer, Roland (2002). *Seneca. A Companion to Phaedra*, Londres.
McAuley, Mairead (2015). *Reproducing Rome: Motherhood in Virgil, Ovid, Seneca, and Statius*, Oxford.
Motto, Anna Lydia e J. R. Clark (1981). «*Maxima uirtus* in Seneca's *Hercules Furens*», *CPh* 76, pp. 101–117.
Nussbaum, Martha C. (1987). «The Stoics on the Extirpation of the Passions», *Apeiron* 20, pp. 129–177.
____ (1993). «Poetry and the Passions: Two Stoic Views», in *Passions & Perceptions. Studies in Hellenistic Philosophy of Mind. Proceedings of the Fifth Symposium Hellenisticum*, org. J. Brunschwig e M.C. Nussbaum, Cambridge, pp. 97–149.
Pimentel, Cristina (1987). «A Conciliação da Estética Literária e da Filosofia em Séneca. A Tragédia *Phaedra*», *Euphrosyne* 15, pp. 257–268.
____ (1993). Quo uerget furor? *Aspectos Estóicos na* Phaedra *de Séneca*, Lisboa.
____ (1999). «A *meditatio mortis* nas Tragédias de Séneca», *Classica* 23, pp. 27–45.
____ (2000). *Séneca* (col. «Vultos da Antiguidade»), Lisboa.
____ (2004). «Estoicismo e Figuras Femininas em Séneca», *Brotéria* 3.158, pp. 251–268.
____ (2013). «Paolo Frassinetti. *Pagine sull'*Octavia, Génova, 2012, 113 pp. ISBN 978-88-7903-185-1», *Euphrosyne* 41, pp. 553–555.
Romm, James (2014). *Dying Every Day: Seneca at the Court of Nero*, Nova Iorque.
Segal, Charles (1982). «*Nomen sacrum*: Medea and other names in Senecan tragedy», *Maia* 34, pp. 241–246.
____ (1984). «Senecan Baroque: The Death of Hippolytus in Seneca, Ovid, Euripides», *TAPhA* 114, pp. 311–325.
____ (1986). *Language and Desire in Seneca's* Phaedra, Princeton.

MEDEIA

PERSONAGENS

MEDEIA, filha do rei da Cólquida, Eetes, e mulher de Jasão
AMA de Medeia
CREONTE, rei de Corinto
JASÃO, de Iolco, na Tessália, chefe da expedição dos Argonautas à Cólquida, em demanda do velo de ouro
DOIS FILHOS de Medeia e Jasão (figuras mudas)
MENSAGEIRO
CORO de Coríntios, simpatizantes de Jasão e hostis a Medeia

CENA

Corinto

ACTO PRIMEIRO

MEDEIA

Deuses conjugais([1]), e tu, guardiã do leito nupcial,
Lucina([2]), e tu([3]) que ensinaste Tífis a governar
o novo barco, que havia de domar os mares,
e tu, cruel soberano do mar profundo([4]),
e tu, Titã([5]), que pela terra distribuis a luz brilhante do dia,
e tu que ofereces um fulgor cúmplice aos mistérios silenciosos,
Hécate triforme([6]), e vós, todos os deuses

([1]) Juno e Himeneu, divindades associadas ao casamento.

([2]) Originalmente, um dos títulos sob que era venerada Juno, enquanto figura que presidia ao nascimento das crianças. Na poesia latina posterior a Catulo, Lucina tende a ser identificada com Diana/Ilitia, provavelmente devido à associação de Ártemis, sua equivalente grega, com os partos. Cf. Ovídio, *Fastos* 3.243–258.

([3]) Tífis, timoneiro da Argo, foi ensinado por Palas Atena/Minerva. O barco é visto como um animal que Tífis deverá «governar», e o mar, como um animal selvagem que importa «domar».

([4]) Posídon/Neptuno.

([5]) Hélio/Sol. Trata-se do avô de Medeia. É aqui designado por Titã em virtude de ser filho de Hiperíon, um dos Titãs, primeva geração de deuses, destronada por Zeus/Júpiter e substituída pelos deuses do Olimpo.

([6]) Hécate era frequentemente representada na arte pictórica com três cabeças ou três corpos. Era a deusa das encruzilhadas, donde o seu nome de Trívia, e estava presente nas três regiões do mundo mitológico: nos céus, como a Lua

por que Jasão me jurou(7) e todos os outros a quem com mais direito
Medeia apela: Caos(8) da noite eterna,
reinos contrários à vida, e manes(9) ímpios
e senhor de um reino sombrio(10) e sua consorte(11), raptada, como eu,
mas a quem foi prestada melhor fidelidade(12), a todos vós com voz
[não propícia suplico.
Agora, agora, vinde, deusas vingadoras do crime(13),
com a vossa cabeleira eriçada de serpentes desalinhadas,
e cingindo nas vossas mãos cruentas um negro facho,
vinde, hórridas, tal como estivestes presentes
junto ao meu tálamo: dai a morte a esta nova esposa(14),
e a morte ao sogro(15) e à estirpe real(16).
Mas há ainda algo pior? Que mal hei-de implorar para o marido?

---

ou Febe; na terra, como Diana caçadora; no mundo infernal, como Prosérpina, mulher de Plutão. Na época de Séneca, era já associada à magia.

(7) De acordo com a versão veiculada pelos *Argonautica* de Apolónio de Rodes, Jasão havia prometido a Medeia levá-la com ele e desposá-la no regresso a casa, no caso de o auxiliar na conquista do velo de ouro.

(8) O Caos, a massa informe do mundo, anterior à formação dos deuses, é aqui tomado pelos abismos infernais. O Caos gerou Érebo e a Noite, e, depois, o Dia e o Éter.

(9) Os manes são as almas dos mortos.

(10) Hades, ou Plutão, ou Dite, deus dos Infernos. É filho de Crono e Reia e irmão de Zeus, Posídon, Hera e Deméter. Juntamente com Zeus e Posídon, é um dos três senhores que dividiram entre si o poder sobre o Universo, depois de vencerem os Titãs.

(11) Perséfone ou Prosérpina, a filha de Zeus e Deméter/Ceres, que foi raptada por Plutão na Sicília, enquanto com as suas companheiras se divertia a colher flores, e levada para os Infernos, onde se tornou sua mulher e rainha.

(12) Isto porque Plutão permaneceu fiel a Prosérpina, ao contrário de Jasão a Medeia.

(13) Alusão às Erínias, forças primitivas, pertencentes ao grupo das mais antigas divindades do panteão helénico, que personificavam a vingança. Elas puniam, em especial, os crimes cometidos contra familiares. Eram igualmente conhecidas por Euménides, ou Fúrias, em latim. Eram representadas como três génios alados, com os cabelos mesclados de serpentes e fachos ou açoites nas mãos.

(14) Creúsa, ou Glauce.

(15) Creonte.

(16) O que pressupõe que Creonte teria mais filhos.

Que viva; vagueie por cidades ignotas, indigente,
exilado, apavorado, odioso, sem lar;
demande, forasteiro entretanto já conhecido, portas alheias; 23a, 22b
eu escolho a noiva, e, para ele, não há nada pior que eu possa pedir 22a, 23b
do que tenha filhos iguais ao pai
e iguais à mãe — já nasceu, nasceu a minha vingança:
pari. Mas porque semeio queixumes e palavras em vão?
Não hei-de atacar os meus inimigos? Hei-de arrancar-lhes os fachos
[nupciais das mãos
e a luz ao céu — contempla tudo isto o Sol,
semeador da nossa raça, e é contemplado, e sentando-se no seu carro
desliza pelos cursos costumeiros de um firmamento sereno?([17])
Não volta à sua origem e faz declinar o dia?
Permite, permite que eu seja levada pelos ares no carro do meu
[ancestral,
confia-me as rédeas, pai([18]), e consente-me guiar
os ígneos corcéis com freios ardentes([19]):
seja Corinto, que agora separa dois golfos, um de cada lado,
consumida pelas chamas e permita a união dos dois mares.([20])
Não me resta senão, como madrinha, levar eu mesma até ao tálamo

---

([17]) Alusão ao episódio em que, horrorizado pelo macabro banquete oferecido por Atreu a Tiestes (tratava-se dos próprios filhos deste último, esquartejados), o Sol se retirou, fazendo escurecer o dia (cf. *Tiestes*). Medeia esperaria do seu ancestral um comportamento semelhante, ante a humilhação a que se sente sujeita.

([18]) Medeia dirige-se ao Sol como «pai», no sentido de «fundador da nossa família».

([19]) Note-se o paralelismo com Faetonte, que certo dia pediu ao seu pai, o Sol, que o deixasse conduzir o seu carro, pedido a que o Sol anuiu, mas não sem deixar de lhe fazer muitas recomendações. Faetonte partiu e começou a seguir o caminho traçado no firmamento. Mas a altitude assustou-o. Desceu demasiado baixo e quase queimou a Terra, subiu demasiado alto e os astros queixaram-se a Júpiter, que, para evitar uma conflagração, fulminou Faetonte, fazendo-o cair no rio Erídano (identificado com o Pó, em Itália).

Enquanto descendente do Sol, Medeia relaciona-se com Faetonte, ainda que com este não partilhe o ruinoso fim, pois ser-lhe-á permitido evadir-se em segurança.

([20]) Corinto localizava-se num istmo que ligava o Peloponeso ao norte da Grécia, separando o Mar Egeu do Mar Jónio.

o facho nupcial(21) e, depois de pronunciadas as fórmulas das orações,
imolar as vítimas nos altares consagrados.
Pelas próprias vísceras procura um caminho para o castigo,
se estás vivo, espírito, se ainda em ti subsiste
algum do vigor de outrora; repele os temores de mulher
e no teu espírito o inóspito Cáucaso(22) crava.
Todos os crimes que o Fásis(23) e o Ponto(24) viram,
há-de vê-los também o Istmo(25). Males atrozes, nunca vistos, hórridos,
que fazem tremer tanto o céu como a terra,
revolve o meu espírito no seu interior: feridas e carnificina
e a morte espalhada pelos membros(26) — é demasiado leve tudo
[isto que recordei:
fi-lo quando era uma virgem; erga-se mais terrível a dor:
agradam-me crimes maiores agora, depois de ter parido.
Cinge-te com a ira e prepara-te, com toda a loucura,
para a destruição. Seja o teu repúdio narrado
como não inferior ao teu casamento(27): como hás-de deixar o teu
[marido?

---

(21) O facho é um símbolo do matrimónio, porque em Roma era costume acompanhar, com fachos acesos, a noiva, da casa paterna à do marido, na noite de núpcias.

(22) O Cáucaso era tradicionalmente associado a um estado selvagem, à inospitalidade. Esta montanha ergue-se entre os mares Negro e Cáspio, ao longo da fronteira norte da actual Geórgia, constituindo uma ingente barreira entre a Europa e a Ásia.

(23) O rio Fásis, actual Rioni, nascia no Cáucaso e desaguava no Mar Negro. Era o principal rio da Cólquida.

(24) O nome grego *pontos* significa apenas «mar», mas podia também assumir o sentido de «Ponto», reportando-se, então, ao Mar Negro.

(25) O Istmo de Corinto.

(26) Referência a Absirto. Quando Eetes, pai de Medeia e Absirto, descobriu que Jasão havia fugido da Cólquida, levando consigo o velo de ouro e a sua própria filha, lançou-se na perseguição da nau. Então, Medeia matou o irmão, que levara consigo, e espalhou os seus membros. Eetes perdeu tempo a recolhê-los e, quando terminou de o fazer, era demasiado tarde para alcançar os fugitivos.

(27) Medeia demonstra já neste ponto estar ao corrente da reputação que a precede. Sobre uma consciência mais aguda dessa reputação, cf. v. 171 (*Fiam*) e v. 910 (*Medea nunc sum*).

Da mesma forma como o seguiste. Expulsa já essas lentas hesitações:
a casa que pelo crime foi alcançada pelo crime deve ser deixada.

(Sai Medeia. Entra o Coro)

CORO

A este casamento real possam apresentar-se com uma disposição [favorável
os deuses que presidem aos céus e aos mares,
juntamente com o povo num silêncio ritualmente aprovador.
Em primeiro lugar, aos Tonantes([28]) portadores de ceptro
ofereça um touro de pele resplandecente o altivo pescoço;
a Lucina, agrada uma fêmea de níveo corpo,
desconhecedora do jugo; por sua vez,
em honra daquele que detém as sanguinárias mãos de Marte cruel([29]),
e garante pactos entre povos em guerra,
e guarda no seu rico corno a abundância,
seja imolada uma vítima tenra, mais delicada.
E tu([30]), que estás junto aos fachos de uniões legítimas,
afastando a noite com favorável destra,
aproxima-te com os teus passos entorpecidos e ébrios,
cingindo as têmporas com uma coroa de rosas.
E tu, estrela([31]), que anuncias as duas partes do dia,
e sempre demasiado vagarosa regressas para os que se amam:
as mães, as jovens mulheres avidamente anseiam
que quanto antes espalhes os teus esplendorosos raios.
A beleza da jovem supera,
de longe, as noivas cecrópias([32]),

([28]) Júpiter e Juno.

([29]) A Paz, ou Vénus, ou as duas em conjunto.

([30]) Himeneu, na época de Séneca, tido como deus do casamento. Era ele quem conduzia o cortejo nupcial.

([31]) Héspero, o génio da estrela da noite.

([32]) «Cecrópias», o mesmo que «atenienses». Cécrops terá sido um dos primeiros reis da Ática, ou até o primeiro.

e as que a cidadela sem muralhas(33) treina
como se fossem homens,
nos cumes do Taígeto,
e aquelas que as correntes do Aónio
e do Alfeu sagrado banham.(34)
Se ele quisesse ser julgado pela aparência,
cederiam lugar ao Esónida(35)
o filho de um ímprobo raio,
que aos tigres ajusta o jugo(36);
o que faz tremer a trípode(37),
irmão da cruel virgem(38);
cederia lugar, juntamente com o seu irmão Castor,
Pólux(39), melhor no pugilismo.
Assim, assim, deuses celestes, suplico-vos,
suplante esta mulher todas as esposas,
supere este homem, de longe, os outros maridos.
Quando ela ocupa o seu lugar numa dança de mulheres,
só a beleza do seu rosto a todas ofusca.
Da mesma forma se dissipa o fulgor das estrelas perante o Sol

---

(33) Esparta. Taígeto era a montanha que separava, a ocidente, Esparta da Messénia. Os Espartanos ministravam uma educação muito exigente, severa, tanto a rapazes, como a raparigas.

(34) As mulheres de Tebas e de Olímpia, cidades aqui designadas pelos rios que corriam perto delas, o Aónio e o Alfeu, respectivamente.

(35) Jasão, aqui designado por um patronímico (era filho de Éson, meio-irmão de Pélias).

(36) Dioniso/Baco, filho de Júpiter e Sémele, uma mortal. Depois das campanhas de Alexandre Magno para Oriente, o mito de Dioniso passou a incluir uma passagem pela Índia, onde teria atrelado ao seu carro panteras, ou tigres, e outros animais exóticos.

(37) Febo Apolo, deus da profecia. No seu santuário, em Delfos, a pitonisa servia-se de uma trípode, para, inspirada pelo deus, fazer oráculos.

(38) Diana, deusa da castidade e da caça, irmã de Febo Apolo. A deusa apreciava sacrifícios humanos, daí ser «cruel».

(39) Castor e Pólux, conhecidos como Dioscuros, irmãos de Clitemnestra e Helena, granjearam fama por serem exímios cavaleiro e pugilista, respectivamente.

e os densos rebanhos das Plêiades([40]) se ocultam,
quando Febe([41]) descreve, com um esplendor que não lhe pertence([42]),
toda a sua órbita unindo os seus encurvados cornos.
Assim uma cor branca como a neve enrubesce([43])
tingida de púrpura, assim um pastor orvalhado
contempla um brilho resplandecente ao romper do dia.
Resgatado de um tálamo do Fásis hórrido,
tu, que, sempre receoso, acariciavas com mãos relutantes
os seios da tua indomável mulher,
com alegria toma nos teus braços a virgem eólia([44]),
pela primeira vez, agora, um casamento com o consentimento dos [teus sogros.([45])
Deleitai-vos, jovens, com insultos tolerados([46]);
por aqui e por ali lançai, jovens, versos em desafio:
rara é a oportunidade de abertamente censurarmos os nossos [governantes.
Justa e nobre descendência([47]) de Lieu([48]) portador do tirso,

([40]) As Plêiades são sete irmãs que foram divinizadas e convertidas nas sete estrelas da constelação homónima. Eram filhas do Gigante Atlas e de Plêione.

([41]) Na poesia grega arcaica, Febe era uma Titã, mãe de Leto/Latona e avó de Ártemis. Na época de Séneca, era identificada com Ártemis, a deusa romana Diana. Febe era também identificada com Hécate, de quem Medeia era discípula. Da associação de Febe à Lua, cf. v. 7.

([42]) Desde uma época muito recuada, os Gregos tinham noção de que a Lua não era uma fonte de luz *per se*, antes reflectia a do Sol. A não poucos poetas aprazia descrever, de forma expressiva, esse facto.

([43]) A justaposição de um tom rosado a uma cor branca era vista como um sinal de beleza. Ainda assim, o vermelho pode aqui ser entendido como uma alusão a sangue, em prenúncio da morte de Creúsa.

([44]) Isto é, coríntia. Éolo, filho de Heleno, era pai de Sísifo, fundador de Corinto.

([45]) Por amor a Jasão, Medeia traiu o seu pai, Eetes, e a sua pátria, a Cólquida, ajudando o amante a roubar o velo de ouro. Além disso, desposou-o, depois, sem o consentimento do seu pai, o que era socialmente censurável.

([46]) Nos casamentos gregos e romanos, os convidados tinham por hábito entoar cânticos obscenos aos noivos.

([47]) Himeneu, filho de Baco e Vénus.

([48]) Lieu (ou Liber) é um epíteto de Baco, cujos seguidores, como o próprio deus, de resto, se faziam acompanhar de um tirso. A palavra Lieu significa «que desata ou solta», descrevendo, assim, o efeito do vinho.

é já tempo de acender o facho fendido em várias partes:
brande nos teus dedos lânguidos o fogo cerimonial.
Que o mordaz fescenino([49]) derrame os seus insultos festivos,
que a turba deixe escapar gracejos — vá por silenciosas trevas
qualquer mulher que fuja e despose um marido estrangeiro.

([49]) Género de versos populares e licenciosos, muito cultivados entre os Romanos.

ACTO SEGUNDO

MEDEIA

Estou perdida: o canto de himeneu feriu os meus ouvidos.
Dificilmente, dificilmente acredito, ainda agora, em tão grande
[mal.
Como pôde Jasão fazer-me isto: depois de me ter arrebatado
ao meu pai, à minha pátria e ao meu reino, deixar-me sozinha,
o cruel, numa terra estrangeira? Despreza os meus méritos,
ele que viu serem vencidos pelos meus crimes as chamas e o
[mar?
Acaso julga que esgotei toda a minha maldade?
Vacilante, privada da razão, insana, sou levada
para todas as direcções; donde me poderá vir a vingança?
Oxalá tivesse ele um irmão! Tem uma noiva: que o ferro
a trespasse. É isto suficiente para os meus males?
Se as cidades pelasgas[50], se as cidades bárbaras
descobriram algum delito que desconheçam as tuas mãos,
agora o deves preparar. Exortem-te os teus próprios crimes
e regressem todos: o insigne ornamento[51] esbulhado
ao meu reino, e o pequeno companheiro[52] da criminosa virgem

(50) Termo poético para «Gregos». Os «Pelasgos» foram um povo mítico da Grécia.

(51) O velo de ouro.

(52) Absirto, irmão de Medeia.

esquartejado pela espada, a sua morte atirada à cara do pai,
e o corpo disperso pelo mar, e os membros do velho Pélias([53])
cozidos no caldeirão: quantas e quantas vezes derramei,
sem piedade, sangue funesto — e nenhum desses crimes
o cometi por ira: tornava-me cruel um amor infeliz.
Mas que podia ter feito Jasão, uma vez sujeito ao poder
e à autoridade de outrem? Devia ter oferecido
o peito à espada — não digas isso, não digas isso,
dor enlouquecida. Se ele puder, viva
como um dia foi, como o meu Jasão; se não, possa, ainda assim, viver
e, lembrado de mim, mantenha intacto o meu presente([54]).
A culpa é toda de Creonte, que, tirano com o poder,
dissolve casamentos e priva da mãe
os filhos, e quebra uma fidelidade firmada
em estreitos vínculos: ataquemo-lo, que pague, sozinho,
o que deve. Sepultarei com cinzas o seu palácio;
Málea([55]), que verga as longas demoras das naus,
há-de avistar o negro cume erguido pelas chamas.

([53]) Depois de ter enviado Jasão em demanda do velo de ouro, Pélias mandou matar Éson, seu meio-irmão. Volvidos quatro anos, Jasão regressa e, ocultando a sua vontade de vingar os pais e o irmão, dirige-se para Corinto, onde, juntamente com Medeia, delibera acerca da punição a infligir a Pélias. Algum tempo depois, é a própria Medeia quem se dirige, sozinha, à corte de Iolco, onde consegue convencer as filhas do rei de que era capaz de rejuvenescer Pélias, que começava a sentir os efeitos da velhice. Para demonstrar as suas artes de feiticeira, ela corta em bocados um carneiro velho e coloca-os num caldeirão com água a ferver, adicionando umas ervas mágicas. Passado algum tempo, saiu do recipiente um cordeiro. Sem hesitar, logo as filhas de Pélias esquartejaram o geronte e lançaram os pedaços do corpo para dentro do caldeirão, pondo a cozer as várias partes. Porém, Pélias não ressuscitou. Horrorizadas com o seu crime, as filhas condenaram-se voluntariamente ao degredo, todas excepto Alceste, a única, segundo alguns autores, que não terá participado no crime. Depois disso, Acasto, filho de Pélias, reinou em Iolco, de onde expulsou Jasão e Medeia.

([54]) A sua vida.

([55]) O mais oriental dos três promontórios do sul do Peloponeso.

AMA

Faz silêncio, suplico-te, esconde esses lamentos, aferrolha-os
com uma dor secreta. Quem profundas feridas,
em silêncio e com paciência e equanimidade, suporta
pode replicar: a ira que se oculta é a mais nociva;
os ódios professos perdem a oportunidade de vingança.

MEDEIA

Leve é a dor que consegue deliberar
ou ocultar-se a si mesma: os grandes males não se escondem de atalaia.
Quero atacar.

AMA

Põe termo a esse furial ímpeto, filha:
mesmo o silêncio e a tranquilidade dificilmente te protegem.

MEDEIA

A Fortuna receia os fortes([56]); aos cobardes, esmaga-os.

AMA

A coragem é louvável, se houver lugar para ela.

MEDEIA

Jamais pode acontecer não haver lugar para a coragem.

AMA

Esperança alguma abre caminho entre as tuas aflições.

([56]) Medeia reformula aqui o célebre provérbio de que a Fortuna secunda os audazes (cf. Vergílio, *Eneida* 10.284: *audentis fortuna iuuat*).

MEDEIA

A quem nada pode esperar, nada desespere.

AMA

Desapareceram os Colcos, é nula a lealdade do teu marido
e da tua grande riqueza nada resta.

MEDEIA

Resta Medeia: e nela o mar e a terra vês
e o ferro e o fogo e os deuses e os raios.

AMA

O rei([57]) deve ser temido.

MEDEIA

Rei era também o meu pai.

AMA

Não temes as suas armas?

MEDEIA

Nem que elas brotassem da terra.([58])

([57]) Creonte.

([58]) Desembarcado na Cólquida, Jasão dirigiu-se junto do rei Eetes, a quem expôs a missão que lhe havia sido confiada por Pélias: recuperar o velo de ouro. O rei não recusou entregar-lho, mas estabeleceu como condição que, sozinho, assentasse o jugo a dois touros de cascos de bronze, que expeliam fogo pelas narinas. Cumprida essa primeira prova, Jasão deveria ainda lavrar um campo e semear os dentes de um dragão. Ora, só com a ajuda de Medeia foi possível ao Argonauta ultrapassar todos os obstáculos com que ia deparando. Aqui, faz-se

AMA

Vais morrer.

MEDEIA

É o que desejo.

AMA

Foge.

MEDEIA

Arrependo-me de ter fugido.

AMA

Medeia…

MEDEIA

Hei-de sê-lo.

AMA

És mãe.

MEDEIA

Bem vês graças a quem.

AMA

Hesitas em fugir?

---

referência ao momento em que dos dentes semeados brotaram soldados prontos a aniquilar Jasão. Outro passo aludirá a esse episódio (cf. vv. 467–468).

MEDEIA

Hei-de fugir, mas vingo-me primeiro.

AMA

Um vingador há-de perseguir-te.

MEDEIA

Talvez eu encontre formas de o retardar.

AMA

Domina as tuas palavras, cala já, louca, essas ameaças,
e o teu ânimo quebranta: importa ajustares-te às circunstâncias.

MEDEIA

A Fortuna pode até arrancar-me a riqueza, mas não a coragem.

(Entra Creonte, acompanhado de servos)

Mas quem, empurrando as portadas reais, faz chiar as dobradiças?
É o próprio, túmido com o poder pelasgo, Creonte.

CREONTE

(A si mesmo)

Medeia, essa filha nociva de Eetes da Cólquida,
não se retirou ainda do meu reino?
Urde alguma coisa: conhecidas são as suas insídias, conhecida é a
[sua habilidade.
Quem irá poupar, ou quem deixará incólume?
Quanto a mim, preparava-me para exterminar esse grande flagelo
[rapidamente
pela espada: mas com as suas súplicas prevaleceu o meu genro.

Foi-lhe concedida a vida. Liberte, pois, do medo o meu reino
e parta em segurança. — Mas eis que avança feroz na minha direcção
e, com um ar ameaçador, procura falar-me mais de perto.
Mantende-a distante, escravos, bem distante de qualquer contacto
[ou acesso,
ordenai-lhe que se cale. Que de uma vez aprenda a suportar
a autoridade de um rei.

(A Medeia)

Parte por um caminho veloz
e remove finalmente daqui a tua cruel e horrível monstruosidade.

MEDEIA

Por que crime ou culpa me é imposto o exílio?

CREONTE

A inocente mulher pergunta por que motivo é banida.

MEDEIA

Se ages como juiz, inteira-te dos factos, se como tirano, ordena.

CREONTE

Justo ou iníquo, deverás acatar a autoridade de um rei.

MEDEIA

Os reinos iníquos nunca duram para sempre.

CREONTE

Parte, queixa-te aos Colcos.

MEDEIA

Vou-me embora: quem me trouxe, que me leve.

CREONTE

As tuas palavras chegam demasiado tarde, o meu decreto está [decidido.

MEDEIA

Quem decide alguma coisa sem ouvir uma das partes,
ainda que tome uma decisão justa, não agiu com justiça.

CREONTE

Acaso foi por ti ouvido Pélias antes do suplício?
Mas fala, dê-se uma oportunidade ao teu excelente caso.

MEDEIA

Quão difícil seja, uma vez transtornado, afastar da ira um espírito,
ou quão digno de um rei parece,
àquele que ao ceptro deitou as suas mãos soberbas,
prosseguir pelo caminho que começou, aprendi no meu próprio [palácio.
Porquanto, embora derrubada por deplorável infortúnio,
desterrada, súplice, sozinha, abandonada,
oprimida por todos os lados, outrora resplandecia com a luz do [meu nobre pai,
e a minha ilustre linhagem remontava ao Sol, meu avô.
Tudo quanto o Fásis banha com a sua lenta sinuosidade,
tudo quanto o cítico Ponto contempla no seu lado mais remoto,
onde os mares se tornam doces com a água dos pântanos,
tudo o que é ameaçado pela coorte de solteiras, armadas com os [seus escudos crescentes,

cuja fronteira são as margens do Termodonte[59],
tudo isso o meu pai governa como o seu reino.
Nobre, feliz, poderosa, de beleza real
resplandecia[60]: pediam-me em casamento pretendentes
que são agora pretendidos. A Fortuna, veloz e volúvel e precipitada,
arrebatou-me do meu reino e entregou-me ao exílio.
Continua a confiar no teu reino, apesar de o inconstante acaso levar
grandes riquezas para aqui e para ali. — É isto o que os reis
têm de magnífico e distinto, que dia algum jamais lhes há-de roubar:
auxiliar os desventurados e proteger os súplices
sob um tecto fiável. Apenas isto trouxe do meu reino na Cólquida,
salvar aquela ingente glória e ínclita flor da Grécia,
baluarte dos Aqueus[61], progénie dos deuses[62].
Orfeu, que com o seu canto amolece
os rochedos e arrasta florestas, é um presente meu[63];
duplo favor meu são Castor e Pólux,
e também os filhos de Bóreas[64] e aquele que, ao fixar aí o seu olhar,

---

(59) Alusão às Amazonas, cujo reino se localizaria no Norte, quer sobre as cordilheiras do Cáucaso, quer na Trácia, quer na Cítia meridional. Séneca segue aqui a versão mais divulgada do mito, de acordo com a qual elas habitariam junto ao Termodonte, rio localizado na província romana do Ponto, parte da actual Turquia. As Amazonas seriam, assim, vizinhas dos Colcos. Governavam-se a si mesmas, sem recorrerem a nenhum homem. À sua frente, estava uma rainha, Hipólita. Não toleravam a presença dos homens, a não ser como servidores. Há autores que dizem que elas mutilavam, ou matavam, à nascença os filhos do sexo masculino. As três marcas distintivas das Amazonas, povo guerreiro, eram as aljavas pintadas, o escudo em forma de meia-lua e o machado.

(60) Passo especialmente expressivo, se se tiver em consideração que Medeia é descendente do Sol.

(61) Uma vez que todos os melhores guerreiros da Grécia estavam a bordo da Argo.

(62) Muitos dos Argonautas descendiam de deuses: Hércules, Castor e Pólux eram filhos de Zeus/Júpiter; Orfeu é usualmente referido como sendo filho da musa Calíope; Équion e Êurito são filhos de Hermes/Mercúrio; Zetes e Cálais, filhos de Bóreas.

(63) Isto é, porque voltou incólume da expedição.

(64) Zetes e Cálais, filhos do vento norte, Bóreas. Tal como o seu pai, também eles dispunham de asas, e o seu papel mais relevante na história dos Argonautas consistiu na perseguição que fizeram às Harpias. As Harpias eram aves do mar,

vê o que está até para lá do Ponto, Linceu([65]),
e todos os Mínias([66]): mas faço silêncio quanto ao comandante dos
[comandantes([67]),
pelo qual nada me é devido: por ele não faço de ninguém meu
[devedor;
para vós trouxe os demais; este, apenas para mim.
Censura-me agora e atira-me todas as minhas ignomínias:
todas hei-de admitir; um único crime me pode ser imputado,
o regresso da Argo. Tivesse a virgem escolhido o pudor
e o seu pai: juntamente com os seus comandantes teria ruído
todo o povo pelasgo, e esse teu genro teria sido o primeiro
a perecer, com o ígneo hálito do touro feroz([68]).
[Espezinhe a Fortuna a minha causa como lhe mais aprouver,
não se arrepende de ter salvado a majestade de tantos reis.]
Qualquer benefício que obtive de toda esta culpa
está nas tuas mãos. Se te agrada, condena a ré;
mas restitui-lhe o seu crime.([69]) Sou culpada, confesso-o, Creonte:
sabia-lo já, quando toquei nos teus joelhos([70])
e, súplice, a promessa de protecção dada pela tua destra procurei;
nesta terra, peço-te um recanto para os meus infortúnios, e uma casa
e um esconderijo vil: se te agrada banires-me da cidade,
que me seja concedido um qualquer lugar remoto no teu reino.

---

porque eram filhas de Electra, descendente de Ponto, o mar; habitavam numa ilha e eram personificações das tempestades.

([65]) Filho de Afareu e irmão de Idas, afamado pela sua visão muito apurada, que podia mesmo penetrar numa prancha de carvalho.

([66]) Povo grego de época muito recuada, descendente de Mínias, que reinava em Orcómeno. Designa aqui, como noutros passos, os Argonautas.

([67]) Jasão.

([68]) Nova referência aos touros ignispirantes, um dos obstáculos que Jasão teve de ultrapassar para chegar até ao velo de ouro.

([69]) Jasão, em benefício de quem ela praticou todos os crimes que lhe são imputados e que reconhece.

([70]) Tocar os pés ou, mais frequentemente, os joelhos era um gesto de suplicante (cf. *Odisseia* 7.141–142).

CREONTE

Que não sou dos que administram o poder com violência,
nem dos que espezinham com pé soberbo as misérias,
parece-me tê-lo demonstrado com não pouca clareza
ao ter escolhido para genro um homem exilado e angustiado,
e afligido por um medo confrangedor, porquanto Acasto,
que governa a Tessália, exige para ele a punição e a morte.
Ele queixa-se de que o seu pai([71]), trémulo na decrepitude da [velhice
e trôpego com a idade, foi assassinado, e o seu corpo de idoso
dilacerado e esquartejado, quando, enredadas pelas tuas insídias,
as suas devotadas irmãs ousaram o ímpio crime.
Pode Jasão, se separares as vossas causas,
defender a dele: nenhum sangue poluiu
a sua inocência, a sua mão não tocou na espada,
e, puro, manteve-se longe de uma parceria contigo.
Mas tu, tu, tecedeira de crimes terríveis,
mulher na maldade para tudo ousar,
homem na força, indiferente à tua reputação,
parte, purifica o meu reino, leva contigo
as tuas ervas letais([72]), liberta os meus cidadãos do medo,
fixando-te noutra terra, atormenta, lá, os deuses.

MEDEIA

Obrigas-me a fugir? Restitui à que foge o seu barco
ou restitui-lhe o seu companheiro — porque ordenas que fuja [sozinha?
Não cheguei aqui sozinha. Se é a guerra que receias([73]),
expulsa-nos aos dois do reino. Porque distingues entre os dois [culpados?
É em benefício dele que Pélias jaz morto, não no meu;

([71]) Pélias. Cf. vv. 133–134.

([72]) Alusão aos poderes mágicos de Medeia.

([73]) A guerra com Acasto, filho do assassinado Pélias.

junta a isso a minha fuga, o meu roubo([74]), o ter abandonado o
[meu pai,
desmembrado o meu irmão, tudo o que este marido
ensina às suas novas mulheres até hoje, nada disso é meu:
tantas vezes fui culpada, mas nunca em proveito meu.

CREONTE

Já devias ter partido. Porque, com troca de palavras, semeias demoras?

MEDEIA

Súplice, ao partir faço apenas este derradeiro pedido,
que a culpa da mãe não arraste os seus filhos inocentes.

CREONTE

Vai-te: hei-de recebê-los, como os seus próprios pais, nos meus
[braços paternais.

MEDEIA

Pelo auspicioso leito deste casamento real,
pelas tuas esperanças para o futuro e pela sorte do reino,
que a Fortuna volúvel sacode com as suas vicissitudes,
imploro-te, adia por um breve momento a minha partida,
para plantar nos meus filhos os meus últimos beijos de mãe,
mãe talvez no limiar da morte.

CREONTE

Pedes-me tempo para alguma das tuas fraudes.

MEDEIA

Num espaço de tempo tão exíguo que fraude pode ser temida?

([74]) O roubo do velo de ouro.

CREONTE

Para os malvados, nenhum tempo é escasso para fazer mal.

MEDEIA

Acaso negas a uma desventurada tempo insuficiente até para lágrimas?

CREONTE

Apesar de resistir às tuas súplicas uma apreensão cravada fundo,
ser-te-á concedido um dia para te preparares para o exílio.

MEDEIA

É demasiado, podes cortar-lhe uma parte;
também eu tenho pressa.

CREONTE

Serás condenada à morte,
se não tiveres deixado o Istmo antes de Febo
trazer o dia resplandecente. — Agora os ritos nupciais chamam
[por mim,
o dia consagrado a Himeneu chama-me a fazer preces.

(Saem Creonte, Medeia e a Ama. Entra o Coro)

CORO

Demasiado audacioso o primeiro que rompeu
as pérfidas ondas com tão frágil barco
e, vendo a sua própria terra ficar para trás,
confiou a sua vida aos ventos volúveis,
e que, fendendo os mares num curso incerto,
pôde fiar-se num frágil lenho,
entre os caminhos da vida e morte

demasiado curto o limiar de permeio.
Ainda ninguém as constelações conhecia,
nem se servia das estrelas,
com as quais está pintado o éter; ainda os barcos não podiam escapar
às pluviosas Híades(75),
nem os raios da cabra Olénia(76),
nem os carros áticos,
que o velho e indolente Bootes(77) segue e dirige,
ainda o Bóreas, ainda o Zéfiro(78)
não tinham nome.
Mas ousou Tífis(79) desfraldar as suas velas
sobre o vasto alto-mar
e prescrever novas leis aos ventos:
agora a puxar bem as cordas com as velas completamente infladas,
agora, com uma vela alçada para a frente,
a capturar os oblíquos ventos do Sul;
agora a pôr as vergas estavelmente a meio do mastro;
agora a amarrá-las no ponto mais alto,
quando o nauta, ávido em excesso,
deseja apanhar todos os ventos

---

(75) As Híades eram um grupo de estrelas muito próximo das Plêiades. O seu número variava entre duas e sete.

(76) Trata-se de Capela, a mais brilhante estrela da constelação Auriga/ /Cocheiro. Esta estrela estava geralmente associada às tempestades. Recém-nascido, Zeus/Júpiter foi alimentado por uma cabra. De acordo com algumas versões, essa cabra chamava-se Amalteia; segundo outras, Amalteia seria o nome da ninfa a quem essa cabra pertenceria. Em qualquer dos casos, Amalteia viria depois a tornar-se a estrela Capela. O adjectivo «Olénia» pode ser explicado pelo facto de Amalteia ser filha de Óleno, por sua vez, filho de Hefesto/Vulcano, ou por ser natural da cidade de Óleno.

(77) Bootes, o Boieiro, uma constelação, também designada por *Arctophylax* («guarda da ursa»), é posto pela tradição a empurrar um carro. É geralmente descrito como lento, devido ao tempo que esta constelação levava a pôr-se para lá do horizonte. O carro que empurra é designado por «ático» porque Bootes é identificado com o ateniense Icário, pai de Erígone.

(78) Bóreas e Zéfiro, os ventos norte e oeste, respectivamente.

(79) O piloto da Argo.

e os panos rubicundos vibram acima das velas.
Radiantes os tempos que os nossos antepassados viram,
quando as insídias estavam muito remotas.
Ocioso, e percorrendo apenas a sua própria costa,
cada um deles tornava-se velho no campo do seu próprio pai,
rico com pouco,
não conhecendo outros bens além dos providos pela sua terra nativa.
Todos os pactos desse mundo bem proporcionado
foram confundidos pela nau da Tessália([80]),
que ordenou que o alto-mar suportasse açoites
e que o oceano, outrora longínquo, se tornasse
parte dos nossos medos.
Aquela ímproba nau pagou um oneroso preço,
por tão extensos terrores conduzida,
quando os dois montes([81]), ferrolhos do mar profundo,
daqui e dali com súbito impulso
gemeram com uma espécie de atroar etéreo,
e o mar apanhado entre eles
salpicou os cumes e as próprias nuvens.
Empalideceu o audacioso Tífis
e todas as cordas largou, com a mão trémula;
Orfeu fez silêncio, emudecida a sua lira,
e a própria Argo perdeu a sua voz.([82])

([80]) A Argo.

([81]) As Simplégades, também conhecidas por Rochas Azuis ou Ciâneas, eram recifes móveis que colidiam um com o outro, e constituíram uma das muitas tribulações por que passaram os Mínias/Argonautas na sua viagem. Fineu havia prevenido os Argonautas de que, para ultrapassarem esse obstáculo, deviam enviar um pombo. Se este conseguisse transpor a passagem, eles poderiam segui-lo sem perigo. Mas se os escolhos se fechassem sobre ele, então, ser-lhes-ia contrária a vontade dos deuses e o mais prudente seria abandonar a empresa. Uma vez que o pombo conseguiu franquear a passagem, também a Argo saiu incólume desse entrave, tendo apenas ficado com a popa ligeiramente danificada, à semelhança, de resto, das penas mais longas da cauda do animal.

([82]) A nau tinha sido construída em Págasa, que é um porto da Tessália, por Argo, com a ajuda da deusa Atena/Minerva. A madeira utilizada procedia do Pélion, excepto a peça da proa, trazida pela deusa e que era um pedaço do

Que dizer de quando a virgem[83] do sículo Peloro[84],
com o ventre cingido de cães raivosos,
abriu ao mesmo tempo todas as suas fauces?
A quem não tremeram todos os seus membros
perante os múltiplos latidos de um único monstro?
Que dizer de quando as terríveis pestes[85]
com as suas vozes melodiosas serenaram o mar ausónio[86],
quando, respondendo-lhe com música da sua cítara piéria[87],
o trácio Orfeu
quase fez uma Sereia segui-los,
apesar de habituada a fazer parar as naus?
Qual o prémio dessa viagem?
O velo de ouro
e, maldição maior do que o mar, Medeia,
digna recompensa do primeiro barco.
Agora já o mar se dá por vencido
e acata todas as leis:
e já nem a célebre Argo, construída pelas mãos de Palas,

---

carvalho sagrado de Dodona. Foi ela própria quem a talhou e dotou de fala, de tal forma que a nau podia profetizar.

(83) Cila. Era um monstro marinho, que habitava no estreito de Messina, entre a Sicília e a Península Itálica. O corpo da Cila era de mulher na parte superior e estava rodeado de cães monstruosos, seis animais que devoravam tudo o que passava ao seu alcance, na parte inferior.

(84) «Sículo», o mesmo que «siciliano». O Peloro era o promontório mais a nordeste da Sicília.

(85) As Sereias — génios marinhos, metade mulheres, metade pássaros, que atraíam os navegantes com o seu canto, para depois os matarem — tornaram-se inofensivas depois de Orfeu e Ulisses terem passado por elas ilesos, e foram então transformadas em escolhos. Tradicionalmente, a ilha das Sereias localizava-se em frente à costa da Itália meridional.

(86) «Ausónio» é um equivalente poético para «itálico» ou «romano». Os Ausónios foram os primevos habitantes da Campânia. Aqui, o termo refere-se ao mar Tirreno, o mar situado entre a costa ocidental da Península Itálica, a Sardenha e a Sicília.

(87) A Piéria era uma zona da Trácia, tradicionalmente associada à morada das Musas, também conhecidas por Piérides. Também Orfeu, enquanto cantor, se encontra a ela associado, tanto que aí tinha uma sepultura e um culto próprios.

trazendo de volta, famosa, régios remadores,
é procurada —
qualquer barqueta deambula pelo alto-mar.
Foram abolidas todas as fronteiras,
e as cidades ergueram as suas muralhas em terras novas;
nada é deixado onde antes pertencia
por um mundo desvelado:
os habitantes da Índia bebem do gélido Araxes([88]),
os Persas, do Elba e do Reno([89]) —
virá uma época distante no tempo
em que o Oceano([90]) afrouxará os grilhões das coisas,
e a terra abrir-se-á na sua vastidão,
e Tétis([91]) revelará novos mundos,
e não será Tule([92]) a mais longínqua das terras.

([88]) Principal rio da Arménia, hoje Aras; desagua no mar Cáspio. «Gélido» porquanto nascia nas altas montanhas Ararat.

([89]) O Reno marcava o limite oriental da Gália.

([90]) O Oceano era a personificação da água, que, segundo as concepções helénicas primitivas, cercava todo o mundo. Era representado como um rio que corria à volta de um disco plano, que seria a Terra. Como divindade, ele era o pai de todos os rios e era o mais velho dos Titãs, filhos de Úrano e Geia. Era casado com Tétis, sua irmã, que representava o poder fecundo do mar.

([91]) Deusa marinha, irmã e mulher de Oceano, e mãe dos rios e das Oceânides.

([92]) A mais longínqua terra conhecida a Norte, quer por Gregos, quer por Romanos.

ACTO TERCEIRO

AMA

Filha, aonde, saindo de casa, te diriges com passo tão apressado?
Pára e refreia a tua ira e reprime a tua fúria.
Qual extática ménade(93) que vagueia errática
tresvariando, possuída pelo deus,
no pico do nevoso Pindo(94) ou nos cumes do Nisa(95),
assim ela corre de um lado para outro com movimentos selvagens,
carregando no rosto as marcas de uma loucura desvairada.
O seu rosto está abrasado; inspira profundamente;
grita; molha os olhos com rios de lágrimas,
ri-se: manifesta a um só tempo toda a espécie de paixões.
Hesita, ameaça, inflama-se, lamenta-se, geme.

---

(93) As Bacantes, ou Ménades, eram as seguidoras de Baco/Dioniso. Representavam-se nuas, ou vestidas com véus ligeiros que mal lhes dissimulavam a nudez; coroadas de hera, traziam na mão um tirso, por vezes um cântaro, ou então tocavam uma flauta de dois tubos, ou percutiam um tamboril, entregando-se a uma dança violenta. Elas personificavam os espíritos orgiásticos da natureza. Possuídas por Baco, vagueavam pelos campos, bebendo das nascentes e julgando que delas recebiam leite e mel.

(94) Montanha situada entre a Tessália e a Macedónia. A associação do culto de Baco a esta montanha não se apresenta, na tradição mitológica, de forma sistemática.

(95) Montanha mítica onde nasceu Baco, localizada, por alguns autores, na Índia, por outros, a este do Egipto.

Para que lado penderá o peso do seu espírito? Onde depositará as [ameaças?
Onde rebentará aquela onda? Efunde-se a sua loucura.
Não é simples aquilo que está a maquinar, nem um crime moderado;
vai superar-se: conheço as marcas daquela antiga ira.
Ela prepara algo terrível, selvagem, monstruoso, ímpio:
vejo o rosto da Loucura. Que os deuses desapontem o meu medo!

MEDEIA

(A si mesma)

Se procuras saber, desventurada, que limite deve ser fixado ao teu [ódio,
imita o teu amor.(96) Acaso os régios fachos nupciais
inulta hei-de tolerar? Há-de este dia decorrer ocioso,
com tanta insistência pedido, com tanta insistência ganho?
Enquanto a terra, ao centro, sustiver o céu em equilíbrio(97),
e o céu brilhante desenrolar as suas rigorosas vicissitudes,
e de número carecerem as areias, e o dia acompanhar o Sol,
as estrelas acompanharem a noite, enquanto o pólo girar as Ursas(98)
sem as molhar, e os rios no mar desaguarem(99),

---

(96) Tão desmedido quanto foi o amor que sentiu por Jasão será o ódio que agora lhe votará.

(97) A terra encontrava-se no meio do Universo, numa concepção claramente geocêntrica, e o céu encontrava-se em equilíbrio, uma vez que na cosmologia antiga se acreditava que as estrelas tinham uma posição equidistante da Terra, integrando uma esfera cujo centro era a Terra.

(98) Na região do Mediterrâneo, e um pouco mais a norte, as constelações circumpolares das Ursas Maior e Menor nunca se viam abaixo da linha do horizonte, daí a imagem de não tocarem no mar. Curiosamente, nos vv. 758–759, refere-se que Medeia fez com que tal acontecesse, graças aos seus poderes mágicos, tornando, assim, um impossível em algo possível.

(99) Estamos perante uma enumeração de factos tidos como certos na natureza, uma vez que se inscrevem nos seus ciclos imutáveis e eternamente renováveis. Ao servir-se do exemplo de coisas que não podem ser de outra forma, Medeia elenca uma série de *adynata*, listas proverbiais de impossibilidades, passíveis de serem encontradas em quase todas as tragédias de Séneca.

nunca há-de a minha loucura cessar na sua demanda de vingança,
mas crescer sempre — que crueldade das feras,
que Cila, que Caríbdis([100]) sorvendo os mares ausónio
e sículo, que Etna esmagando o anelante Titã([101])
ferverão com tamanhas ameaças como as minhas?
Nenhum rio voraginoso, nenhum mar revolto,
nem o oceano irado pelo Coro([102]), nenhuma força das chamas
acirradas pelo vento poderão inibir o meu ímpeto
e a minha ira: hei-de destruir e arrasar tudo.
Temeu ele([103]) Creonte e uma guerra com o rei da Tessália([104])?
O verdadeiro amor não pode temer ninguém.
Mas suponha-se que foi constrangido que ele cedeu e se rendeu:
certamente poderia ter-me procurado e à sua mulher confortado
com as últimas palavras — também isso receou o selvagem;
ao futuro genro certamente teria sido possível adiar
o penoso momento do meu exílio — um dia apenas foi concedido
para os meus dois filhos. Não protesto contra esse curto prazo:
muito permitirá. Fará este dia,
fará o que nenhum outro jamais há-de calar — vou atacar os deuses
e abanar o universo.

AMA

Domina o teu peito perturbado por tantos males,
senhora, acalma o teu espírito.

([100]) No rochedo que, perto de Messina, se estende ao longo do estreito que separa a Península Itálica da Sicília, vivia outrora um monstro de nome Caríbdis. Ela absorvia três vezes por dia uma grande quantidade de água, arrastando para as suas fauces tudo o que flutuava. Deste modo, engolia também as naus que se encontrassem nessas paragens.

([101]) Há versões divergentes quanto à identidade do monstro aprisionado pelo Etna. Píndaro (*Pítica* 1.16–28) diz tratar-se de Tifeu/Tífon, mas uma tradição posterior aponta para o gigante Encélado (cf. Calímaco, fr. 1.36 Pfeiffer).

([102]) Coro/Cauro, o vento noroeste.

([103]) Jasão.

([104]) Acasto.

MEDEIA

A única serenidade é
se juntamente com a minha ruína tudo vir ser destruído:
que tudo morra comigo. Arrastar tudo contigo, ao pereceres, é agradável.

AMA

Em tudo quanto deves temer, se persistes, atenta:
ninguém pode atacar em segurança os poderosos.

(Entra Jasão)

JASÃO

(A si mesmo)

Ó destino sempre duro e sorte árdua,
igualmente maligna quando te enfureces contra mim e quando me [poupas.
Quantas vezes os deuses nos providenciam remédios piores
do que os perigos: se pretendesse ser fiel à minha mulher,
como ela merece, sobre a minha cabeça
cairia a morte; se não quisesse morrer,
infelizmente não seria fiel. Não foi o temor que prevaleceu sobre [a minha fidelidade,
mas o meu ansioso amor de pai: certamente que à morte dos pais
se seguiria a morte dos filhos. Venerável Justiça, se tens lugar no céu,
o teu nume invoco e tomo por testemunha:
foram os filhos que venceram o pai. Em verdade, penso que ela mesma,
ainda que de fero coração e de indómita vontade,
colocaria os filhos à frente do nosso casamento.
O meu espírito decidiu-se a tentar demover com preces a irada [mulher —
mas eis que, avistando-me, dá um salto em frente, fica fora de si,
ostenta o seu ódio: a dor transparece-lhe em todo o rosto.

MEDEIA

Fugi antes, Jasão, fujo de novo — não é isso novidade,
mudar de casa; apenas a causa da minha fuga é diferente:
dantes costumava fugir por ti — vou-me embora, estou de
[partida,
porque me obrigas a abandonar os teus Penates(105).
Para junto de que outros me devolves? Deverei demandar o Fásis
[e os Colcos,
e o reino do meu pai e os campos inundados
pelo sangue do meu irmão(106)? Que terras me ordenas que procure?
Que mares me indicas? As fauces do estreito do Ponto(107),
pelas quais eu trouxe de volta um ilustre grupo de reis,
seguindo um adúltero(108) pelas Simplégades?
Ou a Iolco do teu tio(109), ou o Tempe(110) da Tessália deverei
[demandar?
Todas as vias que para ti abri, para mim mesma as fechei —
Para onde me mandas de volta? À exilada impões o exílio,
mas não lhe providencias um. Que parta. O genro do rei assim o
[determina:
nada recuso. Castiga-me com terríveis suplícios:
fiz por merecê-los. Que a ira do rei esmague a tua concubina(111)
com cruentos castigos, oprima as suas mãos com grilhões

---

(105) Os deuses Penates eram divindades romanas que protegiam a casa.

(106) Nova alusão a Absirto.

(107) O Bósforo, ou o Helesponto, ou ambos.

(108) Uma vez que Jasão se prepara para desposar uma segunda mulher, sendo ainda casado com Medeia.

(109) Pélias. Cf. vv. 133–134.

(110) Tempe era o vale de Peneu, situado entre os montes Ossa e Olimpo. É considerado como parte dos domínios de Acasto, que outrora haviam sido de Pélias.

(111) Aqui, como *infra* (cf. v. 495), Medeia designa-se a si mesma concubina (*paelex*), adoptando, dessa forma, a perspectiva de Creúsa e, podemos presumi-lo, de toda a sociedade de Corinto, uma vez que a união celebrada entre Jasão e Medeia estava longe de poder figurar entre as *iustae nuptiae*, os trâmites de um casamento legal, já que um grego não podia desposar uma bárbara.

e a sepulte num rochoso cárcere de uma noite eterna([112]):
sofrerei aquém do que mereço — ser ingrato,
recorde o teu espírito o ígneo hálito do touro;
e, entre selvagens perigos daquele povo indómito([113]),
a besta flamejante([114]) de Eetes no campo que gerou homens
[armados([115]);
os dardos de um inimigo repentino, quando, à minha ordem,
os soldados nascidos da terra pereceram em recíproca matança;
a isso acrescenta o tão desejado velo do carneiro de Frixo([116])
e o insone monstro([117]), ordenado a entregar os seus olhos
ao desconhecido sono, o meu irmão, entregue à morte,

([112]) Eco da punição sofrida por Antígona, filha de Édipo e irmã de Ismene, Etéocles e Polinices. Aquando da Guerra dos Sete contra Tebas, os seus dois irmãos eram adversários: o primeiro, combatia pelo exército tebano; o segundo, pelo exército inimigo, atacando a sua própria pátria (cf. *Fenícias*). Quando a batalha se deu, frente às portas de Tebas, morreram ambos às mãos um do outro. Creonte, o rei, tio dos quatro, organizou funerais solenes para Etéocles, mas proibiu que se desse sepultura a Polinices, que conduzira estrangeiros contra a sua própria pátria. Antígona recusou-se a acatar essa ordem e, consequentemente, foi condenada à morte e encerrada viva no túmulo dos Labdácidas, de quem descendia. Aí se havia de enforcar.

([113]) Os Colcos (seguimos a lição de Costa e Zwierlein).

([114]) Nova alusão aos touros ignispirantes.

([115]) Referência a outra das provas impostas por Eetes a Jasão: depois de atrelados os touros à charrua e de lavrado o campo, Jasão deveria semear os dentes do dragão de Ares, que Atena dera a Eetes. Também aqui Jasão contou com o precioso auxílio de Medeia, que lhe revelou que os dentes do dragão fariam nascer uma seara de homens armados, que procurariam matar o herói. Este apenas teria de lançar uma pedra para o meio da turba guerreira. De imediato os soldados se virariam uns contra os outros, acusando-se reciprocamente de terem lançado a pedra, e se matariam.

([116]) O velo de ouro. Frixo e sua irmã Hele, estando prestes a ser sacrificados pelo seu próprio pai, Átamas, foram salvos por um carneiro dourado, enviado por Júpiter (ou, noutras versões, pela mãe dos jovens, Néfele), que os levou pelos ares. Hele, entretanto, caiu ao mar e morreu afogada, dando nome ao Helesponto, mas Frixo alcançou a Cólquida, onde consagrou o velo a Júpiter. Esse ornamento foi depois colocado numa árvore, ou por ele próprio, ou por Eetes, o rei.

([117]) A serpente que guardava o velo de ouro e que nunca dormia.

e, nesse único crime, um crime tantas vezes repetido([118]);
e as filhas que, por mim ludibriadas, ousaram desmembrar
o corpo de um velho pai que não havia de voltar à vida([119]):
[procurando os reinos de outros, abandonei o meu próprio reino.]
Pelas tuas esperanças nos teus filhos e pela tua casa bem firmada,
pelos monstros que eu derrotei, por estas mãos que, em benefício teu,
jamais poupei, pelos teus pretéritos receios,
pelo céu e pelo mar, testemunhas do meu casamento,
compadece-te, na tua felicidade retribui, à súplice, o seu favor.
De todas aquelas riquezas que os Citas([120]) trazem como pilhagem
[de longe,
tão longe quanto os povos da Índia, de tez queimada pelo Sol([121]),
tesouros que o nosso abarrotado palácio quase não consegue guardar,
pelo que ornamos de ouro os bosques([122]), nada para o exílio trouxe,
a não ser os membros do meu irmão: também esses em teu favor
[expendi;
tomaste o lugar da minha pátria, do meu pai, do meu irmão, do
[meu pudor —
com este dote contigo me casei. Restitui à que foge o que lhe pertence.

JASÃO

Quando o hostil Creonte te queria destruir,
foi comovido pelas minhas lágrimas que o exílio te concedeu.

([118]) A morte infligida a Absirto traduziu-se no seu assassínio e no desmembramento e espargir dos membros. Podemos ler neste verso, então, uma referência a três crimes distintos.

([119]) Ao esquartejarem o próprio pai, cozendo os seus membros num caldeirão, as filhas seguiram as indicações de Medeia, que lhes havia garantido que, assim, Pélias rejuvenesceria (cf. vv. 133–134).

([120]) Medeia associa aqui os Colcos aos Citas, descrevendo a sua riqueza enquanto fruto de pilhagem.

([121]) Na Antiguidade, pensava-se que uma tez escura se devia a uma aturada exposição solar.

([122]) Engenhosamente, Medeia aventa a possibilidade de o velo de ouro ter sido exposto numa árvore por haver já ouro em demasia no palácio.

MEDEIA

Julgava que era um castigo: um presente, pelo que vejo, é o exílio.

JASÃO

Enquanto te é possível partir, foge e escapa-te daqui:
sempre rude é a ira dos reis.

MEDEIA

Ao me aconselhares isso,
estás a fazer um favor a Creúsa: a sua odiosa rival apartas.

JASÃO

Medeia([123]) acusa-me de amor?

MEDEIA

E de assassínios e insídias.

JASÃO

No final, de que crime me podes tu acusar?

MEDEIA

De todos os que cometi.

JASÃO

Faltava ainda isto,
tornar-me culpado também pelos teus crimes.

([123]) Trata-se da única vez em que Jasão profere o nome de Medeia. Estamos perante um momento fulcral, uma vez que Medeia o acusa de desposar Creúsa, menos por alegadas pressões políticas do que por estar, em verdade, apaixonado por ela.

MEDEIA

Teus são, teus são: aquele que com o crime lucra,
esse o cometeu — acusem de infame a tua mulher todos os demais,
sejas tu o único a defendê-la, o único a chamá-la inocente:
seja aos teus olhos inocente quem quer que por ti se torna culpado.

JASÃO

Ingrata a vida de quem tem vergonha de a receber.

MEDEIA

Não deve ser mantida a vida de quem tem vergonha de a
[receber.([124])

JASÃO

Domina, antes, a ira no teu coração tumultuado,
acalma-te, pelos nossos filhos.

MEDEIA

Deles abdico, rejeito-os, renego-os —
há-de Creúsa dar irmãos aos meus filhos?

JASÃO

Uma rainha para os filhos de exilados, para os oprimidos, uma
[mulher poderosa.

([124]) O passo ecoa um preceito do ideário estóico acerca do suicídio: uma das circunstâncias em que o suicídio podia/devia ser séria e demoradamente ponderado era precisamente quando se tornava de todo impossível manter uma vida digna devido *e.g.* aos constrangimentos decorrentes da submissão a outrem, nomeadamente um tirano.

MEDEIA

Que jamais chegue até nós, desventurados, o dia funesto
que misture com uma linhagem ignominiosa uma ínclita linhagem,
os netos de Febo com os netos de Sísifo([125]).

JASÃO

Por que motivo, desafortunada, me arrastas a mim e a ti para a ruína?
Parte, suplico-te.

MEDEIA

Creonte ouviu a súplice.

JASÃO

O que eu puder fazer, diz-me.

MEDEIA

Por mim até um crime.

JASÃO

Aqui, um rei, e também ali.

([125]) Sísifo, filho de Éolo, é considerado o mais astuto dos mortais e também o menos escrupuloso. Foi ele quem fundou Corinto. Depois de ter raptado Egina, filha de Asopo, Zeus passou por Corinto e foi visto por Sísifo. Assim, quando Asopo, procurando a filha por toda a parte, se apresentou junto dele, Sísifo prometeu revelar-lhe o nome do raptor se Asopo fizesse brotar uma nascente na cidadela de Corinto. Asopo anuiu, e Sísifo revelou-lhe o autor do crime. Foi esse facto que atraiu sobre ele a cólera do senhor dos deuses, que o fulminou de imediato e o precipitou nos Infernos, onde lhe impôs como castigo que fizesse rolar eternamente um enorme rochedo na subida de uma encosta. Mal o rochedo atingia o cimo, voltava a cair, mercê do seu próprio peso, e o trabalho tinha de recomeçar. Medeia serve-se do contraste entre Febo Apolo (deus da luz e da profecia, e seu ancestral) e Sísifo para evidenciar o contraponto entre os seus filhos e os de Creúsa.

MEDEIA

E há também um medo maior do que eles,
Medeia. Põe-nos † frente a frente. Consente que lutemos,
seja Jasão o prémio.

JASÃO

Desisto, extenuado pelos males.
E até tu devias temer os reveses da sorte, que já tantas vezes
[experimentaste.

MEDEIA

Qualquer forma de Fortuna esteve sempre abaixo de mim.

JASÃO

Acasto está perto.

MEDEIA

Inimigo mais próximo é Creonte:
foge a ambos. Não te força Medeia a armares as mãos
contra o teu sogro, nem a que te inquines
com o sangue de um parente([126]): inocente, comigo foge.

JASÃO

E quem poderá resistir, se duas guerras estalarem,
se Creonte e Acasto unirem as suas armas?

MEDEIA

A esses acrescenta os Colcos, acrescenta Eetes como seu comandante,
os Citas aos Pelasgos junta: hei-de sepultá-los.

([126]) Acasto era primo de Jasão.

JASÃO

Receio poderosos ceptros.

MEDEIA

Vê se não os desejas.

JASÃO

Para que não se torne suspeito, corta esta longa discussão.

MEDEIA

Agora, supremo Júpiter, por todo o céu troveja,
estende a tua destra, chamas vingadoras prepara,
e todo o mundo, rasgando as nuvens, abana.
Não sejam as tuas setas sopesadas por uma mão
que vacila entre mim e ele: qualquer de nós que tombe
perecerá culpado, não pode o teu raio errar
contra nós.

JASÃO

Começa a reflectir de forma sensata
e fala com calma. Se há alguma consolação da casa do meu sogro
que possa mitigar o teu exílio, pede-ma.

MEDEIA

O meu espírito pode e costuma, como sabes, desprezar
a opulência dos reis; que tão-só me seja permitido ter os meus filhos
como companheiros de exílio, em cujos abraços
posso derramar as minhas lágrimas. Para ti há a esperança de novos
[filhos.

JASÃO

Reconheço que gostaria de atender às tuas preces,
mas o meu amor de pai proíbe-o: em verdade, não poderia
[suportá-lo,
mesmo que o meu próprio rei e sogro a tal me forçasse.
É essa a minha razão de viver, a consolação do meu peito, queimado
[por cuidados.
Mais depressa renunciaria ao meu espírito,
ao meu corpo, à luz.

MEDEIA

(Aparte)

Ama assim tanto os filhos?
Muito bem, apanhei-o, está exposto o local para o golpe.

(A Jasão)

Permite-me ao menos que, ao partir, lhes possa transmitir os meus
[últimos conselhos,
permite que lhes dê o derradeiro abraço:
sou-te grata. Peço ainda isto com as minhas últimas palavras:
não guardes no teu espírito quaisquer palavras
que a minha dor tenha caoticamente derramado: permaneça contigo
uma mais feliz memória de mim; essas palavras iradas,
relega-as ao esquecimento.

JASÃO

A todas já bani do meu pensamento,
e também eu te faço um pedido, que domines a tua mente férvida
e te comportes com serenidade: as desventuras mitiga a quietude.

(Sai Jasão)

MEDEIA

Foi-se embora. É possível? Partes esquecido de mim
e de todos os meus crimes? Desapareci para ti?
Nunca hei-de desaparecer! *(A si mesma)* Anda,
convoca todas as tuas forças e artes. O proveito dos teus crimes
é acreditares que nada é um crime. Quase não há margem para [insídias:
temem-me. Ataca no ponto
em que ninguém pode temer nada. Prossegue, sê agora audaciosa,
começa o que Medeia pode fazer, e também o que não pode.

(À Ama)

E tu, minha ama fiel, companheira da minha aflição
e da minha inconstante fortuna, ajuda-me com as minhas funestas [resoluções.
Tenho um manto, um presente da minha etérea casa
e glória do meu reino, oferecido pelo Sol a Eetes
como penhor da sua linhagem; tenho também um colar
que brilha com ouro engastado, e uma tiara de ouro,
que resplandecentes gemas matizam e que costuma prender o meu [cabelo.
Que os meus filhos os levem, como presentes meus, à noiva,
mas primeiro sejam banhados e impregnados pelas minhas ominosas [artes.
Invoque-se Hécate. Os ritos letais prepara:
erga-se um altar, que as chamas crepitem já dentro de casa.

(Saem Medeia e a Ama. Entra o Coro)

CORO

Nenhuma violência das chamas ou de túmidos ventos,
nenhuma violência de um dardo despedido é tão temível
quanto uma mulher que, espoliada do seu casamento,
arde e odeia;

nem quando o Austro[127] nebuloso
traz as chuvas de Inverno, e se apressa torrentoso
o Istro[128] e impede a união das pontes
e errático vagueia;
nem quando o Ródano colide com o mar,
nem quando, em regatos as suas neves se dissolvendo
sob o vigor do sol da Primavera que vai já a meio,
derrete o Hemo[129].
Cega é a chama acendida pela ira;
nem quer ser dominada, nem consente freios,
nem teme a morte: deseja ir frontalmente
contra a espada.
Poupai-nos, ó deuses; pelo vosso perdão suplicamos,
que viva incólume aquele que domou o mar[130].
Mas está furioso o soberano do mar profundo[131],
por ter sido conquistado o reino segundo[132].
Aquele que ousou conduzir o carro eterno,
o jovem olvidado dos limites paternos[133],
em delírio espargiu pelos céus chamas
que ele mesmo sentiu.
O caminho conhecido a ninguém custou demasiado:
vai por onde era seguro para os teus antepassados,
e não rompas violentamente as augustas
leis do mundo.

---

[127] Vento sul, associado à chuva e ao nevoeiro.

[128] Originalmente a parte mais baixa do Danúbio; mais tarde, termo aplicado a todo o rio.

[129] Montanha localizada no norte da Trácia.

[130] Jasão.

[131] Neptuno.

[132] Depois de destronado Crono/Saturno, os deuses olímpicos tiraram à sorte a partilha dos vários domínios: a Zeus/Júpiter couberam os primeiros, o reino dos céus; a Posídon/Neptuno, os segundos, o reino dos mares; por fim, a Hades/Dite, o reino dos Infernos.

[133] Faetonte (cf. vv. 32–34). Também ele empreendeu uma jornada marcada pela húbris, e por isso foi punido. Sorte igual impende aos Argonautas.

Todo aquele que manobrou os ilustres remos
daquela audaciosa nau, e espoliou o Pélion([134])
das densas sombras do seu bosque sagrado([135]),
todo aquele que passou entre os rochedos flutuantes([136])
e, depois de ter atravessado tantos trabalhos no mar,
numa costa bárbara ancorou,
para regressar como usurpador de ouro estrangeiro,
esse, com uma morte terrível,
a profanação dos direitos do mar expiou.
Exige reparação o mar, provocado:
primeiro, Tífis([137]), domador do mar profundo,
deixou o comando da nau a um inexperto mestre;
num litoral alheio, longe do reino do seu pai
na morte, e com um túmulo vil
como sepulcro, jaz entre desconhecidas sombras.([138])
Desde então, Áulis, recordada da perda do seu rei([139]),
retém no seu demorado porto as naus([140]),
que deploram o ancoradouro.

([134]) Bosque que proveu a madeira para a construção da Argo.

([135]) Os bosques eram sagrados, quer na religião romana, quer na mitologia. Com efeito, subsistem algumas inscrições em que se podem ler punições para os que profanassem bosques sagrados.

([136]) As Simplégades (cf. vv. 342–346).

([137]) Tífis é aqui apontado como rival de Neptuno.

([138]) Jaz, portanto, entre estranhos, cujas sombras ou espíritos se acreditava permanecerem junto dos respectivos túmulos.

([139]) Tífis partira da Beócia, mas há diferentes versões quanto à sua origem. De qualquer forma, em nenhuma outra obra se faz referência ao facto de Tífis ter sido rei de Áulis.

([140]) Pode entender-se este passo como uma alusão à Guerra de Tróia. A partida da armada grega para Tróia foi retardada em Áulis, devido à falta de ventos propícios, situação que se manteve até Agamémnon se vergar ao destino e tomar a penosa decisão de imolar a sua própria filha, Ifigénia (um dos motivos que geraram, na sua mulher, Clitemnestra, um ressentimento tal que a levou a matar Agamémnon, com a ajuda do seu amante, Egisto — cf. *Agamémnon*).

Aquele([141]) gerado pela canora Camena,
ao som de cujas cordas e melodioso plectro
se imobilizavam os rios, faziam silêncio os ventos,
os pássaros, esquecidos dos seus próprios cantos,
e acompanhados de toda a floresta, formavam séquito,
esse jaz espalhado pelos campos da Trácia,
enquanto a sua cabeça flutuou no Hebro sinistro([142]):
chegou ao já familiar Estige([143]) e ao Tártaro([144]),
para não voltar.([145])
Derrubou Alcides([146]) os filhos([147]) de Áquilo,
matou o filho que tinha como pai([148]) Neptuno,
acostumado a assumir diversas aparências:
mas ele próprio, depois de ter trazido a paz à terra e ao mar,

---

([141]) Orfeu, filho da musa Calíope. As Camenas eram deusas originalmente romanas, identificadas com as Musas gregas a partir de Andronico. Orfeu foi decapitado pelas mulheres da Trácia.

([142]) Quando as mulheres da Trácia despedaçaram o cadáver de Orfeu, lançaram os fragmentos ao rio Hebro, que os levou até ao mar. Diz-se que, assim, a cabeça e a lira do poeta terão chegado a Lesbos.

([143]) Um dos rios do reino dos Infernos. A água deste rio passava por ter propriedades mágicas. Foi nele que Tétis mergulhou Aquiles para o tornar invulnerável.

([144]) Termo poético para reino dos Infernos.

([145]) Alusão à anterior jornada de Orfeu aos Infernos, quando aí se deslocou a fim de resgatar Eurídice, morta na flor da idade. Foi-lhe permitido levá-la consigo para o mundo superior, na condição de que não poderia voltar-se para trás para a contemplar. Não tendo sido capaz de resistir, acabou por perdê-la para sempre.

([146]) Hércules, aqui designado pelo patronímico derivado do nome do seu avô, Alceu.

([147]) Cálais e Zetes. Áquilo é o equivalente romano do Bóreas, o vento norte. Segundo a versão seguida por Séneca, Hércules tê-los-ia matado na sequência dos jogos fúnebres em honra de Pélias, pois eles teriam convencido os restantes Argonautas a deixá-lo para trás, distraído enquanto procurava por Hilas.

([148]) Periclímeno. Era, de acordo com a versão mais tradicional do mito, filho de Neleu, este, sim, filho de Neptuno, e tinha a capacidade de se transmutar em formas várias, dom que lhe tinha sido confiado pelo avô. Por ocasião da invasão de Hércules a Pilos, sua pátria, Periclímeno transformou-se em abelha para atacar o herói, mas este, avisado por Atena, reconheceu-o a tempo e matou-o.

e de ter revelado os reinos do cruel Dite(149),
deitando-se, ainda vivo, sobre o ardente Eta,
rendeu os seus membros às cruéis chamas(150),
consumido pela peçonha do duplo sangue(151),
presente da sua mulher.
Foi derrubado Anceu pelo golpe
de um feroz javali; ó Meleagro(152), ímpio,
matas o irmão da tua mãe, e morres pela destra
da tua mãe irada: todos estes mereceram o que tiveram —
mas que crime expiou com a morte
o rapaz de pouca idade(153) que o intrépido Hércules não conseguiu
[encontrar,

---

(149) Hércules desceu aos Infernos para capturar Cérbero, o cão de três cabeças, guarda dos Infernos.

(150) A morte de Hércules teve lugar no monte Eta, no sul da Tessália, depois de ter vestido um manto, presente de sua mulher Dejanira, que ela impregnara com o que julgava ser um filtro de amor, mas era, em verdade, uma peçonha com que o moribundo Nesso planeava vingar-se da derrota, e da morte, que Hércules lhe infligira. Hércules não mais conseguiu despir o manto e, ante a agonia por que passava, mandou erguer uma pira no cimo do Eta e imolou-se pelo fogo, ao que se seguiu a sua apoteose. Cf. *Hércules no Eta.*

(151) A peçonha de «duplo sangue» foi oferecida a Dejanira por Nesso, um centauro, barqueiro do rio Eveno. Tendo tentado violar Dejanira, Hércules matou-o. Enquanto desfalecia, Nesso disse a Dejanira que recolhesse algum do seu sangue, pois que um dia lhe poderia ser útil, como filtro amoroso. Esse sangue é dito «duplo» porque estava contaminado com o sangue da Hidra de Lerna, outra vítima (e também um dos doze trabalhos) de Hércules e com cujo veneno ele impregnara as suas setas. A morte de Hércules antecipa, como vemos, a morte de Creúsa, que também perece por acção de uma veste embebida em veneno.

(152) Depois de matar o javali de Cálidon, Meleagro deu os despojos a Atalante, que havia infligido o primeiro golpe. Esta sua atitude incorreu, porém, no desagrado dos tios, que reclamavam para si os despojos. Gerada a discórdia, Meleagro acabou por matá-los. Por sua vez, a sua mãe, Alteia, viria a causar a sua morte, queimando um tição mágico de que dependia a sua vida. Este mito antecipa, como facilmente se depreende, a morte dos filhos de Medeia.

(153) Trata-se de Hilas, jovem de extrema beleza, por quem Hércules estava apaixonado. Tendo-o acompanhado na expedição, Hilas acabaria por ser morto pelas Ninfas, enquanto recolhia água numa fonte. Hércules, destroçado, foi

aquele rapaz, coitado, arrebatado por ondas serenas?
Vamos, temerários, sulcai o mar, 650
quando até uma fonte([154]) é de temer.
Ídmon([155]), embora conhecesse bem o destino,
foi sepultado por uma serpente nas areias da Líbia;
para todos certeiro, falso apenas para ele mesmo,
tombou Mopso([156]) longe de Tebas. 655
Se ele previu com verdade o futuro([157]),
exilado há-de vaguear de Tétis o marido([158]); 657
morto pelo raio e pelo mar, de Oileu([159]) 661
* * * pagará a pena 660b
pelo crime do seu pai. 660a
Com fogo insidioso tencionando fazer mal a Argos([160]), 658

---

procurá-lo, mas demorou-se tanto que os filhos de Bóreas terão sugerido prosseguir-se a viagem sem ele.

(154) Não há necessidade de viajar para o alto-mar em demanda de perigo, quando até mesmo uma fonte (como a que causou a morte de Hilas) pode ser perigosa o suficiente.

(155) Ídmon era o adivinho da Argo. Juntou-se à expedição, mesmo sabendo que ia morrer.

(156) Outro Argonauta com poderes proféticos, capaz de interpretar, sobretudo, augúrios.

(157) Este passo assinala a transição das mortes já pretéritas de elementos da expedição para as que ainda hão-de ocorrer.

(158) Peleu, que foi exilado diversas vezes: ele e o seu irmão Télamon foram inicialmente exilados de Egina, depois da morte de Foco, seu meio-irmão; foi exilado da Ftia, depois de acidentalmente matar Eurícion, seu genro, na caçada ao javali de Cálidon; por fim, foi exilado por Acasto, ou por um dos seus filhos.

(159) Oileu, de Lócride, era um dos Argonautas. O seu filho chamava-se Ájax, que ultrajou Atena/Minerva aquando da conquista da cidadela de Tróia, penetrando no seu templo e arrancando Cassandra da sua estátua, a que ela se agarrara em súplica. Por esse sacrilégio, durante a viagem de regresso à Grécia, Minerva enviou uma tempestade que destruiu, perto da ilha de Míconos, nas Cíclades, um grande número de naus, entre as quais a que transportava Ájax, que acabaria por ser fulminado pela deusa, que se serviu do raio do seu pai, Júpiter (cf. *Agamémnon* 528–556). Aqui, Séneca apresenta, pois, a morte de Ájax como expiação, não só do seu próprio acto sacrílego, como também do envolvimento do seu pai, Oileu, na expedição dos Argonautas.

(160) Argos figura aqui por toda a Grécia.

659 há-de Náuplio([161]) cair de cabeça no mar profundo;
662 para redimir a morte do seu marido de Feras([162]),
a esposa([163]) dará a sua vida pela do cônjuge.
Até aquele que ordenou([164]) a pilhagem e que o espólio de ouro
665 fosse trazido por aquela primeira nau,
[Pélias, fervido no aceso caldeirão,]
foi cozido, vagueando em estreitas águas.
Basta, deuses, já vingastes o mar:
poupai aquele que cumpria ordens.

(Sai o Coro)

([161]) Náuplio, outro dos Argonautas, era pai de Palamedes. Tendo também participado na Guerra de Tróia, o filho acabou por ser morto pelos Gregos, injustamente acusado de traição. A fim de vingar a morte do filho, Náuplio começou por enganar, uma por uma, todas as mulheres dos heróis ausentes e por levá-las a ter amantes. Entretanto, delineou um mais terrível plano de vingança: quando o grosso do exército grego, no regresso de Tróia, chegou próximo de Giras (as Rochas Redondas, na vizinhança do cabo Cafereu, a sul da Eubeia), Náuplio ateou um enorme fogo nos recifes, durante a noite. Os Gregos, pensando que estavam perto de um porto, fizeram rumo em direcção ao local onde brilhava a luz, e houve um trágico naufrágio.

([162]) Admeto, rei de Feras, na Tessália. Foi também um Argonauta.

([163]) Alceste. Era uma das filhas de Pélias (a única que não participou no seu sanguinário assassínio, de resto). Foi a única pessoa disposta a morrer pelo seu marido. Note-se o paralelo com Creúsa, que, apesar de involuntariamente, acabará também por morrer pelo marido. Assim, da mesma forma que a morte de Alceste é tratada como um castigo para Admeto, a morte de Creúsa é uma punição para Jasão.

([164]) Pélias, que enviou Jasão em demanda do velo. Cf. vv. 133–134.

ACTO QUARTO

AMA

Estremece o meu espírito, horroriza-se: grande atrocidade se
[aproxima.
É monstruoso como cresce e alimenta o seu próprio fogo
a sua dor, e como renova a pretérita violência.
Vi-a muitas vezes enlouquecida e a atacar os deuses,
e a puxar para baixo o céu[165]: mas maior do que isso, maior
[monstruosidade
Medeia prepara. É que, depois de ter saído com delirantes passos
e de ter chegado ao seu secreto santuário de morte,
todos os seus recursos derrama, e tudo aquilo
que durante muito tempo temeu desvela, e lança mão
de toda a espécie de males, ocultos, secretos e obscuros;
e, fazendo preces no sinistro santuário com a sua mão esquerda[166],
convoca todas as pestes que as areias

---

(165) As feiticeiras, geralmente oriundas da Tessália, vangloriavam-se de conhecer sortilégios poderosos o suficiente para puxar do céu a Lua, se assim o entendessem. De resto, essa façanha, ou intento, era um dos tópicos mais produtivos na descrição de práticas mágicas na Literatura Clássica, juntamente com práticas necromânticas, ou fazer parar/retroceder o curso dos rios.

(166) Mão mais apropriada para a magia, uma vez que as convenções sociais e religiosas consideravam a mão direita mais honorável do que a esquerda. A mão esquerda não era utilizada na religião romana, pois estava associada aos ladrões.

da fervente Líbia geram e que, na sua perpétua neve,
o Tauro([167]) encerra, devido ao frio árctico coberto de gelo,
e todos os monstros. Arrastada por mágicos cantos([168]),
a escamosa turba abandona os seus covis e aproxima-se.
Aqui, uma serpente feroz o seu corpo imenso arrasta
e a sua trífida língua ostenta, e procura vítimas a quem possa
levar a morte: ouvindo o encantamento, fica paralisada,
e o seu túmido corpo enrosca em anéis sobrepostos
e força-os numa espiral. «Pequenos são», diz, «estes males,
e vis as armas geradas pelo interior da terra:
no céu vou procurar os meus venenos. Agora, agora é tempo
de começar algo maior do que um crime vulgar.
Até aqui desça aquela serpente que jaz como
uma vasta torrente([169]), cujos colossais anéis sentem
as duas feras([170]), a maior e a menor
(a maior, útil aos Pelasgos; aos Sidónios, a menor([171]));
liberte, por fim, Ofiúco([172]) as suas mãos atadas
e permita que flua a peçonha; responda ao meu encantamento

([167]) Líbia e Tauro, os dois extremos dos climas quente e frio, dando conta do poder universal de Medeia. O Tauro é uma montanha no sudeste da Ásia Menor e tem cerca de 3910 metros de altitude. A Líbia era conhecida por ter muitas serpentes, que, de acordo com a tradição, teriam nascido das gotas de sangue que caíram da cabeça da Górgona Medusa.

([168]) O termo utilizado por Séneca é mesmo *magicus*, que denota um ritual mágico, geralmente sinistro. A palavra derivaria de *Magi*, sacerdotes persas. O poder de encantar, controlar e destruir serpentes era frequentemente indicado como um dos principais poderes mágicos e estava particularmente associado com os *Marsi*, uma tribo da Itália.

([169]) A constelação do Norte, Draco, aqui comparada a um rio.

([170]) As Ursas Maior e Menor.

([171]) «Pelasgos» era um equivalente poético para «Gregos» em geral. Os «Sidónios» eram os habitantes de Sídon, localizada na costa da Fenícia, daí que esse termo designe, por vezes, os Fenícios em geral. Dizia-se que os Gregos se serviam da Ursa Maior para navegar, ao passo que os Fenícios se serviam da Menor.

([172]) Ofiúco é uma constelação, também conhecida por Serpentário, descrita como um homem que luta contra uma serpente, nele emaranhada.

a Píton, que ousou provocar as gémeas divindades(173);
voltem a Hidra(174) e todas as serpentes decepadas
pela mão de Hércules, que de novo cresciam onde tinham sido
[cortadas.
Também tu, abandona a Cólquida, e vem, pervígil serpente(175),
ludibriada, pelos meus cantos, a conhecer o sono.»
Depois de ter convocado todo o género das serpentes,
acumula os venenos de plantas funestas(176):
todas aquelas que a ínvia Érice(177) gera nos seus rochedos;
as que o Cáucaso, salpicado com o sangue de Prometeu(178),

---

(173) Febo Apolo e a sua irmã, Diana. A Píton era uma ingente serpente, que foi morta por Apolo. Cria-se que os seus restos mortais, as suas cinzas, estariam guardados em Delfos. Há diferentes versões quanto à forma como Apolo terá matado a Píton. As versões mais primevas dizem que ela tinha poderes proféticos e que vivia perto de Delfos, constituindo, assim, um obstáculo que Apolo teve de transpor de forma a poder aí fundar o seu próprio santuário. Neste passo, Séneca fará uso de uma versão posterior da lenda, de acordo com a qual Píton teria tentado matar Leto/Latona, ao saber que esta estava grávida de duas divindades gémeas. Tendo falhado os seus intentos, acabaria por ser aniquilada por Apolo, na sua demanda por vingança.

(174) A morte da Hidra, que vivia no pântano de Lerna, foi o segundo dos doze trabalhos de Hércules. A Hidra tinha múltiplas cabeças (cinco a seis, ou, até, cem), cada uma das quais voltava rapidamente a regenerar-se depois de cortada, motivo por que Hércules pediu a Iolau que pegasse fogo à floresta vizinha e por meio de carvões fosse queimando as feridas, tornando incapazes de renascer as carnes.

(175) Dragão insone que guardava o velo de ouro e que só os sortilégios de Medeia foram capazes de adormecer.

(176) Depois de ter invocado as serpentes, Medeia mistura plantas, originárias de partes várias do mundo. O conhecimento de ervas mágicas era, tradicionalmente, o mais relevante dos poderes mágicos atribuídos a Medeia. O verso 270, em que Creonte ordena a Medeia que parta e que leve para longe as suas ervas letais, é disso prova.

(177) Érice é a segunda mais alta montanha da Sicília (751m). Era muito conhecida por um santuário a Vénus.

(178) Séneca refere-se ao castigo de Prometeu, que, por ter dado o fogo à humanidade, foi por Júpiter acorrentado a um rochedo no Cáucaso, onde todos os dias uma águia lhe debicava o fígado, que constantemente se regenerava. Prometeu acabaria por ser libertado por Hércules.

produz nos seus cumes, perpetuamente cobertos de neve;
711 e aquelas com que os opulentos Árabes([179]) impregnam as suas setas,
710 ou os Medos([180]), pugnazes com as suas aljavas, ou os ligeiros [Partos([181]);
ou aqueles sucos que, sob o pólo frio, recolhem
as Suevas([182]), famosas pelos seus bosques da Hirvânia([183]);
tudo quanto a terra produz na Primavera construtora de ninhos,
ou quando o Inverno severo sacudiu já
a glória dos bosques e tudo agrilhoou com um gelo de neve;
todas as plantas que verdecem com flores mortíferas,
ou todos os ominosos sucos que germinam em raízes torcidas
efeitos nocivos: tudo isso ela segura na mão.
O hemónio Atos([184]) providenciou algumas plantas tóxicas,
outras, o Pindo ingente; outra, nos cumes do Pangeu([185]),
rendeu a tenra folhagem à sua foice cruenta;
nutriu estas o Tigre([186]), que submerge o seu leito profundo;

([179]) Os Árabes eram proverbialmente ricos e tinham o hábito, tal como os Medos e os Persas, de resto, de usar setas envenenadas, prática que os Antigos associavam aos bárbaros.

([180]) A Média era uma região a sudoeste do mar Cáspio e o centro do Império Médico, nos séculos VI e V a. C., antes de os Medos serem destronados pelos Persas. No tempo do Império Romano, estavam já reduzidos a uma pequena tribo.

([181]) Os Partos eram os mais poderosos vizinhos dos Romanos a este, com um império que se estendia desde o Indo até ao Eufrates. Eram exímios cavaleiros e arqueiros.

([182]) Os Suevos eram um grupo de tribos da Germânia, que originalmente viviam a este do rio Elba, tendo depois muitos deles migrado para oeste.

([183]) A Hirvânia localizar-se-ia junto ao mar Negro, o que denota, neste passo, uma certa imprecisão geográfica de Séneca, ou qualquer falha na transmissão do texto.

([184]) «Hemónio», equivalente poético para «tessálio». Originalmente, a Hemónia era uma região da Tessália, mas esse termo, que derivaria de um seu lendário fundador (Hémon), era usado pelos poetas para designar toda a Tessália. Por sua vez, Atos é a montanha que se localiza no extremo sul da península de Acte, na Calcídica, que não se situa na Tessália.

([185]) Montanha no sul da Trácia, perto de Anfípolis.

([186]) Um dos dois maiores rios da Mesopotâmia, sendo o outro o Eufrates. Acreditava-se que grande parte do seu curso era subterrâneo.

o Danúbio, outras; estas, o Hidaspes([187]) gemífero,
que flui por regiões áridas com as suas águas tépidas,
e o Bétis, que deu o nome à sua terra([188])
e que com a sua lânguida corrente empurra o mar da Hespéria([189]).
Uma sentiu o ferro enquanto preparava Febo o dia;
o tronco daquela foi cortado no mais profundo da noite;
e os rebentos desta foram truncados com a sua unha, sob um feitiço.
Ela recolhe as ervas mortíferas e espreme a peçonha das serpentes
e junta-lhes aves de mau agoiro
e o coração de um mocho([190]) funesto e as vísceras extraídas
a uma coruja([191]) ainda com vida. Algumas coisas a artífice de [crimes
mantém separadas: algumas encerram a rapace violência do fogo;
outras, o rígido gelo do frio entorpecedor.
Junta aos venenos palavras não menos temíveis do que eles. —
Eis que ressoam os seus passos desvairados
e que canta. O mundo, com as suas primeiras palavras, treme.

(Entra Medeia)

MEDEIA

Invoco a turba dos silentes e vós, deuses ferais,
e o cego Caos e a tenebrosa mansão do umbroso Dite,
as cavernas da Morte esquálida, confinados pelas margens do [Tártaro.

([187]) O Hidaspes, actual Jhelum, era um afluente do Indo. Foi proeminente nas campanhas de Alexandre Magno e, na poesia romana, era evocativo do Oriente. A Índia sempre foi tida como um território opulento, a fonte das pedras preciosas, assim como de especiarias, pérolas e outros bens de luxo.

([188]) A província espanhola da Bética deve o seu nome ao rio Bétis, actualmente Guadalquivir.

([189]) Hespéria era a «terra do Ocidente»; do ponto de vista dos Romanos, designava a Península Ibérica.

([190]) O mocho era associado à morte.

([191]) A coruja, *strix*, era frequentemente descrita como uma espécie de vampiro ou pequeno demónio, apropriado para o infanticídio.

Dos vossos suplícios aliviados, acorrei, espectros, ao novo tálamo:
que se detenha a roda que tortura membros, toque Ixíon[192] no chão;
que Tântalo[193], em paz, engula as águas pirénidas,
[mais pesado castigo recaia apenas sobre um, o sogro do meu marido[194],]
que a escorregadia pedra faça rolar Sísifo pelos rochedos abaixo.
Vós também, a quem um trabalho infrutífero logra com vasos furados,
Danaides[195], juntai-vos aqui: este dia requer as vossas mãos. —
Agora, convocada pelos meus ritos, estrela da noite[196], vem
e assume a tua mais terrível face, na fronte, não una, ameaçadora.[197]

---

(192) Ixíon era um tessálio, rei dos Lápitas, que ousou tentar violar Hera. Zeus (ou mesmo Hera) moldou uma nuvem semelhante à deusa, à qual Ixíon se uniu, gerando um filho, o Centauro, pai dos Centauros. Perante esse sacrilégio, Zeus decidiu castigá-lo. Amarrou-o a uma roda em chamas que girava sem cessar. Ixíon é pai de Pirítoo, o amigo de Teseu.

(193) Convidado pelos deuses para a sua mesa, Tântalo teria revelado aos homens os segredos divinos de que livremente se tinha falado na sua presença. Ou, então, teria roubado néctar e ambrósia durante um desses banquetes e tê-los-ia dado aos seus amigos mortais. O seu castigo consistia numa fome e sede eternas: mergulhado na água até ao pescoço, não podia beber, porque o líquido fugia sempre que tentava mergulhar nele a boca; um ramo carregado de frutos pendia sobre a sua cabeça, mas, se levantava o braço, o ramo erguia-se bruscamente e ficava fora do seu alcance.

(194) Referência a Sísifo, ancestral de Creonte (cf. v. 512).

(195) As Danaides eram as cinquenta filhas do rei Dánao, que o acompanharam quando fugiu do Egipto, com medo dos cinquenta filhos do seu irmão Egipto. Já estabelecido em Argos, esses cinquenta sobrinhos vieram ter com ele, pediram-lhe que esquecesse a querela e anunciaram que tencionavam desposar as suas cinquenta filhas. Dánao consentiu, não acreditando embora na reconciliação. Todavia, fez prometer a todas as filhas que matariam os maridos durante a noite de núpcias. Todas assim fizeram, excepto Hipermnestra. Nos Infernos, as quarenta e nove filhas receberam um castigo que consistia em eternamente tentar encher com água um recipiente furado.

(196) A Lua.

(197) A Lua é aqui identificada com Hécate, frequentemente descrita como tendo três faces (cf. v. 7).

Por ti, soltando o cabelo da fita(198), de acordo com o costume do
[meu povo(199),
vagueei com pé descalço pelos teus bosques ermos
e convoquei chuva das nuvens secas
e forcei até ao abismo os mares; e o Oceano
recuou as suas ondas pesadas, vencidas as marés;
e o mundo, desalinhadas as leis do céu, viu em simultâneo
o Sol e os astros, e vós tangestes o mar vedado,
Ursas. Do ano subverti as estações:
a terra estival congelou com os meus encantamentos;
constrangida, viu uma hibernal colheita Ceres(200);
o Fásis fez voltar à nascente a sua corrente violenta,
e o Istro, dividido em tantas bocas(201), reteve
as suas águas selvagens, em todas as suas margens lânguido;
rebentaram as ondas, intumesceu-se insano o mar
com o vento em silêncio; a casa das antigas florestas
perdeu as suas sombras à ordem da minha voz. —
Desistindo do dia, Febo a meio curso parou,
e as Híades, sacudidas pelos meus encantamentos, aluem:
é tempo, Febe, de começar os teus ritos sagrados.
Por ti, foram por mão ensanguentada(202) entrançadas estas grinaldas,
que nove serpentes unem;
por ti, estes membros que o insurrecto Tifeu(203) carregou,

---

(198) Uma vez que os nós tinham poderes mágicos, o praticante de magia usava, pelo menos num ritual convencional, o cabelo solto, assim como os pés descalços, já que o uso de sandálias pressupunha que elas fossem atadas. Estava igualmente vedado o uso de cintos ou anéis.

(199) Os Colcos.

(200) Nome romano da deusa grega Deméter. Era a deusa maternal da Terra, da terra cultivada e do trigo.

(201) Do Danúbio se dizia que tinha cinco, seis, ou sete afluentes (como o Nilo).

(202) De acordo os preceitos da religião convencional, este acto seria considerado de mau presságio, já que tudo devia ser puro.

(203) Tifeu, ou Tífon, era um ser monstruoso, filho da Terra e do Tártaro, que contestou a posição de Júpiter enquanto senhor dos deuses e que, como tal, acabaria por ser aprisionado no Etna. Dizia-se que as chamas que saíam do Etna

ele que abanou o trono de Júpiter.
Aqui, está o sangue do pérfido barqueiro,
oferecido por Nesso ao expirar.[204]
A estas cinzas se extinguiu a pira do Eta[205],
que a peçonha de Hércules bebeu.
Vês aqui o facho da vingadora Alteia[206],
leal como irmã, desleal como mãe.
Deixou a Harpia[207] numa ínvia caverna
essas plumas, enquanto de Zetes fugia.
Junta a isto as penas da ferida ave do Estinfalo,
trespassada pelas setas de Lerna[208]. —
Ressoastes, altares, reconheço as minhas trípodes[209]
sacudidas pelo favor da deusa.
Vejo da Trívia o ligeiro carro,
não o que conduz durante a noite,
brilhante na sua face cheia,
mas o outro, quando, com face lúrida e lúgubre,
vexada pelas ameaças tessálicas,
percorre o céu com rédea mais curta.[210]

---

eram ou as que o próprio monstro lançava, ou o que restava dos raios com que Júpiter o abateu.

[204] Cf. vv. 641–642.

[205] Cf. vv. 637–642.

[206] Cf. vv. 643–646.

[207] Cf. v. 231.

[208] Alusão aos pássaros que viviam numa espessa floresta nas margens do lago Estinfalo, na Arcádia, e que devoravam todos os frutos nos campos e não poupavam nenhuma colheita. Hércules recorreu a castanholas de bronze para os fazer sair da floresta; depois, não teve qualquer dificuldade em abatê-los com as suas setas (impregnadas na peçonha da Hidra de Lerna). Esse foi o seu quinto trabalho.

[209] A trípode era uma tripeça utilizada para suportar objectos do dia-a-dia ou associados a cerimónias religiosas. O sacudir de uma trípode era sinal da presença divina. Em Delfos, era sinal da presença de Apolo ou da inspiração da profetisa. Aqui, a trípode é agitada pela irmã de Febo Apolo, Febe/Hécate, em sinal de voto propício.

[210] Séneca exprime a ideia de que Hécate/Diana conduzia um carro na lua cheia e outro quando atacada pelas feiticeiras. Com lua cheia, ela conduzia-o,

Da mesma forma, com mortiço facho uma luz desolada
derrama na atmosfera,
aterroriza os povos com um novo horror
e permite que em teu auxílio soem, Dictina([211]),
os preciosos bronzes de Corinto.([212])
Por ti, sobre relva ensanguentada
executo o consagrado sacrifício;
por ti, um facho arrebatado do meio de uma pira fúnebre
mantém as suas nocturnas chamas;
por ti, pronunciei feitiços
meneando a cabeça e baixando o pescoço,
por ti, soltos ao estilo fúnebre([213]),
esta fita cinge os meus cabelos em desalinho,
por ti, brando um ominoso ramo
das águas do Estige([214]);
por ti, desnudado o peito como uma Ménade,
devo ferir os meus braços com o sagrado punhal.
Flua o meu sangue pelo altar:
acostumai-vos, mãos, a desembainhar a espada
e a poder suportar o derramamento de sangue amado —

---

pois, «durante toda a noite», uma vez que, nessa fase, a lua nasce com o ocaso e põe-se com a madrugada. Já na segunda situação, ela ostentava um ar «sombrio» e um «rosto lívido», porquanto o seu carro seguia mais devagar (daí a expressão «rédea curta»). Com efeito, de acordo com uma crença popular antiga, quando ameaçavam a Lua, as feiticeiras provocavam muitas vezes um eclipse.

([211]) Nome da deusa cretense Britomártis, identificada com Diana.

([212]) Acreditava-se que o soar do bronze opunha resistência aos rituais mágicos, anulando os poderes das feiticeiras sobre a Lua e, no caso de um eclipse, fazendo-a regressar à sua posição habitual.

([213]) A fita (*uitta*) era um dos elementos constituintes do vestuário de virgens e mulheres veneráveis; era também usada, em contexto religioso, por sacerdotes, profetas e vítimas sacrificiais. Podia ainda ser colocada, como adorno, em estátuas, altares e templos.

([214]) Um dos cinco rios dos Infernos. O ramo a que aqui se alude seria, provavelmente, de uma árvore associada à morte, como o cipreste, o teixo ou uma figueira brava.

com um golpe, a sagrada libação fiz.([215])
Mas se protestas que demasiadas vezes te convoco
com as minhas preces, perdoa-me, suplico-te:
a causa de convocar,
filha de Perseu ([216]), tantas vezes o teu arco([217])
é uma e sempre a mesma: Jasão.

(À Ama)

Tu agora as vestes impregna de Creúsa,
de forma que, assim que as vista,
uma chama serpenteante([218]) a abrase fundo até à medula.
O fogo, encerrado no fulvo ouro,
aguarda escondido, aquele que o seu roubo ao céu
expia com um fígado que se regenera
deu-mo e ensinou-me
a guardar o seu poder com um sortilégio, Prometeu. ([219])
Deu-me também Mulcíbero([220])
fogo oculto em refinado enxofre,

([215]) Ferir-se a si próprio com um punhal era geralmente associado ao culto de Belona, uma primeva deusa romana, que, na época de Augusto, passou a ser identificada com a deusa capadócia *Ma*, adquirindo assim características orientais.

([216]) Hécate era filha de Perses, por sua vez filho de Crio, um Titã.

([217]) É pouco provável que Medeia apele aqui à faceta de Hécate/Diana enquanto caçadora; antes o «arco» deve ser entendido como metonímia ou símbolo do poder da deusa.

([218]) O efeito do feitiço lançado por Medeia servirá como cruel contraponto do calor que uma noiva devia sentir, já que um forte sentimento amoroso era geralmente descrito como uma chama que abrasava todo o corpo.

([219]) Prometeu, que havia já, apesar de indirectamente, providenciado ervas mortíferas, provê também agora a Medeia um fogo de efeito destrutivo. Quando Júpiter privou a humanidade do fogo, por Prometeu o ter tentado ludibriar no sacrifício de Mecone (oferecendo aos deuses, embelezada, a pior parte do animal imolado), Prometeu roubou-lho. De acordo com uma versão do mito, ele preservou-o numa férula, daí que possa ensinar Medeia a dissimulá-lo.

([220]) Título de Vulcano, deus do fogo. A designação está relacionada com *mulcere*, «abrandar», «suavizar», «acalmar».

e os raios da vivaz chama
do corpo do meu cognato Faetonte guardei. ([221])
Tenho presentes da barriga da Quimera([222]),
tenho chamas arrebatadas
à abrasada garganta do touro([223]),
às quais, misturadas com a peçonha da Medusa([224]),
ordenei que conservassem em segredo o seu poder letal.
Junta aos meus venenos o aguilhão, Hécate,
e mantém ocultas nos meus presentes
as sementes da chama: iludam a vista e ao tacto escapem,
mas penetre no seu coração e nas suas veias o calor,
derretam-se os seus membros e fumeguem os seus ossos,
e, com os seus cabelos em chamas,
ofusque essa nova noiva os seus próprios fachos nupciais.
Os meus votos são recebidos: por três vezes ladrou([225])
a audaciosa Hécate, e acendeu sacros fogos
com o seu facho luctífero.
Preparado está todo o meu poder.

([221]) O Sol era pai de Faetonte e avô de Medeia.

([222]) A Quimera era um animal fabuloso que Homero (*Ilíada* 6.181–182) descreve como um leão à frente, uma serpente atrás e, no meio, uma cabra. Homero diz ainda que a Quimera expelia chamas destruidoras. Séneca parte aqui do pressuposto de que era a parte de cabra a origem desse fogo, o que segue na esteira, de resto, da interpretação mais recorrente desse passo homérico.

([223]) Chamas dos touros de que Jasão se serviu para semear os dentes do dragão.

([224]) Medusa, uma das três Górgonas (as outras duas eram Esteno e Euríale), foi morta por Perseu. Estes três monstros habitavam no Extremo Ocidente, não longe da região das Hespérides. A sua cabeça estava rodeada de serpentes, que tinham grandes presas, semelhantes às dos javalis, mãos de bronze e asas de ouro, o que lhes permitia voar. Os seus olhos eram cintilantes e o seu olhar tão penetrante que quem quer que o fixasse era transformado em pedra.

([225]) Hécate era por vezes descrita como cabra, loba ou égua. Além disso, andava geralmente acompanhada de cães infernais, que com os seus uivos anunciavam a chegada da deusa.

(À Ama)

Aqui os meus filhos chama,
os preciosos presentes por meio deles à noiva farei chegar.

(Entram os filhos)

Ide, ide, filhos, nascidos de uma mãe desditosa,
aplacai com estes presentes e muitas súplicas
a vossa senhora e madrasta. Ide, e voltai para casa
a passos largos, para que do derradeiro abraço frua.

(Saem Medeia, os seus filhos e a Ama. Entra o Coro)

CORO

Para onde a cruenta ménade
é impetuosamente arrebatada
por um amor selvagem? Que crime prepara
com descomedida loucura?
O seu rosto transtornado pela ira,
hirto; meneando a cabeça
com violentos e soberbos movimentos,
ela ameaça até o rei.
Quem a acreditaria uma exilada?
Inflamam-se as suas faces enrubescidas,
depois a palidez afugenta o rubor.
A sua fisionomia vacilante não conserva
nenhuma cor por muito tempo.
Caminha de um lado para outro,
como uma tigresa[226] que, privada das suas crias,
vagueia num rasto furioso

---

[226] Medeia é aqui comparada a uma tigresa. Esta comparação assume maior expressividade se se reparar que, no v. 85, Jasão era comparado a Baco, que «aos tigres ajusta o jugo». Medeia é, pois, uma tigresa que Jasão não foi capaz de subjugar/domar.

pelas selvas do Ganges([227]).
Não sabe refrear a ira
Medeia, nem o amor;
agora ira e amor em torno de uma causa comum
aliam-se: que se seguirá?
Quando partirá dos campos pelasgos
essa nefanda mulher da Cólquida,
e do medo libertará
o reino, bem assim a família real?
Agora, Febe, conduz o teu carro
sem que te travem as rédeas;
que a noite propícia esconda a luz do dia;
afunde este dia temível
o guia da noite, Héspero.

([227]) Rio na Índia.

ACTO QUINTO

MENSAGEIRO

Acabou-se tudo, desmorona-se o reino;
filha e pai jazem mortos, misturadas as suas cinzas.

CORO

Por que fraude apanhados?

MENSAGEIRO

Por aquela que costuma os reis apanhar:
presentes.

CORO

Nesses presentes podia haver que dolo?

MENSAGEIRO

Também eu estou perplexo e, apesar de o mal estar feito,
dificilmente o acredito possível.

CORO

Qual a natureza da ruína?

MENSAGEIRO

Um fogo ávido enfurece-se por todos os recantos do palácio,
como se obedecesse a ordens: já todo o edifício se esboroou,
agora teme-se pela cidade.

CORO

Possa a água extinguir as chamas.

MENSAGEIRO

Também isto, nesta ruína, digno de espanto aconteceu:
alimenta a água as chamas, e quanto mais o combatem,
mais arde o fogo; das próprias defesas se apodera.

(Saem o Mensageiro e o Coro. Entram a Ama e Medeia)

AMA

Parte pressurosa da terra dos Pelópidas([228]),
Medeia, apressa-te a demandar qualquer lugar que te apraza.

([228]) Expressão problemática, que significa, essencialmente, «parte do Peloponeso», isto é, do sul da Grécia, território que deve o seu nome a Pélops, tradicionalmente associado a Argos, de que foi rei, e não a Corinto, de onde Medeia está a ser banida. As duas explicações que para esta aparente incongruência têm sido apontadas são: a) a expressão refere-se, com efeito, a Corinto, pois, de acordo com uma versão mais antiga da lenda, Tântalo (pai de Pélops) teria reinado sobre Corinto; b) como Corinto e Argos ficavam consideravelmente perto, Corinto podia também ser designada como território de Pélops.

MEDEIA

Acaso hei-de partir? Mesmo que antes tivesse fugido,
para isto havia de voltar. Contemplo uma nova espécie de núpcias.
Porque, espírito, vacilas? Leva adiante este feliz início.
É com esta tão pequena parte da tua vingança que te regozijas?
Ama-lo ainda, espírito enlouquecido, se é para ti suficiente ter privado
da sua noiva Jasão. Procura uma espécie de castigo
ainda não usada, e agora prepara-te desta forma:
dissipe-se qualquer senso de direito, desapareça, expulso, o pudor;
vingança insignificante é aquela perpetrada por puras mãos.
Entrega-te à tua ira e aguilhoa-te a ti mesma na tua languidez,
e profundamente, violentamente, do fundo do teu coração
as antigas agressões extrai. Sejam todos os crimes cometidos até hoje
chamados amor. Vamos a isso, e farei com que saibam
quão levianos e vulgares foram os crimes
com que outros obsequiei. Por meio deles, a minha dor
apenas foi praticando: que podiam umas inexpertas mãos
ousar de grande? Que podia de uma rapariga a loucura?
Medeia agora sou; cresceu o meu engenho com os males:
agrada-me, agrada-me ter arrancado a cabeça do meu irmão,
agrada-me ter mutilado o seu corpo, e ter espoliado o meu pai
do seu secreto tesouro([229]), agrada-me ter armado as filhas
para matarem o ancião.([230]) Procura inspiração, dor:
para qualquer crime não imperita destra hás-de trazer.
Para onde te lanças, pois, ira, e que armas empunhas
contra o pérfido inimigo?([231]) Desconheço o que de feroz
decretou o meu espírito e que nem a si mesmo
ousa ainda confessar. Insensata, precipitei-me:
oxalá da sua concubina alguns filhos o meu inimigo
tivesse. Não, os filhos que com ele geraste,
Creúsa os pariu. Agrada-me este tipo de vingança,
e com razão me agrada: devo ainda o derradeiro crime preparar

([229]) O velo de ouro.

([230]) Pélias. Cf. vv. 133–134.

([231]) Jasão.

com um espírito audacioso: filhos, apesar de meus,
pelos crimes do vosso pai sofrei vós o castigo.
O horror fura o meu coração, entorpecem-se-me os membros [com frio,
e o meu peito treme. Abandonou a ira o seu posto
e a mãe, completamente banida a esposa, regressa.
Acaso hei-de derramar o sangue dos meus filhos,
da minha própria descendência? Melhor seria, insana loucura!
Esse crime desconhecido, essa vil abominação,
de mim também fique longe; que crime os desditosos expiariam?
O crime é terem Jasão como pai e, crime ainda maior,
Medeia como mãe — pereçam, já não são meus;
morram, porque são meus. De crime e de culpa carecem,
são inocentes, reconheço-o: também o meu irmão([232]) o era.
Porque, espírito, vacilas? Porquê estas lágrimas, que me molham [as faces,
e, perdida, agora a ira me leva nesta direcção, agora o amor
me leva naquela? Uma ancípite corrente arrebata-me, irresoluta;
tal como quando espiralados ventos combatem acesamente entre eles,
e as ondas discordes impelem os mares para dois lados diferentes [ao mesmo tempo,
e, confuso, ferve o pélago, não de outro modo
o meu coração flutua: a ira afugenta o meu amor de mãe,
o meu amor de mãe, a ira — cede ao amor, dor.
Para aqui, meus queridos filhos, único consolo
de uma casa arruinada, para aqui vinde e apertai-me
num estreito abraço. Tenha-vos incólumes o vosso pai,
enquanto também a mãe vos tiver. Mas urgem o exílio e a fuga:
a qualquer momento eles serão arrebatados e arrancados dos meus [braços,
chorando, gemendo — pereçam para os beijos do pai,
pereceram para os da mãe. De novo cresce a minha dor
e ferve o meu ódio, a Erínis de outrora
reclama outra vez a minha mão relutante — ira, por onde me [conduzes, sigo.

([232]) Absirto.

Oxalá a descendência da insolente Tantálida([233])
tivesse sido parida pelo meu ventre, e eu tivesse gerado e sido mãe
de duas vezes sete filhos! Estéril para a vingança fui.
Todavia, e é suficiente para o meu pai e para o meu irmão, pari
[dois filhos.
Aonde se dirige essa delirante turba de Fúrias?
Por quem procura, ou contra quem flamejantes golpes prepara,
ou a quem aponta este infernal esquadrão os seus fachos cruentos?
Ingente serpente silva
enroscada num chicote. Por quem, com o seu odioso facho, procura
Megera([234])? De quem é esta sombra indistinta que se aproxima
com os membros todos dispersos? O meu irmão é, expiação exige:
expiaremos, mas todos. Fere os meus olhos com os fachos,
mutila-me, queima-me, eis o meu peito desnudado para as Fúrias.
Afastem-se de mim, meu irmão, as vingadoras deusas
e para os manes profundos partam sem cuidados, ordena-lhes:
deixa-me entregue a mim e serve-te, meu irmão, desta mão
que desembainhou a espada. Com esta vítima
aplaco os teus manes([235]).

(Medeia mata um dos filhos. Aproximam-se Jasão e soldados)

Que significa este súbito clamor?
Preparam-se as armas e, para me darem a morte, procuram por mim.
Vou subir ao alto telhado da nossa casa,
agora que a carnificina começou.

([233]) Níobe, filha de Tântalo e mulher de Anfíon. Jactava-se de ter uma prole mais numerosa do que a de Leto/Latona: tinha sete filhos e sete filhas, ao passo que a deusa tinha apenas dois. Ultrajada, Leto pediu aos seus próprios filhos, Febo Apolo e Diana, que a vingassem. Eles mataram, então, todos os filhos de Níobe, à excepção de dois, um rapaz e uma rapariga. Tendo chorado copiosamente, Níobe acabaria por ser metamorfoseada numa fonte, no Monte Sípilo (na Ásia Menor).

([234]) Megera era uma das Fúrias. As outras duas eram Tisífone e Alecto.

([235]) Originalmente, o termo *manes*, no plural, significava, na religião romana, os espíritos indiferenciados dos mortos. Já na época da República, o termo passou a designar os espíritos individualizados dos mortos.

(Ao filho que permanece vivo)

Vem, tu, comigo, meu companheiro.

(Ao filho morto)

O teu cadáver, também, eu mesma daqui comigo levarei.
Agora, vamos, espírito: não deves desperdiçar na obscuridade
o teu valor; possa o vulgo aplaudir os teus feitos.

(Entra Jasão, acompanhado de guardas)

JASÃO

Todo aquele que, leal, com a queda da família régia se condói
acorra aqui, para a perpetradora deste crime terrível aprisionarmos.
Para aqui, para aqui, destemida coorte de soldados,
trazei as armas, arrasai até às suas fundações a casa.

MEDEIA

(Aparte)

Agora, agora, recuperei já o ceptro, o meu irmão, o meu pai,
e os Colcos o espólio do carneiro de ouro têm com eles;
voltou o meu reino, a minha roubada virgindade voltou.
Ó divindades finalmente benévolas, ó festivo dia,
ó dia nupcial! Parte, consumado está o teu crime —
mas a vingança ainda não: termina-a, enquanto a tens entre as mãos.
Porque agora tardas, meu espírito? Porque hesitas? A tua poderosa ira
rendeu-se já? Arrepende-se do que fez, envergonha-se.
Que fui eu, desgraçada, fazer? Desgraçada? Mesmo que ela se [arrependa,
fi-lo. Um deleite imenso, apesar de lhe tentar resistir, por mim escala,
e continua a crescer. Faltava-me apenas isto:
este espectador. Por nada tenho o que fiz até agora:
qualquer crime que sem ele cometi perdeu-se.

JASÃO

Vejam, ali está ela, debruçada na ponta do telhado.
Aqui acorra com fogo um de vós, para que ela tombe
consumida pelas suas próprias chamas.

MEDEIA

Ergue a última pira,
Jasão, para os teus filhos e constrói-lhes um túmulo:
a tua esposa e o teu sogro receberam já o que é devido aos mortos,
por mim sepultados; este filho foi ao encontro do seu destino;
a este outro, diante dos teus olhos, será dada morte idêntica.

JASÃO

Por todas as divindades e pelo exílio que partilhámos
e pelo nosso leito, não traído por nenhuma infidelidade minha,
poupa o nosso filho agora. Se há algum crime, meu é:
entrego-me à morte; sacrifica a minha culpada cabeça.

MEDEIA

Precisamente onde me proíbes, onde te dói, o ferro vou cravar.
Vai agora, insolente, os leitos de virgens procura,
abandona as mães.

JASÃO

Um filho é punição suficiente.

MEDEIA

Se pudesse com uma única morte ser saciada a minha mão,
nenhuma teria reclamado. Mesmo que mate os dois,
demasiado escasso é esse número para a minha dor.

Se nesta mãe algum penhor do nosso casamento ainda se esconde,
hei-de perscrutar com a espada as minhas vísceras e com o ferro
[expulsá-lo.

JASÃO

Então acaba o que começaste — não vou suplicar mais —
e ao menos poupa-me ao arrastar deste meu suplício.

MEDEIA

Frui de um crime lento, não te apresses, minha dor:
meu o dia é; do tempo concedido estou a fazer uso.

JASÃO

Odiosa, mata-me a mim.

MEDEIA

Que tenha compaixão, ordenas-me.

(Medeia mata o segundo filho)

Muito bem, acabou. Nada mais tinha, dor,
que te pudesse sacrificar em expiação. Para aqui os teus olhos
[intumescidos levanta,
ingrato Jasão. Reconheces a tua mulher?
Assim escapar costumo. Está aberto um caminho para o céu:
serpentes gémeas oferecem os seus escamosos pescoços,
vergando-os ao jugo do carro. Recupera agora os teus filhos, pai;
eu entre as auras, no meu alado carro, vou flutuar.

JASÃO

Desloca-te, a grande altura, pelas vastas planuras do éter,
presta testemunho, por onde flutuares, de que os deuses não existem.

FEDRA

PERSONAGENS

HIPÓLITO, filho de Teseu e Antíopa, uma Amazona
FEDRA, mulher de Teseu e madrasta de Hipólito
AMA de Fedra
TESEU, rei de Atenas
MENSAGEIRO
CORO de cidadãos atenienses

CENA

De início, campos em redor do palácio real de Atenas; depois, diante do palácio

ACTO PRIMEIRO

HIPÓLITO

(Aos caçadores que o acompanham, juntamente com os seus cães)

Ide, torneai as umbrosas florestas
e os excelsos cumes do monte cecrópio([1])!
Com pés velozes percorrei vagantes
os lugares que sob o rochoso
Parnete([2]) jazem submetidos,
os lugares que o rio, correndo pelos vales de Tria([3]),
verbera com ondas violentas;
subi as colinas sempre brancas
de neve rifeia([4]).
Por aqui, por aqui, por onde o bosque se entrelaça
nos altos amieiros, por onde jazem os prados,
em que, acariciando-os com rorífera brisa,
o Zéfiro([5]) convida as ervas primaveris,

([1]) Relativo a Cécrops, fundador e primeiro rei de Atenas.

([2]) O Monte Parnete/Parnes, na Ática, célebre pelo seu vinho e pela abundância de caça.

([3]) Antigo demo na Ática.

([4]) Relativo aos Montes Rifeus, na Cítia. Porquanto Hipólito não está na Cítia, o adjectivo tem apenas o sentido de «muito fria/gelada».

([5]) O Zéfiro é um vento, geralmente brando e agradável, que sopra do ocidente, oposto ao Euro.

onde, por campos improdutivos, o débil Ilisso[6]
desliza indolente e banha
com a sua escassa corrente estéreis areias.
Vós, ide pelo caminho da esquerda, onde Maratona
abre os seus pastios,
onde, acompanhadas de pequenos rebanhos,
buscam as prenhes fêmeas nocturnos pastos;
vós, por onde, exposta aos tépidos ventos do Sul,
ameniza o frio a escarpada Acarnas[7].
Que um calque as penhas do doce Himeto[8],
outro, as planuras de Afidnas[9];
há muito está erma aquela região,
onde o Súnio[10] invade os litorais
do curvado mar.
Se a alguém toca a glória da floresta,
† chama por ele:
aqui vive um javali, terror dos agricultores,
por muitos ferimentos agora afamado.
E vós, deixai frouxas as correias
daqueles cães que caçam em silêncio;
mas detenham as trelas os ávidos Molossos[11]
e que os belicosos Cretenses alarguem
nos pescoços esfolados as grossas coleiras.
Mas aos Espartanos (raça audaz
e ávida de presas), prende-os, cauteloso,
com um nó mais apertado:

---

(6) Pequeno rio que corria do Monte Himeto, na Ática (mencionado *infra*, no v. 22).

(7) O maior demo da Ática.

(8) Dizia-se que as abelhas deste Monte tinham levado o seu mel até Creta para aí alimentarem o recém-nascido Zeus/Júpiter, que Reia tinha escondido, para que ele não fosse devorado pelo próprio pai, Crono/Saturno, receoso de que um filho seu o viesse a destronar (como depois veio a acontecer, precisamente com Júpiter).

(9) Uma das doze cidades da antiga Ática.

(10) Promontório na Ática.

(11) Cães de fila de aspecto robusto.

virá o tempo em que os rochedos do vale
hão-de ressoar com os seus latidos.
Por agora, afundando as apuradas narinas,
farejem os odores, e as tocas procurem
com o focinho baixo, enquanto a luz é fraca,
enquanto os vestígios a terra orvalhada
mantém gravados.
Que um se apresse a carregar sobre a nuca o fardo
das redes de malha larga,
outro, os laços de fina lã.
Que um fio, ornado de rubras penas,
detenha com vão terror as feras.

(Dirigindo-se a diferentes caçadores)

Por ti seja brandido e arremessado o dardo,
tu, com a mão direita e, ao mesmo tempo, com a mão esquerda,
atira a pesada lança de larga ponta de ferro;
tu, depois de deitado em emboscada, hás-de impelir as feras
com os teus berros;
tu, após a vitória, hás-de extrair as suas vísceras
com a tua faca recurva.
Vamos, aparece ao teu companheiro, deusa viril([12]),
a cujo poder
a parte mais longínqua das terras está aberta,
e por cujas certeiras lanças é perseguida
a fera que bebe do gélido Araxes([13])
e a que brinca no estático Istro([14]).

([12]) Ártemis/Diana, irmã de Febo Apolo, a deusa virgem, eternamente jovem, selvagem, que se compraz apenas com a caça.

([13]) Principal rio da Arménia, hoje Aras; desagua no Mar Cáspio. A sua gelidez era proverbial.

([14]) Nome dado pelos Gregos ao curso inferior do Danúbio; por vezes refere-se a todo o rio. «Estático» refere-se às ocasiões em que a superfície do rio estivesse congelada.

A tua destra acossa os leões da Getúlia([15])
e as corças de Creta;
agora trespassas os gamos velozes,
com mão mais leve.
A ti oferecem o peito os listrados tigres,
e o dorso, os felpudos bisontes
e os búfalos selvagens de grandes cornos.
Qualquer animal que paste em solitárias terras,
quer o conheça o Árabe nas suas opulentas florestas,
ou o pobre Garamante([16]),
ou o Sármata([17]) que vagueia por campos vazios,
quer os cumes dos cruéis Pireneus
ou as florestas da Hircânia([18]) o ocultem,
teme, Diana, o teu arco.
Se um seguidor por ti favorecido levou
a tua divindade para as florestas,
as suas redes retêm as feras apanhadas,
nenhum animal rompe com as suas patas os laços:
a presa é levada num plaustro gemente.
Então, rubros de muito sangue trazem
os cães os focinhos,
e regressa aos seus casebres a rústica turba,
num extenso cortejo triunfal.
Vamos, deusa, sê-me propícia! Deram sinal,
com penetrantes latidos, os cães: sou chamado às florestas.
Por aqui, por aqui vou seguir,
por esta trilha que encurta o longo caminho.

(Saem Hipólito e os seus companheiros)

([15]) Antiga região do Norte de África, cujos leões seriam especialmente ferozes.

([16]) Os Garamantes eram uma tribo nómada do interior de África.

([17]) Os Sármatas eram um povo eslavo que habitava a antiga Cítia.

([18]) Região da Ásia, a Sudeste do Mar Cáspio.

(Entra Fedra, vinda do palácio)

FEDRA

Ó Creta, magna senhora do amplo oceano,
cujas numerosas naus, ao longo de todo o litoral,
dominaram o alto-mar, esse mar que, até tão longe quanto a terra
[assíria,
o pérvio Nereu(19) rasga para os esporões das naus,
porque, como refém entregue a odiosos Penates
e casada com o inimigo, me obrigas a consumir a minha vida
em males e lágrimas? Eis que se ausentou e fugiu o meu marido,
e à sua mulher mostra Teseu a habitual fidelidade.(20)
Pelas cerradas trevas do ínvio lago,
ele avança, destemido soldado de um audacioso pretendente(21),
para raptar a mulher do rei dos Infernos e arrebatá-la do trono;
ele adianta-se, esse companheiro da loucura,
nem o medo nem o pudor o detiveram: adultérios e amores ilícitos
nas profundezas do Aqueronte(22) procura o pai de Hipólito.
Mas pesa outra dor, maior, sobre a minha aflição.
Nem a quietude nocturna, nem o sono pesado
me libertaram dos meus cuidados: nutre-se e cresce um mal,
e arde dentro de mim, qual o calor que da cratera

(19) Um dos «Velhos do Mar», ou o «Velho do Mar» por excelência. É filho do Ponto e de Geia (a Terra). Casou com Dóris, outra filha do Oceano, e com ela gerou as Nereides.

(20) Ariadne (cf. v. 122) conta-se entre as mulheres com as quais Teseu foi infiel, assim como com a sua esposa Antíopa (cf. vv. 226–227).

(21) Pirítoo, rei dos Lápitas. Porque lhe devia um favor, Teseu concordou em ajudá-lo a raptar Perséfone/Prosérpina, mulher de Hades/Plutão/Dite, rei dos Infernos. Mas essa tentativa falhou e, ao passo que a Teseu foi dada permissão para deixar os Infernos como companheiro de Hércules (cf. *Hércules Enlouquecido*), Pirítoo teve de ficar.

(22) Um dos cinco rios dos Infernos (juntamente com o Lete, o Estige, o Flegetonte e o Cocito).

do Etna transborda. O tear de Palas([23]) está ocioso
e entre as minhas próprias mãos escorre, por fiar, a lã;
já não me agrada honrar os templos com votivas oferendas,
nem, entre os altares, na companhia de mulheres atenienses,
brandir os fachos, testemunhas dos silentes rituais([24]),
nem invocar com castas preces ou pios ritos
a deusa que protege esta terra, que lhe está consagrada([25]):
quero perseguir, em corrida, as feras açodadas
e, com a minha mão delicada, despedir duras lanças.
Para onde te estendes, espírito? Porquê este louco amor às florestas?
Reconheço da minha infeliz mãe([26]) a fatal doença:
nas florestas torna-se transgressor o nosso modo de amar.
Mãe, compadeço-me de ti? Tomada de inominável enfermidade,
ousaste amar o feroz líder
de uma selvagem manada; de olhar torvo, insubmisso,
aquele teu amante, líder de um rebanho indomável —
mas ao menos ele podia amar alguma coisa. Que deus ou que
[Dédalo pode mitigar
as minhas chamas, infeliz que sou?
Nem mesmo se voltasse aquele que, perito na arte mopsópia([27]),

([23]) Palas Atena/Minerva, que, como deusa da actividade inteligente, protegia as fiandeiras, as tecedeiras e as bordadeiras.

([24]) Os Mistérios de Elêusis, ritos celebrados nessa cidade, perto de Atenas, no início do Outono, em honra de Deméter/Ceres.

([25]) Palas Atena/Minerva. Posídon/Neptuno e Atena/Minerva competiram pela soberania sobre a Ática. Atena fez despontar uma oliveira, Posídon fez brotar um lago de água salgada. Os deuses preferiram a dádiva de Atena, e satisfizeram a sua pretensão.

([26]) Pasífae, mulher de Minos (e mãe de Fedra e Ariadne), concebeu no seu coração um monstruoso amor por um touro. A fim de poder saciar o seu desejo avassalador, Pasífae pediu ajuda ao engenhoso Dédalo, que fabricou uma vaca tão perfeita, tão semelhante a um animal de carne e osso, que o touro se deixou enganar. Pasífae introduziu-se nas ocas entranhas do simulacro construído por Dédalo, efectuando-se dessa forma a cópula, em que foi gerado um ser híbrido, misto de homem e de touro, o Minotauro.

([27]) «Mopsópia» equivale a «ática». Prossegue a alusão a Dédalo.

ocultou em secreta morada o nosso crime monstruoso([28]),
poderia ele prometer algum remédio para o meu infortúnio.
Vénus, que abomina a estirpe do odioso Sol,
castiga-me pelas correntes que a ela e ao seu amante Marte
prenderam([29]), e onera com terríveis infâmias
toda a raça de Febo([30]); nenhuma filha de Minos viveu jamais
um amor fácil, unida sempre ao nefasto.

AMA

Mulher de Teseu, ilustre progénie de Jove([31]),
expulsa do teu casto peito essas abominações o mais depressa possível,
extingue as chamas e não te ofereças solícita
a uma ominosa esperança: aquele que, logo no começo, tolhe
e repele o amor, fica a salvo e vence-o;
quem com carícias nutre o doce mal,
tarde de mais se recusa a suportar o jugo a que está já submetido.

([28]) O Labirinto do Minotauro, construído por Dédalo, por exigência de Minos, para esconder esse atroz fruto dos amores contranaturais da sua mulher Pasífae. O edifício era composto por tal emaranhado de salas e corredores que ninguém, a não ser o próprio Dédalo, conseguia dar com a saída. Apenas Teseu conseguiu fazê-lo, depois de matar o Minotauro, mas não sem a preciosa ajuda de Ariadne, que, tomada de um amor violento, lhe tinha dado um novelo de fio, que ele desenrolou e, ulteriormente, lhe indicou o caminho de regresso. Para escapar à cólera do seu pai, Minos, Ariadne fugiu com Teseu. Este, contudo, abandonou-a, adormecida, na ilha de Naxos, onde foi encontrada por Baco, que a desposou e levou para o Olimpo (cf. Catulo 64.50–266).

([29]) Afrodite/Vénus era a mulher de Hefesto/Vulcano, o deus coxo de Lemnos. Contudo, amava Ares/Marte, o deus da Guerra. Homero (*Odisseia* 8.266–366) descreve como os dois amantes foram surpreendidos, certa manhã, pelo Sol, que se apressou a dar a novidade a Hefesto. Este preparou, em segredo, uma armadilha: uma rede mágica que só ele podia manejar. Um dia em que os dois amantes estavam abraçados no leito de Afrodite, Hefesto fechou-os na rede e chamou todos os deuses do Olimpo, que zombaram do casal adulterino.

([30]) Febo Apolo era o deus-Sol. Pasífae, a mãe de Fedra e Ariadne, era filha de Hélio/Sol e de Perseide, e irmã de Perses, Eetes (o pai de Medeia) e Circe. Daí que Fedra afirme que a sua família é perseguida por Afrodite/Vénus, pelo ultraje a que o Sol fez com que fosse submetida.

([31]) O avô paterno de Fedra era Júpiter.

E não ignoro o quanto a arrogância real, obstinada e avessa à verdade,
não tolera curvar-se ante o que é justo.
Qualquer que seja o fim que me reservou o destino, hei-de suportá-lo:
torna fortes os anciãos a iminência da liberdade.
O melhor consiste em querer o que é honesto e não tropeçar no
[caminho;
logo depois, na vergonha, em reconhecer certo limite no erro.
Aonde vais, infeliz? Porque a infâmia da tua família agravas
e a tua mãe superas? Pior do que o monstro([32]) é o teu crime:
em verdade, podes imputar o monstro ao destino; ao carácter, o
[teu crime.
Se, porque não contempla o teu marido as regiões superiores,
crês impune e livre de medo o teu acto criminoso,
estás errada; supõe que seja retido, oculto nas profundezas do
[Lete,
Teseu, e eternamente tenha de suportar o Estige:
porque aquele que subjuga os mares com o seu vasto poder
e dita leis a centenas de povos([33]), o teu pai,
há-de deixar passar despercebido, e encoberto, tão grande crime?
Sagaz é a preocupação dos pais. Suponhamos, porém,
que com astúcia e perfídia nós ocultamos tamanha atrocidade:
que dizer daquele que a sua luz infunde sobre todas as coisas,
o pai da tua mãe? E daquele que o mundo abala
vibrando com a sua mão coruscante o raio do Etna,
o pai dos deuses? Crês que se possa fazer isso,
não seres vista entre os teus avôs que tudo vêem?
Mas ainda que o favor dos numes acoberte
os teus nefandos coitos, e toque à tua devassidão
a lealdade sempre negada aos grandes crimes:
que dizer do castigo sempre presente, a temerosa consciência da mente,
e o espírito cheio de culpa e a si mesmo temente?
Algumas mulheres cometeram crimes em segurança, mas nenhuma
[o fez com tranquilidade.
Refreia as chamas do teu ímpio amor, suplico-te,

([32]) Alusão ao Minotauro.

([33]) Creta era célebre pelas suas cem cidades.

e a abominação que nenhuma terra bárbara
jamais cometeu, nem os Getas(34), vagueando pelas planuras,
nem os inóspitos Tauros(35), nem os dispersos Citas(36);
expulsa esse crime terrível da tua mente casta
e, lembrando-te da tua mãe, teme inauditos concúbitos.
Preparas-te para misturar os leitos do pai e do filho,
e no teu ímpio ventre carregar uma confusa descendência?
Prossegue, e subverte a natureza com os teus nefandos ardores.
Porque desapareceram os monstros? Porque está vazio o palácio
[do teu irmão?(37)
Há-de todo o mundo ouvir acerca de inusitados prodígios,
e a natureza retroceder nas suas leis,
de cada vez que uma mulher cretense amar?

FEDRA

Sei que é verdade
o que dizes, Ama; mas a loucura obriga-me a seguir
o pior caminho. O meu espírito dirige-se consciente para o abismo
e é em vão que regressa à procura de bons conselhos.
Assim como quando o nauta empurra um pesado barco
contra as ondas adversas, inútil resulta o esforço
e, vencida, a popa é levada pela rápida corrente.
Que poderia a razão fazer? Venceu-me, e reina, a loucura,
e um deus poderoso domina a minha mente completamente.

---

(34) Tribo fixada entre os Balcãs e o Danúbio, que se distinguiria dos demais Trácios.

(35) Eram conhecidos como piratas e por um comportamento selvagem, que adoptavam para com prisioneiros e náufragos. A Táurica localizava-se na Crimeia.

(36) Os Citas habitavam primitivamente a Ásia Central, mas com o tempo começaram a estender-se para ocidente (Mar Cáspio) e sul (Média, Egipto), acabando por ser submetidos pelos Sármatas; eram conhecidos pelo estilo de vida nómada.

(37) O «palácio» é o Labirinto, vazio agora, por acção da irmã de Fedra, Ariadne; o irmão de Fedra é o Minotauro, morto por Teseu. Cf. vv. 121–122.

Esse ser alado[38] tem desenfreado poder sobre toda a terra
e abrasa com indómitas chamas o próprio Júpiter.
O belígero Gradivo[39] sentiu esses fachos,
sentiu-os o deus artífice do raio trissulco,
e arde, por tão pequeno fogo, aquele que
nos cumes do Etna revolve as sempre enfurecidas fornalhas[40];
no próprio Febo[41], que com o seu arco domina as setas,
crava dardos mais certeiros esse menino,
e esvoaça, para o céu e para as terras igualmente lesivo.

AMA

A libido torpe, no interesse da sua própria depravação, inventou
[que o amor é um deus,
e, para agir mais livremente,
atribuiu a essa loucura o falso título de divindade.
Claro que Ericina[42] envia o seu filho a vaguear
por todas as terras; ele, pelo céu voando,
porta na mão delicada dardos violentos
e, embora o mais pequeno dos deuses, tamanho reino possui:
tais fantasias um espírito insano adoptou,
e inventou a divindade de Vénus e o arco do deus.
Todo aquele que, nos tempos prósperos, exulta em demasia,
e se derrama na luxúria, procura sempre algo novo.
Surge então a libido, aquela ominosa companheira
da venturosa fortuna: não satisfazem as refeições habituais,
nem tecidos de estilo sóbrio, nem humildes copos de vinho.

---

(38) Eros/Cupido, geralmente tido como filho de Hermes/Mercúrio e Afrodite/Vénus. Era representado sob a forma de uma criança, geralmente alada, que se comprazia em perturbar os corações, inflamando-os com a paixão amorosa.

(39) Um dos títulos romanos de Marte.

(40) Vulcano.

(41) Febo Apolo, o deus-Sol.

(42) Epíteto de Vénus, a partir do Monte Ericínio, na Sicília, onde havia um templo que lhe estava consagrado.

Porque nos Penates([43]) modestos mais raramente se insinua
essa doença, preferindo casas opulentas?
Porque habita sob humildes tectos o amor casto,
e as pessoas comuns têm sentimentos sãos,
e se contém a si mesma a modéstia, enquanto os ricos
e os que se alcandoram no poder real desejam mais do que é permitido?
Quem pode muito quer poder o que não pode.
Vê o que convém a uma mulher agraciada com um alto trono:
teme e respeita o ceptro do teu marido, que está de regresso.

FEDRA

Ao amor atribuo a autoridade suprema sobre mim,
e não temo o regresso de ninguém: nunca mais
avistou a abóbada celeste quem,
mergulhado na noite eterna, alcançou a silente morada.

AMA

Não confies em Dite. Ainda que ele tenha encerrado o seu reino,
e o cão estígio([44]) vigie os ominosos portais:
sozinho consegue Teseu descobrir caminhos proibidos.

FEDRA

Talvez ele venha a aceitar a minha paixão.

AMA

Ele foi severo até para com uma casta cônjuge:
a bárbara Antíopa achou cruel a sua mão.([45])

([43]) Os Penates eram as divindades romanas que protegiam os recessos das casas. Também podiam ser chamados *penetrales*.

([44]) Cérbero, guarda de Hades, Plutão ou Dite.

([45]) Antíopa era uma Amazona. Teria sido raptada por Teseu, com quem casou e teve um filho, Hipólito, e, anos mais tarde, foi morta também por Teseu,

Mas supõe ser possível vergar o marido irado:
quem há-de vergar o intratável espírito daquele outro?(46)
Ele odeia e foge de tudo quanto é chamado mulher;
inflexível, devota a sua juventude a uma vida celibatária,
e o casamento evita: reconhecerias a estirpe das Amazonas!

FEDRA

A esse homem, equilibrando-se nos cumes de nevadas encostas,
ou calcando com pé ágil ásperos rochedos,
agrada-me por densas florestas, pelos montes seguir.

AMA

Há-de ele parar e entregar-se a carícias
e abandonar os seus castos ritos por uma relação não casta?
Por ti há-de depor o seu ódio, quando, talvez, é porque te odeia a ti
que condena a todas as mulheres?

FEDRA

Não pode ser vencido por súplicas?

AMA

É um selvagem.

---

aquando da Guerra das Amazonas, em cumprimento de um oráculo. Com Antíopa, teria Hipólito adquirido o gosto pela caça e por actividades violentas, porquanto as Amazonas descendiam do deus da guerra, Marte. Governavam-se a si mesmas, sem recorrerem a nenhum homem. À sua frente estava uma rainha, Hipólita. Não toleravam a presença dos homens, a não ser como servidores. Habitariam junto ao Termodonte, rio localizado na província romana do Ponto, parte da actual Turquia. As Amazonas seriam, assim, vizinhas dos Colcos, daí se qualificarem como «bárbaras».

(46) Hipólito.

FEDRA

Aprendi serem vencidos pelo amor os selvagens.

AMA

Há-de fugir de ti.

FEDRA

Se pelos próprios mares fugir, hei-de segui-lo.

AMA

Lembra-te do teu pai!

FEDRA

Lembro-me também da minha mãe.

AMA

Ele esquiva-se de todo o nosso género.

FEDRA

Não temo uma rival.

AMA

Há-de vir o teu marido.

FEDRA

Queres dizer o companheiro de Pirítoo?([47])

([47]) Recorde-se que Teseu se encontrava ausente de Atenas por ter decidido acompanhar Pirítoo aos Infernos (onde este tencionava raptar Prosérpina, mulher de Plutão, transformando-se, assim, num adúltero, de que Teseu seria cúmplice).

AMA

E há-de vir o teu pai.

FEDRA

O complacente pai de Ariadne.[48]

AMA

Por estes cabelos brilhantes de velhice,
por este coração fatigado de cuidados e por estes seios que te são
[queridos,
peço-te súplice: reprime essa tua loucura, e a ti mesma presta auxílio:
é parte da cura querer curar-se.

FEDRA

Nem todo o pudor desapareceu do meu nobre espírito.
Obedeço-te, Ama. O amor que não quer ser governado,
esse seja vencido. Não permitirei, reputação, que sejas maculada.
Esta é a única estratégia, a única saída para o mal:
devo seguir o meu marido, e com a morte impedir a depravação.

AMA

Modera, filha, esses ímpetos de uma mente desenfreada,
contém os teus sentimentos. Julgo-te digna de viver por isso mesmo,
porque te achas digna de morte.

FEDRA

A minha morte está decidida: resta determinar o tipo de morte.
Acaso com um laço hei-de pôr termo à vida, ou sobre o ferro me deitar,
ou saltar, atirando-me de cabeça da cidadela de Palas?

---

[48] Isto é, Minos não puniu Ariadne por esta ter fugido com Teseu (antes de este a ter abandonado e casado com a irmã, Fedra).

AMA

Há-de a minha velhice permitir que morras 262
dessa forma? Reprime esse ímpeto de loucura.
[Ninguém pode facilmente ser de novo chamado à vida.]

FEDRA

Nenhum argumento pode impedir de perecer 265
aquele que decidiu morrer e deve morrer.
Assim, devo armar a minha mão para defender a minha castidade. 261

AMA

Único consolo dos meus lassos anos, senhora, 267
se tão terrível loucura pesa na tua mente,
esquece a tua reputação: a reputação dificilmente favorece a verdade,
boa para aqueles que menos a merecem, e má para os bons. 270
Testemos o seu espírito triste e intratável.
É meu dever aproximar-me do jovem selvagem
e vergar a mente cruel desse homem obstinado.

CORO

Ó deusa gerada pelo mar não tranquilo,
a quem chama mãe um duplo Cupido([49]): 275
imprudente quer com as chamas quer com as setas,
esse menino audacioso e risonho
com quão certeiro arco lança os seus dardos!
[Desliza a loucura por toda a medula,
devastando as veias com o seu fogo furtivo.] 280
Não tem grande abertura a ferida infligida,
mas devora até ao fundo os recessos da medula.
Não tem paz esse menino: pelo mundo

([49]) «Duplo» porque se lhe reconhecia uma natureza concomitantemente doce e violenta.

esparge, ágil, setas derramadas;
o litoral que contempla o Sol ao nascer,
o litoral que jaz nos confins da Hespéria([50]),
o litoral situado sob o fervente Caranguejo([51]),
o gélido litoral da Ursa da Parrásia([52])
que acolhe colonos sempre vagantes,
todos conhecem esse fogo: ele atiça
as chamas ferozes dos jovens, e aos velhos fatigados
reconvoca os ardores extintos,
com lume ignoto fere o coração das virgens —
e aos súperos ordena que, abandonando o céu,
habitem, sob falsas aparências, a terra.([53])
Febo, quando pastor do rebanho tessálio,
conduziu o gado e, tendo abandonado a sua lira,
os touros chamou com uma vulgar flauta.
Quantas vezes não assumiu formas inferiores
o próprio que os céus e as nuvens governa!
Ora, como ave, sacudiu as alvas asas,
com um pipilar mais doce do que o de um cisne ao morrer([54]);
ora, como petulante novilho de fronte ameaçadora,
o seu próprio dorso baixou para as brincadeiras de virgens,
e pelas ondas fraternas, reino desconhecido,
com os seus cascos imitando lentos remos,
com o seu peito domou o mar profundo,
comandante temeroso por causa da sua rapina.([55])

([50]) Nome que os habitantes da Península Itálica davam à Península Ibérica, por estar situada a ocidente deles.

([51]) A quarta constelação do Zodíaco.

([52]) A Constelação da Ursa Maior, segundo a lenda, formada pela apoteose da ninfa Calisto, oriunda da Arcádia (de que a região da Parrásia fazia parte).

([53]) Do que Júpiter é um bom exemplo, ele que assumiu as mais diversas formas ao ter-se apaixonado por várias mulheres, como, de resto, se comprova em seguida, com dois exemplos.

([54]) Júpiter transformou-se em cisne para se unir a Leda.

([55]) Alusão a Europa, raptada por Júpiter, metamorfoseado em touro.

Abrasou-se a radiante deusa do céu escuro[56]
e, abandonando a noite, o seu carro luminoso
entregou ao irmão[57], para ser conduzido de forma diferente:
ele aprendeu a fazer avançar as nocturnas bigas
e a descrever uma órbita mais breve;
mas não mantiveram as noites a sua duração própria
e o dia renasceu num despontar tardio,
enquanto tremiam os eixos com a carga mais pesada.
O filho de Alcmena depôs a sua aljava
e o ameaçador espólio do terrível leão[58],
permitindo que se ajustassem esmeraldas aos seus dedos
e se desse lei aos seus cabelos desgovernados;
cingiu as pernas de ouro lavrado,
os pés confinando a açafroados socos;
e, com a mão com que costumava segurar a sua clava,
puxou os fios do apressado fuso.
Viu a Pérsia,
e a Lídia, fértil em ricas areias,
a pele do feroz leão atirada para o chão,
e nos ombros, em que repousaram
os reinos do sublime céu[59],
um delicado manto de fio tírio.[60]

---

[56] Por estar apaixonada pelo pastor (mortal) Endímion, Diana, a deusa-Lua, fez uma pausa na condução do carro da Lua.

[57] Febo Apolo, o deus-Sol.

[58] O leão de Némea, o primeiro dos doze trabalhos de Hércules. Depois de o ter abatido, Hércules fez da pele do leão um escudo.

[59] Hércules aliviou, durante um breve período, o Gigante Atlas do seu fardo de suportar sobre os ombros a abóbada celeste, punição que Júpiter/Zeus lhe infligira por ter participado na Gigantomaquia, a guerra que opôs os Gigantes aos deuses olímpicos.

[60] Para se purificar do assassínio de Ífito, o filho de Êurito, Hércules teve de se vender como escravo e servir alguém durante três anos. Foi comprado por Ônfale, rainha da Lídia. Aos autores antigos, agradou-lhes representar Hércules vestido à maneira lídia, com longos vestidos femininos (o adjectivo «tírio», relativo à cidade fenícia Tiro, sugere púrpura brilhante), enquanto a rainha tomava os atributos dele: a pele do leão e a clava. Sentado aos pés de Ônfale, Hércules aprendia a fiar.

330 É sagrado esse fogo (acreditai nas suas vítimas)
e muitíssimo poderoso:
onde a terra é cercada pelo mar profundo
e onde as luminosas estrelas
correm pelo próprio céu,
aí tem o seu reino o implacável menino,
335 cujos dardos, na profundeza das águas,
sente o cerúleo conjunto das Nereides([61]),
que nem com o mar consegue mitigar essas chamas.
Sente esse fogo a raça das criaturas aladas;
por Vénus instigado, o novilho audacioso
340 faz guerra por todo o seu rebanho;
se temem pelas suas companheiras,
os temerosos cervos buscam combates
e bramando dão a conhecer
344 o despontar da loucura;
346 então o javali afia as suas vulníficas presas
347 e espuma por todo o focinho:
350 então as florestas gemem com os murmúrios das feras.
348 Os leões de Cartago meneiam as suas jubas,
349 quando os instiga o amor;
345 então a Índia morena estremece
perante os tigres listrados.
351 Sentem o amor o monstro do mar encapelado
e os elefantes: a natureza reclama
todos para si, nada fica imune,
até o ódio perece, quando o amor ordena;
355 às suas chamas cedem vetustas iras.
Para quê cantar mais? Os cuidados do amor
vencem até cruéis madrastas.([62])

([61]) Divindades marítimas, filhas de Nereu e Dóris, e netas do Oceano.

([62]) Como é o caso de Juno, que, movida pelo ressentimento e pelos ciúmes quanto às relações extramatrimoniais do seu marido, Júpiter, perseguiu Hércules, filho adulterino de uma dessas relações. Cf. *Hércules Enlouquecido* e *Hércules no Eta*.

ACTO SEGUNDO

CORO

Ama, diz o que trazes contigo. Como está
a rainha? Há algum limite para as suas chamas cruéis?

AMA

Não há qualquer esperança de que tão grande mal possa ser lenido,
e não haverá fim para essas chamas insanas.
Ela é abrasada por um ardor silencioso e, apesar de inclusa e [escondida,
transparece-lhe no rosto a íntima loucura;
irrompe-lhe dos olhos o fogo, e as pálpebras lassas
a luz recusam; a mesma coisa não satisfaz duas vezes a volúvel,
e sacode-lhe os membros, de diferentes formas, uma dor difusa:
ora cambaleia e desfalece, com infirmes passos,
e dificilmente sustenta a cabeça sobre o pescoço vacilante,
ora volta ao descanso, mas, do sono esquecida,
gasta a noite em queixumes; ordena que a levantem
e de novo lhe ponham o corpo em repouso, e lhe soltem os cabelos
e mais uma vez os penteiem. Sempre insatisfeito consigo mesmo,
vai mudando o seu estado. Já não lhe ocorre nenhuma preocupação
com comida ou saúde; caminha com pé inseguro,
já destituída das suas forças: não possui o mesmo vigor,

nem lhe colora as radiantes faces um purpúreo rubor;
[destrói-lhe o corpo a angústia, já lhe vacilam os passos,
e desvaneceu-se a elegância delicada do seu fulgurante corpo.]
E os olhos, que portavam a luz do facho de Febo,
não resplandecem a sua nobreza, nem a sua ancestralidade.
As lágrimas caem-lhe pelo rosto e banham-lhe as faces
com um constante orvalho, como nos cumes do Tauro[63]
derrete a neve fustigada pelas chuvas tépidas.
Mas eis que se abrem as portas do palácio real:
ela mesma, recostada nas almofadas de uma cadeira dourada,
com mente não sã, recusa as vestes habituais.

FEDRA

Levai, servas, essas vestes adornadas com púrpura e
ouro, fiquem longe de mim o vermelho da concha tíria
e os fios que os remotos Seres[64] colhem dos seus ramos:
que uma pequena faixa cinja as pregas das minhas vestes,
o pescoço livre de colares, nem pesem as minhas orelhas
com níveas pérolas, presente do mar Índico;
aos meus cabelos livres falte o perfume assírio.
Soltos ao acaso, fluam pelo meu pescoço
e ombros os cabelos; esvoaçando ao ritmo das minhas corridas,
os ventos sigam. A minha mão esquerda há-de levar a aljava,
e que a destra faça vibrar uma lança da Tessália:
[assim era a mãe do severo Hipólito.]
Tal como uma Amazona do Tánais ou do Meótis[65],
abandonando os territórios do frígido Ponto[66],
conduz as suas tropas abalando o solo ático[67],

---

[63] Montanha na Cítia, na Ásia Menor.

[64] Os Seres devem ser identificados com os Chineses (tendo em conta a referência à seda), ainda que os Romanos desconhecessem a sua exacta localização.

[65] O Tánais era um rio da Cítia, actual Don. O Meótis, um lago da Cítia (actual Mar de Azov), onde desaguava o Tánais.

[66] O Mar Negro.

[67] Alusão à Amazonas que esquadrinharam a Ática depois de Teseu ter raptado Antíopa, a mãe de Hipólito. As três marcas distintivas das Amazonas,

prende com um nó os cabelos, e em seguida os solta, protegendo [o flanco
com um escudo lunado, assim eu irei para as florestas.

(Fedra entra no palácio)

CORO

(À Ama)

Põe termo a esses queixumes: não alivia os infelizes a dor;
aplaca o agreste poder da deusa virgem([68]).

AMA

Rainha das florestas, que solitária as montanhas habitas
e és a única deusa venerada nos montes solitários,
muda para melhor as sinistras ameaças dos presságios.
Ó grande deusa das florestas e bosques,
e estrela reluzente do céu e adorno da noite,
por cujas alternadas fases brilha o mundo,
Hécate triforme([69]), vem até aqui e favorece os meus planos.
Doma o duro espírito do obstinado Hipólito:
faz com que me oiça; amansa o seu coração selvagem:
que aprenda a amar, a sentir chamas partilhadas.
Prende a sua mente: embora severo, hostil e selvagem,
submeta-se às leis de Vénus. Dirige para aqui
as tuas forças: assim te acompanhe uma face luminosa,
e, com os teus reluzentes cornos, por nuvens rompidas prossigas,

---

povo guerreiro, eram as aljavas pintadas, o escudo em forma de meia-lua e o machado.

([68]) Ártemis/Diana.

([69]) Hécate, frequentemente representada na arte pictórica com três cabeças ou três corpos, era a deusa das encruzilhadas, donde o seu nome de Trívia, e estava presente nas três regiões do mundo mitológico: nos céus, como a Lua ou Febe; na terra, como Diana caçadora; no mundo infernal, como Prosérpina, mulher de Plutão. Na época de Séneca, era já associada à magia.

assim, enquanto governas os freios do nocturno éter,
jamais os encantamentos tessálicos te consigam puxar para baixo(70)
e nenhum pastor te suplante em glória.(71)
Vem, atende agora as minhas preces, deusa que acabo de invocar.

(Entra Hipólito e detém-se junto ao templo de Diana)

Avisto o próprio Hipólito, a venerar o habitual santuário,
sem nenhum companheiro ao seu lado. — Porque hesitas?
[Providenciou
a hora e o lugar o acaso: devo servir-me do meu engenho.
Estremeço? Não é fácil ousar um crime ordenado;
contudo, quem temer os reis rejeite
o que é justo, e expulse do seu espírito toda a honra:
mau ministro do poder dos reis é o pudor.

HIPÓLITO

Porque para aqui conduzes, fatigada, os teus passos anciãos,
ó Ama fiel, com a fronte perturbada
e o rosto aflito? Porventura não estão a salvo o meu pai,
a salvo Fedra, e o seu jugo de filhos gémeos?

AMA

Não tenhas medo, em próspero estado se encontra o reino,
e o palácio, florescente, em sorte favorável resplandece.
Quanto a ti, devias descontrair mais, nessas felizes circunstâncias:
em verdade, inquieta-me, ansiosa, a preocupação por ti,
porque te vergas, inimigo de ti mesmo, a pesados castigos.

---

(70) As feiticeiras, geralmente oriundas da Tessália, vangloriavam-se de conhecer sortilégios poderosos o suficiente para puxar do céu a Lua, se assim o entendessem. De resto, essa façanha, ou intento, era um dos tópicos mais produtivos na descrição de práticas mágicas na Literatura Clássica, juntamente com práticas necromânticas, ou fazer parar/retroceder o curso dos rios.

(71) Nova alusão ao pastor mortal Endímion, por quem a Lua certa vez se apaixonou.

Aquele a quem o destino constrange, a esse perdoa-se a infelicidade;
mas se alguém se entrega aos males sem motivo, e voluntariamente,
e a si mesmo se tortura, esse é digno de perder os bens
de que não sabe fruir. De preferência, lembrando-te da tua idade,
relaxa a tua mente: ergue um facho nas celebrações nocturnas,
que Baco te exonere dos teus pesados cuidados;
frui da vida: ela foge a passos largos.
Agora é leve o teu coração, ao jovem de agora agrada Vénus:
exulte o teu espírito. Porque num leito solitário te deitas?
Desobriga-te dessa triste juventude; agarra agora o teu ritmo,
solta as rédeas, impede que se escoem os melhores dias
da tua vida. Deus prescreveu os ofícios apropriados
e conduz a vida pelas suas etapas:
cabe a alegria ao jovem, e, ao ancião, a fronte austera.
Porque te coages e matas a tua índole natural?
Grande lucro há-de dar ao agricultor aquela semente que,
tenra ainda, viceja em férteis searas;
e com a sua excelsa copa há-de vencer o bosque a árvore
que uma mão maligna não derruba nem poda:
as naturezas rectas melhor demandam os louvores,
se uma vívida liberdade nutre um espírito nobre.
Truculento e selvagem e ínscio da vida,
uma triste juventude, deixando Vénus para trás, hás-de cultivar?
Acreditas ser essa uma obrigação imposta aos homens,
suportar dificuldades, domar cavalos nas corridas
e cruéis guerras combater, sob o sanguíneo Marte?
O supremo pai do mundo,
apercebendo-se do quão rapaces eram as mãos do destino,
providenciou para que sempre as perdas fossem compensadas com
[novos nascimentos.
Pois bem, aparte-se das coisas humanas Vénus,
ela que suplementa e restaura o nosso exaurido género:
apodrecendo, o mundo há-de jazer esquálido e estagnado;
vazio, sem um único peixe, há-de ficar o mar;
as aves hão-de faltar ao céu, e aos bosques, as feras,
e aos ventos, apenas, será pérvio o ar.
Quão variados os tipos de morte que arrastam

e destroem a nossa turba humana: o mar e o ferro e o logro!
Mas imagina que tais destinos não existem: já, pela tua maneira de pensar,
nos encaminhamos para o negro Estige voluntariamente. Adoptem
[os nossos jovens
uma vida celibatária, sem descendência: tudo quanto vês
será uma turba com uma única geração e que sobre si mesma há-de
[desabar.
Segue, portanto, a natureza como guia da tua vida:
frequenta a cidade, cultiva a companhia dos teus concidadãos.

HIPÓLITO

Nenhuma outra vida é mais livre e isenta de vícios,
melhor cultiva os antigos ritos,
do que aquela que, deixando para trás as muralhas da cidade, ama
[as florestas.
A loucura de uma mente avara não inflama
aquele que, inocente, aos cumes das montanhas se consagrou,
nem a vozearia do povo, nem o vulgo desleal aos homens bons,
nem a inveja pestilenta, nem o instável favor;
ele não serve nenhum rei nem, aspirando a rei,
persegue honras vãs ou fugidias riquezas;
livre do medo e da esperança, não o ataca
a negra e edaz malícia com o seu dente ignóbil;
não conhece os crimes semeados entre as populosas cidades,
nem treme de culpa a cada estrépito,
nem deturpa as palavras; não procura esconder as suas riquezas
atrás de mil colunas, nem cobre, insolente,
de espesso ouro as suas vigas; um mar de sangue não inunda
os seus pios altares, nem, às centenas, níveos bois
baixam as suas cervizes quando espargidos com o sagrado grão:
mas é o senhor dos campos vazios e a céu aberto
vagueia inocente. Aprendeu a montar ardilosas armadilhas
apenas para as feras e, cansado pelo pesado trabalho,
alenta o seu corpo no Ilisso([72]), frio como a neve;

([72]) Rio na Ática.

agora segue as margens do célere Alfeu(73),
agora atravessa as cerradas regiões de um bosque profundo,
onde o gélido Lerna(74) reluz com as suas águas cristalinas
e mitiga o calor. Aqui, aves queixosas fremem
e os ramos, brandamente sacudidos pelo vento, tremem
★ ★ ★ ★ ★
e vetustas faias. Agrada-lhe ou deitar-se na margem
de um rio sinuoso, ou entregar-se a um sono leve
directamente sobre a relva, quer pressurosas águas jorre
profusamente uma fonte, quer um doce murmúrio ressoe
de um riacho que foge entre botões de flores.
Abanados das árvores, os frutos matam-lhe a fome,
e morangos colhidos em baixos arbustos
providenciam-lhe comida fácil. O seu impulso é fugir
dos luxos régios: ansiosos os cálices de ouro por onde
bebem os soberbos; quão agradável é apanhar com as mãos nuas
a água de uma nascente! Um sono mais tranquilo apodera-se dele,
quando relaxa os seus membros, livres de preocupações, numa
[cama dura.
Não é ímprobo, urdindo ardis em reclusão
ou num quarto secreto, nem se esconde, temeroso,
numa casa labiríntica: o ar e a luz procura
e vive tendo o céu por testemunha. Assim, julgo,
terão vivido aqueles que, misturados com os deuses,
foram gerados pela primeira idade. Não tiveram nenhum
cego desejo de ouro; na terra nenhuma pedra sagrada
dividiu os campos, como mediadora entre os povos;
ainda não sulcavam o mar crédulas naus:
cada um conhecia apenas o seu próprio mar; nem com extensas
[muralhas
nem com torres contíguas as cidades cingiam os seus flancos;
não ajustava o soldado armas cruéis à sua mão,
nem os arremessos das balistas desfaziam, com pedras pesadas,

---

(73) Rio perto de Olímpia.
(74) Rio perto de Corinto.

portas fechadas; nem a terra, obrigada a suportar um senhor,
se submetia, sob juntas de bois, à escravidão:
mas os campos, espontaneamente frutíferos, alimentaram
povos que nada lhes pediam; as florestas ofereceram recursos naturais,
e as umbrosas cavernas, casas naturais.
Rompeu esse pacto a ímpia loucura do lucro
e a ira precipitada, e a libido, que compele
as mentes abrasadas; seguiu-se uma cruenta
sede de poder, o fraco caiu presa do forte:
em vez do direito, a força. Então, primeiro combateram
com as mãos nuas, e em armas converteram as pedras
e os ramos toscos: não havia a leve haste
armada na ponta com ferro temperado, nem a espada a cingir o flanco
com o seu gume extenso, nem os elmos de penachos
ao longe visíveis: o sofrimento forjava as suas próprias armas.
Inventou o belicoso Marte novas artes
e mil formas de morte. Desde aí, o sangue derramado
manchou todas as terras e enrubesceu o mar.
Então os crimes, abolidos os limites, em todas as casas
entraram, e nenhum sacrilégio careceu de precedente:
é morto o irmão pelo irmão, e pela destra do filho o pai,
jaz o marido pela espada da mulher
e ímpias mães aos próprios filhos tiram a vida;
nem falo das madrastas: nenhuma é mais mansa do que uma fera.
Mas a comandante de todos os males é a mulher: sitia os nossos [espíritos
essa artífice de crimes, por causa dos seus devassos adultérios
fumegam tantas cidades, fazem a guerra tantos povos
e tanta gente é esmagada por reinos revoltos desde as suas fundações.
Deixemos as demais: sozinha, a mulher de Egeu,
Medeia([75]), há-de tornar as mulheres um género ominoso.

([75]) Depois de ter matado os seus próprios filhos, para se vingar de Jasão, que a trocara por Creúsa, e fugido de Corinto (cf. *Medeia*), Medeia casou com o pai de Teseu, Egeu, o qual acabaria por também tentar assassinar, de modo a garantir a sucessão para o seu filho Medo (cujo pai podia ser, ou não, Egeu).

AMA

Porque o crime de umas poucas se torna culpa de todas?

HIPÓLITO

Detesto-as a todas, tenho-lhes horror, fujo delas, execro-as.
Seja a razão, seja a natureza, seja uma ominosa loucura:
resolvi odiá-las. Mais depressa hás-de misturar a água com o fogo,
e mais depressa a volúvel Sirte([76]) há-de oferecer amistosas falésias
às naus, mais depressa do extremo golfo da Hespéria
há-de erguer Tétis([77]) o radioso dia
e os lobos mimosear com focinhos meigos as corças,
do que, vencido, eu mostre um espírito gentil para com as mulheres.

AMA

Muitas vezes o Amor põe freio aos obstinados
e transmuta o seu ódio. Olha para os reinos da tua mãe:
sentem o jugo de Vénus aquelas mulheres selvagens;
tu, único filho dessa raça, és prova disso.([78])

HIPÓLITO

Considero isto o único consolo de ter perdido a minha mãe,
o poder agora odiar todas as mulheres.

([76]) As Sirtes eram dois golfos formados pelo Mediterrâneo na costa do Norte de África, junto à Líbia, perigosos para a navegação.

([77]) *Tethys*, uma das divindades primordiais das teogonias helénicas, personificava a fecundidade feminina do mar (filha de Geia e Úrano, irmã e mulher do Oceano, mãe de todos os rios do mundo). A sua morada é geralmente situada no Extremo Ocidente, para lá da região das Hespérides, na região onde, todos os fins de tarde, o Sol termina o seu curso.

([78]) As Amazonas eram um povo de mulheres que descendiam do deus da guerra, Marte, e da ninfa Harmonia. Governavam-se a si mesmas, sem recorrerem a nenhum homem. À sua frente estava uma rainha, Hipólita. Não toleravam a presença dos homens, a não ser como servidores. Mutilavam, ou matavam, à nascença os filhos do sexo masculino.

AMA

(Aparte)

Como um duro rochedo, por todos os lados inacessível,
resiste ao mar e as exasperadas ondas
para longe repele, assim ele despreza as minhas palavras.
Mas Fedra aproxima-se impetuosamente, impaciente com a demora.
Para onde penderá a sua fortuna? Para onde se inclinará a sua
[loucura?
De repente, o seu corpo cai exânime por terra
e uma cor semelhante à da morte espalha-se-lhe pela face.

(A Fedra)

Levanta a cabeça, desfaz os obstáculos às tuas palavras:
vê, filha, é o teu próprio Hipólito quem te segura.

FEDRA

Quem me devolve à dor e estes intensos ardores
repõe no meu espírito? Quão bom foi ter-me livrado de mim mesma!

HIPÓLITO

Porque ao doce presente da luz restituída foges?

FEDRA

(Aparte)

Ousa, espírito, tenta, cumpre a tua própria decisão.
Intrépidas perseverem as tuas palavras: quem timidamente pede
está a convidar à rejeição. Grande parte do meu crime
há muito se consumou; serôdio é o meu pudor:
amei o abominável. Se levo a cabo o que comecei,
talvez possa ocultar o crime atrás do facho nupcial:

honestos o êxito torna alguns crimes.
Vamos, começa, meu espírito!

(A Hipólito)

Ouve-me por um momento,
e em privado, suplico-te. Se tens algum companheiro, que se vá embora.

HIPÓLITO

Vê, o lugar está vazio, livre de qualquer testemunha.

FEDRA

Mas os meus lábios negam caminho às palavras começadas.
Uma grande força incita-me a falar, e uma maior retém-me.
Tomo-vos a todos por testemunhas, celestes,
de que não quero o que quero.

HIPÓLITO

Acaso não pode o teu espírito dizer aquilo que deseja?

FEDRA

Os pequenos cuidados conseguem falar, os grandes calam-se.

HIPÓLITO

Confia aos meus ouvidos os teus cuidados, mãe.

FEDRA

É soberbo o nome da mãe e por demais grandioso:
aos meus sentimentos um nome mais humilde convém;
chama-me irmã, Hipólito, ou escrava,

sim, de preferência, escrava: suportarei qualquer escravidão.
Se me ordenasses atravessar neves profundas,
não hesitaria em percorrer os gélidos cumes do Pindo(79);
nem, se pelo meio de labaredas ou fileiras hostis me ordenasses [avançar,
hesitaria em dar o peito às espadas desembainhadas.
Aceita o ceptro do regente, a mim toma-me por tua escrava:
[a ti convém-te administrar o poder, a mim, cumprir as tuas ordens.]
Não é coisa de mulheres zelar pela governança das cidades.
Tu, que vicejas na primeira flor da juventude,
governa os cidadãos, forte com o poder do teu pai;
acolhe-me nos teus braços e protege esta tua suplicante e escrava:
tem compaixão de uma viúva(80).

HIPÓLITO

Afaste o supremo deus esse presságio.
Em breve há-de chegar o meu pai, são e salvo.

FEDRA

O senhor daquele reino tenaz e do silente Estige(81)
nenhum caminho fez para o reino dos vivos:
há-de ele mandar de volta o raptor da sua própria mulher?(82)
A menos que talvez Plutão se sente no seu trono, plácido para com [o amor.

---

(79) Monte na Tessália.

(80) Fedra utiliza a palavra «viúva» no sentido de «sem marido» (ela sabe que Teseu está vivo, mas não acredita que ele vá voltar dos Infernos). Contudo, Hipólito interpreta a palavra de forma literal: «aquela a quem o marido morreu».

(81) Alusão a Hades, ou Dite, ou Plutão, rei dos Infernos.

(82) Recorde-se que Teseu foi cúmplice de Pirítoo na tentativa de rapto de Prosérpina, a mulher de Plutão. É nesse sentido que Fedra lhe chama «raptor». Quanto a Plutão, ele próprio havia raptado Prosérpina, que depois levou consigo para os Infernos; e certa vez havia sido, em verdade, plácido para com o amor, o amor de Orfeu por Eurídice (cf. *Hércules Enlouquecido* 577–589).

HIPÓLITO

Certamente que os justos deuses lhe hão-de permitir o regresso.
Mas enquanto deus mantém na incerteza os nossos votos,
hei-de cuidar dos meus queridos irmãos com o devido afecto,
e agir de forma que não te julgues viúva,
e, para ti, eu mesmo ocupar o lugar do meu pai.

FEDRA

(Aparte)

Ó crédula esperança dos amantes, ó falaz Amor!
Acaso disse eu o bastante? Vou lançar mão de súplicas, para avançar.

(A Hipólito)

Tem compaixão de mim, ouve as preces da minha mente silenciosa.
Agrada-me falar, mas também me angustia.

HIPÓLITO

Mas que mal é esse?

FEDRA

Um mal que dificilmente imaginarias poder abater-se sobre uma [madrasta.

HIPÓLITO

Arremessas obscuras palavras, num discurso enigmático:
fala abertamente.

FEDRA

Insano, o meu peito pelo ardor

da paixão é abrasado; um fogo cruel vagueia, mergulhado fundo
nas minhas vísceras e ocultando-se nas minhas veias,
[transcorre pelos recessos da minha medula e pelas minhas veias]
como as chamas ligeiras atravessam as árvores mais altas.

HIPÓLITO

É o casto amor por Teseu que te está a enlouquecer, por certo?

FEDRA

Hipólito, assim é: amo as feições de Teseu,
aquelas anteriores, que outrora tinha em jovem,
quando os primeiros pêlos lhe marcavam as faces suaves
e ele viu a cega morada do monstro de Gnosso[83]
e o extenso fio recolheu no seu caminho sinuoso.[84]
Como então resplandecia! Fitas prendiam-lhe o cabelo,
e tingia-lhe as tenras faces uma fulva modéstia;
havia fortes músculos nos seus braços macios,
o seu rosto era o da tua Febe ou o do meu Febo[85],
ou melhor, era mais o teu — era como tu, como tu,
quando encantou o seu inimigo[86]; assim como tu, elevou altivamente
[a cabeça.
Em ti resplandece uma mais rude beleza:
em ti está todo o teu pai e, todavia, uma certa parte
da tua mãe selvagem concorre igualmente para a tua beleza:
uma dureza cítica reflecte-se no teu rosto graio.
Se com o teu pai no mar de Creta tivesses entrado,

(83) O Labirinto do Minotauro.

(84) Recorde-se que Teseu só conseguiu entrar no Labirinto, matar o Minotauro e encontrar o caminho de regresso graças ao novelo de fio que Ariadne, irmã de Fedra, lhe deu. Cf. v. 122.

(85) Febe, a deusa-Lua/Diana, irmã de Febo Apolo, o deus-Sol/Hélio, de quem Fedra descendia.

(86) Eventual alusão a Ariadne, filha de Minos, inimigo de Atenas.

para ti melhor a minha irmã([87]) teria enrolado o novelo.
A ti, a ti, irmã, onde quer que brilhes no estrelado firmamento,
te invoco para uma causa semelhante à tua:
uma única família destruiu duas irmãs,
a ti, o pai, mas a mim o filho. — Eis que, suplicante, jaz
caída diante dos teus joelhos([88]) a filha de uma casa real.
Manchada por nenhuma desonra, e impoluta, inocente,
por ti, apenas, me transformo. Decidida, prostro-me em súplicas:
este dia há-de pôr termo à minha dor ou à minha vida.
Compadece-te do meu amor.

HIPÓLITO

Grande monarca dos deuses,
tão impassível ouves estes crimes? Tão impassível os contemplas?
E quando despedirás o raio com a tua violenta mão,
já que por enquanto está sereno o céu? Colapse o céu inteiro em ruína
e enterre o dia em negras nuvens,
e que as estrelas, voltando para trás, percorram em sentido contrário
rotas oblíquas. E tu, senhor das estrelas,
radiante Titã([89]), contemplas tu a infâmia
da tua neta? Afunda a luz e foge para as trevas.
Porque está vazia, soberano dos deuses e dos homens, a tua destra
e não arde o mundo com o teu facho trissulco?
Sobre mim troveja, trespassa-me, queime-me o fogo veloz
atravessando-me: sou culpado, mereço morrer:
agradei à minha madrasta.

([87]) Nova alusão a Ariadne (cf. v. 122), que, depois de o ter ajudado a sair do Labirinto e de com ele ter fugido de Creta, Teseu abandonou, adormecida, na ilha de Naxos, onde foi encontrada por Baco, que a desposou e levou para o Olimpo, onde lhe deu um diadema/grinalda, obra de Hefesto/Vulcano, que depois se havia de transformar numa constelação, a *Corona* (cf. Catulo 64.50–266).

([88]) Tocar os pés ou, mais frequentemente, os joelhos era um gesto de suplicante (cf. *Odisseia* 7.141–142).

([89]) O Sol.

(A Fedra)

Acaso sou digno de adultérios?
Só eu te pareci matéria fácil
para tamanho crime? Mereceu isto a minha austeridade?
Ó tu, que todo o género feminino superas em crime,
ó tu que ousaste um mal maior do que a tua mãe geradora de monstros,
és pior do que a tua mãe![90] Maculou-se apenas a ela mesma
com o seu adultério; porém, o crime por muito tempo encoberto
foi revelado pela sua descendência, com a sua forma híbrida,
e o filho mestiço[91] denunciou, com a sua face ferina,
o crime da mãe — aquele ventre te pariu.
Ó três e quatro vezes dados a ditoso destino
aqueles que pelo ódio e pelas insídias foram consumidos,
destruídos e mortos — pai, invejo-te:
maior, maior do que a tua madrasta da Cólquida[92] é este mal.

FEDRA

Também eu reconheço o destino da minha família:
aquilo de que devíamos fugir procuramos; mas não me consigo controlar.
Até mesmo pelas chamas, pelo mar tumultuado te hei-de seguir,
por penhascos e rios arrebatados por impetuosa corrente;
para onde quer que voltes os teus passos, para aí serei levada em delírio.
De novo, homem arrogante, me prostro diante dos teus joelhos.

HIPÓLITO

Mantém longe do meu casto corpo o teu toque depravado.
Que é isto? Até se atira a tentar abraçar-me?
Desembainhe-se a espada, execute-se o castigo que ela merece.
Com a minha mão esquerda agarrei-lhe os cabelos

---

[90] Alusão a Pasífae, mãe de Fedra e do Minotauro. Cf. v. 113.

[91] O Minotauro.

[92] Medeia, que fora casada com o pai de Teseu, Egeu, e tentara envenenar o próprio marido.

e puxei para trás a sua depravada cabeça: nunca sangue mais justo
se ofereceu no teu altar, deusa do arco([93]).

FEDRA

Hipólito, realizas agora o meu desejo;
curas a minha loucura. Isto é melhor do que a minha prece,
morrer às tuas mãos, com a minha honra intacta.

HIPÓLITO

Vai, vive, para que não consigas o que pretendes,
e que abandone o meu casto flanco esta espada contaminada.
Que Tánais me há-de purificar, ou que Meótis,
que se deita, com as suas ondas bárbaras, no Mar Pôntico([94])?
Nem mesmo com todo o oceano o grande pai
poderia expiar tamanho crime. Ó florestas, ó feras!

(Sai Hipólito)

AMA

Descobriu-se a sua culpa. Espírito, porque ficas indolente e parado?
Desviemos para ele mesmo o crime, e acusemo-lo, ainda,
de um desejo ímpio: o crime deve ser encoberto pelo crime;
o passo mais seguro, quando se tem medo, é atacar.
Se ousámos nós o crime primeiro, ou o sofremos,
tendo o ultraje acontecido em segredo, que testemunha o há-de saber?
Acudi, atenienses! Fiel turba de escravos,
socorrei-nos! Hipólito, predador de nefanda violação,
está a forçá-la, a atacá-la, faz-lhe ameaças de morte,
e com a espada a aterroriza.

(Entram cidadãos e servos)

Vejam, escapa-se precipitadamente
e, com a confusão, deixou aqui a espada, com o pânico da fuga.

([93]) Diana, a deusa caçadora, daí a referência a um dos seus atributos, o arco.
([94]) O Mar Negro.

Temos a prova do seu crime. Primeiro reanimai
esta infeliz. Que os cabelos puxados e as madeixas arrancadas
permaneçam como estão, evidências do seu crime tamanho.
Levai a notícia à cidade!

(A Fedra)

Recobra já os sentidos, senhora.
Porque, ferindo-te a ti mesma, evitas o olhar de todos nós?
É a intenção, não o acaso, que costuma tornar indecente uma [mulher.

CORO

Ele fugiu semelhante a uma insana procela,
mais veloz do que o Coro([95]) que aglomera as nuvens,
mais veloz do que a chama que vai arrebatando o seu caminho,
quando uma estrela cadente, pelos ventos conduzida, estende
o seu rasto ígneo.
Contigo compare toda a glória antiga
a fama, admiradora da primeva idade:
a tua forma reluz tão mais bela
quanto mais claro brilha a rubente Febe com a sua esfera cheia,
depois de ter juntado os seus fogos, unindo os cornos,
e, do seu carro ligeiro, exibe
a sua face durante toda a noite,
e não conseguem manter a sua própria face as estrelas menores;
semelhante a ti é, também, ao trazer de volta as trevas,
o mensageiro da noite, que, recém-banhado nas ondas do mar,
se chama Héspero, e, depois de banir novamente as trevas,
também se chama Lúcifer.([96])

([95]) Coro (ou Cauro), o vento de noroeste.

([96]) A estrela da manhã, Lúcifer, era frequentemente considerada idêntica à estrela da noite, Héspero. Em verdade, a partir do século v a. C., os Antigos sabiam que elas eram idênticas e que deviam ser identificadas com o planeta Vénus.

Nem tu, Liber, da Índia portadora de tirsos,
eternamente jovem de intonsa cabeleira,
que guias os teus tigres brandindo uma lança com pâmpanos na ponta,
e com uma mitra cinges a tua cornígera cabeça,
serás capaz de vencer os firmes cabelos de Hipólito.
E não admires demasiado o teu rosto:
por todos os povos se difundiu a história
daquele que a irmã de Fedra preferiu a Brómio[97].
Beleza, ancípite bem para os mortais,
breve dádiva de exígua duração,
como passas veloz com os teus pés ligeiros!
Não tão depressa o ardor de um cálido Verão
espolia os prados verdejantes no início da Primavera,
(quando o meio-dia se enfurece no solstício
e em breves rotas se precipitam as noites),
não tão depressa murcham os lírios com as suas folhas pálidas,
não tão depressa definham as rosas que enfeitam as nossas cabeças,
como é roubado, num instante só, o fulgor que irradia
das faces juvenis, e não há um único dia
que não arranque um pedaço a um corpo formoso.
Coisa fugaz é a beleza: que sábio poderia confiar
num bem tão frágil? Usa-o, enquanto podes.
O tempo aniquila-te silenciosamente, e cada hora
que se segue é sempre pior do que a que passou.
Porque procuras ermos? Não está mais segura
a beleza nos lugares remotos: se te ocultares na floresta,
quando o Titã trouxer o meio-dia,
hão-de cercar-te, turba licenciosa, Náiades[98] desavergonhadas,
acostumadas a apanhar bonitos jovens nas fontes[99],

---

[97] Liber e Brómio eram epítetos de Baco. Séneca parece aludir aqui a uma versão alternativa do mito, segundo a qual a irmã de Fedra, Ariadne, teria preferido (devido à sua beleza, que Hipólito herdou) Teseu a Baco, em vez de ter sido abandonada por Teseu e resgatada por Baco.

[98] As ninfas das nascentes ou cursos de água que habitavam.

[99] Alusão a Hilas, que acompanhou Hércules na expedição dos Argonautas, porquanto o herói se apaixonara pelo jovem, detentor de grande beleza. Durante uma escala na Mísia, Hilas foi buscar água a uma fonte. As Náiades, achando-o

e enquanto dormires hão-de armar-te ciladas
as deusas lascivas das florestas,
ou os montívagos Pãs([100]).
Ou, observando-te do estelífero firmamento,
o astro([101]) nascido depois dos vetustos Árcades([102])
não poderá dirigir o seu carro luminoso.
Ainda agora enrubesceu, mesmo não havendo nenhuma nuvem
mais carregada a bloquear a sua face brilhante;
e nós, assustados com o escurecer da divindade,
julgando que ela fora arrastada por feitiços tessálicos,
fizemos tinir o bronze([103]): mas tu foras a causa do seu problema
e da sua demora; enquanto te observava,
a deusa da noite alenteceu o seu célere curso.
Que o frio maltrate menos esta face,
que esta face procure mais raramente o Sol:
há-de brilhar mais clara do que o mármore pário.
Quão agradável é uma face virilmente feroz
e a gravidade severa de uma vetusta arrogância!
Poderias comparar o teu esplêndido pescoço ao de Febo:
os seus cabelos nunca apanhados,
derramando-se, embelezam-lhe e cobrem-lhe os ombros;
a ti convém-te o cabelo espetado, e o cabelo mais curto,
que cai ao acaso; poderias ousar
derrotar até rudes e belicosos deuses
com a força e a robustez do teu musculoso corpo:
ainda jovem, igualas-te aos músculos de Hércules
e o teu peito é mais largo do que o do belígero Marte.

---

tão belo, atraíram-no a si, para lhe concederem a imortalidade. Hércules ficou extremamente desgostoso com o desaparecimento de Hilas.

([100]) Pã era o deus dos pastores e dos rebanhos, caracterizado por uma considerável libido: perseguia ninfas e rapazes com igual paixão.

([101]) A Lua.

([102]) Os homens mais antigos do mundo.

([103]) Os eclipses lunares eram atribuídos, no folclore, a práticas mágicas que puxariam do céu a Lua. O contrafeitiço consistia em bater em vasos de bronze. O bronze era, de resto, um dos materiais por excelência para a confecção de tabuinhas de maldição (as *tabellae defixionum*).

Se quisesses cavalgar no dorso de um cavalo,
mais fléxil com as rédeas do que a mão de Castor,
poderias guiar o espartano Cílaro([104]).
Estende o propulsor com os teus indicadores
e atira a lança com toda a tua força:
tão longe, peritos em lançar dardos,
não hão-de os Cretenses([105]) arremessar as suas delgadas setas.
Ou, se te agradar espalhar dardos pelo céu
como os Partos([106]), nenhum desses dardos há-de cair
sem um pássaro agarrado, antes, cravados nas tépidas vísceras,
hão-de trazer-te do meio das nuvens a tua presa.
Raramente a beleza nos homens (olha para o passado)
ficou impune. Que um deus mais benévolo
te deixe incólume ao passar por ti, e que a tua famosa beleza
possa vir a mostrar as feições da feia velhice.

([104]) Alusão aos Dioscuros, os gémeos Castor e Pólux. O primeiro era sobretudo um excelente cavaleiro; o segundo, um exímio lutador de boxe. Cílaro era o cavalo que Juno oferecera a Pólux, apesar de aqui Séneca atribuir a sua posse a Castor.

([105]) Os Cretenses eram exímios arqueiros.

([106]) Os Partos, que detinham um império na Ásia Menor, eram célebres por combaterem com arco e setas, a cavalo; fingindo fugir, dispersavam os inimigos, que depois atingiam, disparando sobre eles, virados para trás em cima das montadas.

ACTO TERCEIRO

CORO

Que deixará por ousar a impetuosa loucura dessa mulher?
Nefandas acusações prepara contra o jovem inocente.
Eis os crimes! Procura credibilidade com o seu cabelo desgrenhado,
transtorna toda a beleza da sua cabeça, humedece as faces:
o dolo é urdido com recurso a todos os ardis femininos.
Mas quem é este homem que no rosto exibe régia dignidade
e ergue tão alto a sua cabeça?
Como é parecida a sua cara com a do jovem Teseu,
se não se embranquecessem as suas faces com uma lânguida palidez,
e uma desleixada esqualidez não colasse os seus cabelos!
Vejam, é o próprio Teseu, restituído à terra.

TESEU

Finalmente escapei da região da noite eterna
e ao pólo que ensombra os manes([107]) no seu vasto cárcere,
e é com dificuldade que suportam os meus olhos a tão desejada
[luz do dia.

([107]) Os manes eram as almas/sombras deificadas dos antepassados já falecidos.

Já pela quarta vez Elêusis ceifa os dons de Triptólemo([108]),
e Libra([109]), outras tantas vezes, faz igualarem-se às noites os dias,
desde que o confuso trabalho de uma sorte desconhecida
me reteve entre os males da vida e da morte.
Uma parte da vida manteve-se em mim, estando morto:
a consciência dos meus males; pôs-lhe um termo Alcides([110]),
que, arrastando o cão que subtraiu ao Tártaro([111]),
me trouxe também a mim para as regiões superiores.
Mas, fatigada, a minha coragem carece do antigo vigor
e tremem-me os passos. Ah, que ingente esforço foi
procurar, das profundezas do Flegetonte([112]), o longínquo céu,
enquanto, ao mesmo tempo, fugia da morte e seguia Alcides!
Que gemido de aflição vem ferir os meus ouvidos?
Alguém me explique! Luto e lágrimas e dor,
tristes lamentos no próprio limiar?
Hospitalidade inteiramente digna de um hóspede dos Infernos.

AMA

Fedra tomou a obstinada resolução de morrer,
e despreza as minhas lágrimas e está prestes a matar-se.

TESEU

Qual a causa dessa morte? Porque morre, tendo regressado o seu
[marido?

([108]) O herói por excelência de Elêusis, ligado ao mito de Deméter/Ceres, que, como recompensa pela hospitalidade que recebera na casa dos pais de Triptólemo, lhe deu um carro puxado por dragões alados e lhe ordenou que percorresse o mundo, semeando grãos de trigo.

([109]) A sétima constelação zodiacal (Balança).

([110]) Hércules, aqui designado pelo patronímico derivado do nome do seu avô, Alceu.

([111]) O décimo primeiro trabalho que Hércules executou às ordens do seu primo Euristeu foi dirigir-se aos Infernos, reino de Plutão (ou Hades ou Dite), e daí trazer o cão Cérbero. «Tártaro», sinédoque para Infernos.

([112]) O Flegetonte era um dos rios dos Infernos (um rio de fogo, como o próprio étimo grego indica).

AMA

Essa mesma causa tornou iminente a sua morte.

TESEU

As tuas intricadas palavras escondem algo de grave que desconheço.
Diz claramente que dor lhe pesa sobre o espírito.

AMA

Não revela a ninguém. A infeliz o mantém em segredo
e decidiu-se a levar consigo o mal por que morre.
Vem agora, peço-te, vem: é forçoso que te apresses.

TESEU

(Aos servos)

Desaferrolhai as cerradas portas do palácio real!

(É revelado o interior do palácio, onde Fedra segura a espada de Hipólito)

Ó companheira do meu tálamo, reages assim à chegada do teu [homem
e à visão do rosto do teu marido tão desejado?
Porque não livras da espada a tua destra e me restituis
o meu espírito e me revelas o que te faz fugir
da vida?

FEDRA

Ah, pelo ceptro do teu reinado,
magnânimo Teseu, e pela boa índole dos nossos filhos
e pelo teu regresso e já, também, pelas minhas cinzas,
deixa-me morrer.

TESEU

Que motivo te impele a morrer?

FEDRA

Se é dita a causa da morte, o seu benefício perece.

TESEU

Ninguém mais, excepto eu, te há-de ouvir.

FEDRA

Uma mulher casta teme apenas os ouvidos do seu marido.

TESEU

Fala: o teu segredo no meu peito fiel vou esconder.

FEDRA

Cala tu primeiro aquilo que queres que os outros calem.

TESEU

Nenhuma oportunidade para morrer irá ao teu encontro.

FEDRA

Para o que quer morrer nunca está longe a morte.

TESEU

Diz qual o delito que deves com a morte expiar.

FEDRA

O estar viva.

TESEU

Acaso não te comovem as minhas lágrimas?

FEDRA

A melhor morte é perecer entre o pranto dos seus.

TESEU

(Aparte)

Mantém-se calada. Sob açoites e grilhões a velha Ama
há-de revelar tudo o que Fedra se recusa a dizer.

(Aos servos)

Prendei-a com ferro. Que a violência dos açoites extraia
os segredos da sua mente.

FEDRA

Eu mesma to direi, espera.

TESEU

Porque desvias o teu rosto aflito e com o manto
ocultas as lágrimas que de súbito escorrem pelas tuas faces?

FEDRA

A ti, a ti, criador dos deuses, invoco por testemunha,
e a ti, coruscante esplendor da luz celestial,
de cujo nascimento descende a minha própria linhagem:
testada pelas suas preces, resisti; e ante o ferro e as ameaças
não cedeu o meu espírito: o meu corpo, porém, sofreu a sua violência.
O meu sangue há-de purificar essa mácula na minha castidade.

TESEU

Quem, fala, foi o destrutor da minha honra?

FEDRA

Aquele que menos esperarias.

TESEU

Exijo saber quem foi.

FEDRA

Há-de dizer-to esta espada, que, assustado com o tumulto,
o violador deixou para trás, temendo que os cidadãos aqui
[acorressem.

TESEU

Que crime, ai de mim, discirno? Com que monstruosidade deparo?
O régio marfim, engastado de pequenas insígnias,
refulge no cabo, glória do povo ático.
E ele? Para onde escapou?

FEDRA

Estes servos viram-no a fugir
com medo, disparado em célere corrida.

TESEU

Ó santo Amor, ó tu que governas o céu([113]),
e tu que com as tuas ondas o segundo reino agitas([114]),

([113]) Júpiter.

([114]) Posídon/Neptuno. Zeus/Júpiter, Hades/Plutão e Neptuno dividiram entre eles o poder sobre o Universo, depois de derrotarem os Titãs, nome genérico

de onde vem esta mácula naquela inominável linhagem?
Gerou-o a terra grega, ou o Tauro([115]) da Cítia
e o Fásis([116]) da Cólquida? A raça retorna à sua origem,
e o sangue poluído remonta à sua primeira estirpe.
É essa, precisamente, a loucura daquela tribo guerreira([117]),
rejeitar os pactos de Vénus e prostituir publicamente
o corpo depois de longa castidade. Ó abominável raça,
nunca domada pelas leis de uma terra melhor!
Até as próprias feras evitam coitos contranaturos,
e umínscio pudor conserva as leis da procriação.
Onde está o rosto e a falsa majestade daquele homem,
e o seu aspecto rude, almejando modos antigos e antiquados,
a severidade dos velhos costumes e a gravidade dos seus sentimentos?
Ó vida falaz, abrigas sentimentos secretos,
e a torpes espíritos cobres com rostos bonitos:
o pudor oculta o impudente; a quietude, o audacioso;
a coragem, o nefando; os mentirosos a honestidade louvam
e fingem os sibaritas diligência. Ó habitante das florestas,
selvagem, casto, puro, inexperto,
estavas a guardar-te para mim? Agradou-te inaugurar a tua virilidade
no meu leito e com tamanho crime?
Já, já agradeço aos numes supernos
por ter perecido Antíopa por obra das minhas mãos,
por não te ter deixado a tua mãe quando desci
às cavernas do Estige.([118]) Prófugo, percorre remotos

---

dos seis filhos varões de Úrano e Geia. Os Titãs pertenciam à geração divina primitiva, e o mais jovem era Saturno, progenitor da geração dos Olímpicos, de entre eles Júpiter, que a dada altura declarou guerra ao pai, juntamente com os irmãos. Saturno, por sua vez, contou com a ajuda dos seus próprios irmãos Titãs. Dez anos durou essa guerra, conhecida por Titanomaquia.

([115]) Montanha na Ásia Menor.

([116]) O rio Fásis, actual Rioni, nascia no Cáucaso e desaguava no Mar Negro. Era o principal rio da Cólquida, de onde era originária a feiticeira Medeia, filha do rei Eetes, neta do Sol e sobrinha de Circe.

([117]) As Amazonas.

([118]) Uma tradição obscura assegura que, por ordem de um oráculo, Teseu imolara Antíopa, no início da Guerra das Amazonas (contra os habitantes da Ática,

e desconhecidos povos: mesmo que te separe de mim,
com a extensão do Oceano, uma longínqua terra nos confins do mundo,
e que habites a região do globo à nossa oposta,
mesmo que te ocultes num profundo abismo
depois de teres atravessado os horríficos reinos sob o excelso pólo,
e mesmo que postado para lá do Inverno e da cândida neve,
depois de teres deixado as frementes ameaças do gélido Bóreas(119),
enfurecendo-se à tua passagem, hás-de ser punido pelos teus crimes.
Pertinaz, hei-de perseguir-te, enquanto foges, por todos os
[refúgios:
terras longínquas, fechadas, escondidas, hostis, ínvias
hei-de atravessar, nenhum lugar será para mim obstáculo:
sabes de onde acabo de regressar. Onde não podem ser lançados
[dardos,
aí lançarei maldições: o meu pai, deus do mar(120), concedeu-me
formular três desejos a que ele atenderia,
e, invocando o Estige(121), ratificou essa dádiva.
Vamos, cumpre o teu triste presente, senhor dos mares!
Que Hipólito não mais contemple a radiante luz do dia
e que, na flor da idade, vá para junto dos manes que o seu pai enfureceu.
Presta agora este abominável auxílio ao teu filho, pai:
nunca havia de consumir essa suprema dádiva da tua divindade,
se não me oprimissem tão grandes males;
entre o Tártaro(122) profundo e o hórrido Dite
e as iminentes ameaças do rei dos Infernos,
abstive-me de preces: mantém agora a promessa que fizeste.
Pai, hesitas? Porque ainda se mantêm silentes as ondas?
Agora, com ventos que impelem negras nuvens,

---

por Teseu ter raptado Antíopa), como sacrifício a Fobo (a divindade do Medo).

(119) O vento norte.

(120) Neptuno.

(121) O Estige era um dos rios (ou um lago) do reino dos Infernos. O juramento pelo Estige era o mais sagrado que os deuses podiam fazer (cf. Hesíodo, *Teogonia* 383–403).

(122) «Tártaro», muitas vezes sinédoque para Infernos. No entanto, aqui é utilizado na sua acepção primitiva, de região mais profunda do mundo, situada sob os próprios Infernos, reservada à punição dos grandes criminosos.

tece uma noite, rouba as estrelas e o céu,
empurra o mar, excita a multidão de seres marinhos
e, ao intumesceres, do próprio Oceano as ondas convoca.

(Entram no palácio)

CORO

Ó magna mãe dos deuses, Natureza,
e tu, soberano do ignífero Olimpo,
que fazes girar as estrelas esparsas pelo céu veloz
e os cursos vagantes dos planetas
e os pólos do mundo nos seus céleres eixos,
porque tanto te preocupas em conduzir
as rotas perenes do excelso céu,
para que, agora, o frio do branco Inverno
desnude as florestas,
agora, as sombras voltem aos bosques,
agora, a juba do estivo Leão([123])
amadureça Ceres([124]) com o seu intenso calor
e o ano modere as suas forças?
Mas porque és tu, que tão grandiosas coisas reges,
sob cujo poder os pesos do infinito Universo
descrevem em equilíbrio as suas órbitas,
porque és tão ausente e negligente com os homens,
não interessado em ajudar os bons
e prejudicar os maus?
A Fortuna governa sem nenhuma ordem
as coisas humanas e com uma mão cega
distribui os seus dons, ao pior favorecendo:
prevalece a ominosa libido sobre os homens puros,
a fraude reina no grandioso palácio;

([123]) Referência às estrelas da constelação que formavam a juba do Leão.

([124]) Ceres/Deméter, a deusa maternal da terra cultivada. Designa, neste passo, as searas.

o povo alegra-se em entregar os fasces([125]) aos homens torpes,
venerando-os e odiando-os.
A austera virtude colhe
recompensas inversas à rectidão:
aos castos persegue a penosa paupérie
ao passo que, fortalecendo-se nos vícios, reina o adúltero —
ó vão pudor e falsa honra!

([125]) Termo alusivo às eleições romanas: os fasces eram o conjunto formado por um feixe de varas em torno de um machado, simbolizando o poder de um magistrado eleito em Roma.

ACTO QUARTO

CORO

Mas que notícias traz o Mensageiro com passos apressados,
enquanto banham o seu lúgubre rosto angustiadas lágrimas?

MENSAGEIRO

Ó sorte amarga e dura, ó pesada escravidão,
porque me chamas para anunciar um nefando destino?

TESEU

Não temas falar intrepidamente de duras desgraças:
um coração não despreparado para infortúnios carrego.

MENSAGEIRO

A minha língua nega a esta dor as suas luctíficas palavras.

TESEU

Diz que sorte se abate sobre a minha casa arruinada.

MENSAGEIRO

Hipólito, ai de mim, numa terrível morte jaz!

TESEU

Como pai, sei que o meu filho morreu há algum tempo:
agora morreu o violador. Relata os pormenores da sua morte.

MENSAGEIRO

Quando, como um fugitivo, abandonou a cidade infestamente,
desenrolando um célere caminho com passos rápidos,
rapidamente pôs os seus sonípedes sob o alto jugo
e os seus focinhos, domados por apertados freios, uniu.
Então, falando muito consigo mesmo e amaldiçoando
o solo pátrio, chama, várias vezes, pelo pai,
e com veemência, deixando soltas as rédeas, o chicote brandiu:
quando, de súbito, ressoou desde as suas profundezas o vasto mar
e se elevou até aos astros. Nenhum vento sopra sobre o mar salgado,
nenhuma parte do céu sereno troveja,
e o plácido pélago agita-se por uma tempestade nele mesmo gerada.
Nem o Austro([126]) disturba tanto os estreitos sículos([127]),
nem tão furiosamente o golfo jónio se ergue
quando impera o Coro, quando os rochedos tremem com o bater [das ondas
e branca espuma fere o cume do Leucatas([128]).
Levanta-se o ingente oceano numa grande coluna,
[e, inchado por um ser monstruoso, o pélago com a praia colide,]
mas esse tão grande desastre não se erige contra as naus:
ameaça a terra; em curso não ligeiro rolam
as ondas; desconheço o que, no seu pesado ventre,
carrega, grávida, a água. Que terra vai mostrar aos astros
a sua recém-nascida cabeça? Está a surgir uma nova Cíclade([129])?
Ocultaram-se as arribas afamadas pelo poder do deus epidáurio([130]),

([126]) Austro (ou Noto), o vento sul.

([127]) O mesmo que «sicilianos».

([128]) Promontório na ilha de Leucas (Mar Jónio).

([129]) As Cíclades são um conjunto de ilhas no Mar Egeu.

([130]) Asclépio tinha um santuário em Epidauro, cidade da Argólida.

e as Rochas Cirónias, célebres pelos crimes[131],
e a terra comprimida por um mar de cada lado.[132]
Enquanto essas coisas, estupefactos, admiramos, eis que todo o mar
muge, e, de todos os lados, os rochedos ecoam o mugido;
o mais alto cume é salpicado por água do mar,
espuma e regurgita alternadamente as ondas,
como quando uma imensa baleia se desloca pelas profundezas do
[Oceano
expelindo pela sua boca a água.
Tremeu a agitada esfera de ondas
e a si mesma se dissolveu e trouxe para o litoral um mal
maior do que o medo; o mar com a terra colide
e segue o seu próprio monstro — os meus lábios abala um tremor.
Que aspecto tinha aquele corpo imenso!
Um touro, exibindo alto o seu pescoço cerúleo,
ergueu uma grande juba na sua fronte esverdeada;
de pé estão as peludas orelhas, nos olhos uma variegada cor,
agora como a do dominador de um feroz rebanho,
agora a de um ser nascido nas profundezas: ora fogo vomitam
os olhos, ora reluzem, insignes, com tons cerúleos;
a sua gorda cerviz faz erguer enormes músculos
e fremem as largas narinas com ávidas inspirações;
com um musgo tenaz, estão verdes o peito e a barbela,
e os longos flancos borrifados por fuco vermelho;
por fim, nas costas, as últimas partes do seu corpo fundem-se
numa forma monstruosa, e a besta ingente e escamosa arrasta
uma cauda imensa. Ele é como uma baleia que, em mares longínquos,
sorve ou destrói as naus ligeiras.
Tremeram as terras, foge assustado o gado
em debandada pelos campos, e não se lembrou o pastor

---

[131] Círon era um coríntio, filho de Pélops ou de Posídon/Neptuno, que se instalara no território de Mégara, num local chamado Rochas Cirónias, onde passava um caminho marginal à costa. Círon obrigava os viajantes a lavarem-lhe os pés e, durante a operação, atirava-os ao mar, onde uma enorme tartaruga despedaçava os seus corpos. Teseu matou-o quando ia de Trezena para Atenas.

[132] O Istmo, comprimido pelos Golfos Sarónico e Coríntio.

de perseguir os seus novilhos; fogem dos seus bosques
todas as feras; exangues, todos os caçadores se horrorizam,
gelados de medo. O único imune ao medo,
Hipólito, contém a rédea curta os cavalos
e os pávidos animais incita, exortando-os com a sua voz bem-conhecida.
Há uma elevada via para Argos entre as colinas escarpadas,
adjacente às terras que ladeiam o mar em baixo;
aí aquele colosso se inflama e prepara a sua ira.
Quando aguilhoou a sua energia e, testando-se,
preludiou a sua ira, precipita-se numa célere corrida,
quase não tocando na superfície do solo com o seu ritmo galopante,
e, terrível, ante os carros trepidantes estacou.
Erguendo-se para o enfrentar, o teu filho, ameaçador com o seu
[rosto feroz,
não muda de expressão e grita alto:
«Este vão terror não verga a minha coragem:
em verdade, era o trabalho do meu pai conquistar touros.»([133])
Mas de imediato os cavalos, desobedecendo aos freios,
arrastam o carro e, afastando-se já do caminho,
por onde quer que os leva, delirantes, a pávida loucura,
por aí avançam e atiram-se contra as escarpas.
Todavia, como um piloto que mantém firme o seu barco
em mares turbulentos, para que não fique de través,
e com a sua perícia as ondas engana, de modo não diferente,
ele governa o carro veloz: agora puxa para trás os seus focinhos,
presos por rédeas, agora controla-os, batendo-lhes muitas vezes no dorso
com o chicote torcido. Segue-o o constante companheiro,
ora mantendo um ritmo igual, ora contornando o caminho
para o bloquear adiante, por toda a parte o terror espalhando.
Não mais podia fugir ao monstro: de cabeça erguida, no meio do
[caminho,
vai ao seu encontro o hórrido cornígero marinho.
Então, os sonípedes, em verdade descontrolados com o medo,
rejeitam o controlo e lutam para se livrar do jugo

([133]) Como o touro que devastava a planície de Maratona, e com que Medeia havia tentado matá-lo, e o Minotauro.

e, empinando-se, lançam ao chão a sua carga.
Arremessado de cabeça, ele enreda o seu corpo, ao cair
num laço estreito e, quanto mais luta,
mais aperta os sequazes nós.
Perceberam os cavalos o seu delito — e, com o carro leve,
sem ninguém a controlá-los, para onde manda o medo vão disparados.
Também assim, mas pelos ares, não reconhecendo a sua carga
e indignando-se por ter sido confiado o dia a um falso Sol,
uma parelha de cavalos lançou a Faetonte([134]) para fora do céu.
Amplamente se mancham de sangue os campos, e a sua cabeça embate
nos rochedos e faz ricochete; os espinheiros desfazem-lhe o cabelo
e duras rochas desfiguram o seu bonito rosto
e perece com muitas feridas a sua infeliz beleza.
As céleres rodas revolvem uma e outra vez os seus membros
[moribundos;
e, por fim, enquanto é arrastado, um tronco com uma estaca queimada
o detém, com a sua ponta cravada bem no meio da sua virilha;
[e por um momento o carro parou, porque o seu senhor estava preso,]
deteve-se a parelha por causa do golpe — depois, concomitantemente,
[a demora
e, com ela, o seu senhor romperam. Depois, rasgam-lhe o corpo
[semiânime
os arbustos, bem assim as ásperas silvas com os seus pontiagudos
[espinhos,
e cada tronco arrebata uma parte do seu corpo.
Vagueia funebremente pelos campos uma turba de escravos,
por aqueles lugares em que Hipólito, esquartejado,
marca o seu longo caminho com rastos de sangue,
e, lúgubres, os cães farejam os membros do seu dono.

([134]) Faetonte pediu ao seu pai, o Sol, que o deixasse conduzir o seu carro, pedido a que o Sol anuiu, mas não sem deixar de lhe fazer muitas recomendações. Faetonte partiu e começou a seguir o caminho traçado no firmamento. Mas a altitude assustou-o. Desceu demasiado baixo e quase queimou a Terra, subiu demasiado alto e os astros queixaram-se a Júpiter, que, para evitar uma conflagração, fulminou Faetonte, fazendo-o cair no rio Erídano (identificado com o Pó, em Itália). A fim de equiparar os trágicos destinos dos dois jovens, Séneca sugere que também Faetonte foi atirado do carro do Sol pelos seus cavalos.

Não pôde ainda o diligente labor dos seus pesarosos escravos
reconstituir o seu corpo.

(Olhando para o que resta do corpo de Hipólito)

É esta a glória da sua beleza?
Ele que ainda agora refulgia como uma estrela,
resplandecente companheiro do poder do seu pai, e seu certo herdeiro,
está a ser recolhido aqui e ali para a derradeira pira
e recomposto para o funeral.

TESEU

Ó Natureza, demasiado poderosa, com quão forte vínculo de sangue
prendes os pais! E quanto te cultuamos, mesmo que contrariados!
Quando ele era culpado, quis matá-lo, agora que o perdi, choro por ele.

MENSAGEIRO

Ninguém pode honestamente chorar aquilo que quis.

TESEU

Ainda assim, creio ser o cúmulo dos males
que o acaso nos faça desejar aquilo que abominamos.

MENSAGEIRO

Mas, se conservas o ódio, porque húmidas de lágrimas estão as tuas faces?

TESEU

Porque o matei, não por tê-lo perdido, choro.[135]

---

(135) Isto é, como um pai que matou o próprio filho.

CORO

Quão grandes reveses, ai, fazem rolar a magnificência!
Menos a Fortuna com os menores se enfurece
e deus fere fracamente os mais fracos;
mantém-nos plácidos uma humilde quietude
e acolhe uma cabana anciãos seguros.
Os cumes próximos das moradas etéreas
pelo Euro são fustigados, fustigados pelo Noto,
do insano Bóreas pelas ameaças
e pelo imbrífero Coro.
Raros golpes de raios suporta
o húmido vale:
tremeu com o raio de Júpiter altíssono
o Cáucaso ingente e o bosque frígio
da Mãe Cíbele([136]): temendo pelo excelso céu,
Júpiter investe contra o que está próximo;
nunca sente grandes tumultos
uma casa plebeia, de baixo tecto.
[Em redor dos tronos troveja.]
Voa a hora, fugidia,
com asas inconstantes, e a ninguém é fiel
a veloz Fortuna:
este homem, com as estrelas do céu resplendente
e o dia radiante ⋆ ⋆ ⋆ tendo deixado para trás a morte,
lamenta angustiado o seu triste regresso,
e mais lastimosa do que a do próprio Averno([137])
encontra a hospitalidade da casa dos seus pais.

([136]) A grande deusa da Frígia, muitas vezes chamada a Mãe dos Deuses, ou Grande Mãe. O seu poder estendia-se a toda a natureza, cuja potência vegetativa representava. Era venerada nas montanhas da Ásia Menor e, daí, o seu culto divulgou-se por todo o mundo grego e, posteriormente, também pelo romano. Cíbele é importante pelo culto orgiástico que se desenvolveu em torno da sua figura e que sobreviveu até uma época tardia do império

([137]) Lago perto de Cumas, Putéolos e Baias, cujas exalações letais (o lago estava próximo da entrada para os Infernos) matavam todas as aves que o sobrevoavam.

Ó Palas, venerada pelos habitantes de Atenas,
pelo facto de o teu Teseu contemplar o céu e os vivos
e ter fugido dos pântanos do Estige,
nada deves, ó deusa casta, ao teu rapace tio([138]):
mantém-se o número de mortos para o tirano dos Infernos([139]).

([138]) Plutão.

([139]) Isto é, Hipólito substituiu Teseu nos Infernos.

ACTO QUINTO

(Fedra sai do palácio com a espada de Hipólito nas mãos)

CORO

Que voz lastimosa ressoa dos recessos do palácio,
e que prepara a enlouquecida Fedra de espada desembainhada?

TESEU

Que loucura te instiga, exasperada pela dor?
Que significam essa espada, esses lamentos
e esse pranto sobre um cadáver que odeias?

FEDRA

A mim, a mim, cruel senhor das profundezas do mar,
ataca-me a mim, e contra mim envia os monstros do cerúleo
[mar,
o que quer que a remota Tétis carrega
nos seus mais íntimos recessos, o que quer que o Oceano,
envolvendo-o com as suas ondas vagantes, cobre com as suas mais
[longínquas correntes.
Ó sempre implacável Teseu, ó tu que nunca regressas para a tua
[família

sem dano: o teu filho e o teu pai([140]) com a morte
pagaram pelos teus regressos; arruínas a tua casa,
sempre nocivo, ou por amor ou por ódio às tuas mulheres.([141])
Hipólito, é o teu rosto isto que vejo
e sou eu a culpada? Que fero Sínis([142]) ou que Procrustes([143])
espalhou os teus membros, ou que touro cretense,
de Dédalo os claustros com os seus fortes mugidos enchendo,
feroz e biforme criatura de cornígera cabeça([144]), te desfez?
Ai de mim, para onde fugiu a tua beleza
e os teus olhos, que eram as minhas estrelas? Sem vida jazes?
Fica aqui por um instante apenas e ouve as minhas palavras.
Não digo nada indecoroso: com esta mão hei-de reparar o meu crime
e trespassar com a espada o meu peito nefando,
e despir Fedra da sua vida e, ao mesmo tempo, do seu crime.
[E pelas ondas e pelos lagos do Tártaro,
pelo Estige, por rios de fogo, desvairada te hei-de seguir.]
Aplaquemos a tua sombra.

([140]) Ao partir para Creta, Teseu prometera içar velas brancas na sua nau caso voltasse a Atenas vitorioso; todavia, se as naus voltassem sem ele, deveriam exibir velas negras. De regresso a casa, depois de matar o Minotauro, Teseu esqueceu-se de mudar o velame, e Egeu, que aguardava ansiosamente à beira-mar o regresso do filho, ao ver as velas negras, supôs que o jovem morrera e lançou-se ao mar que, desde então, tomou o nome de Egeu.

([141]) A mulher que Teseu odiava, e matou, foi Antíopa, a mãe de Hipólito, que terá sido imolada, no início da Guerra das Amazonas (contra os habitantes da Ática), como sacrifício a Fobo (a divindade do Medo).

([142]) Malfeitor morto por Teseu perto do Istmo de Corinto. Tinha o epíteto de «O Dobrador de Pinheiros» porque costumava dobrar pinheiros entre os quais amarrava um homem: em seguida, largava as árvores que, endireitando-se violentamente, rasgavam o supliciado.

([143]) Salteador que tinha por costume torturar as suas vítimas forçando-as a deitarem-se numa cama: se as vítimas fossem demasiado altas, Procrustes amputava-lhes o excesso de comprimento para ajustá-las à cama; se as vítimas fossem muito pequenas, eram esticadas até atingirem o comprimento suficiente. As vítimas nunca se ajustavam exactamente ao tamanho da cama, porque Procrustes tinha duas camas de tamanhos diferentes. Procrustes foi morto por Teseu, que lhe infligiu o mesmo suplício (cf. Diodoro 4.59.5 e Higino 38).

([144]) Nova alusão ao Minotauro.

(Corta uma madeixa do seu cabelo e põe-na sobre Hipólito)

Da minha cabeça estes espólios aceita
e recebe os cabelos cortados da minha fronte ferida.
Não foi possível unir os nossos espíritos, mas podemos certamente
unir as nossas mortes.

(A si mesma)

Morre, se és casta, pelo teu marido;
se és impura, pela tua paixão. Hei-de reclamar o tálamo do meu marido,
agora maculado por tamanho crime? Faltava essa ignomínia,
que fruísses do seu leito como se ele tivesse sido vingado e tu fosses
[inocente.
Ó morte, único consolo para um amor maligno!
Ó morte, de uma honra maculada máxima glória,
refugio-me em ti: abre os teus magnânimos braços.
Escutai, Atenas, e tu, pai pior do que
uma letal madrasta: contei uma falsa história e aleguei mentiras
a respeito de um crime que eu mesma, demente,
no meu insano peito concebera. Em vão puniste, enquanto pai;
e um jovem casto, sob uma depravada acusação, jaz morto,
embora pudico, inocente.

(A Hipólito)

Recupera agora o teu bom nome.

(Trespassa-se com a espada de Hipólito)

Pela espada o meu ímpio peito se abre
e o meu sangue derramado presta as honras fúnebres a um homem puro.

TESEU

O que, como pai, deves fazer agora que o teu filho foi arrebatado,
aprende-o com a sua madrasta: esconde-te nas regiões do Aqueronte.

Ó fauces do pálido Averno, e vós, cavernas do Ténaro([145]),
águas do Lete, agradáveis aos desafortunados, e vós, letárgicos lagos,
arrebatai a este homem ímpio e esmagai-o com males eternos.
Agora vinde, cruéis monstros do mar, agora, mar imenso,
e tudo o que Proteu([146]) esconde nos golfos mais longínquos do oceano,
e a mim, triunfante em tamanho crime, arrebatai-me para profundos
[turbilhões.
E também tu, pai([147]), que sempre tão facilmente consentes a minha ira:
de uma morte tranquila não sou digno, eu que, num inaudito assassínio,
espalhei pelos campos o corpo mutilado do meu filho, e que,
[enquanto me ocupava
de um crime falso como um severo vingador, tropecei num crime
[genuíno.
As estrelas e os manes e as ondas enchi com o meu crime:
nenhuma outra sorte resta; conhecem-me os três reinos([148]).
Para isto regressei? Abriu-se para a luz um caminho,
para que eu contemplasse duas mortes e funerais gémeos,
para que, sem mulher e sem filho, com um único facho
pudesse acender as fúnebres fogueiras do meu filho e da minha mulher?
Dador dessa luz negra, Alcides, o teu presente
devolve a Dite([149]); restitui-me os manes que me arrebataste.
Ímpio([150]), em vão invoco
a morte que deixei para trás: cruento e da morte artífice,
que maquinaste insólitos e bárbaros castigos,
agora a ti mesmo justos suplícios inflige.
Que dois pinheiros, com os seus vértices forçados a tocar o chão,

---

([145]) Promontório na Lacónia, onde havia um templo dedicado a Neptuno e uma caverna que dava acesso ao mundo dos Infernos.

([146]) Um deus do mar a quem fora confiada a tarefa de cuidar das focas e dos demais animais marinhos de Posídon/Neptuno.

([147]) Posídon/Neptuno.

([148]) O céu, o mar e os Infernos.

([149]) O «teu presente» é o próprio Teseu, libertado dos Infernos como um presente de Dite/Plutão a Hércules (cf. *Hércules Enlouquecido* 806).

([150]) Sobretudo enquanto assassino do seu próprio filho. *Impius* implica transgressão contra familiares («contranatural») ou os deuses.

lançados para o céu dividam o meu corpo entre os seus troncos([151]),
ou devo atirar-me de cabeça das Rochas Cirónias([152])?
Vi coisas piores, que o Flegetonte ordena que sofram
os culpados, confinando-os e cingindo-os com o seu rio de fogo.
Que castigos e que morada me esperam, sei:
sombras culpadas, afastai-vos, e que, sobre estes, estes
ombros sendo reposicionada, oprima as minhas mãos lassas
a pedra, eterno labor do velho eólio([153]);
seja de mim que zomba o rio que flui próximo aos lábios([154]);
que o feroz abutre voe para junto de mim, abandonando a Tício([155]),
e sempre cresça o meu fígado para o castigo;
e tu repousa, do meu Pirítoo pai([156]):
que sejam meus os membros que, ao sabor de um giro veloz,

([151]) Nova alusão a Sínis, um malfeitor que tinha o epíteto de «O Dobrador de Pinheiros», porque costumava dobrar pinheiros entre os quais amarrava um homem: em seguida, largava as árvores que, endireitando-me violentamente, rasgavam o supliciado (cf. vv. 1169–1170). Teseu matou-o infligindo-lhe o mesmo suplício que Sínis infligia às suas vítimas.

([152]) Nova alusão a Círon (cf. v. 1023). Também a Círon, Teseu infligiu o mesmo tipo de morte que esse criminoso impunha às suas vítimas. Aqui, Teseu sugere aplicar a si mesmo um desses tipos de mortes que a outros obrigava a suportar.

([153]) Sísifo (filho de Éolo), vítima da cólera de Júpiter, por tê-lo denunciado como o raptor de Egina, filha de Asopo. Foi-lhe imposto, como castigo, fazer rolar eternamente um enorme rochedo pela subida de um monte. Todavia, mal o rochedo atingia o cume, voltava para trás, mercê do seu próprio peso, e o trabalho tinha de recomeçar.

([154]) Alusão ao suplício de Tântalo. Por ter matado o seu filho Pélops, que depois cozinhou para servir como refeição aos deuses, Tântalo foi punido com fome e sede eternas: mergulhado na água até ao pescoço, não podia beber, porque o líquido fugia sempre que nele tentava mergulhar a boca; um ramo carregado de frutos pendia sobre a sua cabeça, mas, se levantava o braço, o ramo erguia-se bruscamente e ficava fora do seu alcance. Cf. *Tiestes*.

([155]) Ixíon, pai do amigo de Teseu, Pirítoo, era dos mais célebres supliciados nos Infernos. Por ter tentado violar Juno, foi amarrado a uma roda em chamas que girava sem cessar.

([156]) Enciumada com a relação extramatrimonial entre Júpiter e Leto/Latona — relação em que foram gerados Diana e Febo Apolo —, Juno instigou contra Leto/Latona o gigante Tício, inspirando-lhe o desejo de a violentar. Mas Tício foi fulminado por Júpiter e lançado nos Infernos, onde duas serpentes (ou águias)

leva, na sua órbita revoluta, a roda que jamais pára.
Abre-te, terra, recebe-me, ominoso caos,
recebe-me; desta vez a minha viagem para junto das sombras é
[mais justa:
o meu filho sigo — não temas, tu que reinas sobre os manes:
venho com casta intenção; recebe-me nessa tua eterna morada,
de onde jamais hei-de sair. Não comovem os deuses as minhas preces;
mas, se lhes rogasse por crimes, quão solícitos seriam!

CORO

Teseu, para os teus lamentos um tempo infinito permanece:
agora presta os devidos ritos ao teu filho, e o mais depressa possível
sepulta os seus membros, terrivelmente dispersos por selvática
[mutilação.

TESEU

Para aqui, para aqui trazei o que subsiste desse corpo querido
e entregai-me essa massa e os membros ao acaso amontoados.
Esse é Hipólito? Reconheço o crime como meu:
fui eu quem te matou; e para que não fosse culpado
apenas uma vez, ou o único culpado, enquanto pai prestes a ousar
[um crime
o meu próprio pai invoquei. Assim usufruo do presente do meu pai.
Ficar sozinho é, para os meus anos alquebrados, um triste mal!
Abraça os seus membros; e tudo o que resta do teu filho,
infeliz, aconchega no teu lúgubre peito, ajoelhando-te junto dele.
Põe em ordem, pai, os decepados membros
do seu corpo mutilado, e restitui ao seu lugar
as partes desarrumadas: é este o lugar da sua forte destra,
aqui deve ser posta a mão esquerda, perita em controlar
as rédeas: reconheço do lado esquerdo as marcas.
Quão grande parte está ainda em falta para as minhas lágrimas.

devoravam o seu fígado, que renascia de acordo com as fases da Lua, daí ser «eterno» o «festim» do pássaro.

Sede firmes, trémulas mãos, neste lúgubre ofício,
e, olhos, mantende-vos secos, dominai as abundantes lágrimas,
enquanto um pai conta os membros do seu filho
e recompõe o seu corpo. Que é esta coisa disforme
e de aspecto horrível que múltiplos golpes mutilaram de todos os lados?
Que parte de ti possa ser, desconheço; mas é parte de ti:
aqui, põe aqui, não é o seu lugar certo, mas está livre.
Acaso é esta aquela face que brilhava com fogo, como as estrelas,
† e que tinha um vívido olhar? A este ponto decaiu a sua beleza?
Oh, ominoso destino, oh, cruel favor dos deuses!
Assim volta um filho para junto do pai, em resposta às suas preces?
Toma, recebe estes derradeiros presentes do teu pai, tu que muitas [vezes, como esta,
terás de ser sepultado; por enquanto, entreguem-se ao fogo estas [coisas.

(Aos servos)

Abri as portas da minha casa, acerba com esta morte funesta;
que toda a Mopsópia[157] ressoe com ruidosos lamentos.
Vós, preparai o fogo da pira real;
quanto a vós, pelos campos as partes perdidas do seu corpo procurai.

(Indicando o cadáver de Fedra)

Depois de sepultada, que a terra pese sobre essa,
e que sobre a sua ímpia cabeça se deite pesado o solo.

(157) Antigo nome da Ática.

HÉRCULES
ENLOUQUECIDO

PERSONAGENS

JUNO, irmã e mulher de Júpiter, e rainha dos deuses
ANFITRIÃO, marido de Alcmena e padrasto de Hércules
MÉGARA, mulher de Hércules e filha de Creonte
LICO, tirano de Tebas, que usurpou o poder a Creonte
HÉRCULES, filho de Júpiter e Alcmena, uma mortal
TESEU, rei de Atenas e amigo de Hércules
CORO de Tebanos

CENA

Diante do palácio real de Tebas

ACTO PRIMEIRO

JUNO

Irmã do Tonante[1] (em verdade, só este título
me foi deixado), abandonei o sempre infiel Jove
e, sem marido, também os recintos do sumo éter;
e o meu lugar, banida dos céus, às suas concubinas cedi;
na terra devo morar, as concubinas no céu habitam:
aqui, na parte mais elevada do pólo glacial,
a Ursa[2], a proeminente constelação, guia as argólicas armadas;
aqui, onde no despontar da Primavera se alarga o dia,
aquele que pelas ondas transportou a tíria Europa refulge[3];
ali, amplamente vagueando, mostram o seu bando temível
para as naus e para o mar as Atlântides[4];

---

(1) Júpiter/Jove, marido e irmão de Juno.

(2) Arcto, a constelação da Ursa Maior, segundo a lenda formada pela apoteose da ninfa Calisto, oriunda da Arcádia. Esta constelação era também conhecida por «Carro», *Plaustrum*. Juno aponta, no céu nocturno, lembranças de algumas das infidelidades do marido-irmão e dos seus filhos adulterinos.

(3) Zeus/Júpiter, metamorfoseado em touro, raptou Europa, irmã de Cadmo, enquanto ela brincava com as suas companheiras na praia de Sídon ou de Tiro, e levou-a para Creta, onde acabaria por dar à luz Minos.

(4) Diz-se que Zeus/Júpiter se teria envolvido com três Plêiades, em latim designadas *Atlantides*, «filhas de Atlas», o Gigante por Júpiter condenado a suportar sobre os seus ombros o peso do céu.

com a sua espada ameaçador, aqui aterroriza Oríon os deuses(5),
e as suas estrelas o áureo Perseu tem(6);
aqui as brilhantes estrelas dos gémeos Tindáridas cintilam
e aqueles com cujo nascimento se imobilizou a errática terra.(7)
E não só o próprio Baco ou a mãe de Baco
se juntaram aos súperos(8): para que nenhuma parte fique isenta de
[opróbrio,
o céu usa a grinalda da jovem de Gnosso(9).
Mas demasiado tarde me queixo ★ ★
★ ★ ★ ★ esta única terra,
a ominosa e selvagem Tebas, semeada de mães sacrílegas,
quantas vezes de madrasta me fez! É possível que Alcmena(10),

---

(5) Aparentemente Séneca consideraria o Gigante Oríon — à semelhança de Perseu, e de Castor e Pólux, cujo pai mortal era Tíndaro, donde «gémeos tindáridas») — filho de Zeus/Júpiter, apesar de a versão mais corrente do mito apontar Posídon/Neptuno, ou Hirieu, como o seu pai.

(6) Acrísio, avô de Perseu, perguntara certo dia ao oráculo como poderia vir a ter filhos. O deus respondeu-lhe que a sua filha Dánae teria um filho que o havia de matar. Assustado e tentando impedir que o oráculo se cumprisse, Acrísio mandou construir uma câmara de bronze subterrâneo, nela encerrando a filha. Mas Zeus/Júpiter acabou por seduzir a jovem, entrando na câmara através de uma fenda, metamorfoseado em chuva de ouro, daí que Séneca chame a Perseu «áureo».

(7) Febo Apolo e Diana. A «terra errática» é Delos. Outrora uma ilha flutuante e estéril, chamada Ortígia, ou Astéria, foi nela que Leto/Latona, perseguida pela ciumenta Juno à volta da Terra, por fim deu à luz Febo Apolo, que fixou a ilha no centro do mundo grego e lhe deu o nome de Delos, a «brilhante».

(8) Baco, filho de Júpiter, era um deus, e, segundo algumas versões do mito, também a sua mãe, Sémele, se tornou uma deusa.

(9) Ariadne, filha de Minos, rei de Creta, e Pasífae. Tomada por um amor violento, ajudou Teseu a sair do Labirinto onde se encontrava o Minotauro, tendo-lhe dado um novelo de fio, que ele desenrolou e lhe indicou o caminho de regresso. Para escapar à cólera de Minos, Ariadne fugiu com Teseu. Este, contudo, abandonou-a, adormecida, na ilha de Naxos, onde foi encontrada por Baco, que a desposou e levou para o Olimpo (cf. Catulo 64.50–266), dando-lhe como presente de noivado um diadema de ouro/grinalda, obra de Hefesto/Vulcano (diadema/grinalda que se tornaria depois uma constelação, a *Corona*).

(10) A mãe de Héracles/Hércules.

ascenda ao céu e vitoriosamente ocupe o meu lugar?
E que também ganhe os astros prometidos o seu filho,
por cujo nascimento todo o mundo perdeu um dia
e tardio resplandeceu Febo no mar de Eos(11),
com ordens para manter o brilho do Sol imerso no Oceano?(12)
Nem assim há-de desvanecer-se o meu ódio; intensas iras há-de conduzir
violentamente o meu espírito; e a minha cruel dor
há-de abolir a paz e eternas guerras fazer.
Que guerras? Tudo o que a terra hostil criou
de hórrido; tudo o que o mar ou o céu geraram
de terrível, ominoso, pestilento, atroz e selvagem,
foi esmagado e domado. Ele sobrepuja e cresce com os males
e com a minha ira lucra; em louvores a si mesmo
transforma o meu ódio: ao impor-lhe ordens demasiado cruéis,
o seu parentesco reconheci, à sua glória dei espaço.
Onde o Sol restaura o dia ou o abandona,
tingindo ambas as tribos etíopes com o seu facho próximo(13),
a indómita coragem de Hércules é cultuada e, em todo o mundo,
dele se fala como de um deus. Já me faltam monstros
e é menor trabalho para Hércules executar as minhas ordens,
do que para mim ordená-las(14): alegre os meus mandados acata.
Que feros decretos de um tirano poderiam fazer mal
a esse agressivo jovem? Em verdade, como armas ele traz consigo
aquelas que temeu e matou: armado vem
com o Leão e a Hidra(15). Nem a terra é suficiente para ele:

---

(11) Eos, a personificação da Aurora.

(12) Júpiter fez prolongar a duração da noite em que, metamorfoseado em Anfitrião, se uniu a Alcmena e Héracles/Hércules foi concebido.

(13) Cria-se que os Etíopes, divididos em duas tribos, viviam quer no remoto ocidente, quer no remoto oriente, logo muito próximos do nascer e do pôr do Sol (donde a pigmentação mais escura da sua pele).

(14) Alusão aos (doze) trabalhos que Hércules executou às ordens do seu primo Euristeu, dos quais em seguida alguns são mencionados.

(15) Referência à pele do leão de Némea, abatido por Hércules no primeiro dos seus doze trabalhos e do qual ele fez um escudo; e às setas embebidas na peçonha da Hidra de Lerna, uma serpente com várias cabeças, que renasciam à

vejam, arrombou o limiar do infernal Jove(16)
e devolveu ao mundo superior os despojos do triunfo sobre aquele
[rei conquistado.
É pouco ter voltado, as próprias leis das sombras subverteu:
vi eu mesma, depois de ter dissipado a noite dos Infernos
e subjugado Dite, vi-o exibir ao seu pai
os espólios fraternos. Porque, acorrentado e esmagado por cadeias,
[não arrasta
o próprio Dite(17), a quem couberam em sorte coisas iguais às de Jove,
e não governa sobre o Érebo(18) conquistado? Eis que deixa à vista
[o Estige(19)!
Foi aberta das profundezas do reino dos manes uma via de regresso
e os mistérios da morte cruel revelados jazem.
Mas ele, feroz por ter destruído o cárcere das sombras,
sobre mim triunfa e com uma soberba mão
guia pelas cidades argólicas o negro cão.
Vi fraquejar a luz do dia, afundar-se ante a visão de Cérbero
e amedrontar-se o Sol; também a mim me invadiu um tremor,
e, as três cabeças do monstro conquistado vendo,
temi o que havia ordenado.(20) De coisas leves, porém, em demasia
[me queixo;

---

medida em que iam sendo cortadas (matá-la foi o segundo trabalho de Hércules). Cf. vv. 224–225 e 241–242, respectivamente.

(16) Dite (ou Hades, ou Plutão), cujo poder nos Infernos era igual ao do seu irmão Jove/Júpiter no mundo superior.

(17) Juntamente com Zeus/Júpiter e Posídon/Neptuno, Dite é um dos três deuses que dividiram entre eles o poder sobre o universo, depois de derrotarem os Titãs, nome genérico dos seis filhos varões de Úrano e Geia. Os Titãs pertenciam à geração divina primitiva, e o mais jovem era Saturno, progenitor da geração dos Olímpicos, de entre eles Júpiter, que a dada altura declarou guerra ao pai, juntamente com os irmãos. Saturno, por sua vez, contou com a ajuda dos seus próprios irmãos Titãs. Dez anos durou essa guerra, conhecida por Titanomaquia.

(18) Érebo era, tecnicamente, o deus da escuridão, irmão/marido ou pai da Noite; o seu nome é frequentemente usado como metonímia para reino dos Infernos, como é aqui o caso.

(19) O Estige era um dos rios (ou um lago) do reino dos Infernos.

(20) Cérbero, o cão tricéfalo que guardava a entrada dos Infernos (cf. *Eneida* 6.417–423).

é pelo céu que devemos temer, que não se apodere dos excelsos reinos
aquele que venceu o reino mais inferior; o ceptro há-de arrebatar [ao próprio pai.
E aos astros não há-de chegar, como Baco, por uma lenta via([21]):
há-de procurar um caminho pela ruína e num céu vazio
querer reinar. Graças ao seu comprovado vigor se intumesce,
e aprendeu, ao suportá-lo, que o céu pode ser vencido
pela sua força; pôs a sua cabeça debaixo do céu
e melhor repousou no pescoço hercúleo o firmamento, 72
e não vergou os seus ombros esse trabalho de mole imensa; 71
firmes, as suas costas as estrelas e o céu suportaram,
e também a minha pressão([22]): procura para os súperos uma via.
Avança, ira, avança, e esse façanhudo esmaga,
ataca-o, dilacera-o com as tuas próprias mãos:
porque delegas tamanho ódio? Desapareçam as feras,
o próprio Euristeu, exaurido de dar ordens, descanse.([23])
Põe em liberdade os Titãs que ousaram infringir
o poder de Júpiter, abre a caverna no cume síciulo,
liberte a terra dórica, temerosa sempre que o Gigante se contorce,
o sepultado pescoço desse terrífico monstro([24]),

---

(21) Não foi sem esforço que o poder de Baco/Dioniso foi reconhecido em todo o mundo e que o deus pôde ascender ao céu, depois de estabelecida por toda a parte — Nisa, Egipto, Síria, Frígia, Trácia, Índia — a observância do seu culto.

(22) Hércules aliviou, durante breve período, o Gigante Atlas do seu fardo de suportar sobre os ombros a abóbada celeste, punição que Júpiter/Zeus lhe infligira por ter participado na Gigantomaquia, a guerra que opôs os Gigantes aos deuses olímpicos.

(23) Euristeu recebera das mãos dos deuses o poder e reinava sobre Tirinte, Micenas e Mídea, na Argólida. Tremia de medo diante do primo Héracles/Hércules e, como tal, ordenou-lhe doze trabalhos, os mesmos que lhe haviam de granjear a glória e a apoteose.

(24) A «terra dórica» é a Sicília, onde o Etna aprisionava, esmagando-o, Tifeu, ou Tífon, ser monstruoso, filho da Terra (Geia) e do Tártaro, punido por ter contestado a posição de Júpiter enquanto senhor dos deuses. Acreditava-se que as chamas que saíam do Etna eram ou as que o próprio monstro lançava, ou o que restava dos raios com que Júpiter o abatera.

conceba a Lua, nas alturas, outras feras([25]) —
mas ele venceu tudo isso. Procuras para Alcides([26]) um par?
Não há nenhum, a não ser o próprio: faça agora a guerra contra si
[mesmo.
Apresentem-se, das mais baixas profundezas do Tártaro([27]) convocadas,
as Euménides([28]), espalhem o fogo as suas cabeleiras em chamas,
brandam as suas mãos cruéis os viperinos açoites.
Vai agora, soberbo, anseia pela morada dos deuses celestes,
desdenha as coisas humanas. Já do Estige e dos seus manes([29]), feroz,
ter fugido crês? Aqui te hei-de mostrar os ínferos.
Vou convocar aquela sepultada em profunda caligem,
para lá do exílio dos criminosos, a deusa Discórdia([30]),
a qual está amuralhada pela ingente caverna de uma montanha, que
[a impede de escapar;
hei-de arrebatar, e do fundo do reino de Dite extrair,
o que quer que tenha restado: virá o odioso Crime
e, lambendo o seu próprio sangue, a Impiedade feroz
e o Erro e, contra si mesma sempre armada, a Loucura —
desta, desta ministra sirva-se a nossa dor.
Começai, servas de Dite, agitai com violência

([25]) Possa a Lua conceber «outras» feras, porquanto se cria que fora ela a gerar o leão de Némea.

([26]) Hércules, aqui designado pelo patronímico derivado do nome do seu avô, Alceu.

([27]) «Tártaro», sinédoque para Infernos. No entanto, aqui é utilizado na sua acepção primitiva, de região mais profunda do mundo, situada sob os próprios Infernos, reservada à punição dos grandes criminosos.

([28]) As Euménides ou Erínias (cujo equivalente romano eram as Fúrias), forças primitivas, pertencentes ao grupo das mais antigas divindades do panteão helénico, que personificavam a vingança. Elas puniam, em especial, os crimes cometidos contra familiares. Eram representadas como três génios alados, com os cabelos mesclados de serpentes e fachos ou açoites nas mãos. Os seus nomes eram Alecto, Tisífone e Megera.

([29]) Os manes eram as almas/sombras deificadas dos antepassados já falecidos.

([30]) Julgava-se, por vezes, que a discórdia personificada era uma das Euménides/Fúrias.

o pinho ardente, e que Megera(31) conduza
a vossa turba, horrenda com serpentes, e com a sua luctífica mão
enorme facho arrebate a uma pira acesa.
Isto fazei, procurai vingança para o violado Estige;
golpeai o peito, o vosso espírito com um fogo mais bravio abrasai
do que aquele que nas fornalhas do Etna se enfurece.
Para que, privado da sua própria vontade, Alcides possa ser
[manipulado,
com grande loucura aguilhoado, primeiro deveis
vós sentir a insanidade: Juno, porque não te enfureces ainda?
A minha, a minha mente, irmãs, revolvei primeiro
e arrebatai-ma, se me disponho a fazer algo
digno de uma madrasta. Transmutem-se os meus votos:
os filhos incólumes veja no seu regresso o pai
e com braço forte retorne. Descobri o dia
em que a odiosa coragem de Hércules me pode ajudar.
Venceu-me? Também a ele mesmo se vença, e deseje morrer,
dos ínferos regressado. Seja-me útil, agora,
o de Jove ser filho. Vou ficar junto dele e, para que da corda sejam
[despedidos
certeiros os dardos, equilibrar-lhe a mão,
guiar do enlouquecido as armas, enfim favorecer
o belígero Hércules — perpetrado o crime, poderá
o seu genitor admitir no céu essas mãos.
Irrompa já a guerra: clareia o dia
e o radioso Titã(32) no cróceo orto se levanta.

CORO

Já dispersas luzem lânguidas as estrelas
no céu que se afunda; a noite, vencida, reúne os seus fogos vagantes

(31) Uma das Euménides/Fúrias.

(32) O nome «Titã» é não raras vezes utilizado, na poesia romana e nas tragédias de Séneca, para referir Febo Apolo, o deus-Sol, em virtude de ser filho de Hiperíon, um dos Titãs, primeva geração de deuses, destronada por Júpiter e substituída pelos deuses do Olimpo.

agora que a luz renasce
guia Fósforo([33]) a esplendente turba;
o signo glacial do excelso pólo,
130 a Ursa Maior de sete estrelas([34]),
a luz, virando o seu carro, convoca.
Já erguido sobre as cerúleas águas,
o Titã olha em redor a partir das alturas do Eta([35]);
já, famosos pelas cadmeias bacantes,
135 aspergidos com a luz do dia, os bosques enrubescem
136 e foge, para de novo voltar, a irmã de Febo([36]).
146 Pende estrídula no mais alto ramo,
e as asas, entre os seus quérulos ninhos,
anseia por estender ao novo Sol,
a concubina trácia([37]),
150 e à volta uma turba confusa ressoa,
151 com variegado murmúrio dando prova do dia.
137 O Labor ergue-se, duro,
e todos os cuidados acirra e abre as casas:
um pastor espalha o seu rebanho

([33]) A estrela da manhã.

([34]) Arcto, a constelação da Ursa Maior, segundo a lenda formada pela apoteose da ninfa Calisto, oriunda da Arcádia. Esta constelação era também conhecida por «Carro», *Plaustrum*.

([35]) O Monte Eta, onde ocorre a prolongada morte, e posterior apoteose, de Hércules. Cf. *Hércules no Eta*.

([36]) Febe, a deusa-Lua.

([37]) Alusão a Filomela, cunhada de Tereu, rei da Trácia. Apaixonado por Filomela, Tereu violou-a e cortou-lhe a língua, para que não pudesse revelar o sucedido. Filomela, contudo, ao desenhar o crime num bordado, conseguiu informar a irmã do que se passara. Para se vingar do marido, Procne matou o filho de ambos, Ítis, cozeu-o e serviu-o a Tereu. Quando este se apercebeu do que tinha acontecido, perseguiu as duas irmãs, para as matar. Tendo fugido, Procne e Filomela chegaram à Fócida, onde pediram ajuda aos deuses, que as transformaram em pássaros (Procne em andorinha, Filomela em rouxinol; já Tereu foi transformado em poupa — cf. *Agamémnon* 670–677; e Ovídio, *Metamorfoses* 6.426–674).

e forragem embranquecida pela geada colhe;
brinca, no prado aberto, com a fronte
ainda não rompida, um novilho solto,
enchem os úberes vazios as mães;
vagueia, ligeiro, em corrida incerta
pela relva macia, um menino atrevido.
As suas velas aos ventos o nauta confia,
arriscando a própria vida,
quando uma aura enfuna as frouxas pregas.
Este, equilibrando-se em corroídos penhascos,
ou os seus falazes anzóis prepara,
ou, inclinado para a frente, contempla o prémio
com a destra firme:
sente a linha o trémulo peixe.
Estas coisas são para os que fruem da tranquila quietude
de uma vida inofensiva
e, com o pouco que lhes pertence, de uma casa feliz.
Esperanças desmedidas pelas cidades vagueiam
e trépidos medos:
este, os soberbos limiares dos reis
e as duras portas, privando-se do sono,
cultua; outro infinitamente fartas preciosidades acumula,
deslumbrando-se com os seus tesouros,
mas pobre no meio do amontoado ouro.
Este é exaltado pelo favor do povo,
turba mais volúvel do que as ondas do mar,
maravilhado e intumescido com uma aura inane;
este, as raivosas altercações
do clamoroso fórum comerciando,
improbamente aluga ira e discursos.
Conhece a poucos a pacífica quietude,
os quais, conscientes do fugidio tempo,
momentos que não mais hão-de voltar retêm.
Enquanto o destino o permite, vivei felizes:
apressa-se a vida em curso ligeiro
e com cada alado dia
a roda é girada do precípite ano.

As duras irmãs([38]) fiam a lã de cada dia
e nunca os seus novelos desfazem.
Mas o género humano, incerto de si mesmo,
é levado de encontro ao pressuroso destino:
voluntariamente procuramos as estígias ondas.
Excessivamente corajoso, Alcides,
te apressas em visitar os funestos manes:
na hora marcada vêm as Parcas([39]),
a ninguém é lícito adiar a ordem,
a ninguém é lícito pospor o dia escrito:
a urna recebe as turbas, uma vez convocadas.
Seja outro, aquele a ser levado pela glória
a inúmeras terras, aquele que por todas as cidades
a fama gárrula louva
e eleva igual ao céu e aos astros;
que outro siga altivo num carro:
quanto a mim, que a minha própria terra,
numa casa segura e recôndita, me proteja.
Chega aos recatados a encanecida velhice,
e em modestas mas sólidas fundações se sustenta
a ignominiosa fortuna de uma pequena casa:
do alto a coragem audaciosa cai.
Mas eis que triste se aproxima, com os seus cabelos soltos,
Mégara, acompanhada da sua pequena grei([40]),
e, vagaroso pela velhice, vem de Alcides o pai.

([38]) Os Destinos, cujo título *Parcae* é mencionado no v. 188.

([39]) Parcas, ou Moiras, ou Meras (os seus nomes eram Cloto, Átropo e Láquesis), responsáveis por fiar e cortar o fio das vidas humanas (cf. Hesíodo, *Teogonia* 904–906).

([40]) Entenda-se, os seus filhos.

ACTO SEGUNDO

ANFITRIÃO

Ó grande governante do Olimpo e do Universo senhor,
fixa já, finalmente, para os nossos terríveis infortúnios um limite
e um fim para a desgraça. Nenhum dia jamais para mim
descansado amanheceu: o fim de um mal
é um passo para o próximo mal. Ainda mal regressou,
está pronto novo inimigo; antes de conseguir alcançar a sua
[regozijante casa,
é-lhe ordenado que parta para uma nova guerra;
e nenhum repouso ou tempo livre lhe tocam,
excepto quando lhe estão a ser dadas ordens. Persegue-o desde pequeno
a hostil Juno: acaso foi imune,
ao menos, o seu tempo de infância? Monstros derrotou
antes de os poder reconhecer. Cristadas serpentes
exibiam as suas bocas gémeas, ao encontro das quais
rastejou a criança, com olhar meigo e plácido
os ígneos olhos das serpentes contemplando([41]);
os estreitos nós com uma serena expressão suportou,
e, esmagando-lhes as túmidas gargantas com as suas mãos delicadas,

([41]) Juno/Hera tentou matar Hércules/Héracles quando ele tinha apenas oito meses: introduziu duas enormes serpentes no quarto onde dormiam Hércules e o seu irmão, Íficles. Este pôs-se a chorar, mas Hércules segurou intrepidamente os monstros pela garganta, um em cada mão, e sufocou-os.

adestrou-se para a Hidra(42). A ágil fera de Ménalo,
que ostentava uma cabeça ornada de muito ouro,
foi apanhada numa corrida(43); de Némea o maior temor,
esmagado pelos braços de Hércules gemeu o leão.(44)
Porque hei-de recordar os terríveis estábulos do rebanho bistónio
e o rei dado como pasto aos seus próprios armentos(45),
e o hirsuto javali do Ménalo, nos impenetráveis cumes do Erimanto
acostumado a abanar os bosques arcádios(46),
e o touro, para uma centena de povos não leve medo?(47)
Entre os remotos rebanhos do povo hespério
o triforme pastor do litoral tartésio foi assassinado,
e a presa levada do extremo Ocidente:
o Citéron nutriu gado familiar ao Oceano.(48)

---

(42) A Hidra de Lerna, uma serpente com várias cabeças, que renasciam à medida em que iam sendo cortadas. Foi o segundo trabalho de Hércules. Cf. vv. 241–242. Anfitrião prepara-se para elencar todos os trabalhos que Hércules executou às ordens do seu primo Euristeu, à excepção de um, o cão Cérbero, trabalho que, no discurso de Anfitrião, é substituído pela abertura do estreito de Gibraltar. Anfitrião mantém, assim, o número canónico de doze trabalhos.

(43) Quarto trabalho imposto a Hércules por Euristeu: a captura de uma corça de cornos dourados, dedicada a Diana, que vivia em Ménalo, um animal de porte gigantesco que devastava as colheitas.

(44) O primeiro trabalho de Hércules: o leão de Némea, monstro irmão da Esfinge de Tebas. Foi Juno quem o criou (ou então a deusa da Lua, Selene, que o teria emprestado a Juno) e o colocou na região de Némea, onde devorava os habitantes e os seus rebanhos. Depois de o ter abatido, Hércules esfolou o leão e revestiu-se com a sua pele.

(45) Referência ao oitavo de trabalho de Hércules, as éguas de Diomedes, rei da Trácia («bistónio» é equivalente a «trácio»), que alimentava os seus animais com carne humana. Hércules partiu sozinho para a Trácia e deu Diomedes a comer às suas próprias éguas; após isso, os animais deixaram-se conduzir docilmente.

(46) O javali de Erimanto, um animal enorme que vivia no cimo do monte com o mesmo nome, e que Hércules subjugou, no seu terceiro trabalho.

(47) Menciona-se aqui o sétimo trabalho de Hércules, o touro que Hércules capturou perto de Dicte, montanha em Creta (famosa pelas suas cem cidades).

(48) Décimo trabalho de Hércules, a captura, e deslocamento para a Grécia (daí a referência ao Monte Citéron, na Beócia), do gado de Gérion, gigante de três cabeças e cujo corpo era triplo até às ancas. Habitava a ilha de Eriteia, situada nas brumas do Ocidente (daí os adjectivos «hespério», relativo a Héspero, a

Ordenado a penetrar nas regiões do Sol estival
e nos adustos reinos que o meio-dia abrasa,
de cada um dos lados as montanhas separou e, destruindo esse
[obstáculo,
uma larga via abriu por onde o Oceano se apressa.([49])
Depois disso, tendo atacado do bosque opulento as casas,
auríferos espólios à vigilante serpente arrebatou.([50])
O quê? Pelo fogo não venceu por fim, e ensinou a morrer,
o cruel monstro de Lerna, múltiplo mal?([51])
E, acostumadas a com as asas descerradas esconder o dia,
não arrebatou das próprias nuvens as Estinfálides([52])?
Não o venceu a do sempre celibatário leito,
a virgem rainha do povo termodôntio([53]),

---

estrela da noite/poente, e «tartésio», relativo à antiga cidade costeira da Hispânia, Tarteso).

([49]) Alusão à abertura do estreito de Gibraltar, façanha não incluída na canónica lista dos doze trabalhos. Em lembrança da sua passagem por Tarteso, Hércules ergue duas colunas, em ambas as partes do estreito, as Colunas de Hércules (o Rochedo de Gibraltar e o de Ceuta).

([50]) As maçãs de ouro das Hespérides, oferecidas pela Terra (Geia) a Juno, por ocasião do seu casamento com Júpiter. Juno achou-as tão belas que as mandou plantar no seu jardim, perto do Monte Atlas. Mas como as filhas de Atlas costumavam vir pilhar esse jardim, Juno colocou as maçãs e a árvore que as produzia sob a vigilância de um insone dragão imortal de cem cabeças, nascido de Tífon e Equidna, e de três ninfas da Tarde, as Hespérides. O décimo segundo e último trabalho de Hércules consistiu em roubar essas maçãs.

([51]) A Hidra de Lerna, uma serpente com várias cabeças, que renasciam à medida em que iam sendo cortadas, motivo por que Hércules pediu a Iolau que pegasse fogo à floresta vizinha e por meio de carvões fosse queimando as feridas, tornando incapazes de renascer as carnes. Foi o segundo trabalho de Hércules.

([52]) Pássaros que viviam numa espessa floresta nas margens do lago Estinfalo, na Arcádia, e que devoravam todos os frutos nos campos e não poupavam nenhuma colheita. Hércules recorreu a castanholas de bronze para os fazer sair da floresta; depois, não teve qualquer dificuldade em abatê-los com as suas setas. Esse foi o seu quinto trabalho.

([53]) Referência a Hipólita, rainha das Amazonas («o povo termodôntio»), que usava um cinto que teria pertencido ao próprio Marte. O deus tê-lo-ia oferecido a Hipólita como símbolo do poder que ela detinha sobre o seu povo. A conquista desse cinto foi o nono trabalho de Hércules.

e o torpe trabalho do estábulo de Augeu não afugentou
aquelas mãos, audazes para qualquer feito ilustre.[54]
De que serve isso? Do mundo que protegeu está privado.
Sentiram as terras que o autor da sua paz
estava ausente: o crime que prospera e floresce
é chamado virtude; aos malvados aquiescem os bons,
o direito está nas armas, oprime as leis o temor.
Com os meus próprios olhos, vi tombarem, por truculentas mãos,
filhos que protegiam o reino paterno
e ele mesmo[55], do famoso Cadmo estirpe derradeira, perecer;
vi o régio ornamento ser arrancado da sua cabeça,
juntamente com a própria cabeça — quem suficientemente Tebas
[poderia chorar?
Terra fértil em deuses, por tal senhor treme!
Terra de cujos campos e de cujo fecundo seio
nasceu e se ergueu uma juventude com espada desembainhada[56],
e cujas muralhas Anfion[57], nascido de Jove,
construiu, com o seu modulado canto as pedras arrastando[58],
a cuja cidade veio, não uma única vez, o pai dos deuses,

---

[54] Alusão ao sexto trabalho de Hércules, as cavalariças do rei Augeu (ou Augias), filho do Sol/Hélio, que tinha a seu cuidado numerosos rebanhos do seu pai. Todavia, era desleixado com o estrume, que se acumulava nos estábulos, privando assim a terra de adubo e tornando-a estéril. Por ordem de Euristeu, que pretendia humilhar o herói impondo-lhe um trabalho servil, Hércules teve de se ocupar desse «torpe trabalho», limpar os estábulos.

[55] Creonte, pai de Mégara, assassinado, juntamente com os filhos, pelo usurpador Lico.

[56] Atena/Minerva apareceu a Cadmo, depois de este matar um dragão que guardava a fonte de Ares/Marte, e aconselhou-o a semear os dentes do animal. De imediato, brotaram da terra homens armados, chamados Espartos (*Spartoí*). Cadmo teve, nesse momento, a ideia de atirar pedras para o meio deles, ameaçadores. Os Espartos, ignorando quem os atingia, acusaram-se reciprocamente e massacraram-se uns aos outros, tendo apenas sobrevivido cinco, um deles Anfion.

[57] Príncipe tebano, filho de Júpiter e Antíope, sobrinha de Lico, rei de Tebas. Anfion e o seu irmão gémeo Zeto foram expostos no Citéron, quando crianças, mas acabaram salvos por pastores.

[58] Anfion e o irmão, Zeto, muralharam Tebas. Zeto transportava as pedras às costas, enquanto Anfion se limitava a atraí-las com os acordes da sua lira.

abandonando o céu, essa cidade que deuses
recebeu e criou e — seja permitido dizê-lo —
talvez venha a criar, é oprimida por um sórdido jugo.
Prole de Cadmo e de Ofíon raça,
a que ponto retrocedestes? Tremeis por causa de um medroso exilado,
privado das suas fronteiras, para as nossas opressivo.
Aquele que crimes persegue por terra e mar
e que ceptros cruéis esmaga com a sua mão justa,
está agora ausente em servidão e suporta tudo aquilo que impede
[noutros lugares,
e é senhor da hercúlea Tebas o exilado Lico.
Mas não por muito tempo. Hércules há-de vir ao nosso encontro
[e castigos exigir
e de súbito emergir até aos astros; há-de encontrar uma via
ou criar uma. Que venhas incólume ao nosso encontro e regresses
[para junto dos teus,
e finalmente chegues vitorioso à tua casa vencida.

MÉGARA

Emerge, marido, e, dispersando-as com as tuas mãos,
rasga as trevas; se nenhuma via há de volta
e o caminho está fechado, abrindo a terra regressa
e contigo liberta tudo aquilo que em posse da negra noite jaz.
Tal como quando outrora te levantaste e, arrasadas as montanhas,
procurando para o rio apressado precípite caminho,
fendido pelo teu violento ataque
se abriu o Tempe([59]) (a um golpe do teu peito,
para os dois lados a montanha ruiu, e, rompido o obstáculo,
a téssala torrente correu por uma nova via):
do mesmo modo, ao procurares os teus pais, os teus filhos, a tua pátria,
irrompe, trazendo contigo os limites das coisas,
e restitui tudo o que o tempo ávido escondeu
com o passar de tantos anos, e os povos olvidados de si mesmos
e da luz receosos faz diante de ti seguir:

([59]) Vale na Tessália, onde corria o rio Peneu, entre os Montes Olimpo e Ossa.

indignos de ti são os espólios, se apenas trazes de volta
o que foi ordenado. Mas muito ousadamente falo,
ignara da nossa sorte. Onde está aquele dia
em que te hei-de abraçar, e à tua destra,
e lamentar o teu demorado regresso e o te teres esquecido de mim?
A ti, condutor dos deuses, indómitos touros hão-de oferecer
uma centena de pescoços; a ti, deusa das colheitas([60]),
hei-de garantir os místicos ritos secretos; por ti, com muda fidelidade,
longos fachos a silente Elêusis há-de brandir.
Então, julgarei restituídas aos meus irmãos as suas vidas
e que prospera o meu próprio pai, ao comando do seu reino.
Mas se alguma potestade maior te mantém recluso,
sigo-te: ou regressa são e salvo
e defende-nos a todos, ou arrasta-nos a todos contigo. —
Hás-de arrastar-nos, nenhum deus vai erguer a nossa família derrubada.

ANFITRIÃO

Ó companheira do nosso sangue, com casta fidelidade
protegendo o leito e os filhos do magnânimo Hércules,
coisas melhores na tua mente concebe e o teu ânimo encoraja.
Ele há-de certamente vir ao nosso encontro, tal como costuma
depois de cada trabalho, mais grandioso.

MÉGARA

Aquilo que os míseros excessivamente querem, nisso com
[facilidade acreditam.

ANFITRIÃO

Pelo contrário, aquilo que temem excessivamente,
julgam nunca poder mudá-lo ou apartá-lo:
propensa ao pior é sempre a expectativa do medo.

([60]) Ceres, identificada com Deméter, que tinha o seu santuário em Elêusis, perto de Atenas.

MÉGARA

Submerso e sepultado e oprimido pelo peso
de todo o mundo, que via para o mundo superior tem ele?

ANFITRIÃO

A mesma que tinha quando, por árida região
e areias que ondulavam como um revolto mar,
escapou pelo estreito que duas vezes se afasta
e duas vezes retorna, e quando, abandonando a sua nau,
foi apanhado e retido pelos baixos vaus das Sirtes([61])
e, apesar de o barco estar parado, os mares superou a pé.

MÉGARA

Iníqua, raramente as maiores qualidades
a Fortuna poupa; ninguém, com segurança, durante muito tempo
a perigos tão frequentes se pode expor:
aquele por quem amiúde passa o infortúnio, algum dia é surpreendido.
Mas eis que, cruel e trazendo ameaças na fisionomia,
e com um porte igual ao seu espírito,
o ceptro de outro agitando na destra, se aproxima Lico.

LICO

(Aparte)

Da cidade de Tebas governando as opulentas regiões
e todos os solos férteis que cinge
a oblíqua Fócida, tudo o que o Ismeno([62]) irriga,
tudo o que o Citéron([63]) do seu vértice excelso contempla,

([61]) Dois golfos formados pelo Mediterrâneo na costa do Norte de África, junto à Líbia, perigosos para a navegação, devido aos seus vaus.

([62]) O rio que corria perto de Tebas, na Beócia.

([63]) O Monte Citéron, na Beócia,

e o apertado Istmo[64], fendendo dois estreitos,
não detenho vetustos direitos de uma casa paterna,
como ocioso herdeiro; não tenho antepassados nobres,
nem uma linhagem distinguida com pomposos títulos,
mas insigne valor: quem se jacta da sua linhagem
feitos alheios louva. Mas por trépida mão
são portados os ceptros roubados; no ferro está a única segurança:
o que sabes possuir contra a vontade dos cidadãos
a espada desembainhada protege. Na terra de outrem,
reinar não é decerto estável; mas uma mulher pode
a minha autoridade consolidar, se a mim unida pelo facho real
e pelo tálamo, Mégara: há-de ganhar cor, da sua linhagem ínclita,
o meu novo estatuto. Não creio
que ela recuse ou despreze o meu leito;
mas se voluntariosa e pertinazmente me rejeitar,
está determinado que hei-de arrasar toda a casa de Hércules.
A hostilidade ou os rumores do povo hão-de tal feito esmagar?
A arte primeira de um reino é poder suportar a hostilidade.
Tentemos, portanto; o acaso concedeu-me uma ocasião;
em verdade, a própria, com a cabeça velada,
vestida de luto, se posta junto aos deuses guardiães,
e ao seu lado está de Alcides o genuíno genitor.

MÉGARA

Que de novo prepara este, da nossa família
desgraça e calamidade? Que intenta?

LICO

Tu, que o glorioso nome portas
da tua linhagem real, as minhas palavras
com indulgência e ouvido paciente por um momento recebe.
Se eternos ódios os mortais sempre carregassem,

([64]) O Istmo de Corinto, que ligava o Peloponeso ao norte da Grécia, separando o Mar Egeu do Mar Jónio.

e se, uma vez gerada, nunca dos seus corações se afastasse a loucura,
mas mantivesse as armas o feliz, e o infeliz as preparasse,
nada deixariam para trás as guerras; então, a terra estender-se-ia
[desolada
por campos estéreis, pegando fogo aos telhados,
cobriria e sepultaria os povos uma densa cinza.
Para o vencedor, é vantajoso querer que a paz seja restabelecida,
para o vencido, um imperativo — partícipe do meu reino, vem;
associemos os nossos corações; este penhor de fidelidade aceita:
toma a minha destra. Porque, com esse feroz vulto, te calas?

MÉGARA

Acaso havia eu de tocar na mão salpicada com o sangue do meu pai
e com o duplo assassínio dos meus irmãos? Antes disso,
há-de o Orto extinguir a luz do dia, o Ocaso trazê-la de volta,
haver paz leal entre neves e chamas,
e Cila([65]) unir o sículo ao ausónio flanco;
e muito antes disso, com as suas marés alternadas,
o fugaz Euripo([66]) há-de estagnar, com as águas de Eubeia ocioso.
O meu pai me arrebataste, o meu reino, os meus irmãos,
o pátrio lar — que mais há? Uma coisa me resta,
mais cara do que o meu irmão e o meu pai, o reino ou o lar:
o ódio por ti, o qual ser comum a mim e ao povo
deploro: quão pequena é a minha parte nele?
Governa intumescido, exerce a tua altivez:
um deus punidor persegue, pelas costas, os soberbos.
Conheço o tebano reino: para quê falar de mães que sofreram
ou ousaram crimes?([67]) Para quê falar da dupla monstruosidade

([65]) Cila representa aqui o estreito de Messina, que separa a Sicília da Península Itálica. «Sículo», o mesmo que «siciliano». «Ausónio», o mesmo que «italiano».

([66]) Canal entre a Beócia e a Eubeia, conhecido pelo seu remoinho e pela inconstância das águas.

([67]) Ino e Jocasta enquadram-se em ambas as categorias. Ino era filha de Cadmo e irmã de Sémele, mãe de Baco. Depois da morte de Sémele, Ino convenceu o marido, Átamas (ou Atamante), a recolher o pequeno Baco e a

e do intricado nome de marido, filho, pai?(68) Para quê falar
do duplo exército dos irmãos? Para quê falar das duas piras funerárias?(69)
Fica empedernida no seu luto soberbo a tantálida mãe,
e no frígio Sípilo chora, triste pedra.(70)

---

educá-lo juntamente com os filhos de ambos, Learco e Melicertes. Mas Juno, encolerizada e para os castigar por terem recolhido um filho dos amores adúlteros de Júpiter, enlouqueceu Átamas e Ino. Esta lançou o filho mais novo, Melicertes, para dentro de um caldeirão com água a ferver, precipitando-o depois no mar, juntamente com o cadáver do filho. Ao envolver-se incestuosamente com o próprio filho, Édipo, de quem gerou filhos, Jocasta simultaneamente sofreu e cometeu crimes.

Agave cometeu um crime contra o próprio filho, matando-o inadvertidamente, num êxtase dionisíaco. Dioniso/Baco é, como se sabe, um deus de origem tebana, filho de Sémele. Após ter conquistado a Ásia, Dioniso chega a Tebas, onde põe as mulheres em estado de delírio. Mas o rei, Penteu, decidiu opor-se à propagação desse culto violento. Acusa Dioniso de charlatão e impostor. Dioniso sugere a Penteu que se dirija ao Monte Citéron a fim de ver com os seus próprios olhos as mulheres em delírio (as Bacantes/Ménades). O rei esconde-se, então, atrás de um pinheiro. As mulheres, apercebendo-se da sua presença, arrancam a árvore pela raiz e apoderam-se do intruso, rasgando o seu corpo em pedaços. Agave é a primeira a agredi-lo, cortando-lhe a cabeça e cravando-a na extremidade de um tirso. É com esse troféu que ela se encaminha para Tebas, exibindo, arrogante, aquilo que supõe ser a cabeça de um leão. Contudo, ao chegar à cidade, Cadmo desilude-a; o delírio finda, e Agave apercebe-se de que o ser que matara não era um animal selvagem, mas o seu próprio filho. Esta história foi imortalizada, sobretudo, pelas *Bacantes* de Eurípides. Cf. *Édipo* 615–618.

Já Antíope é um exemplo de uma mãe que sofreu crimes. Sobrinha de Lico, rei de Tebas, mãe de Zeto e do seu irmão gémeo Anfíon, foi feita prisioneira por Lico, e era humilhada pela sua mulher, Dirce, que, ciumenta da sua beleza, a tratava como escrava. Havia de ser vingada pelos próprios filhos, que mataram Lico e Dirce, e reinaram, depois, juntos em Tebas.

(68) Alusão a Édipo, «intricado nome» devido à confusão e equívocos gerados pelo incesto, inconsciente, com a sua própria mãe, Jocasta. Cf. *Édipo*, e *Rei Édipo* de Sófocles.

(69) Referência aos filhos de Édipo e Jocasta, Etéocles e Polinices, e à guerra, até à morte, entre os dois, na disputa do poder real em Tebas, tema das *Fenícias*, de Eurípides e Séneca, e dos *Sete contra Tebas*, de Ésquilo.

(70) Alusão a Níobe. Filha de Tântalo e mulher de Anfíon, jactava-se de ter uma prole mais numerosa do que a de Leto/Latona: tinha sete filhos e sete filhas, ao passo que a deusa tinha apenas dois. Ultrajada, Leto pediu aos seus próprios filhos, Febo Apolo e Diana, que a vingassem. Eles mataram, então, todos os

Até o próprio Cadmo, erguendo a sua cabeça, terrível por causa
[de uma crista,
o ilírico reino mediu no seu exílio
e deixou do arrastar do seu corpo longos rastos.(71)
Esperam-te esses modelos: governa como te apraz,
até que o costumado destino do nosso reino te chame.

LICO

Anda, raivosa, essas palavras exaltadas põe de lado
e aprende, com Alcides, a suportar as ordens dos reis.
Eu, apesar de o ceptro roubado na minha vitoriosa destra portar
e de tudo governar sem medo de leis,
as quais as armas vencem, um pouco vou falar em favor
da minha causa. Em cruento combate tombou o teu pai?
Tombaram os teus irmãos? As armas não observam medida;
nem facilmente refreada ou reprimida pode ser
de uma espada desembainhada a ira; as guerras exultam com sangue
[derramado.
Mas lutou aquele em defesa do seu reino, e eu
por ímproba cupidez? Procura-se da guerra o resultado,
não a causa. Mas agora pereça qualquer memória:
quando o vitorioso as armas abandona, também ao vencido
convém depor o ódio. Que, de joelhos,
como rei me adores não peço: isso mesmo me agrada,
que com grandeza de espírito acolhas a tua ruína;
és de um rei digna cônjuge: juntemos os nossos leitos.

---

filhos de Níobe, à excepção de dois, um rapaz e uma rapariga. Tendo chorado copiosamente, Níobe acabaria por ser metamorfoseada numa fonte, no Monte Sípilo (na Ásia Menor, daí o adjectivo «frígio»).

(71) No final da sua vida, Cadmo e a sua mulher, Harmonia, deixaram Tebas, em condições misteriosas, e foram para a Ilíria, onde reinaram. Posteriormente, foram ambos metamorfoseados em serpentes e alcançaram os Campos Elísios, a morada reservada aos bem-aventurados.

MÉGARA

Um gélido tremor atravessa os meus membros exangues.
Que ultraje os meus ouvidos feriu? Certamente não estremeci,
quando, rompida a paz, o bélico fragor
em redor das muralhas ressoou, suportei tudo isso intrepidamente:
com o casamento estremeço; cativa agora pareço. —
Oprimam cadeias o meu corpo e por prolongada fome
seja arrastada lentamente a minha morte: não há-de vencer a minha
[fidelidade
nenhuma violência; hei-de morrer, Alcides, tua.

LICO

Acaso tal ânimo um marido mergulhado nos infernos suscita?

MÉGARA

Os Infernos visitou, para poder os súperos alcançar.

LICO

Da terra imensa o peso o oprime.

MÉGARA

Não há-de ser oprimido por nenhum fardo aquele que o céu
[suportou.[72]

LICO

Serás forçada.

---

[72] Recorde-se que, durante um breve período, Hércules aliviou o Gigante Atlas do seu fardo de suportar sobre os ombros a abóbada celeste, punição que Júpiter/Zeus lhe infligira por ter participado na Gigantomaquia. Cf. vv. 69–74.

MÉGARA

Quem pode ser forçado não sabe morrer.

LICO

Diz-me antes que presente real devo preparar
para o nosso casamento.

MÉGARA

Ou a tua morte ou a minha.

LICO

Vais morrer, insana.

MÉGARA

Hei-de ir ao encontro do meu marido.

LICO

Acaso, ao meu ceptro, é para ti preferível um servo?

MÉGARA

Quantos reis esse servo entregou à morte!

LICO

Porque, então, a um rei ele serve e suporta o jugo?[73]

MÉGARA

As duras ordens remove: que será a coragem?

---

[73] Alusão a Dite, ou Hades, ou Plutão, rei dos Infernos.

LICO

Ser atirado a feras e monstros ser coragem julgas?

MÉGARA

Da coragem é próprio domar as coisas que a todos aterrorizam.

LICO

As trevas do Tártaro aquele que persegue coisas grandiosas oprimem.

MÉGARA

O caminho para os astros não é fácil quando se parte da Terra.

LICO

Por que pai foi gerado esse que anseia pelas moradas dos celestes?

ANFITRIÃO

Miseranda mulher do magno Hércules, faz silêncio:
é meu papel restituir a Alcides os seus verdadeiros pai
e linhagem. Depois de tantos feitos memoráveis
do ingente herói e depois de ter pacificado com a sua mão
tudo aquilo que o Titã, ao nascer e ao pôr-se, vê,
depois de tantos monstros completamente domados,
depois de Flegra respingada de ímpio sangue e depois de defendidos os deuses[74],
não é ainda evidente de que pai foi gerado? Mentimos sobre Jove?
No ódio de Juno acredita.

---

(74) Foi em Flegra, na Tessália, que teve lugar a Gigantomaquia, em que Hércules também participou. Enquanto mortal, a sua ajuda era necessária para preencher a condição imposta pelo Destino para a derrota dos Gigantes. Hércules serve-se do carro de Júpiter e combate de longe com as suas setas.

LICO

Porque ultrajas Jove?
A raça mortal não pode ser ligada ao céu.

ANFITRIÃO

Comum a muitos deuses é essa origem.

LICO

Acaso haviam sido servos antes de se tornarem deuses?

ANFITRIÃO

O pastor de Delos apascentou os féreos rebanhos.([75])

LICO

Mas não vagueou, exilado, por todas as regiões.

ANFITRIÃO

Apesar de uma mãe prófuga o ter dado à luz numa terra errática?([76])

LICO

Porventura monstros cruéis temeu Febo, ou feras?

([75]) Referência a Febo Apolo, que nasceu na ilha de Delos. Quando o seu filho, Asclépio, instruído na arte da medicina pelo Centauro Quíron, fez tais progressos que chegou a trazer de volta à vida os mortos, Júpiter fulminou-o. Isso magoou profundamente Febo, que, não podendo vingar-se em Júpiter, matou com as suas setas os Ciclopes. Como castigo, Júpiter ordenou-lhe que servisse um mortal, como escravo, durante um ano. Febo dirigiu-se, então, para a Tessália, para a casa do rei Admeto, em Feras, e serviu-o como boieiro.

([76]) Nova referência à ilha de Delos, flutuante até ser sido fixada por Febo Apolo.

ANFITRIÃO

O primeiro a embeber as setas de Febo foi um dragão.([77])

LICO

Quão graves males suportou, ainda recém-nascido, ignoras?

ANFITRIÃO

Um menino do útero da mãe por um raio expulso
pouco depois junto ao seu pai fulminante se postou.([78])
E então? Aquele que governa os astros, que as nuvens sacode,
não se escondeu, quando criança, na caverna de uma falésia
[esburacada?([79])
Inquietante preço tão insignes nascimentos têm
e é sempre muito elevado o custo de nascer como um deus.

LICO

Quem quer que vejas na desgraça, que um mortal o saibas.

([77]) A serpente Píton, que Febo Apolo matou com as suas setas no sopé do Parnaso, não muito longe de Delfos.

([78]) Alusão a Baco, filho de Sémele, que foi amada por Júpiter e dele concebeu este filho. Juno, enciumada, sugeriu-lhe que pedisse ao seu amante divino que lhe aparecesse em toda a sua glória. Júpiter, que, imprudentemente, prometera a Sémele conceder-lhe tudo quanto lhe pedisse, teve de se aproximar dela com os seus raios. Sémele, fulminada, morreu instantaneamente. Júpiter apressou-se a arrancar-lhe a criança que trazia no ventre, ainda no sexto mês de gestação. Coseu-a dentro da sua própria coxa e, quando chegou o fim do tempo, tirou-a perfeitamente formado e viva.

([79]) O pequeno Júpiter foi escondido numa caverna do Monte Ida, em Creta, pela sua mãe, Reia, que o quis proteger do seu marido, o Titã Crono/Saturno. Este, tentando evitar a concretização do oráculo que o advertia que seria destronado por um dos seus filhos (como Júpiter acabaria por fazer), devorava todos os filhos e filhas assim que Reia os paria.

ANFITRIÃO

A quem quer que vejas corajoso, desgraçado não lhe chames.

LICO

Podemos chamar corajoso àquele de cujos ombros caiu a pele do leão,
tornada presente para uma rapariga, e a clava caiu,
e cujo corpo refulgiu pintado com uma veste sidónia?([80])
Corajoso podemos chamar àquele cujos eriçados cabelos
foram ensopados em nardo, àquele que com as suas mãos, notáveis
[de glória,
o som não viril de um tamborim acompanhava,
a feroz fronte com uma mitra bárbara cingindo?

ANFITRIÃO

Não enrubesce o delicado Baco por espalhar
os cabelos soltos, nem com a sua mão suave
vibrar o leve tirso, quando, com pouco robusto passo,
a sua veste ornada de ouro bárbaro arrasta:
depois de muito esforço, a coragem costuma relaxar.

LICO

Isso é confirmado pela ruína da casa de Êurito([81])
e pelos grupos de virgens oprimidas como gado;

([80]) Para se purificar do assassínio de Ífito, o filho de Êurito, Hércules teve de se vender como escravo e servir alguém durante três anos. Foi comprado por Ônfale, rainha da Lídia. Aos autores antigos, agradou-lhes representar Hércules vestido à maneira lídia, com longos vestidos femininos (o adjectivo «sidónia», relativo à cidade fenícia Sídon, sugere púrpura brilhante), enquanto a rainha tomava os atributos dele: a pele do leão e a clava.

([81]) Rei da Ecália, cidade situada ora na Tessália, ora na Messénia, ora na Eubeia. Herdara do pai, Menelau, o talento de manejar o arco e as setas. Era casado com Antíoque, de quem teve quatro filhos, Déion (ou Mólion), Clício, Toxeu e Ífito, e uma filha chamada Íole. A dada altura, Êurito instituiu um

isso nenhuma Juno, nenhum Euristeu ordena:
dele próprio essas coisas são obra.

ANFITRIÃO

Não estás a par de tudo:
dele próprio é obra, pulverizado pelas suas próprias luvas,
Érix[82] e, com Érix, o líbio Anteu[83],
e os altares que, manantes pelo morticínio dos hóspedes,
beberam justamente o sangue de Busíris[84];
dele próprio é obra, ao golpe e ao ferro exposto,
o até aí ileso Cicno[85], forçado a sofrer a morte,
e o não único Gérion[86], vencido por ele com uma única mão.

---

concurso aberto a todos os gregos e declarou que ofereceria como prémio a mão da sua filha ao arqueiro que o conseguisse vencer. Hércules aceitou o desafio e superou Êurito. Mas os filhos deste não concordaram em atribuir ao vencedor o prémio estabelecido. Segundo uma das versões do mito, Hércules roubou gado a Êurito e assassinou-lhe o filho, Ífito, quando este reclamou os bens furtados. Para expiar esse crime, Hércules foi vendido por Hermes/Mercúrio a Ônfale. Mais tarde, terminado o período de escravatura, Hércules empreendeu uma expedição contra a Ecália. Tomou a cidade, matou Êurito e os filhos, e levou consigo Íole como cativa, o que desperta o ressentimento de Dejanira, móbil da acção do *Hércules no Eta*, que culmina com a morte e apoteose do herói.

[82] Quando Hércules regressava de um dos seus trabalhos, levando à sua frente os rebanhos roubados a Gérion, Érix desafiou-o para um duelo, para lhe ficar com os bois. Hércules aceitou o desafio e matou-o.

[83] Gigante, filho de Posídon/Neptuno e de Geia/Terra. Habitava na Lídia e obrigava todos os viajantes a lutar com ele. Enquanto estivesse em contacto com a sua mãe, isto é, o solo, Anteu era invulnerável. Mas Hércules, quando passou pela Lídia em busca das maçãs de ouro, lutou com ele e sufocou-o, soerguendo-o sobre os ombros.

[84] Rei do Egipto, famoso por fazer sacrifícios humanos (um forasteiro por ano) a Júpiter; foi morto por Hércules, depois de o ter tentado imolar.

[85] Filho de Ares/Marte. Homem violento e sanguinário, salteador que apanhava os viajantes, os matava e, com os despojos, oferecia sacrifícios ao seu pai. Cicno foi morto por Hércules em combate singular.

[86] Recorde-se o décimo trabalho de Hércules, a captura, e deslocamento para a Grécia, do gado de Gérion, gigante de três cabeças e cujo corpo era triplo até às ancas. Ao contrário dos demais, Gérion é o único que faz parte dos doze

Passarás a estar entre esses — porém, nem mesmo eles jamais pela
[violência
profanaram o tálamo.

LICO

O que a Jove é lícito, isso a um rei é lícito:
a Júpiter providenciaste uma esposa([87]), a um rei hás-de providenciar
[outra;
e, contigo por mestre, isto, que não é novo, há-de aprender a tua nora,
seguir o melhor homem quando até o marido o aprova.
Mas se ela, pertinaz, a unir-se a mim em casamento se recusar,
ainda que pela força, nobre descendência hei-de conseguir.

MÉGARA

Sombra de Creonte([88]) e Penates de Lábdaco([89])
e ímpios fachos nupciais de Édipo,
agora o habitual destino ao nosso matrimónio concedei.
Agora, agora, do rei do Egipto cruentas noras,
vinde, de abundante sangue maculadas as mãos.
Falta uma Danaide à contagem: hei-de completar o crime.([90])

LICO

Visto que, obstinada, casar-te comigo recusas
e um rei ameaças, o que possam os ceptros hás-de ficar a saber.

---

trabalhos de Hércules. É aqui mencionado para realçar a força e coragem de Hércules.

(87) I.e., a sua própria mulher, Alcmena, ludibriada por Júpiter a unir-se a ele.

(88) Creonte reinava em Tebas quando Hércules, ainda muito jovem, aliviou a cidade do tributo imposto por Ergino de Orcómeno. Em recompensa, Creonte deu-lhe a mão da sua filha mais velha, Mégara.

(89) Avô de Édipo.

(90) Das cinquenta filhas de Dánao, as Danaides, quarenta e nove mataram os seus respectivos maridos (todos filhos do rei Egipto); apenas uma, Hipermnestra, poupou o seu marido, Linceu, que não a desrespeitara.

Abraça o altar: nenhum deus te há-de arrancar
a mim, nem mesmo que, deslocado o mundo, Alcides
aos numes supernos vitoriosamente fosse levado.

(Aos servos)

Amontoai lenha: que os templos, ruindo sobre os seus suplicantes,
ardam; a esposa e toda a sua descendência
consuma, pegado o fogo, uma única pira.

ANFITRIÃO

Peço-te este favor, que é apropriado para mim rogar
como pai de Alcides: eu tombe primeiro.

LICO

Aquele que a todos a morte ordena como castigo
não sabe ser tirano: coisas diferentes inflige;
ao mísero, impede-o de morrer, ao venturoso, ordena-lho.
Eu, enquanto com troncos para o fogo cresce a pira,
com votivos ritos o regente dos mares vou cultuar.

ANFITRIÃO

Ó dos numes força suprema, ó dos celestiais
governante e pai, com cujos dardos arremessados estremecem
todos os humanos, detém a ímpia destra
deste fero rei! Porque aos deuses em vão suplico?
Onde quer que estejas, ouve, meu filho. Porque estremece,
sacudido por súbitos movimentos, o templo? Porque muge o solo?
Ressoou do mais fundo das profundezas um infernal fragor.
Sou ouvido. É, é o som dos passos de Hércules.

CORO

Ó Fortuna, invejosa dos homens destemidos,
quão iníquos prémios entres os bons divides!

Reine Euristeu em suave ócio,
enquanto o filho de Alcmena, em toda a espécie de guerras,
exercita com monstros as suas mãos que já suportaram o céu?
Enquanto à serpente continua a cortar os prolíficos pescoços([91]),
enquanto traz de volta as maçãs das ludibriadas irmãs,
quando ao sono entrega as sempre vigilantes pálpebras
o dragão postado diante desses valiosos frutos?([92])
Ele andou entre as multívagas casas citas([93])
e tribos que são estranhas para as suas próprias pátrias,
e calcou do Oceano o dorso gelado
e, com mudos litorais, o silente mar.
Aí, as duras superfícies carecem de ondas,
e, onde antes as naus abriam as suas velas,
um caminho é rasgado por intonsos Sármatas([94]).
Permanece o mar, mas muda com as estações do ano,
próprio agora para suportar uma nau, agora para suportar um [cavaleiro.
Ali, aquela que sobre a raça sem marido impera,
com dourado cinturão cingindo as ilhargas,
arrancou o nobre despojo do seu corpo([95]),
e o seu escudo, e as correias do seu níveo peito,
para o vencedor olhando de joelhos.
Com que esperança foste levado aos ínferos abismos,
audaz em percorrer vias irremeáveis,
viste os reinos da sícula Prosérpina?

([91]) Nova referência à Hidra de Lerna. Cf. v. 46.

([92]) Nova referência às Hespérides, três ninfas da Tarde, que, juntamente com um insone dragão imortal de cem cabeças, nascido de Tífon e Equidna, e de três ninfas da Tarde, as Hespérides, guardavam maçãs de ouro.

([93]) Referência aos Citas, famosos pelo estilo de vida nómada. Habitavam primitivamente a Ásia Central, mas com o tempo começaram a estender-se para ocidente (Mar Cáspio) e sul (Média, Egipto), acabando por ser submetidos pelos Sármatas.

([94]) Os Sármatas eram um povo eslavo que habitava a antiga Cítia.

([95]) Hipólita, rainha das Amazonas, usava um cinto que teria pertencido ao próprio Marte, que lho teria oferecido como símbolo do poder que ela detinha sobre o seu povo. A conquista desse cinto foi o nono trabalho de Hércules.

Aí, nenhum Noto[96], nenhum Favónio[97]
agita com túmidas ondas os mares;
aí, os gémeos Tindáridas
não socorrem, agora estrelas, temerosas naus[98]:
jaz lânguido no seu negro turbilhão o pélago,
e, quando a pálida Morte com os dentes ávidos
multidões incontáveis aos manes conduz,
com um único barqueiro tantos povos o atravessam.[99]
Oxalá conquistes as leis do fero Estige
e das Parcas as rocas não revogáveis.
Aqui, o rei que povos numerosos governa,
quando levavas a guerra à Pilos de Nestor,
ergueu contra ti as suas pestíferas mãos,
a lança com tríplice ponta portando:
fugiu, por pequeno golpe ferido,
e, da morte senhor, muito temeu morrer.[100]
Rompe com o destino pela força, para os tristes ínferos
abra-se a contemplação da luz e que o ínvio limiar
outorgue fáceis vias para o mundo superior.
Os severos senhores das sombras pôde vergar,
com o canto e preces súplices,
Orfeu, quando reclamou a sua Eurídice.
A arte que florestas e aves e pedras arrastara,
que causara aos rios demoras,
e com cujo som ficaram quietas as feras,

---

(96) O Noto (ou Austro) é o vento sul.

(97) O Favónio (ou Zéfiro) é um vento, geralmente brando e agradável, que sopra do ocidente, oposto ao Euro.

(98) Castor e Pólux (os Dioscuros), filhos de Júpiter e Leda, e irmãos de Helena e Clitemnestra, a certo ponto transformados em estrelas. O seu pai «humano» era Tíndaro, daí o patronímico «Tindáridas».

(99) O «pélago lânguido» é o Estige, em rigor um dos rios (ou um lago) dos Infernos. O «barqueiro» é Caronte, responsável por transportar pelo Estige as sombras dos mortos sepultados e por impedir que as sombras dos insepultos fizessem essa travessia.

(100) Durante um ataque a Pilos, cidade da Messénia e pátria de Nestor, Hércules feriu Plutão, que lutava armado com um tridente.

suaviza com sons não familiares os ínferos,
e ressoa mais claramente naqueles lugares silenciosos.
Choram as Euménides a trácia noiva([101]),
choram-na também os deuses, não atreitos às lágrimas,
e até aqueles que, com vulto demasiado tétrico,
investigam crimes e interrogam antigos réus —
deploram Eurídice esses juízes sentados.([102])
Por fim, o soberano da morte declara: «Rendemo-nos,
evade-te para o mundo superior, mas com esta condição:
tu, segue atrás, como companheira do teu marido,
tu, não olhes para trás, para a tua mulher,
até que a brilhante luz do dia descerre os céus
e até que esteja próxima a abertura do espartano Ténaro([103]).»
Odeia demoras o verdadeiro amor e não as tolera:
ao apressar-se a contemplar o seu presente, perdeu-o.
O reino que pôde ser vencido pelo canto,
esse reino poderá ser vencido pela força.

([101]) Alusão a Eurídice, mulher de Orfeu. Um dia, quando passeava com as Náiades, suas companheiras, numa pradaria na Trácia, foi picada por uma serpente. Orfeu chorou desesperadamente a sua morte e não hesitou em descer aos Infernos, a fim de a resgatar. Conseguiu, com o seu canto, comover as divindades infernais e obteve a permissão de levar Eurídice de volta para a luz do dia, com a condição de que não poderia voltar-se para trás, para a contemplar, até que atingissem a superfície. Ela seguia atrás dele, percorrendo o caminho de regresso, e estavam prestes a sair do mundo das sombras, quando Orfeu, não conseguindo resistir por mais tempo ao desejo de a rever, se voltou para trás. De imediato, uma força irresistível arrastou de novo Eurídice para os Infernos, e Orfeu teve de voltar sozinho à terra.

([102]) Eram três os juízes que, nos Infernos, julgavam os mortos: Minos, Radamanto e Éaco.

([103]) Promontório na Lacónia, onde havia um templo dedicado a Neptuno e uma caverna que dava acesso ao mundo dos Infernos.

ACTO TERCEIRO

HÉRCULES

Ó da luz vivificante soberano e do céu esplendor,
que em redor de dois espaços alternados(104), no teu flamífero carro,
[orbitas
e o teu radiante rosto revelas pela vastidão das terras,
dá-me, Febo, o teu perdão, se os teus olhos viram
algo de ilícito: foi sob ordens que à luz expus
os segredos do mundo.(105) E tu, dos celestes governante
e pai, oculta o teu olhar opondo-lhe o raio;
e tu, que os mares com o segundo ceptro reges,
procura as tuas águas mais profundas. Quem quer que do alto contemple
as coisas terrenas, temendo ser maculado por esta forma peculiar,
desvie o olhar, e os olhos para o céu eleve,
este monstro evitando: este mal, vejam-no apenas dois:
eu, que o trouxe, e aquela, que o ordenou.(106) Para os meus castigos
e trabalhos, as terras não se abrem o suficiente,
dado o ódio de Juno: vi coisas inacessíveis a todos,
desconhecidas de Febo, aqueles espaços sombrios que o pólo inferior

(104) Os hemisférios acima e abaixo do horizonte.

(105) Alusão, aqui como nos vv. seguintes, a Cérbero. O décimo primeiro trabalho que Hércules executou às ordens do seu primo Euristeu foi dirigir-se aos Infernos, reino de Plutão (ou Hades ou Dite), e daí trazer o cão Cérbero.

(106) Juno.

concedeu ao ominoso Jove;
e se me tivessem agradado da terceira sorte os territórios,
aí poderia ter reinado: da noite eterna, o caos,
e algo mais funesto do que a noite, e os lúgubres deuses,
e o destino venci. Desprezada a morte, voltei:
que outra coisa resta? Vi e expus os ínferos:
dá-me, se há algo mais, já há muito toleras que estejam inactivas
as minhas mãos, Juno: que coisas ordenas sejam vencidas?
Mas por que razão os templos um exército hostil ocupa
e o terror das armas o sacro limiar obsidia?

ANFITRIÃO

Acaso as preces ludibriam os meus olhos,
ou aquele domador do mundo, e dos Graios esplendor,
abandonou a silente morada de desoladora obscuridade?
Aquele é o meu filho? Os meus membros entorpecem de alegria.
Ó filho, certa, tardia embora, salvação de Tebas,
é mesmo a ti que abraço devolvido ao mundo, ou fruo, ludibriado,
de uma sombra vã? És mesmo tu? Reconheço estes músculos
e estes ombros e no alto tronco esta gloriosa cabeça.

HÉRCULES

Porquê, pai, essa esqualidez e a minha mulher
vestida de luto? Porquê de tão sórdida imundície cobertos
os meus filhos? Que desgraça pesa sobre a nossa casa?

ANFITRIÃO

O teu sogro foi assassinado, do poder apoderou-se Lico,
e os teus filhos, pai e mulher para a morte reclama.

HÉRCULES

Ingrata terra, ninguém em auxílio da casa de Hércules
veio? Viu essa iniquidade tão grande
o mundo que eu protegi? Mas porque o dia em queixumes moo?

Seja imolado o inimigo, que a minha coragem suporte esta infâmia[107]
e torne, no derradeiro inimigo de Alcides, Lico.
Para derramar o seu sangue odioso parto;
Teseu, fica aqui, para que nenhum súbito ataque irrompa.
A guerra convoca-me, adia os teus abraços, pai,
e adia-os também tu, esposa. Anuncie Lico a Dite
o meu regresso a casa.

(Sai Hércules)

TESEU

Essa flébil expressão, dos teus olhos,
rainha, afugenta, e tu, tendo o teu filho ileso,
as cadentes lágrimas reprime: se conheço Hércules,
Lico a Creonte a punição devida há-de pagar.
Há-de pagar implica demora: está a pagar; isso também é demorado:
[já pagou.

ANFITRIÃO

Que um deus, que o possa fazer, secunde as minhas esperanças
e acuda aos meus infortúnios. Ó magnânimo companheiro
do meu grande filho, revela das suas façanhas a sequência,
quão longa é a via que conduz aos funestos manes,
de que modo aqueles duros grilhões suportou do Tártaro o cão.[108]

TESEU

Obrigas-me a descrever feitos horrendos
para a minha mente, mesmo em segurança. A custo, ainda, há a
[garantia segura
da aura vital, turva-se a acuidade dos meus olhos
e a minha visão embotada com dificuldade a desacostumada luz
[suporta.

---

(107) Isto é, matar tão indigno e vil adversário.
(108) Nova referência a Cérbero.

ANFITRIÃO

Supera, Teseu, tudo o que no fundo do teu peito
resta de pavor, e do melhor fruto dos trabalhos
não te prives: o que foi duro de suportar,
de recordar doce é. Descreve os hórridos eventos.

TESEU

Toda a ordem do Universo, e a ti, invoco,
que o vasto reino governas, e a ti, a quem a tua mãe
procurou em vão por todo o mundo, para que, em segurança,
o que se encontra justamente oculto e sepultado na terra eu possa
[revelar.(109)
A espartana terra ergue um afamado cume,
onde o Ténaro com as suas densas florestas o mar oprime;
aqui, a sua boca abre a casa do odioso Dite,
e abre-se uma alta falésia e, numa caverna imensa,
ingente abismo com as suas fauces hiantes se escancara
e estende para todos os povos um largo caminho.
Não cega pelas trevas começa a via;
um ténue esplendor da luz deixada para trás
e um fulgor dúbio do Sol prostrado encurta
e ilude a visão: à noite assim misturado,
costuma exibir a sua luz, nascente ou poente, o dia.
Daí se expandem regiões vazias, espaços amplos o suficiente
para que neles entre todo o género humano, depois de afundado
[na terra.
E avançar não é um trabalho: a própria via segue para baixo:

(109) Teseu invoca Plutão e Perséfone/Prosérpina, filha de Júpiter e de Deméter/Ceres, e deusa dos Infernos, companheira de Plutão. Este, apaixonado pela jovem, sua sobrinha, raptou-a, aproveitando um momento em que ela colhia flores tranquilamente, em companhia das Ninfas, na Sicília. Com a aflição, Prosérpina soltou um grito, que foi ouvido pela sua mãe, Ceres. A deusa acorreu ao local, mas já não encontrou a filha. Durante nove dias e nove noites, sem comer, sem beber, sem tomar banho, sem se arranjar, a deusa vagueou pelo mundo com um facho aceso em cada mão, procurando Prosérpina.

tal como muitas vezes uma corrente contrariadas naus arrebata,
assim nos empurra a descendente brisa e o ávido caos,
e que os nossos passos voltem para trás jamais permitem
as sombras tenazes. No imenso precipício interior,
o tranquilo Lete transcorre com plácidas águas
e subtrai cuidados([110]), e para que não se abra de todo
a possibilidade de voltar, em muitas curvas ele envolve
o seu ocioso curso: tal como o vagante Meandro([111])
zomba das suas ondas incertas e se dobra sobre si mesmo
e depois avança, inseguro sobre se procure o litoral ou a sua nascente.
Jaz o sórdido pântano do inerte Cocito;
aqui, um abutre, ali uma luctífera coruja geme,
e o triste presságio ressoa de um infausto morcego.
Eriçam-se, com uma opaca fronde, negras folhagens
num teixo dependurado, que o Sono indolente ocupa;
e a funesta Fome com as suas podres mandíbulas jaz aí,
e o Pudor, tarde de mais, a sua cara culpada cobre.
Estão o Medo e o Pavor, a Morte e a rangente Dor,
e o negro Luto vem depois, e a trémula Doença
e, cingidas de ferro, as Guerras; ao fundo, escondida,
a inerte Velhice auxilia com um bordão os seus passos.

ANFITRIÃO

Acaso há alguma terra fecunda em Ceres ou Baco?([112])

TESEU

Prados luxuriantes de verde aspecto não germinam,
nem ondula com leve Zéfiro adulta seara;
nenhuma floresta pomíferos ramos tem:

([110]) Lete, um dos rios dos Infernos (juntamente com o Estige, o Cocito, referido em seguida, o Aqueronte e o Flegetonte), do qual os mortos bebiam para esquecer as suas vidas terrenas (era o rio/fonte do Esquecimento).

([111]) Rio proverbial pelo seu curso sinuoso, que nascia na Frígia, fluía entre a Lídia e a Cária e desaguava no Mar Icário.

([112]) Isto é, em cereais ou vinho.

uma estéril desolação alastra profundamente pelo solo
e a terra enlanguesce horrenda em eterno abandono.
[Das coisas funesto fim e do mundo último estado.]
O ar imoto permanece parado, e nesse tórpido mundo
senta-se a negra noite: todas as coisas são, pela sua podridão, hórridas,
e pior do que a própria morte é da morte o território.

ANFITRIÃO

E quanto àquele que rege, com o seu ceptro, a região sombria?
De onde governa as leves turbas?

TESEU

Há, num obscuro recesso do Tártaro([113]), um lugar
que uma espessa caligem com pesadas sombras cerca.
Aí, de uma única nascente manam discordes fluxos:
um, parecendo em repouso (e pelo qual juram os deuses),
no seu silente curso transporta o sacro Estige([114]);
o outro corre com grande turbulência, feroz,
e pedras na sua correnteza revolve, o Aqueronte, ínvio
para ser renavegado. É rodeado à frente, por este par de rios,
o palácio de Dite, e a sua ingente morada
por umbroso bosque é abrigada. Aí, de uma ampla caverna,
pende do tirano o limiar: este é o caminho para as sombras,
este é o portão do reino. Em redor jaz um campo,
onde ele se senta, com uma expressão soberba, para organizar
as almas recém-chegadas. Ominosa a majestade do deus,
torva a fronte, que, porém, dos irmãos os traços consigo traz
e de tão distinta família([115]); o seu rosto é o de Jove,
mas de quando fulmina: grande parte da crueldade daquele reino

([113]) A região mais profunda do mundo, situada sob os próprios Infernos, reservada à punição dos grandes criminosos.

([114]) Estige, um dos rios dos Infernos. O juramento pelo Estige era o mais sagrado que os deuses podiam fazer (cf. Hesíodo, *Teogonia* 383–403).

([115]) Recorde-se que Plutão era irmão de Jove/Júpiter e Neptuno.

é o seu próprio senhor, a cujo aspecto teme, até,
tudo aquilo que é temido.

ANFITRIÃO

Acaso é verdadeiro o rumor de que os ínferos
são levados à justiça e de que, olvidados embora
dos seus crimes, os criminosos recebem os devidos castigos?
Quem é esse senhor da verdade e da equidade juiz?

TESEU

Não é apenas um o inquisidor que, em elevado trono sentado,
os serôdios veredictos distribui pelos trépidos réus.
Preside àquele tribunal Minos, de Gnosso,
Radamanto, àquele outro, no terceiro, ouve os casos o sogro de Tétis.([116])
O que cada homem fez, isso sofre; ao seu autor o crime retorna,
e de acordo com o seu próprio exemplo é punido o culpado:
vi serem encerrados no cárcere cruentos comandantes
e as costas de violento tirano por mãos plebeias
serem rasgadas. Mas todo aquele que exerce o poder de forma plácida
e, senhor da vida, conserva inocentes as mãos,
e conduz um sereno e incruento reinado,
e as vidas poupa, depois de medir o longo espaço
de uma vida plena de anos, ou os céus alcança
ou, venturoso, dos bosques Elísios as ditosas regiões,
futuro juiz. De derramar sangue humano abstém-te,
tu que reinas: os teus crimes são punidos
com mais pesados castigos.

ANFITRIÃO

Um local específico mantém
enclausurados os culpados? E, como reza a fama, suplícios cruéis
com perpétuos grilhões os ímpios domam?

([116]) Éaco, pai de Peleu (marido de Tétis).

TESEU

É girado o retorcido Ixíon por uma roda veloz([117]);
na cerviz de Sísifo um imenso rochedo repousa([118]);
no meio de um riacho, com as fauces ressequidas
um velho corre atrás das ondas, banha o seu queixo a água,
e quando, ao já tantas vezes ludibriado, confiança inspira,
perece a água ao chegar à sua boca; os frutos abandonam a sua fome.([119])
Provê Tício, a um pássaro, eterno festim([120])
e vasos cheios as Danaides em vão transportam([121]);
vagueiam enlouquecidas as ímpias Cadmeias([122]),
e aterroriza a mesa de Fineu uma ávida ave.([123])

([117]) Ixíon, dos mais célebres supliciados nos Infernos. Por ter tentado violar Juno, foi amarrado a uma roda em chamas que girava sem cessar.

([118]) Sísifo, vítima da cólera de Júpiter, por tê-lo denunciado como o raptor de Egina, filha de Asopo. Foi-lhe imposto, como castigo, fazer rolar eternamente um enorme rochedo pela subida de um monte. Todavia, mal o rochedo atingia o cume, voltava para trás, mercê do seu próprio peso, e o trabalho tinha de recomeçar.

([119]) Por ter matado o seu filho Pélops, que depois cozinhou para servir como refeição aos deuses, Tântalo foi punido com fome e sede eternas: mergulhado na água até ao pescoço, não podia beber, porque o líquido fugia sempre que tentava mergulhar nele a boca; um ramo carregado de frutos pendia sobre a sua cabeça, mas, se levantava o braço, o ramo erguia-se bruscamente e ficava fora do seu alcance. Cf. *Tiestes*.

([120]) Enciumada com a relação extramatrimonial entre Júpiter e Leto/Latona — relação em que foram gerados Diana e Febo Apolo —, Juno instigou contra Leto/Latona o gigante Tício, inspirando-lhe o desejo de a violentar. Mas Tício foi fulminado por Júpiter e lançado nos Infernos, onde duas serpentes (ou águias) devoravam o seu fígado, que renascia de acordo com as fases da lua, daí ser «eterno» o «festim» do pássaro.

([121]) Recorde-se que, das cinquenta filhas de Dánao, as Danaides, quarenta e nove mataram os seus maridos, pelo que, nos Infernos, receberam um castigo que consistia em eternamente carregar água com recipientes furados.

([122]) Na lista dos célebres supliciados nos Infernos, é inusual a inclusão das Cadmeias, cuja figura mais emblemática é Agave, que matou o próprio filho, Penteu, durante um transe báquico. O plural «Cadmeias» deve referir-se às mulheres de Tebas, em geral.

([123]) O velho e cego Fineu, rei da Trácia, a quem tinham sido concedidos poderes divinatórios, era atormentado pelas aladas Harpias, que lhe roubavam a

ANFITRIÃO

Agora descreve o glorioso combate do meu filho.
É um espólio que ele traz consigo, ou um presente de um tio
[favorável?

TESEU

Um feral rochedo pende sobre os indolentes vaus,
onde, com lânguidas ondas, entorpece o vagaroso rio.
Guarda esse rio um velho hórrido no tracto e no aspecto,
e os pávidos manes, esquálido, transporta.
Desgrenhada lhe descai a barba, um nó aperta
o seu disforme manto, luzem os seus côncavos olhos;
o próprio barqueiro dirige com uma longa vara a sua barca.
Para a margem a embarcação livre de carga trazendo,
procurava por mais sombras; reclama Alcides passagem,
tendo recuado a turba; ominoso exclama Caronte:
«Aonde vais, audacioso? Detém os teus acelerados passos.»
Não tolerou o filho de Alcmena qualquer demora,
e, coagindo-o com a sua própria vara, o nauta subjuga
e sobe para a popa. O barco, capaz de carregar multidões,
sucumbiu àquele único homem; a barca tomou assento nas águas,
[e, mais pesada,
pelos dois lados, com os seus titubeantes flancos, do Lete bebe.
Então tremem os monstros que ele conquistara, os Centauros
[truculentos(124)
e os Lápitas, inflamados para a guerra com o muito vinho(125);

---

comida ou a conspurcavam sempre que ele se tentava alimentar, em punição por ter revelado aos homens os desígnios divinos (cf. *Eneida* 3.214–218).

(124) Os Centauros eram seres monstruosos, meio homens e meio cavalos. Viviam nas montanhas e nas florestas, alimentavam-se de carne crua e tinham costumes extremamente brutais. Lutaram várias vezes com Hércules.

(125) Povo da Tessália, que combateu contra os Centauros numa célebre batalha: durante o casamento de Pirítoo com Hipodamia, os Centauros, excitados pelo vinho, tentaram violar Hipodamia e as mulheres presentes na festa. Pirítoo, os Lápitas (seus companheiros) e Teseu derrotaram os Centauros, matando muitos

do pântano estígio procurando as mais longínquas sinuosidades,
as suas fecundas cabeças mergulha de Lerna o trabalho.[126]
Depois disso, do avaro Dite surge o palácio:
aí, as sombras aterroriza o feroz cão estígio,
que, a trina cabeça abanando com grande estrépito,
o reino defende.[127] As suas cabeças sujas de pútrido sangue
são lambidas pelas cobras, com as víboras se ouriçam os seus pêlos,
e na sua cauda retorcida sibila uma longa serpente.
A ira do cão é similar ao seu aspecto: assim que sentiu o movimento
[de pés,
sacudindo as serpentes, arrepia os seus pêlos ouriçados
e capta o som emitido com as orelhas alçadas,
acostumado a sentir até as sombras. Assim que mais próximo ao antro[128]
o nascido de Jove se deteve, o cão, inseguro, sentou-se
e levemente temeu. Subitamente, com graves latidos
os silentes lugares assusta; sibilam, ameaçadoras,
ao longo das suas escápulas as serpentes. O fragor do horrendo latido
emitido pela sua tripla boca apavora até
as sombras bem-aventuradas. Então, o próprio[129], do seu ombro
[esquerdo,
soltou as feras mandíbulas, e a cabeça de Cleonas[130]
põe à sua frente e com esse ingente escudo se cobre,
na destra vitoriosa a grande clava portando.
Ora para aqui, ora para ali, com incessantes golpes ele a faz girar,
e redobra as pancadas. Domado, quebrou as ameaças,
e todas as suas cabeças lassamente baixou o cão

---

deles. Em diferentes ocasiões, Hércules combateu quer contra os Centauros, quer contra os Lápitas, daí que todos sejam referidos aqui.

[126] A Hidra de Lerna, agora uma sombra, depois de abatida por Hércules.

[127] Nova referência a Cérbero, cuja imagem era descrita como um ser com três cabeças de cão, cauda formada por uma serpente e, no dorso, uma multidão de cabeças de serpente levantadas. Também se afirmava que tinha cinquenta, ou, até, cem cabeças.

[128] O antro de Cérbero, entenda-se.

[129] Hércules.

[130] A pele do leão, juntamente com a sua cabeça e mandíbulas, abatido por Hércules em Némea, não muito longe de Cleonas.

e todo emergiu do seu antro. Amedrontaram-se, sentados nos seus [tronos,
ambos os senhores([131]), e que ele fosse levado ordenaram;
também a mim, como presente ao pedido de Alcides, me [entregaram.([132])
Então, os robustos pescoços do monstro afagando com a mão,
com adamantinos grilhões os prendeu; olvidado de si,
o do reino sombrio sempre vigilante cão de guarda
baixa timidamente as orelhas e permite ser conduzido
e aceita o seu dono, baixando os focinhos se submete,
e em ambos os flancos toca com a sua anguífera cauda.
Depois de ter chegado às bocas do Ténaro
e de o fulgor desacostumado da luz ignota lhe ter ferido os [olhos,
recobrou o ânimo, apesar de derrotado, e, enfurecido,
sacudiu as enormes correntes; quase arrebatou o seu vencedor
e o arrastou para trás, de cabeça para baixo, e lhe fez perder o [equilíbrio.
Então, Alcides voltou os olhos também para as minhas mãos;
com duplicadas forças, arrastámos o cão,
que fervia de ira e tentava guerras inúteis,
e trouxemo-lo para o mundo superior. Logo que viu a clara luz [do dia
e os puros espaços contemplou do esplendente céu,
[ergueu-se para ele a noite, voltou o olhar para o chão,]
fechou os olhos para o dia odioso repelir
e olhou para trás e baixou cada um dos seus pescoços
até ao solo; então, sob a sombra de Hércules
as suas cabeças escondeu. Mas uma turba compacta aproxima-se
com efusivo clamor, nas frontes o louro trazendo,
e ao grandioso Hércules merecidos louvores canta.

([131]) Plutão e Prosérpina, os senhores dos Infernos.

([132]) Teseu e Pirítoo foram feitos cativos nos Infernos, por terem tentado raptar Prosérpina. Cf. *Fedra*.

CORO

Nascido de parto apressado, Euristeu
ordenara-te que mergulhasses nas fundações do mundo([133]):
faltava somente este ao número dos trabalhos,
espoliar o rei da terceira sorte.([134])
Ousaste nos cegos acessos embrenhar-te,
por onde uma via conduz aos manes remotos,
triste e negra com a sua floresta medonha,
mas apinhada com uma vasta turba.
Tão grande como a multidão que caminha pelas ruas da cidade
ávida pelos jogos num novo teatro,
tão grande como aquela multidão que acorre ao Tonante da Élide([135]),
quando o festival é reconvocado pelo quinto estio;
ou a turba que os mistérios de Ceres celebra([136]),
quando regressa a estação em que a noite recomeça a crescer,
e, desejando sonos tranquilos,
Libra mantém o carro de Febo em equilíbrio,
e quando, abandonando as suas casas, os iniciados áticos
se apressam, ligeiros, para honrar a noite sagrada:
tão grande assim é a turba conduzida
pelos campos silentes. Uma parte caminha vagarosa pela velhice,
triste e cansada das suas longas vidas;
outra parte ainda corre, de melhor idade:
virgens pelo casamento ainda não subjugadas
e efebos com os cabelos ainda não cortados
e crianças que ainda agora aprenderam o nome mãe.
Só a estes é concedido que, para menos temerem,

([133]) Quando Júpiter declarou que o próximo descendente de Perseu reinaria em Micenas, Juno apressou o nascimento de Euristeu, que depois havia de impor a Hércules doze trabalhos.

([134]) Plutão, a quem coube em sorte reinar sobre o terceiro reino, os Infernos.

([135]) Para assistir aos Jogos Olímpicos, celebrados em honra de Júpiter (e instituídos, dizia-se, por Hércules) e que tinham lugar em Olímpia, situada na Élide (região do Peloponeso).

([136]) Os ritos de Ceres eram os mistérios celebrados em Elêusis, perto de Atenas, no início do Outono.

portem fachos para mitigar a noite;
os demais seguem pela obscuridade, tristes.
Qual é o vosso estado de espírito, quando,
extinta a luz, cada um sente com angústia
a sua cabeça sepultada debaixo da terra inteira?
Pairam o denso caos e as trevas torpes
e a cor perniciosa da noite e de um silente mundo
a letargia, e as nuvens vazias.
Tarde nos leve para lá a velhice:
ninguém chega demasiado tarde a um lugar de onde,
uma vez que lá tenha chegado, nunca poderá voltar.
Que traz de bom apressar esse duro destino?
Toda essa turba que vagueia por grandes terras
há-de juntar-se aos manes e abrir as velas
no inerte Cocito: para ti cresce
tudo o que o nascente e o poente Sol contemplam.
Sê clemente com os que hão-de chegar: para ti, morte, nos preparamos;
podes ser lenta, nós mesmos nos apressamos:
a hora que primeiro deu a vida a colheu.
De Tebas um dia festivo está aqui.
Nos altares tocai, suplicantes,
sacrificai corpulentas vítimas;
misturadas com os maridos, jovens mulheres
entreguem-se a danças solenes;
descansem, deposto o jugo,
os dos férteis campos íncolas.
Há paz, pela mão de Hércules,
entre a Aurora e Héspero,
e onde o Sol, o meio ocupando,
a sombra aos corpos nega;
todo o solo que é banhado
pelo extenso circuito de Tétis([137])
o esforço de Alcides domou.

([137]) Deusa do mar, mulher do Oceano, representando aqui a água que, segundo as concepções helénicas primitivas, cercava o mundo (um rio que corria à volta do disco plano que era a Terra).

Tendo transposto as águas do Tártaro,
dos pacificados Infernos regressou.
Já não resta nenhum temor:
nada jaz além dos Infernos.

(A Hércules)

O desgrenhado cabelo, para o sacrifício,
coroa com o teu dilecto choupo.

ACTO QUARTO

HÉRCULES

Pela minha destra vingadora derrubado, Lico
tombou com a cara no chão; depois pereceu cada cúmplice
do tirano, cúmplice também no seu castigo.
Agora, pela minha vitória sacrifícios ao meu pai e aos súperos hei-de
[oferecer
e com vítimas imoladas, como eles merecem, os seus altares honrar.
A ti, a ti, dos meus trabalhos parceira e aliada, suplico,
belígera Palas, em cuja mão esquerda a égide despede
com o seu rosto petrificante ferozes ameaças([138]);
esteja presente de Licurgo o domador, e do Mar Vermelho([139]),
a sua lança coberta com o tirso verdecente portando([140]);
e os numes gémeos, Febo e a irmã de Febo
(a irmã para as setas mais apta, Febo, para a lira)

([138]) Ao centro da sua égide (espécie de escudo, de couraça de pele de cabra), Palas Atena/Minerva fixara a cabeça de uma das três Górgonas, Medusa, oferecida por Perseu, e que tinha o poder de transformar em pedra quem quer que a olhasse.

([139]) Alusão a Baco e à sua viagem à Índia. Licurgo, rei dos Edonos, na Trácia, insultou e expulsou Baco das suas terras e aprisionou as Bacantes e os Sátiros do seu séquito. Como castigo, Baco enlouqueceu-o. Então, Licurgo atingiu e matou com um machado o próprio filho, Drias, pensando que este era um pé de videira.

([140]) Baco. O tirso, uma cana enfeitada com hera, era um atributo de Baco e seus seguidores.

e qualquer irmão meu que habite o céu,
mas não um irmão que não tenha nascido da minha madrasta.

(Aos servos)

Para aqui trazei
opimos rebanhos, tudo o que das colheitas da Índia
* * * * * * *
e tudo o que os Árabes de olentes árvores colhem
acumulai nos altares, derrame-se intenso o cheiro.
Embeleze a árvore do choupo os meus cabelos,
a ti, um ramo de oliveira, com as folhas da tua terra, te coroe,
Teseu; a minha mão há-de venerar o Tonante;
tu, os fundadores da cidade e as cavernas silvestres
do truculento Zeto, a famosa fonte de Dirce[141]
e o lar tírio do nosso rei forasteiro[142] hás-de cultuar.

(Sai Teseu. Aos servos)

Atirai o incenso às chamas.

ANFITRIÃO

Filho, as mãos primeiro,
gotejantes com o sangue do teu inimigo morto, purifica.

HÉRCULES

Oxalá com o sangue daquela odiosa cabeça aos deuses
fazer uma libação eu pudesse: nenhum líquido mais grato
jamais havia de tingir os altares; nenhuma vítima mais distinta

---

[141] Recorde-se que Dirce foi amarrada a um touro e arrastada até à morte pelos rochedos do Citéron, por acção de Anfíon e Zeto, que assim vingaram a sua mãe, Antíope, humilhada, e tratada como escrava, por Dirce. Uma fonte/rio em Tebas recebeu o seu nome.

[142] Cadmo, fundador de Tebas, era originário de Tiro, na Fenícia.

e mais opima pode ser sacrificada a Jove
do que um rei iníquo.

ANFITRIÃO

Pede que o teu pai([143]) ponha fim
aos teus trabalhos e por fim seja concedido o ócio
e a quietude à nossa fadiga.

HÉRCULES

Eu mesmo hei-de formular preces,
de Júpiter e de mim dignas: permaneçam no seu lugar o céu
e a terra e o mar; que os astros eternos trilhem
cursos desimpedidos, profunda paz os povos alimente;
que o trabalho do inócuo campo retenha todo o ferro
e escondam-se as espadas. Nenhuma tempestade violenta
perturbe o mar, nenhum raio seja lançado
pelo irado Jove; nenhuma torrente, pela neve do Inverno nutrida,
os campos revolvidos arraste.
Desapareçam os venenos, com sucos nocivos
nenhuma erva letal se intumesça. Não reinem
tiranos cruéis e truculentos; se ainda há-de trazer algum crime
a terra, que se apresse, e se prepara
algum monstro, que meu seja. Mas que é isto? O meio-dia
as trevas envolveram. Febo de vulto carregado avança,
mesmo sem nuvens. Quem a luz do dia para trás afugenta
e a empurra para o orto? Porque esta noite ignota
a sua negra cabeça levanta? Porque tantas estrelas
enchem o céu durante o dia? Eis aqui o meu primeiro trabalho,
refulge em parte não mínima do céu o Leão,
de ira todo ele ferve e prepara-se para morder.([144])

([143]) Jove/Júpiter.

([144]) A constelação de Leão, quinto signo do Zodíaco (de 23 de Julho a 23 de Agosto). Essa constelação tomou o nome do leão de Némea, abatido por Hércules — primeiro dos seus doze trabalhos — e elevado aos céus.

Em breve deve atacar alguma constelação: posta-se ameaçador,
com as suas ingentes mandíbulas, e fogo expele e a luzente juba
no seu pescoço sacode; tudo o que o insalubre Outono
e o frio Inverno, no seu gélido espaço, trazem de volta,
com um único salto ele há-de transpor, e atacar
e esmagar o pescoço do touro primaveril.([145])

ANFITRIÃO

Que súbito mal é esse?
Porque, filho, para aqui e para ali, um acre olhar volves,
e com túrbida visão um imaginário céu vês?([146])

HÉRCULES

Conquistada foi a terra, túmidos submeteram-se os mares,
os infernais reinos sentiram as minhas investidas:
imune está o céu, digno trabalho de Alcides.
Que eu seja levado pelas alturas, até aos sublimes espaços do céu,
alcance-se o éter: os astros me prometeu o meu pai.
E mesmo que agora mos negasse? Não pode a terra reter Hércules
e, por fim, aos súperos o restitui. Eis que espontaneamente me chama
toda a assembleia dos deuses e abre as suas portas,
opondo-se apenas uma deusa.([147]) Recebes-me e abres-me o céu?
Ou do céu contumaz o portal devo arrombar?
Há dúvidas ainda? Dos grilhões Saturno hei-de libertar
e, contra o abusivo reino do meu pai ímpio,

([145]) Referência à constelação do Touro, segundo signo do Zodíaco (de 21 de Abril a 21 de Maio, daí ser por Séneca designada «primaveril»). Sugere-se, pois, que a furiosa constelação de Leão vai saltar, com um único impulso, as constelações do Outono e do Inverno, para atacar a constelação do Touro.

([146]) Com a perplexidade de Anfitrião, percebe-se que, a partir do momento em que, em pleno dia, começa a ver a noite, Hércules está já sob o efeito da loucura que contra ele Juno prepara. É, pois, fora de si que Hércules contempla uma realidade «imaginária», que o leva a matar os próprios filhos e a própria mulher.

([147]) Juno.

o meu avô soltar(148); guerras os enfurecidos Titãs preparem,
comigo por chefe; rochedos e árvores hei-de trazer,
e arrancar com a minha destra cumes cheios de Centauros.
Com montes duplicados uma via para os súperos devo preparar agora:
veja Quíron, sob o Ossa, o seu Pélion;
implantado como terceiro degrau, o Olimpo ao céu
há-de chegar ou contra ele ser arremessado.(149)

ANFITRIÃO

Esses monstruosos intentos
expulsa; do teu espírito pouco são,
magnânimo embora, refreia esse tresloucado ímpeto.

HÉRCULES

Que é isto? Os Gigantes pestíferos as suas armas agitam.
Escapou das sombras Tício e, trazendo o peito
lacerado e inane, quão próximo do céu se postou.
Oscila o Citéron, a elevada Palene(150) estremece
e dos Macedónios o Tempe(151). Um arrebatou do Pindo(152) os cumes,

---

(148) Terminada a Titanomaquia, Júpiter encarcerou o pai, Crono/Saturno, e os demais Titãs, no lugar dos Hecatonquiros (gigantes com cem braços e cinquenta cabeças), que se tornaram seus carcereiros.

(149) Para vingar os Titãs, que Júpiter tinha derrotado, a Terra (Geia) concebeu os Gigantes. Durante a Gigantomaquia, os Gigantes tentaram escalar o Olimpo e derrubar os deuses, mas foram vencidos por estes; para escalarem o céu, empilharam montes uns sobre os outros. Tal como Vergílio (*Geórgicas* 1.281–282), Séneca coloca o Olimpo sobre o Ossa, e este sobre o Pélion (os três são montes da Tessália). Quíron era o mais célebre, o mais sensato e o mais sábio dos Centauros, distinguindo-se por isso dos seus congéneres. Teve a seu cargo a educação de heróis famosos como Jasão, Asclépio e Aquiles. Vivia numa gruta do Monte Pélion. O enlouquecido Hércules ameaça, pois, o pai com uma guerra terrível, uma fusão da Titanomaquia e da Gigantomaquia.

(150) Península e cidade da Macedónia, também chamada Flegra, onde teve lugar a Gigantomaquia.

(151) Vale do rio Peneu, no norte da Tessália.

(152) Montanha situada na fronteira entre a Tessália e a Macedónia.

outro arrebatou o Eta, enfurece-se horrendamente o Mimante[153].
Uma flamífera Erínis sacudindo o látego ressoa
e achas queimadas em piras funerárias
da minha cara, mais e mais, aproxima; a cruel Tisífone[154], a sua cabeça
por serpentes cingida, depois de raptado o cão,
o portal vacante fechou, opondo-lhe um facho.
Mas eis que a prole do rei inimigo se esconde,
de Lico a nefanda semente: ao vosso odioso pai
esta destra há-de já restituir-vos. Despeça leves setas
a corda do meu arco. Assim convém serem lançados
os dardos de Hércules.

ANFITRIÃO

Até que ponto chegou a sua cega loucura?
O vasto arco ele flectiu, unindo as extremidades,
e a sua aljava abriu; sibila, despedida com tamanho ímpeto,
a seta; pelo meio do pescoço escapa a ponta aguçada,
uma ferida deixando para trás.

HÉRCULES

A restante prole hei-de descobrir
e todos os seus esconderijos. Porque me demoro? Maior guerra
em Micenas me espera, para que os ciclópicos rochedos[155],
pelas minhas mãos revolvidos, ruam.
Para este lado e para aquele vá a minha clava, destruído o ferrolho,
e destruam-se os batentes; com as pancadas, desfaçam-se os pilares
[do tecto. —
A luz derrama-se por todo o palácio: ali vejo escondido
um filho do infame pai.

---

(153) Mimante, ou Mimas, é um dos Gigantes que combateram contra os Olímpicos. Foi fulminado por Júpiter, ou então morto por Vulcano, que lançou contra ele projécteis de metal em brasa.

(154) Uma das Erínias/Fúrias. Cf. vv. 86–88.

(155) Acreditava-se que as muralhas de Micenas tinham sido construídas pelos Ciclopes.

(Entra no palácio)

ANTITRIÃO

(Descrevendo o que vê acontecer dentro do palácio)

Eis que, as tenras mãos
para os joelhos do pai estendendo, com voz miseranda roga.
Crime monstruoso, trágico e hórrido de ver:
com a destra arrebatou a criança enquanto ela suplicava e, enlouquecido,
depois de o ter feito rodopiar cerca de duas, três vezes, arremessou-o;
[mas a sua cabeça
ressoou, com o cérebro feito em pedaços as paredes se empapam. —
Por sua vez, protegendo o mais pequeno filho junto ao peito,
a desgraçada Mégara, semelhante a uma louca, do seu esconderijo
[foge.

(Mégara foge do palácio, perseguida por Hércules)

HÉRCULES

Ainda que, fugindo, te escondas no colo do Tonante,
por toda a parte esta destra te há-de procurar e apanhar.

ANFITRIÃO

Aonde, desgraçada, vais? Que fuga ou esconderijo procuras?
Com Hércules como teu inimigo, não há nenhum lugar a salvo.
Abraça-o, em vez disso, e com suave prece
tenta acalmá-lo.

MÉGARA

Pára já, marido, suplico-te,
reconhece a tua Mégara. Esta criança a tua fisionomia
e o teu porte reproduz; vês, como ele te estende as suas mãos?

HÉRCULES

Apanhei a minha madrasta. Segue-me, recebe o castigo
e de um vergonhoso jugo liberta o oprimido Júpiter —
mas, antes da mãe, este pequenino monstro pereça.

MÉGARA

Aonde te diriges, demente? Hás-de derramar o teu próprio sangue?

(Hércules sai com Mégara e o filho mais pequeno)

ANFITRIÃO

(Descrevendo o que vê acontecer fora de cena)

Aterrorizada com o ígneo olhar do pai,
pereceu a criança antes de ser ferida, o medo arrebatou-lhe o [espírito.
Contra a mulher agora é brandida a clava pesada:
despedaçou-lhe os ossos, falta ao corpo mutilado a cabeça,
completamente desfeita.

(A si mesmo)

Contemplar isto ousas,
demasiado vivaz velhice? Se é insuportável o luto,
tens a morte à disposição.

(A Hércules)

No meu peito crava os teus dardos,
ou vira para mim essa clava impregnada do sangue de monstros;
livra-te deste teu falso pai, desta mácula no teu nome,
para que à tua glória ele não seja um obstáculo.

CORO

Porque, ancião, a ti mesmo te lanças no caminho da morte?
Aonde vais, insano? Foge e, escondido longe daqui,
subtrai às mãos de Hércules esse único crime.

HÉRCULES

(Voltando)

Está feito, do ignominioso rei foi exterminada a casa.
A ti consagrada, esposa do excelente Júpiter,
esta grei imolei; de bom grado cumpri estes votos
de ti dignos, e Argos outras vítimas há-de oferecer.

ANFITRIÃO

Ainda não terminaste, filho: completa o sacrifício.
Eis que a vítima está junto ao altar, aguarda pela tua mão
com o pescoço inclinado; apresento-me, ofereço-me, insisto:
mata-me. Que é isto? Perde-se a agudeza dos meus olhos
e o desgosto turva a minha visão, ou acaso vejo de Hércules
as mãos a tremer? Os seus olhos fecham-se com o sono,
e o lasso pescoço, descaída a cabeça, afunda-se;
com os joelhos flectidos, já todo ele cai por terra,
como um freixo derrubado na floresta, ou o molhe
que há-de dar um porto ao mar. Estás vivo, ou porventura te matou
aquela mesma loucura que mandou a tua família ao encontro da morte?
É um sopor: a sua respiração em movimentos alternados se espraia.
Seja-lhe concedido tempo de repouso, para que esse sono pesado
debele a violência da sua moléstia e alivie o seu peito oprimido.
Removei, servos, as suas armas, para que não volte a elas,
[enlouquecendo outra vez.

CORO

Pranteiem o céu e o grande pai
do alto éter e a terra feraz

e do mar inconstante as ondas vagantes,
e, acima de todos, tu, que pelas terras
e pela vastidão do mar derramas os teus raios
e a noite afugentas com o teu belo rosto,
ardente Titã:
os teus ocasos e os teus ortos Alcides
contigo viu
e conheceu as tuas duas moradas.
Libertai o seu espírito de tamanhos monstros,
libertai, súperos,
guiai e virai para um estado melhor a sua mente.
E tu, ó domador de males, Sono,
descanso do espírito,
melhor parte da vida humana,
alado descendente de estelífera mãe([156]),
lânguido irmão da dura Morte,
às verdadeiras misturando coisas falsas,
do futuro, certeiro e ainda assim pior, mensageiro,
ó paz das coisas, porto da vida,
repouso da luz e da noite companheiro,
que igualmente ao rei e ao servo chegas,
plácida e suavemente quem está fatigado acalentando,
ao pávido da morte género humano
obrigas a aprender a longa noite:
prende-o submetido a um pesado torpor,
que um sopor amarre os seus indómitos membros
e não abandone o seu peito selvagem,
até que a sua mente retome o caminho de outrora.
Vede como, estendido no solo, sonhos cruéis
revolve no feroz coração:
ainda não foi superada a peste de tão grande mal;
e, à pesada clava habituado
a confiar a cabeça cansada,
procura-lhe o peso na destra vazia,
agitando os braços em movimentos vãos,

([156]) A Noite.

e não expulsou ainda toda a febre,
tal como uma onda que, sacudida por ingente Noto([157]),
conserva um arrastado tumulto
e se mantém túmida, mesmo depois de serenado o vento.
* * * * * *
Afasta as ondas de loucura do seu espírito,
regressem o sentido de dever e a coragem do herói —
ou, melhor, seja aguilhoada a sua mente
por desvairados movimentos:
vá o cego error por onde começou;
só já a loucura te pode tornar
inocente: a seguir ao ter umas mãos puras, a melhor sorte
é a ignorância do crime perpetrado.
Agora ressoe o peito de Hércules,
percutido pelas suas próprias mãos,
aqueles braços acostumados a suportar o céu
sejam açoitados pelos golpes desferidos pela sua mão vingadora;
os seus altos gemidos oiça o éter,
oiça-os a rainha do negro pólo
e o feroz Cérbero,
os seus pescoços ainda presos com pesadas cadeias,
no seu profundo antro escondido.
Retumbe com ominoso clamor o caos
e as amplas ondas do vasto alto-mar,
e, apesar de ter sido
varado pelos teus dardos, o ar.
Um peito sitiado por tamanhos males
não deve ser ferido levemente:
com um único golpe os três reinos ecoem.
E vós, gloriosas armas durante tanto tempo
suspensas do seu pescoço, fortes setas,
e pesada aljava,
distribuí cruéis golpes pelas suas costas ferozes.
Fustigue a madeira da sua ingente clava
os seus ombros robustos

([157]) O Noto (ou Austro) é o vento sul.

e oprima o seu peito com os seus duros nós:
1121 deplorem as suas armas tamanha dor.
1135 Ide, infausta descendência, ó meninos,
1136 pelo triste caminho do célebre trabalho([158]),
1122 vós, que não fostes companheiros da glória do vosso pai
punindo com morticínio reis cruéis,
que não fostes ensinados a exercitar os vossos membros
1125 na argiva([159]) palestra, bravos com luvas de combate,
e bravos de mãos desnudas,
apesar de ousados já o suficiente para equilibrar e despedir leves
[dardos,
de uma aljava cita, com uma mão certeira,
e para varar os cervos que se defendem fugindo,
1130 ou o dorso de uma fera ainda sem juba:
ide para o porto estígio([160]),
ide, sombras inocentes,
esmagadas, no primeiro limiar da vida,
1134 pelo crime cometido pela loucura do vosso pai:
1137 ide, visitai os reis irados.([161])

([158]) O décimo primeiro trabalho de Hércules, trazer dos Infernos o cão Cérbero.

([159]) Próprio ou natural de Argos, capital da Argólida, no Peloponeso. O termo designa, por extensão, todos os Gregos.

([160]) O porto do Estige, um dos rios dos Infernos.

([161]) Plutão e Prosérpina, irados por Hércules ter invadido o seu reino.

ACTO QUINTO

HÉRCULES

Que lugar é este, que região, que território do mundo?
Onde estou? Sob o nascer do Sol, ou sob o eixo
da glacial Ursa? Acaso do mar da Hespéria
a terra mais longínqua outorga ao Oceano este limite?
Sorvo que ares? Que solo sob o meu corpo cansado jaz?
Certamente regressei — porque, jacentes diante do palácio,
vejo corpos ensanguentados? Acaso ainda não expulsou
a minha mente as imagens infernais? Mesmo depois de regressado
uma turba feral vagueia ante os meus olhos?
Envergonha-me confessá-lo: tenho medo; desconheço,
desconheço que grande mal pressagia o meu espírito.
Onde está o meu pai? Onde aquela esposa
arrogante com a sua grei de filhos? Porque o meu lado esquerdo
[está livre
do espólio do Leão? Para onde foi esse meu manto,
que é, também, para o sono de Hércules um suave leito?
Onde os meus dardos? Onde o meu arco? Estando eu vivo, quem
[as minhas armas
me pôde subtrair? Quem tão grandiosos despojos me arrebatou
e quem até com o próprio sono de Hércules não se intimidou?
Gostaria de ver o meu vencedor, gostaria,
ergue-te, coragem: que novo filho, tendo abandonado o céu,

gerou o meu pai, para o parto de que filho foi
a noite mais prolongada do que para o meu? — Que atrocidade
[distingo?
Os meus filhos, por cruento morticínio abatidos, jazem sem vida,
foi assassinada a minha mulher. Que novo Lico o trono ocupa?
Quem tamanhos crimes em Tebas ousou perpetrar,
tendo regressado Hércules? Tu que as regiões do Ismeno([162]),
ou os áticos campos, ou, por duplo mar tocados,
os reinos do dardânio Pélops([163]) habitas,
socorre-me, desta cruel carnificina o autor indica.
Caia a minha ira sobre todos: meu inimigo é quem quer
que não me mostre o inimigo. Vencedor de Alcides, escondes-te?
Avança, quer reclames os corcéis truculentos
do cruento Trácio, quer reclames de Gérion o gado
ou da Líbia os senhores([164]), nula deve ser a demora para lutar.
Eis-me aqui, sem defesa; podes atacar-me inerme,
com as minhas próprias armas. Mas porque Teseu e o meu pai fogem
do meu olhar? Porque escondem os seus rostos?
Adiai o choro; revela quem entregou à morte todos os meus,
de uma assentada. Porque, meu pai, te calas?
Ao menos fala tu, Teseu, pela tua lealdade, Teseu.
Ambos, calados, com vergonha os rostos cobrem
e furtivas lágrimas derramam. Entre tamanhos males,
que pode causar vergonha? Acaso o violento senhor
da cidade argiva([165]), acaso de Lico um exército,
revoltado com a sua morte, em tão grande ruína nos sepultou?
Pela glória dos meus feitos, suplico-te,

([162]) Filho de Anfíon e Níobe, do qual um rio em Tebas havia de receber o nome.

([163]) «Dardânio», aqui o mesmo que «frígio» (Dárdano, filho de Júpiter e de Electra, fora o fundador da linha real troiana), alude ao nascimento de Pélops e à sua infância na Ásia Menor. Pélops, filho de Tântalo e pai de Atreu e Tiestes, foi responsável pela morte do sogro, Enómao de Pisa (na Élide), pai de Hipodamia, e pela do cocheiro de Enómao, Mírtilo (cf. *Tiestes* 139–143).

([164]) O «cruento Trácio» é Diomedes (cf. vv. 226–227); os «senhores da Líbia», Anteu e Busíris (cf. vv. 482–484).

([165]) Euristeu, que impusera a Hércules os doze trabalhos (cf. v. 78).

pai, e pelo poder do teu nome,
a mim sempre favorável, fala. Quem arrasou a nossa casa?
Tombei presa de quem?

ANFITRIÃO

Passem em silêncio esses males.

HÉRCULES

Para que sem vingança eu fique?

ANFITRIÃO

Muitas vezes a vingança é nociva.

HÉRCULES

Alguém passivamente suportou tamanhos males?

ANFITRIÃO

Aquele que coisas piores temeu.

HÉRCULES

Do que isto, porém, pai,
algo de pior ou mais penoso pode ser temido?

ANFITRIÃO

Quão insignificante é essa parte da tua calamidade de que estás a par!

HÉRCULES

Tem pena de mim, pai, estendo-te as minhas mãos súplices.
Que é isto? Ele furta-se às minhas mãos — por aqui vagueia o crime.

A que se deve este sangue? Porquê aquela seta embebida
no sangue de uma criança? Está tingida pela morte de Lerna.([166])
Agora vejo os meus dardos. Não pergunto de quem era a mão:
quem pôde o meu arco flectir, ou que destra
pôde retesar a corda que até a mim dificilmente cede?
Para vós os dois de novo me volto; pai: é meu este crime?
Não respondem: é meu.

ANFITRIÃO

Este luto é teu,
o crime, da tua madrasta: uma calamidade destas de culpa carece.

HÉRCULES

Agora, de toda a parte, pai, irado troveja;
esquecido de mim embora, vinga com a tua mão tardia
ao menos os teus netos. O firmamento estelífero ressoe
e chamas lancem este e aquele pólo;
as penhas do Cáspio o meu corpo agrilhoado dilacerem
e o ávido pássaro — porque está vazio o rochedo
de Prometeu?([167]) Prepare-se, com o seu cume imenso, feras
e aves nutrindo, do Cáucaso a encosta abrupta
e desnuda de árvores. Que as Simplégades, que constringem o mar
[da Cítia([168]),

([166]) Nova alusão à Hidra de Lerna, em cuja peçonha, depois de a ter abatido, Hércules embebeu as suas setas. Cf. v. 46.

([167]) Por ter ludibriado Júpiter por mais de uma vez, Prometeu foi agrilhoado a um rochedo no cume do Cáucaso, onde uma águia lhe devorava o fígado, que incessantemente se ia renovando. Foi Hércules quem pôs termo ao suplício, quando, ao passar por aquela região, varou com uma das suas setas a águia.

([168]) As Simplégades, também conhecidas por Rochas Azuis ou Ciâneas, eram recifes móveis que incessantemente colidiam. Constituíram uma das muitas tribulações por que passaram, na sua expedição até à Cólquida em demanda do velo de ouro, os Argonautas (de que, originariamente, Hércules fazia parte). Imobilizaram-se depois de a Argo ter passado incólume por elas. Cf. *Medeia* 342–349.

estendam as minhas mãos, presas em cada um dos lados,
sobre o abismo, e quando, a cada vez,
as pedras se juntarem e espremerem até ao céu
o mar apanhado no meio dos rochedos que se agitam dos dois lados,
que eu jaza como inquieto obstáculo entre esses montes.
Porque não amontoo lenha, a acumulo numa pira,
e este meu corpo, respingado de ímpio sangue, queimo?
Assim, assim deve ser feito: aos Infernos vou devolver Hércules.

ANFITRIÃO

Ainda do atónito tumulto não liberto,
o seu coração reorientou a ira, e, como é próprio da loucura,
contra si mesmo se enfurece.

HÉRCULES

Ominosos territórios das Fúrias
e dos ínferos cárcere
e região fixada à criminosa turba — se algum exílio se esconde
além do Érebo, desconhecido de Cérbero e de mim,
nesse lugar oculta-me, Terra; até ao extremo limite do Tártaro,
para não voltar, hei-de ir. Ó coração demasiado feroz!
Quem, espalhados por toda a casa, filhos,
condignamente vos poderá deplorar? Este rosto, endurecido pelos males,
não sabe chorar. Dai-me cá o meu arco,
dai-me cá as minhas setas, dai-me cá a minha grande clava.
Por ti os meus dardos hei-de partir; por ti, filho,
hei-de esmagar o meu arco; e a minha pesada clava
há-de arder, pela tua sombra; a minha própria aljava,
dos dardos de Lerna([169]) repleta, há-de acabar na tua pira:
punam-se as armas. E a vós, infaustas para as minhas armas,
também vos vou queimar, ó mãos de madrasta.

([169]) As tais setas embebidas na peçonha da Hidra de Lerna. Cf. v. 46.

ANFITRIÃO

Quem, alguma vez, o nome de crime a um erro deu?

HÉRCULES

Muitas vezes um ingente erro tomou o lugar de um crime.

ANTITRIÃO

Agora um Hércules é necessário: suporta esta mole de males.

HÉRCULES

O meu pudor não cedeu, nem foi extinto pela loucura,
a ponto de todos os povos afugentar com a minha ímpia presença.
As minhas armas, as minhas armas, Teseu, exijo que depressa me
[sejam restituídas
as que me foram subtraídas. Se tenho são o espírito,
devolvei às minhas mãos as suas armas; se permanece a minha loucura,
pai, permanece afastado: para a morte encontrarei uma via.

ANFITRIÃO

Pelos sagrados ritos da nossa família, pelos direitos
de ambos os meus nomes, quer de padrasto me chames,
quer de pai, e por estes cabelos brancos que devem ser venerados
pelos homens justos, poupa a minha velhice desamparada, suplico-te,
e os meus lassos anos; de uma casa arruinada único pilar,
única luz nas minhas tribulações,
mantém-te vivo. Dos teus trabalhos não me tocou
nenhum fruto; sempre ou o volúvel mar,
ou os monstros temi; cada rei cruel que se enfurece,
em qualquer parte do mundo, com mãos ou altares criminosos,
por mim é temido; pai de um filho sempre ausente,
a fruição de ti e do teu toque e da tua presença peço.

HÉRCULES

Não há razão por que a minha vida nesta luz detenha, ou por que
[por mais tempo
me demore: perdi já todos os meus bens:
a minha mente, as minhas armas, a minha fama, a minha esposa, os
[meus filhos, as minhas mãos,
e até a minha loucura. Ninguém poderia um espírito
infectado curar: pela morte deve ser sanado o meu crime.

ANFITRIÃO

Hás-de matar o teu pai?

HÉRCULES

Para que o não possa fazer, vou morrer.

ANFITRIÃO

Diante do teu pai?

HÉRCULES

Ensinei-o a contemplar o mal.

ANFITRIÃO

Impressionantes para todos, olha, antes, para as tuas façanhas,
e, a ti mesmo, por um único crime, pede perdão.

HÉRCULES

O perdão há-de conceder a si mesmo aquele que a ninguém o
[concedeu?
As minhas façanhas dignas de louvor, fi-las sob ordens: apenas esta é
[minha.
Socorre-me, genitor, quer o amor te mova,

quer o triste feito, ou a maculada glória
da minha coragem, traz-me as armas; seja a Fortuna
conquistada pela minha destra.

TESEU

São certamente eficazes o suficiente
as preces de um pai, mas deixa-te comover também
pelo meu pranto. Levanta-te e supera as adversidades
com o teu vigor habitual. Agora o teu espírito
sempre à altura de qualquer mal recupera, agora deves agir
com grande coragem: impede Hércules de se irar.

HÉRCULES

Se continuo vivo, cometi esses crimes; se morrer, sofri-os.
De purificar o mundo tenho pressa. Há muito que
um monstro ímpio e cruel, e rude e feroz,
anda ao meu redor: vai, destra, tenta levar a cabo
uma ingente tarefa, do que os teus duas vezes seis trabalhos maior.
Cobarde, procrastinas, forte apenas contra meninos
e pávidas mães? Se as armas não me forem restituídas,
toda a alta floresta do Pindo trácio hei-de derrubar,
e de Baco os bosques sagrados e do Citéron os cumes,
juntamente comigo, queimar; ou todas as casas,
com as suas famílias e senhores, com todos os seus deuses os templos
[tebanos
hei-de fazer desabar sobre o meu corpo
e sepultar-me sob as ruínas da cidade; e se as muralhas esboroadas
caírem sobre estes fortes ombros como um peso leve
e se, soterrado pelas sete portas, o bastante eu não for esmagado,
toda a massa que no centro do céu toma assento
e divide os súperos hei-de despenhar na minha cabeça.

ANFITRIÃO

Restituo-te as tuas armas.

HÉRCULES

São palavras dignas do pai de Hércules.
Vê, por este dardo tombou assassinado o meu filho. 1296

ANFITRIÃO

Esse dardo foi lançado por Juno servindo-se das tuas mãos.

HÉRCULES

Que agora eu o utilize.

ANFITRIÃO

Vê como o meu desventurado coração
palpita com o medo e contra o meu angustiado peito bate.

HÉRCULES

Pronta a seta está.

ANFITRIÃO

Agora vais cometer um crime, 1300
intencional e conscientemente.

HÉRCULES

Fala, que me ordenas que faça?

ANFITRIÃO

Nada rogo; está em segurança a minha dor.
O meu filho, só tu o podes salvar para mim,
mas nem mesmo tu mo podes arrebatar([170]); livrei-me do meu maior
[medo:

([170]) Porque, se Hércules se suicidar, Anfitrião morre com ele, ou com o choque sobre a sua vida já débil, ou também pelo suicídio.

desafortunado não me podes fazer; feliz, podes.
Decide o que quer que decidas, desde que saibas
que a tua causa e a tua fama estão no limiar do precipício:
ou vives ou me matas. Esta minha vida frágil
e cansada pela velhice e não menos cansada pelos males,
tenho-a mesmo junto aos lábios. Pode alguém ser tão lento
a conceder ao seu pai a vida?

(Desembainhando uma espada, perante a hesitação de Hércules)

Não suportarei mais delongas,
de encontro ao letal ferro vou levar o meu peito, para que seja varado,
aqui, aqui há-de jazer, de um Hércules são, o crime.

HÉRCULES

Pára já, pai, pára, chama já de volta a tua mão.
Sucumbe, minha coragem, cumpre a ordem de um pai.
Acrescente-se aos trabalhos de Hércules também este trabalho:
viver. Levanta o corpo do meu pai, caído no chão,
Teseu; a minha sacrílega destra
subtrai-se a tocar em alguém que eu ame.

ANFITRIÃO

Mas eu pego na tua mão com alegria,
vou apoiar-me nela para caminhar, e levá-la ao meu peito angustiado
para expulsar a dor.

HÉRCULES

Que lugar, prófugo, hei-de procurar?
Onde me hei-de esconder, ou por que terra ser sepultado?
Que Tánais([171]) ou que Nilo ou, com as suas ondas pérsicas,
que impetuoso Tigre ou que Reno feroz

([171]) O Tánais era um rio da Cítia, actual Don.

ou que Tago, fluindo túrbido com os tesouros ibéricos[172],
purificar a minha destra poderia? Ainda que o gélido Meótis[173]
sobre mim derrame os seus árcticos mares
e todo o Oceano corra pelas minhas mãos,
o crime há-de permanecer profundamente arraigado. A que terras,
[ímpio,
te hás-de recolher? O orto ou o ocaso hás-de procurar?
Por toda a parte conhecido, perdi para o exílio um local.
Rejeita-me o mundo, oblíquos, os astros percorrem
cursos desviados, o próprio Titã[174] viu Cérbero
com melhores olhos. Ó fiel amigo,
Teseu, procura um esconderijo longínquo, secreto;
e porque, dos crimes alheios testemunha,
sempre dos culpados te compadeces[175], mostra-me gratidão
e recompensa os meus serviços: devolve-me, suplico-te,
às sombras infernais, e reinstala-me, nos teus grilhões,
como teu substituto: há-de ocultar-me esse lugar —
mas também ele me conhece.

TESEU

A minha terra espera por ti.
Foi lá que Gradivo[176] purificou as suas mãos do morticínio
e as confiou de novo às armas: chama por ti, Alcides,
a terra que tem por hábito tornar inocentes os deuses.

---

(172) O Tejo.

(173) Lago da Cítia (actual Mar de Azov), onde desaguava o Tânais.

(174) O Sol. Cf. v. 124.

(175) Como aconteceu, por exemplo, com Édipo, acolhido em Atenas por Teseu.

(176) Epíteto de Marte/Ares, o deus da guerra. É a um acto de violência de Ares que se liga, segundo a lenda, o nome do Areópago, a colina onde, em Atenas, se reunia o tribunal encarregado de julgar os crimes de ordem religiosa. Junto da colina havia uma fonte. Foi aí que um dia Ares surpreendeu Halirrótio, filho de Posídon e da ninfa Êurite, a tentar violar Alcipe, a filha que ele tivera de Aglauro. Encolerizado, Ares matou Halirrótio. Mas Posídon fê-lo comparecer perante um tribunal composto por Olímpicos, no cimo da mesma colina junto da qual se dera o crime, e os deuses absolveram o homicida.

HÉRCULES NO ETA

PERSONAGENS

HÉRCULES, filho de Júpiter e Alcmena, uma mortal
ÍOLE, princesa da Ecália, cativa de Hércules
AMA de Dejanira
DEJANIRA, mulher de Hércules
HILO, filho de Hércules e Dejanira
ALCMENA, mãe de Hércules
FILOCTETES, um dos companheiros de Hércules
LICAS, mensageiro de Hércules (figura muda)
CORO de cativas ecálias, companheiras de Íole
CORO de mulheres etólias, companheiras de Dejanira

CENA

Acto Primeiro: junto à cidade saqueada de Ecália, na Tessália; demais Actos: diante do palácio de Hércules em Tráquin, perto do Monte Eta

ACTO PRIMEIRO

HÉRCULES

Pai dos deuses, cuja mão despede o raio
que sentem ambas as moradas de Febo([1]),
reina em segurança: eu trouxe-te a paz,
onde quer que Nereu([2]) impeça as terras de se estenderem.
Não é preciso trovejar; jazem por terra os pérfidos reis,
os cruéis tiranos. Destruí tudo quanto
por ti devia ter sido fulminado. Mas ainda me é negado o céu, pai,
a mim? Provei certamente que sou digno de Jove,
por toda a parte, e que tu és o meu pai, atestou-o
a minha madrasta.([3]) Porque, então, entrelaças demoras?
Acaso sou temido? Acaso, colocado sobre os seus ombros,
não poderá Atlas sustentar, além da abóbada celeste, Hércules?([4])

([1]) Isto é, o oriente e o ocidente (e tudo o que está entre os dois). Febo Apolo, o deus-Sol.

([2]) O Velho do Mar. Casou com Dóris e com ela gerou as Nereides. Aqui, metonímia para «mar».

([3]) Isto é, atestado pela perseguição de Juno ao filho adulterino do seu marido. Cf. *Hércules Enlouquecido* 36.

([4]) O Gigante por Júpiter condenado a suportar sobre os seus ombros o peso do céu, por ter participado na Gigantomaquia, a guerra que opôs os Gigantes aos deuses olímpicos.

Porque me negas, pai, os astros? A morte certamente
a ti me restituiu[5], capitulou todo o mal
que a terra, o mar, o ar, os Infernos geraram:
pelas cidades argivas[6] não vagueia nenhum leão[7],
a Estinfálide foi atingida[8], não há de Ménalo nenhuma fera[9];
a serpente aniquilada salpicou o áureo bosque[10],
e a Hidra depôs a peçonha[11], e no Hebro dilacerei

---

[5] Recorde-se que Hércules voltou dos Infernos, onde fora buscar o cão Cérbero, para a terra e para a visão dos céus. Cf. *Hércules Enlouquecido*.

[6] Próprio ou natural de Argos. O termo designa, por extensão, os Gregos/a Grécia.

[7] O leão de Némea, abatido por Hércules, inicia um catálogo dos trabalhos impostos por Euristeu ao herói. Euristeu recebera das mãos dos deuses o poder e reinava sobre Tirinte, Micenas e Mídea, na Argólida. Tremia de medo diante do primo Héracles/Hércules e, como tal, ordenou-lhe doze trabalhos, os mesmos que lhe haviam de granjear a glória e a apoteose. O primeiro trabalho de Hércules foi, de resto, o leão aqui mencionado, monstro irmão da Esfinge de Tebas. Foi Juno quem o criou (ou então a deusa da Lua, Selene, que o teria emprestado a Juno) e o colocou na região de Némea, onde devorava os habitantes e os seus rebanhos. Depois de o ter abatido, Hércules esfolou o leão e revestiu-se com a sua pele.

[8] As Estinfálides eram pássaros que viviam numa espessa floresta nas margens do lago Estinfalo, na Arcádia, e que devoravam todos os frutos nos campos e não poupavam nenhuma colheita. Hércules recorreu a castanholas de bronze, para os fazer sair da floresta; depois, não teve qualquer dificuldade em abatê-los com as suas setas. Esse foi o seu quinto trabalho.

[9] Quarto trabalho imposto a Hércules por Euristeu: a captura duma corça de cornos dourados, dedicada a Diana, que vivia em Ménalo, um animal de porte gigantesco que devastava as colheitas.

[10] Alusão às maçãs de ouro das Hespérides, oferecidas pela Terra (Geia) a Juno, por ocasião do seu casamento com Júpiter. Juno achou-as tão belas que as mandou plantar no seu jardim, perto do Monte Atlas. Mas como as filhas de Atlas costumavam vir pilhar esse jardim, Juno colocou as maçãs e a árvore que as produzia sob a vigilância de um insone dragão imortal de cem cabeças, nascido de Tífon e Equidna, e de três ninfas da Tarde, as Hespérides. O décimo segundo, e último, trabalho de Hércules consistiu em roubar essas maçãs.

[11] A Hidra de Lerna, uma serpente com várias cabeças, que renasciam à medida em que iam sendo cortadas (matá-la foi o segundo trabalho de Hércules). Depois de abatida, Hércules embebeu as suas setas na peçonha do monstro.

os rebanhos conhecidos por engordarem com o sangue de
[forasteiros(12),
e arranquei os espólios à hostil termodôntia.(13)
Venci o regente da morte(14), e não só regressei,
mas também, trepidamente pela luz do dia, foi contemplado o
[negro Cérbero,
e este contemplou o Sol.(15) Nenhum Anteu(16) da Líbia
recupera a vida, tombou diante dos seus altares
Busíris(17), Gérion(18) foi arremessado por apenas uma das minhas
[mãos,

(12) Referência ao oitavo de trabalho de Hércules, as éguas de Diomedes, rei da Trácia (onde se localizava o rio Hebro), que alimentava os seus animais com carne humana. Hércules partiu sozinho para a Trácia e deu Diomedes a comer às suas próprias éguas; após isso, os animais deixaram-se conduzir docilmente.

(13) Referência a Hipólita, rainha das Amazonas (as «termodôntias», por habitarem junto ao rio Termodonte, na Capadócia), que usava um cinto que teria pertencido ao próprio Marte. O deus tê-lo-ia oferecido a Hipólita como símbolo do poder que ela detinha sobre o seu povo. A conquista desse cinto foi o nono trabalho de Hércules.

(14) Plutão, ou Hades, ou Dite, rei dos Infernos.

(15) Cérbero, cuja imagem era descrita como um ser com três cabeças de cão, cauda formada por uma serpente e, no dorso, uma multidão de cabeças de serpente levantadas. Também se afirmava que tinha cinquenta, ou, até, cem cabeças. O décimo primeiro trabalho que Hércules executou às ordens do seu primo Euristeu foi dirigir-se aos Infernos, reino de Plutão, e daí trazer o cão Cérbero, guarda desse reino.

(16) Gigante, filho de Posídon/Neptuno e de Geia/Terra. Habitava na Lídia e obrigava todos os viajantes a lutar com ele. Enquanto estivesse em contacto com a sua mãe, isto é, o solo, Anteu era invulnerável. Mas Hércules, quando passou pela Lídia em busca das maçãs de ouro, lutou com ele e sufocou-o, soerguendo-o sobre os ombros.

(17) Rei do Egipto, famoso por fazer sacrifícios humanos (um forasteiro por ano) a Júpiter; foi morto por Hércules, depois de o ter tentado imolar.

(18) Décimo trabalho de Hércules, a captura, e deslocamento para a Grécia, do gado de Gérion, gigante de três cabeças e cujo corpo era triplo até às ancas (daí a ênfase em «com uma única mão»). Habitava a ilha de Eriteia, situada nas brumas do Ocidente.

bem como o hórrido touro, de cem povos o pavor.([19])
Tudo quanto gerou a infesta terra pereceu
e foi espalhado pela minha destra: aos deuses não foi permitido
irarem-se.([20]) Se me nega novas feras o mundo,
se me nega a sua ira a minha madrasta, devolve ao menos o pai ao filho,
ou os astros ao herói. E não peço que me mostres o caminho;
permite-me apenas, pai: hei-de encontrar uma via.
Ou se temes que a terra conceba novas feras,
apresse-se o mal, qualquer que seja, enquanto a terra detém
e contempla Hércules: com efeito, quem há-de atacar os males
ou quem, pelas cidades argólicas, de novo será
digno do ódio de Juno? Tornei indefectíveis
as minhas glórias, nenhuma terra se cala a meu respeito:
sentiram-me as geladas tribos da Ursa cita([21])
e o Indiano, de Febo súbdito([22]), e, súbdito do Caranguejo([23]), o Líbio.
A ti, luminoso Titã([24]), tomo por testemunha: encontrei-me contigo
onde quer que brilhes, mas a tua luz não pôde acompanhar
os meus triunfos, do Sol ultrapassei a órbita
e a luz do dia deteve-se aquém das minhas metas([25]).
A natureza rendeu-se, a terra falhou a minha passada:
fatigou-se primeiro. A noite e o longínquo caos

([19]) Menciona-se aqui o sétimo trabalho de Hércules, o touro que Hércules capturou perto de Dicte, montanha em Creta (famosa pelas suas cem cidades).

([20]) Isto é, não pegaram em armas para combater esses novos monstros, ao contrário do que fizeram, por exemplo, com os Gigantes.

([21]) A constelação da Ursa Maior, situada muito próximo do pólo norte celeste, daí a referência aos Citas, conjuntos de tribos nómadas do Norte da Europa e Ásia.

([22]) Os Indianos habitam o Oriente, daí serem «súbditos» de Febo Apolo, o deus-Sol.

([23]) O Sol entra na constelação do Caranguejo no Verão, daí a associação ao calor e, aqui, à Líbia.

([24]) O nome «Titã» é não raras vezes utilizado, na poesia romana e nas tragédias de Séneca, para referir Febo Apolo, o deus-Sol, em virtude de ser filho de Hiperíon, um dos Titãs, primeva geração de deuses, destronada por Júpiter e substituída pelos deuses do Olimpo.

([25]) Alusão aos marcos cónicos que assinalavam cada um dos lados do termo de uma pista de corridas.

correram ao meu encontro: daí, donde ninguém regressa,
voltei a este mundo.[26] Suportei do Oceano as ameaças,
e jamais uma tempestade foi capaz de despedaçar um barco
sobre o qual eu tenha pesado. — Quão ínfimo é o valor de Perseu
[comparado com o meu?[27]
O éter agora vazio não pode satisfazer
o ódio da tua mulher, e a terra teme gerar
feras para eu vencer e não inventa monstros.
Feras são-me negadas: e Hércules de um monstro o lugar
começa já a ocupar; quantos males não esmaguei,
quantos crimes, inerme? O que quer que de imane se me opôs,
sozinhas as minhas mãos o derrubaram. Nem enquanto jovem
as feras temi, nem enquanto recém-nascido.[28] Tudo quanto me
[foi ordenado é fácil,
nenhum dia indolente jamais para mim despontou.
Oh, quantos monstros dominei sem que nenhum
rei mo tenha determinado![29] A minha coragem instigou-me,
mais do que Juno. Mas de que adianta
ter tornado impávida a humanidade? Não têm paz os deuses:
completamente purgada, a terra vê no céu
tudo quanto temeu: transferiu Juno as feras.
O aniquilado Caranguejo[30] circula pela tórrida região
e é conhecido como a constelação da Líbia e nutre as colheitas.

---

[26] Referência aos Infernos, de onde Hércules regressou com o cão Cérbero aprisionado.

[27] Perseu, figura proverbial por ter percorrido grandes distâncias, e de forma célere, graças às suas sandálias aladas. Hércules queixa-se de que Perseu (também ele filho de Júpiter) tenha sido acolhido nos céus, apesar de inferior a si em façanhas (entre as quais se conta talvez a mais célebre, o ter decepado Medusa).

[28] Juno/Hera tentou matar Hércules/Héracles quando ele tinha apenas oito meses: introduziu duas enormes serpentes no quarto onde dormiam Hércules e o seu irmão, Íficles. Este pôs-se a chorar, mas Hércules segurou intrepidamente os monstros pela garganta, um em cada mão, e sufocou-os.

[29] Isto é, além dos trabalhos que lhe foram impostos por Euristeu. Cf. *Hércules Enlouquecido* 477–487.

[30] Juno mandara Cárcino, que vivia no pântano de Lerna e cujo nome em grego significa «caranguejo», para distrair Hércules enquanto ele combatia com a Hidra. Esse caranguejo mordeu-o no calcanhar, mas Hércules, furioso,

O Leão confia o ano fugaz a Astreia(31),
e ele próprio, meneando com o pescoço a férvida juba,
o Austro(32) húmido resseca e as nuvens arrebata.
Eis que invadiram já o céu todas as feras
e me antecederam: apesar de vitorioso, é a partir da terra
que contemplo os meus trabalhos, Juno concedeu as estrelas aos
[monstros
e às feras primeiro, de modo que o céu
se me tornasse temível — embora tenha semeado o firmamento
e, irada, torne o céu pior do que a terra,
e pior do que o Estige(33), será dado a Alcides(34) um lugar.
Se depois das feras, depois das guerras, depois do cão estígio(35)
não mereci ainda um lugar entre as estrelas, que o Peloro sículo
no litoral hespério(36) toque, um único território tudo assim será(37):
daí hei-de afugentar os mares; se ordenas que se unam,
misture as suas águas o Istmo(38), e unidos os mares,
sejam as naus áticas conduzidas por nova via.
Mude-se o mundo, por novos vales corra o Istro

esmagou-o. Juno, para recompensar Cárcino, levou-o para o céu, para o meio das constelações.

(31) Isto é, o Sol passa da constelação de Leão, em que se encontra a meio do Verão, para a de Astreia. Astreia abandonou a terra, e transformou-se na constelação «Virgem» (a leste da constelação de Leão), no termo da Idade do Ferro, quando os mortais degeneraram e a inclinação para o mal se espalhou pelo mundo.

(32) O Austro (ou Noto) é o vento sul.

(33) O Estige era um dos rios (ou um lago) do reino dos Infernos.

(34) Hércules, aqui designado pelo patronímico derivado do nome do seu avô, Alceu.

(35) Cérbero, o cão do Estige/Infernos.

(36) Relativo à Hespéria, aqui com o sentido da denominação que os Gregos davam à Península Itálica.

(37) Peloro, um promontório no nordeste da costa siciliana, actual Capo di Faro. Hércules sugere que se elimine o estreito de Messina, que separa a Sicília da Península Itálica. «Sículo», o mesmo que «siciliano».

(38) O Istmo de Corinto, que ligava o Peloponeso ao norte da Grécia, separando o Mar Egeu do Mar Jónio.

e aceite o Tánais novas vias.([39])
Dá-me, dá-me, Júpiter, ao menos, deuses para defender:
daquela parte que eu defender
poderás afastar o teu raio. Se o glacial pólo
ou a zona ardente me ordenas defender,
considera que nessa parte estão seguros os súperos.
Péan([40]) mereceu templos em Cirra e uma etérea morada
por ter matado uma serpente — oh, quantas Píton([41]) jazem
na Hidra! Baco e Perseu([42]) para junto dos deuses
já partiram. Mas quão ínfima região do mundo é
o Oriente subjugado, ou quão ínfima fera é a Górgona?
Que filho teu e da minha madrasta mereceu os astros
por méritos próprios? Reclamo o céu que sustentei nos meus [ombros.([43])
Mas tu, companheiro dos trabalhos de Hércules, Licas,
anuncia os meus triunfos: de Êurito([44]) o palácio vencido
e o seu reino arrasado.

(Aos servos)

E vós o rebanho conduzi mais depressa
para onde o litoral de Jove Ceneu([45]) ergue o seu templo
e contempla o mar da Eubeia, temido pelas suas marés.

([39]) Istro: nome dado pelos Gregos ao curso inferior do Danúbio; por vezes refere-se a todo o rio. Tánais: o actual rio Don, que corre para o actual Mar de Azov.

([40]) Epíteto ritual de Febo Apolo, «o deus que cura».

([41]) Febo matou a serpente Píton, com as suas setas, no sopé do Parnaso, não muito longe de Delfos, onde depois instituiu o seu templo. Cirra é o porto de Delfos.

([42]) Ambos filhos de Júpiter, à semelhança de Hércules. Baco percorreu grandes distâncias, tendo inclusive chegado à Índia (o Oriente). Perseu matou uma das Górgonas, Medusa, cujo olhar petrificava quem a encarasse.

([43]) Hércules aliviou, durante breve período, o Gigante Atlas do seu fardo de suportar sobre os ombros a abóbada celeste, punição que Júpiter/Zeus lhe infligira por ter participado na Gigantomaquia, a guerra que opôs os Gigantes aos deuses olímpicos.

([44]) Pai de Íole, cujo reino, a Ecália, Hércules saqueou para obter a sua filha.

([45]) Relativo a Ceneu, cidade da Eubeia.

CORO de Ecálias

Semelhante aos súperos é aquele cujos dias e fortuna
cessam juntos; é como a morte a vida,
quando lentamente arrastada entre gemidos.
Quem pôs sob os pés o destino rapace
e o barco do rio derradeiro([46])
não há-de entregar os pulsos aos grilhões como prisioneiro,
nem em séquito triunfal desfilar como nobre troféu([47]):
nunca é infeliz aquele para quem é fácil morrer.([48])
Se o trai em alto-mar o barco,
quando o Áfrico empurrou o Bóreas([49]),
ou o Euro o Zéfiro, dividindo o mar([50]),
ele não recolhe as lascas da sua nau esboroada,
para se agarrar à esperança de encontrar o litoral em alto-mar:
aquele que puder devolver a vida sem demora,
só esse, não poderá ser vítima de naufrágio.
A nós torpe magreza e lágrimas nos dominam
e os cabelos sórdidos com as cinzas pátrias.
A nós não nos cobriu a chama rapace, nem o fragor.
Aos felizes segues, morte, dos desgraçados foges.
Permanecemos de pé, mas, oh, o território da nossa cidade às searas
e às florestas será entregue, e, destruídos, os templos
hão-de converter-se em sórdidas cabanas; já os enregelados Dólopes([51])
por aqui hão-de conduzir os rebanhos por onde jaz, tépida,
a sepultada cinza, que é tudo o que resta da arrasada Ecália.
Nessa célebre cidade, um pastor tessálico([52]),

([46]) O «rio derradeiro» é o Estige, em rigor um dos rios (ou um lago) dos Infernos, pelo qual o barqueiro Caronte transportava as sombras dos mortos sepultados.

([47]) Alusão ao desfile dos vencidos, com grilhetas, nos triunfos romanos.

([48]) Isto é, nunca é infeliz aquele que superou o medo da morte, para os estóicos uma das mais nocivas paixões, pois impede uma fruição plena da vida.

([49]) Áfrico, vento de sudoeste. O Bóreas era o vento norte.

([50]) O Euro sopra do oriente; o Zéfiro é o vento que sopra do ocidente.

([51]) Tribo que vivia junto ao gélido Monte Pindo (cf. v. 493), em contraste com a tepidez das cinzas.

([52]) Ecália era uma cidade da Tessália.

tocando músicas com a sua agreste flauta,
há-de cantar o nosso tempo com uma melodia triste;
e, quando um deus poucos séculos tiver reunido,
há-de perguntar-se onde era a nossa pátria.
Feliz, habitei não estéreis lugares
e não improdutivos campos do solo tessálico:
agora para Tráquin([53]) sou chamada, para os seus rochedos inertes
e as suas tórridas encostas cobertas de espinhosos arbustos:
pasto dificilmente agradável a montívagos rebanhos.
Mas se melhor sorte algumas das escravas chama,
ou o Ínaco([54]) veloz as há-de levar,
ou hão-de habitar as muralhas de Dirce([55]), por onde corre
o Ismeno([56]) lânguido em fino curso —
não foi aí que certa vez se casou a mãe do túmido Hércules? 142
Falsa é a fábula das noites geminadas, 147
quando o éter reteve as estrelas para lá do seu tempo
e Lúcifer cedeu a sua vicissitude a Héspero([57]),
e Délia([58]), mais lenta, travou o Sol([59]):
que rochedos da Cítia, que pedra te gerou? 143
Acaso foi o Ródope([60]) quem te gerou como a um feroz Titã,

([53]) Outra cidade da Tessália, localizada junto ao Monte Eta.

([54]) Rio em Argos.

([55]) Dirce era a tia-avó de Anfíon e Zeto, que muralharam Tebas. Uma fonte/rio em Tebas recebeu o seu nome.

([56]) Rio em Tebas.

([57]) A estrela da manhã, Lúcifer, era frequentemente considerada idêntica à estrela da noite, Héspero. Cf. *Fedra* 749–752 e *Agamémnon* 819–821.

([58]) Diana, nascida na ilha de Delos (tal como o seu irmão, Febo Apolo).

([59]) Júpiter fez prolongar a duração da noite em que, metamorfoseado em Anfitrião, se uniu a Alcmena, e Hércules foi concebido. O Coro de Ecálias rejeita esta história.

([60]) Montanha na Trácia que tomou o nome da figura mitológica homónima, filha do deus-rio Estrímon, e esposa de Hemo. Ródope e o marido tiveram a ousadia de fazer com que lhes fosse prestado culto e tomaram, respectivamente, os nomes de Zeus/Júpiter e Hera/Juno. Como castigo desse sacrilégio, foram transformados em montanhas. Hemo e Ródope são, pois, símbolos de húbris (tal como Hércules).

145 ou foi o íngreme Atos([61]), ou que malhada fera cáspia([62])
146 te ofereceu os seus úberes?
151 A nenhuns ferimentos são permeáveis os seus membros:
o ferro ele sente indolente, muito fraco é o aço;
no seu corpo, mesmo desarmado, quebra-se a espada,
e a pedra faz ricochete, e o destino ele despreza,
150 e a morte, com o seu peito indómito, desafia.
Não o podem varar as lanças,
nem o arco retesado com setas cíticas,
nem os dardos que carrega o Sármata([63]) frígido,
ou aquele que, colocado sob a região soalheira,
160 contra o vizinho Nabateu([64]) os seus ataques dirige,
o Parto, nos golpes mais certeiro do que os Cretenses.([65])
As muralhas de Ecália com o seu corpo derrubou;
nada o consegue deter; tudo o que decide vencer
é como se já estivesse vencido — quão poucos tombaram por
[ferimentos por ele infligidos?
165 Semelhante à morte, a sua fisionomia pôde ser mais hostil,
e é o suficiente ter visto de Hércules as ameaças.
Que corpulento Briareu([66]), que túmido Gias([67]),

([61]) Elevado monte na Macedónia.

([62]) Eventual referência a uma tigresa que habitasse junto ao Mar Cáspio, perto do Cáucaso.

([63]) Povo nómada, que habitava uma vasta zona entre o rio Vístula e o Mar Cáspio.

([64]) Os Nabateus eram um povo da Arábia.

([65]) Os Partos, que detinham um império na Ásia Menor, eram célebres por combaterem com arco e setas, a cavalo; fingindo fugir, dispersavam os inimigos, que depois atingiam, disparando sobre eles, virados para trás em cima das montadas. Os Cretenses também eram conhecidos por ser exímios arqueiros.

([66]) Entre os Gigantes de Cem Mãos (os Hecatonquiros), havia um a quem os deuses chamavam Briareu, e os homens, Egéon. Ele participou, com os seus irmãos, na Titanomaquia, ajudando os Olímpicos a derrotar os Titãs. Tendo estes sido solidamente encarcerados no Tártaro, Briareu continuou a ser leal, e útil, aos Olímpicos, guardando os Titãs na sua prisão subterrânea.

([67]) Gias é outro dos Hecatonquiros, concebidos pela Terra na sua união com o Céu. Era irmão de Briareu e de Ceto. Como este último, participou na luta dos Gigantes contra os Olímpicos (a Gigantomaquia) e foi encarcerado no

quando, sobre empilhadas montanhas na Tessália, se postou
para no céu fazer penetrar as suas mãos de serpente,
tal fisionomia mostrou? Grandes recompensas
de grandes desgraças despontam, não resta nenhum outro mal:
para nosso infortúnio, irado vimos Hércules.

ÍOLE

Já eu, infeliz, não lamento os templos arruinados
juntamente com os seus deuses, nem as casas destruídas,
não lamento que, aos filhos misturados, tenham ardido os pais,
ou, aos homens misturados, os deuses, ou os templos com os seus
[sepulcros:
não lamento nenhum mal que seja comum a todos.
Para outra direcção, a fortuna chama
as minhas lágrimas, e que chore outras ruínas
o meu destino me manda.
Qual primeiro hei-de lamentar? Qual por último hei-de gemer?
Agrada ao mesmo tempo todas chorar,
nem me concedeu seios suficientes a Terra,
para que os golpes soem dignos do meu destino.(68)
A mim, ou num lamentoso rochedo do Sípilo
metamorfoseai-me(69), súperos,

Tártaro, onde era vigiado pelo próprio irmão, Briareu. Tinha braços e pernas com a forma de serpentes. Os Gigantes eram os monstros que a Terra (Geia) concebera para vingar os Titãs, que Júpiter tinha encarcerado no Tártaro, a região mais profunda do mundo, situada sob os próprios Infernos, reservada à punição dos grandes criminosos. Durante a Gigantomaquia, os Gigantes tentaram escalar o Olimpo, empilhando montanhas (nomeadamente os Montes Pélion e Ossa, ambos na Tessália), e derrubar os deuses, mas foram vencidos por estes.

(68) Desferir golpes no corpo, sobretudo nos seios, era uma das mais expressivas manifestações do luto das mulheres.

(69) Referência a Níobe, filha de Tântalo e mulher de Anfíon, a qual se jactava de ter uma prole mais numerosa do que a de Leto/Latona: tinha sete filhos e sete filhas, ao passo que a deusa tinha apenas dois. Ultrajada, Leto/Latona pediu aos seus próprios filhos, Febo Apolo e Diana, que a vingassem. Eles mataram, então, todos os filhos de Níobe, à excepção de dois, um rapaz e uma rapariga. Tendo

ou depositai-me nas margens do Erídano,
onde lúgubre ressoa a floresta
das irmãs de Faetonte[70];
ou acrescentai-me aos sículos rochedos,
onde gema o meu destino, como uma Sereia tessálica[71],
ou transportai-me para as florestas edonas,
qual ave de Dáulis
que costuma chorar o filho sob as sombras do Ísmaro[72]:
dai-me uma aparência conforme às minhas lágrimas
e ressoe com os meus males a áspera Tráquin.
A cipriota Mirra[73] as suas lágrimas conserva,

---

chorado copiosamente, Níobe acabaria por ser metamorfoseada numa fonte, no Monte Sípilo (na Lídia).

[70] Faetonte pediu ao seu pai, o Sol, que o deixasse conduzir o seu carro, pedido a que o Sol anuiu, mas não sem deixar de lhe fazer muitas recomendações. Faetonte partiu e começou a seguir o caminho traçado no firmamento. Mas a altitude assustou-o. Desceu demasiado baixo e quase queimou a Terra, subiu demasiado alto e os astros queixaram-se a Júpiter, que, para evitar uma conflagração, fulminou Faetonte, fazendo-o cair no rio Erídano (identificado com o Pó, em Itália). As suas irmãs, as Helíades, recolheram o seu corpo e de tal modo o choraram, nas margens do rio, que foram metamorfoseadas em choupos, e as suas lágrimas deram origem a gotas de âmbar.

[71] Julgava-se que as Sereias habitavam o litoral «sículo», isto é, da Sicília.

[72] Tereu era casado com Procne, de quem tinha um filho, Ítis. Tendo-se apaixonado pela cunhada, Filomela, violou-a e cortou-lhe a língua, para que ela não pudesse revelar o sucedido. Filomela, contudo, ao desenhar o crime num bordado, conseguiu informar a irmã do que se passara. Para se vingar do marido, Procne matou o filho de ambos, Ítis, cozeu-o e serviu-o a Tereu. Quando este se apercebeu do que tinha acontecido, perseguiu as duas irmãs, para as matar. Tendo fugido, Procne e Filomela chegaram à Fócida, mais especificamente à cidade de Dáulis, onde pediram ajuda aos deuses, que as transformaram em pássaros (Procne em andorinha, Filomela em rouxinol; já Tereu foi transformado em poupa — cf. *Agamémnon* 670–677; e Ovídio, *Metamorfoses* 6.426–674). A Edónia era uma região, e o Ísmaro uma montanha, da Trácia.

[73] Inicia-se aqui um breve catálogo de quatro mulheres sofredoras que sofreram metamorfoses. A primeira é Mirra, ou Esmirna, que, depois de ter consumado uma paixão incestuosa pelo próprio pai, foi metamorfoseada na planta da mirra (as suas lágrimas seriam a resina).

a esposa de Céix geme a perda do marido([74]),
a Tantálida([75]) tornou-se a que sobrevive a si mesma;
fugiu do seu próprio vulto Filomela([76]),
e lamenta a perda do seu filho a enlutada ateniense([77]):
porque os meus braços não se revestem já
de penas de aves?
Feliz, feliz, quando a floresta
se tornar a minha casa
e, como pássaro sentado em campo pátrio,
anunciar com lastimoso murmúrio a minha desventura
e a fama falar de uma Íole pássaro.
Vi, vi, o miserando
destino do meu pai,
quando, pela letífera clava atingido,
jazeu despedaçado por todo o palácio:
oh, se o destino um túmulo te tivesse reservado,
quantas vezes, pai, terias de ser procurado!
Como pude eu presenciar o teu assassínio,
as tuas tenras faces ainda imberbes
e com sangue ainda não valoroso, Toxeu([78])?
Para quê os vossos destinos lamentar, família,
os quais em segurança uma morte favorável colocou?
A minha sorte é que me insta lágrimas:
já, já, como cativa, de uma senhora as rocas
e os fusos hei-de fiar.
Oh, cruel beleza e graciosidade, que a morte
me haveis de trazer,
por vós somente toda a nossa casa ruiu,
desde que o meu pai me negou a Alcides
e de Hércules ser sogro temeu.
Mas já a casa da minha senhora deve ser procurada.

([74]) Alcíone e o marido, Céix, comparavam-se a Juno e Júpiter, respectivamente. Pela insolência, foram transformados, ela em alcíone, ele em mergulhão.

([75]) O patronímico, «filha de Tântalo», refere-se a Níobe. Cf. vv. 185–186.

([76]) Cf. vv. 191–193.

([77]) Alusão a Procne (quer ela, quer a irmã, Filomela, eram atenienses).

([78]) Um dos irmãos de Íole.

CORO de Ecálias

Porque o ilustre reino do teu pai
e a tua família recordas, insana?
Fuja do teu rosto a felicidade anterior.
Feliz aquele que pode a condição de escravo,
ou a condição de rei, suportar,
e que a sua fisionomia pode ir ajustando.
Arrebata força e peso ao mal
aquele que a queda sofre com ânimo impassível.

ACTO SEGUNDO

AMA

Oh, quão cruenta loucura instiga as mulheres,
quando está aberta para a concubina e para a esposa uma única
[casa!
Cila e Caríbdis([79]) revolvendo os sículos mares
são menos temíveis, qualquer outra fera é melhor.
Com efeito, desde que reluziu da cativa concubina a beleza
e resplandeceu Íole, qual dia sem nuvens
ou qual astro luminoso que nas noites limpas cintila,
ficou louca e com olhar torvo
a mulher de Hércules; ela faz lembrar uma tigresa que, tendo
[acabado de parir,
e escondida sob um rochedo da Arménia, salta à vista do inimigo,
ou uma Ménade([80]), que ordenada a brandir o tirso, e portando
Lieu([81]) dentro dela, incerta sobre por onde dirigir os seus passos,
hesita por um momento; então, por todo o palácio de Hércules,

([79]) Cila e Caríbdis, que flanqueavam o estreito de Messina, no mar da Sicília (daí o adjectivo «sículos», «sicilianos»), eram dois monstros marinhos que atacavam os navegantes e destruíam as naus. Cf. *Odisseia* 12, *passim*.

([80]) As Ménades (ou Bacantes) eram as seguidoras de Baco.

([81]) Lieu é um epíteto de Baco. A palavra Lieu, do grego *luô*, significa «que desata ou solta», descrevendo, assim, o efeito libertador do vinho.

enlouquecida, se apressa, quase não é suficiente o edifício:
corre, vagueia, pára, ao rosto toda a sua dor
lhe acorreu, no fundo do seu peito quase
nada foi deixado; o choro sucede às ameaças.
Nenhuma atitude persiste, nem se enfurece
satisfeita com uma única expressão: agora inflamam-se-lhe as faces,
a palidez repele o rubor, e a sua dor flutua
sob todas as formas possíveis; chora, implora, geme.
Acabam de ressoar as portas, eis que, com passo ligeiro
e palavras confusas, emergem os segredos do seu espírito.

DEJANIRA

Qualquer que seja a parte da etérea morada que ocupas,
mulher do Tonante, manda ao encontro de Alcides uma fera
que me satisfaça. Se, maior do que todo um pântano,
alguma serpente levanta a sua fecunda cabeça,
ignara do que é ser vencida([82]), se há algo que supere as feras,
algo de monstruoso, ominoso, horrível, ante cuja visão Hércules
desvie o olhar, que do seu antro imenso saia esse monstro.
Ou se as feras me são negadas, a minha vida, peço-te,
transforma em alguma coisa — posso em qualquer monstro,
neste meu estado de espírito, metamorfosear-me. Concede-me
[uma forma
correspondente à minha dor: não contém o meu peito as ameaças.
Porque esquadrinhas os remotos confins da terra
e o mundo vasculhas? Porque pedes a Dite([83]) males?
No meu peito hás-de encontrar todas as feras
que ele tema; aceita esta arma para o teu ódio:
eu sou uma madrasta capaz de arruinar Alcides([84]):

([82]) Isto é, uma serpente ainda mais nociva e mortífera do que a Hidra de Lerna.

([83]) Dite, ou Hades, ou Plutão, rei dos Infernos.

([84]) Isto é, em contraste com a própria Juno. Dejanira era madrasta de Lamo, um filho bastardo de Hércules (e Ônfale) (cf. Ovídio, *Heróides* 9.54).

conduz as minhas mãos para onde quiseres; porque tardas, deusa?
Serve-te desta enlouquecida! Ordenas que se cometa que atrocidade?
Pari.([85]) Porque hesitas? Deixa-te estar por enquanto,
esta minha ira é suficiente.

AMA

Do teu peito pouco são,
filha, os gemidos reprime e as chamas domina;
refreia a tua dor. Mostra-te como a mulher de Hércules.

DEJANIRA

Íole, a cativa, há-de dar irmãos
aos meus filhos e, de escrava, tornar-se nora de Júpiter?
Acaso o fogo e a água o mesmo curso hão-de seguir
e, ensopando-se, do cerúleo mar a Ursa beber?([86])
Não me vou sem vingança: embora tenhas sustentado o céu
e o mundo inteiro te deva a paz,
existe algo pior do que a Hidra: o ressentimento de uma mulher irada.
Que fogo do ardente Etna se enfurece tanto
em direcção ao céu? Tudo o que foi vencido por ti, há-de vencê-lo
este meu estado de espírito — há-de uma cativa usurpar o meu
[tálamo?
Até agora temia os monstros, mas já não resta nenhum mal:
foram-se as desgraças, em lugar das feras vem
a odiosa concubina. Oh, supremo senhor dos deuses
e brilhante Titã([87]), fui a mulher de Hércules,
mas apenas quando estava em perigo; os votos que aos súperos
[dirigi

([85]) Isto é, enquanto mãe, Dejanira, mais madura, sente-se capaz de qualquer coisa (Medeia afirma, mais ou menos, a mesma coisa no verso 50 da peça homónima).

([86]) A constelação da Ursa Maior («Arcto») é sempre vista acima do horizonte no hemisfério norte, de onde a imagem de ser enxuta e de não beber no mar.

([87]) Febo Apolo, o deus-Sol.

tiveram êxito, mas para bem da cativa; fui ditosa em benefício da [concubina:
em favor dela, ó súperos, ouvistes as minhas preces,
incólume, para junto dela regresse Hércules — ó minha dor,
não satisfeita por nenhuma vingança, procura suplícios hórridos,
impensáveis, infandos, ensina a Juno
do que é capaz o ódio: não sabe ela irar-se o bastante.
Por mim fazias a guerra, por mim
o Aqueloo tingiu as suas vagantes águas com o seu próprio [sangue,
quando em ágil serpente se transformou e, depois, preterindo a [serpente,
deu às suas ameaças a forma de um truculento touro,
e num único inimigo venceste mil feras.(88)
Já te desagrado, uma cativa é preferida a mim —
não há-de ser preferida: o dia que há-de ser o último
do nosso casamento, esse será também o último da tua vida.
Que é isto? O meu espírito recua e depõe as ameaças;
já dá tréguas a minha ira — porque enfraqueces, dor desditosa?
Perdes a loucura, de novo me entregas a fidelidade
de uma mulher calada. Porque impedes as chamas de se alimentarem?
Porque apagas o fogo? Conserva em mim este ímpeto,
lado a lado avancemos — fazer votos não será preciso:
há-de estar presente uma madrasta para as nossas mãos guiar,
sem ser invocada.

---

(88) Aqueloo era o nome de um rio da Etólia, o maior da Grécia, e do deus desse rio. Enquanto deus-rio, tinha o dom da metamorfose, o que aterrou Dejanira, que Aqueloo quis desposar, tendo pedido a sua mão ao seu pai, Eneu. Quando Hércules se apresentou na corte de Eneu e mostrou vontade de casar com Dejanira, esta prontamente aceitou o pedido. Todavia, Aqueloo não se resignou facilmente, e teve lugar um combate entre os dois pretendentes. Aqueloo usou de todos os seus poderes, transformando-se, entre outras formas, em serpente e em touro; Hércules recorreu a toda a sua força e derrotou Aqueloo, o que lhe deu o direito a casar com Dejanira.

AMA

Que crime preparas, insensata?
Hás-de matar o teu marido, cuja glória o Ocidente
e o Oriente conheceram, e cuja fama,
elevada até ao céu, domina as terras em baixo?
Já toda a terra se há-de insurgir contra este palácio
e, primeiro, a casa do teu pai e toda a raça
dos Etólios(89) há-de ser arrasada, em seguida pedras e fachos
contra ti serão atirados; toda a terra há-de defender
o seu herói: a quantos castigos será submetida uma única mulher!
Mas crê que podes fugir da terra e do género
humano — o pai de Alcides detém o raio:
já, já ameaçadores relâmpagos a cruzarem o céu
contempla, e o firmamento que troveja quando o raio é despedido;
também a própria morte, que talvez julgues segura, deves temer:
reina aí o tio(90) do teu Alcides.
Para onde quer que vás, desgraçada, hás-de encontrar
deuses seus parentes.

DEJANIRA

É o maior crime que se pode cometer,
e eu mesma o reconheço, mas que seja cometido a minha dor o ordena.

AMA

Vais morrer.

DEJANIRA

Morrerei, seguramente, mas como mulher do glorioso
Hércules, e, dissipadas as noites, nenhum dia
como viúva me há-de marcar, nenhuma concubina cativa

(89) Eneu, o pai de Dejanira, era rei de Cálidon, na Etólia.
(90) Dite/Hades/Plutão, rei dos Infernos, irmão de Júpiter.

o meu tálamo há-de usurpar. Mais depressa no Ocidente
o dia há-de nascer, mais depressa o pólo glacial há-de tingir os [Indianos
ou Febo tingir os Citas com o seu tépido carro,
do que me vejam abandonada as jovens noivas da Tessália.
Hei-de extinguir, com o meu sangue, os fachos nupciais.
Ou pereça ele, ou me mate; às esmagadas feras
também a sua mulher acrescente; entre os trabalhos de Hércules
também a mim seja possível contar: de Alcides o leito nupcial
eu, moribunda, certamente abraçarei com o meu corpo.
Ir, ir para as sombras, como mulher de Hércules, agrada-me,
mas não sem vingança: se algo do meu Hércules
concebeu Íole, com as minhas mãos o hei-de arrancar,
mas antes atacarei essa concubina, entre os seus fachos nupciais.
Hostil, sacrifique-me ele como vítima no seu dia de núpcias,
contanto que eu tombe sobre a falecida Íole:
feliz morre aquele que esmaga os que odeia.

AMA

Porque tu mesma alimentas as chamas e deliberadamente instigas
uma dor imensa? Infeliz, porque temes em vão?
Amou ele Íole: seguramente, enquanto estava vivo o pai dela,
e era a filha de um rei que ele desejava — mas para o estatuto de [escrava
caiu a princesa: perdeu a sua força o amor
e, dela, muito arrancou a desditosa situação.
O ilícito é desejado, esmorece tudo o que é lícito.

DEJANIRA

A desgraça de Íole mais lhe inflama o amor:
Hércules ama nela, justamente, o que lhe falta do pátrio lar,
o facto de os cabelos penderem livres de ouro e pedras preciosas;
talvez ame, compassivo, os seus próprios infortúnios;
habitual é isto em Hércules: amar cativas.

AMA

Foi-lhe querida a irmã do dardânio Príamo([91]), com efeito,
mas foi rejeitada depois de escrava; acrescenta quantas esposas,
quantas virgens ele amou antes: vagueou, inconstante.
Em verdade, a virgem arcádia, Auge([92]), que entrelaçava danças em
[honra de Palas,
caiu no esquecimento depois de violentamente estuprada,
e não retém do amor de Hércules nenhum vestígio.
Porque hei-de evocar outras? Em verdade, as Tespíades falam por si
e por elas ardeu Alcides em fugidia chama.([93])
Hóspede de Tmolo, ele acarinhou a jovem lídia
e, de amor tomado, sentou-se junto dos seus ligeiros fusos,

([91]) Hesíone. Foi Laomedonte quem mandou construir as muralhas de Tróia a Febo Apolo e Posídon/Neptuno. Contudo, recusou-se a pagar aos deuses a quantia estabelecida, o que atraiu sobre o seu reino todo o tipo de calamidades, nomeadamente, um monstro marinho enviado por Neptuno, que devorava os habitantes da cidade. Consultado, o oráculo respondeu que, para aplacar a ira de Neptuno, seria necessário oferecer ao monstro, em sacrifício, a própria filha do rei. Hesíone foi então amarrada a um rochedo, e teria certamente sido devorada se, entretanto, Héracles/Hércules não tivesse chegado à Tróade. O herói ofereceu-se para matar o monstro, sob a condição de que o rei lhe desse, como recompensa, os seus cavalos. Laomedonte fingiu aceitar, mas, uma vez libertada a filha, recusou ceder o prémio acordado. Anos mais tarde, Hércules regressou à frente de um exército, tomou Tróia, com a ajuda de Télamon, e com as suas setas matou não só Laomedonte, mas também todos os seus filhos, à excepção de Príamo, que era então apenas uma criança. Como recompensa, Hércules concedeu a Télamon a mão de Hesíone, entretanto feita cativa. «Dardânio», o mesmo que «troiano». Dárdano, filho de Júpiter e de Electra, fora o fundador da linha real troiana.

([92]) Um oráculo avisara Áleo de que a sua filha, Auge, geraria um filho que havia de matar os tios (os Aleadas) e reinar no seu lugar. O rei consagrou, então, a sua filha à deusa Palas Atena/Minerva, e impediu-a de casar, sob pena de morte. Mas Hércules, ao passar por Tégea a caminho de Élis onde ia combater Augeu, foi acolhido por Áleo e aí, no seguimento de um banquete, em estado de embriaguez, violou Auge, ignorando ser ela filha do rei.

([93]) As cinquenta filhas de Téspio, que, desejando ter um herdeiro de Hércules, fez com que todas as suas filhas se unissem ao herói, em sete noites sucessivas (ou fingindo serem a mesma mulher, ou todas numa única noite). Nasceram cinquenta filhos de Hércules, a maioria dos quais se estabeleceu na Sardenha.

o delicado fio enrolando com aquela sua mão feroz.[94]
Em verdade, ele tirou do seu famoso pescoço os espólios da fera,
e prendeu o cabelo com uma mitra e, como um servo, permaneceu
[de pé,
com mirra sabeia domando a sua hirsuta cabeleira[95]:
por toda a parte ele se inflamou de amor, mas inflamou-se com uma
[chama volátil.

DEJANIRA

Assentar costumam os amantes, depois de errabundas paixões.

AMA

Acaso há-de preferir, a ti, uma escrava e filha de um inimigo?

DEJANIRA

Assim como jubilosa beleza se apodera das árvores primaveris,
quando na desnuda floresta as envolve a primeira tepidez,
mas quando o Bóreas expulsou o lânguido Noto,
e o Inverno cruel sacudiu todas as folhas,
vês, nos troncos desolados, a floresta disforme:
de igual modo a nossa beleza, ao percorrer o seu longo caminho,
perde sempre alguma coisa e brilha menos,
e sem a sedução de outrora subsiste: tudo o que, em mim,
foi outrora desejado acabou, e morreu desfazendo-se,
a velhice arrancou-mo com ligeiro passo

---

[94] Não o Monte Tmolo, na Lídia, mas aquele que fora marido de Ônfale. Para se purificar do assassínio de Ífito, o filho de Êurito, Hércules teve de se vender como escravo e servir alguém durante três anos. Foi comprado por Ônfale, a viúva rainha da Lídia. Aos autores antigos, agradou-lhes representar Hércules vestido à maneira lídia, com longos vestidos femininos, enquanto a rainha tomava os atributos dele: a pele do leão e a clava. Sentado aos pés de Ônfale (por quem, segundo algumas versões, se teria apaixonado), Hércules aprendia a fiar.

[95] Os Sabeus eram uma tribo da Arábia, onde se cultivava a mirra, cuja resina era associada à paixão amorosa.

e a maternidade arrebatou-me muito desse encanto.
Vês como a escrava não perde a sua grande beleza?
Foram-lhe removidos todos os adereços, e acompanha-a a imundície;
porém, resplandece, entre os próprios infortúnios, a sua beleza
e nada lhe arrebataram a adversidade e o pesado destino,
senão o reino. É este temor que inquieta o meu coração,
Ama, rouba-me o sono este pavor.
Eu era uma esposa preclara para todos os povos,
e desejava o meu casamento, com preces invejosas, toda a jovem mulher
que excessivamente suplicasse, a qualquer dos deuses,
pelo que quer que fosse: para as jovens mulheres argólicas
fui a medida das suas preces. Que sogro semelhante a Júpiter,
Ama, terei? Que marido me será dado
sob este céu? Ainda que aquele que manda em Alcides, Euristeu,
a si pelos fachos nupciais me unisse, isso menos havia de valer.
Não ter partilhado o leito com um rei coisa leve é:
do alto tomba aquela que fica privada de Hércules como marido.

AMA

Concilia quase sempre os ânimos dos maridos o ter filhos.

DEJANIRA

Neste caso, talvez o ter filhos acabe precisamente por arruinar o [casamento.

AMA

Por enquanto ela é trazida como escrava, um presente para ti.

DEJANIRA

Esse homem que vês percorrer em glória cidades,
e levando sobre as costas o vivo[96] espólio da fera,

[96] Passo susceptível de dupla interpretação: ao contrário de muitos espólios, este é «natural», isto é, não foi feito pela mão do homem; e/ou, a pele pareceria

que tronos dá aos infelizes e aos poderosos lhos arranca,
fazendo pesar na sua hórrida mão a ingente clava,
cujos triunfos os longínquos Seres(97) cantam,
bem assim qualquer outro povo que nos confins do mundo jaz,
esse homem é frívolo, e não o estimula o esplendor da glória.
Vagueia pelo mundo, não para se igualar a Júpiter,
nem para percorrer triunfante as cidades argólicas:
demanda quem amar, deseja o leito de virgens.
Se alguma lhe negam, ela é violada; contra os povos se enfurece,
procura noivas entre as ruínas, e esse vício imoderado
é chamado virtude. Tombou a ínclita Ecália
e um mesmo Sol e um mesmo dia viram-na
de pé e a desmoronar-se; o motivo da guerra foi o amor.
Tantas vezes um pai há-de temer, quantas vezes negar
a Hércules a sua filha; inimigo seu sempre se torna quem se [recusa
a ser seu sogro: se em genro não se tornar, ele ataca.
Depois de tudo isto, porque mantenho sem culpa as minhas mãos,
esperando que ele finja estar louco e, com a sua mão cruel,
retese o arco e a mim e ao seu filho aniquile?
Assim Alcides repudia as suas mulheres,
esses são os seus divórcios; nem pode ser tido como culpado:
ele fez com que a sua madrasta parecesse a toda terra
a causa dos seus crimes.(98) Porque entorpeces ociosa, loucura?
O crime deve ser antecipado: avança, enquanto te ferve a mão.

AMA

Vais matar este marido?

---

reter a vida, mesmo depois de abatido o leão (de Némea, um dos doze trabalhos de Hércules) e de a sua pele ser envergada por Hércules.

(97) Os Chineses, embora devesse ser muito imprecisa a sua localização.

(98) Recorde-se que, sob o efeito de um delírio infligido por Juno, Hércules matou Mégara e os filhos que com ela tivera, tema do *Hércules Enlouquecido*.

DEJANIRA

Certamente o da minha rival.

AMA

Mas de Júpiter nascido.

DEJANIRA

Seguramente, mas também de Alcmena gerado.

AMA

Porventura pelo ferro?

DEJANIRA

Pelo ferro.

AMA

Se não podes?

DEJANIRA

Hei-de matá-lo à traição.

AMA

Que loucura é essa?

DEJANIRA

Aquela mesma que o meu marido me ensina.

AMA

Esse homem a quem nem a madrasta pôde matar, hás-de tu matá-lo?

DEJANIRA

A ira celeste faz desgraçados aqueles que oprime:
a ira humana aniquila-os.

AMA

Refreia-te, infeliz, e teme.

DEJANIRA

Desprezou a todos aquele que desprezou primeiro a morte;
agrada ir ao encontro da espada.

AMA

Maior do que o crime
a tua dor é; deve a culpa um ódio proporcional exigir.
Porque fixas coisas cruéis para algo tão pequeno? Na medida em que [foste lesada, sofre.

DEJANIRA

Crês que uma concubina é, para uma mulher casada, um pequeno mal?
Tudo o que essa dor alimenta, demasiado pesado, isso, acredita!

AMA

Acaso o amor pelo famoso Alcides se evadiu de ti?

DEJANIRA

Não se evadiu, Ama; permanece e está arraigado,
profundamente preso à minha medula, acredita; mas um amor [irado
é uma grande dor.

AMA

Com artes mágicas quase sempre,
misturadas a preces, as mulheres prendem os seus casamentos.
Ordenei que florescesse a meio do Inverno um bosque
e, depois de despedido, um raio se detivesse; agitei o mar,
tendo cessado o vento, aplaquei o mar túrbido
e a terra ressequida abriu-se em novas nascentes.
Adquiriram movimento os rochedos, quebrei os portais
e as sombras de Dite, e, por ordem das minhas preces,
falam os manes[99], fez silêncio o infernal cão[100];
a meia-noite contemplou o Sol, e o dia contemplou a noite:
o mar, a terra, o céu e o Tártaro estão ao meu dispor,
e nada faz valer as suas leis perante os meus encantamentos:
havemos de vergá-lo, as palavras mágicas hão-de encontrar o caminho.

DEJANIRA

Em que ervas geradas pelo Ponto[101], ou que o Pindo[102]
nutre sob os rochedos tessálicos, hei-de encontrar um mal
que o faça ceder? Ainda que, com uma fórmula mágica,
à terra desça, dos astros abandonados, a Lua,
e o Inverno veja as colheitas e, interceptado por um encantamento,
o fugaz raio se detenha e, invertidas as vicissitudes,
de forçadas estrelas ferva o meio-dia:
nem mesmo isso o há-de vergar.

AMA

Venceu até os deuses o Amor.

---

[99] Os manes eram as almas deificadas dos antepassados já falecidos.

[100] Cérbero.

[101] Região junto ao Mar Negro.

[102] O Monte Pindo, na Tessália, célebre por plantas com propriedades mágicas.

DEJANIRA

Pois será vencido só por este homem, talvez, e despojos lhe há-de
[entregar,
e o Amor há-de tornar-se de Alcides o último trabalho.
Mas por todas as divindades do céu te suplico,
e por este temor: o que de secreto apresto,
bem fundo o sepultes e com fidelidade silente o escondas.

AMA

Que é isso que para manter em segredo me pedes?

DEJANIRA

Não são dardos, não são armas, não é o fogo ameaçador.

AMA

Reconheço que posso prestar uma fidelidade silente,
se carecer de crime: por vezes, crime é a fidelidade.

DEJANRIA

Olha em redor, vamos, para que ninguém roube os nossos
[segredos,
e por toda a parte siga o teu olhar perscrutador.

AMA

Sim, o lugar é seguro e de qualquer presença está livre.

DEJANIRA

Há num lugar afastado do palácio real
uma gruta silenciosa que guarda o meu segredo.
Não recebe os primeiros raios do Sol esse lugar,

não recebe os últimos, quando o Titã([103]), ao encerrar o dia,
no rúbido Oceano mergulha o lasso carro.
Ali se esconde o penhor do amor de Hércules.
Ama, vou confessar-to: desse sortilégio o autor é Nesso,
que a grávida Néfele gerou para o tessálico chefe([104]),
lá onde o gélido Pindo entre as estrelas implanta a cabeça,
e além das nuvens o elevado Ótris([105]) entorpece.
Em verdade, logo que, vencido pela clava do hórrido Hércules,
Aqueloo, hábil em diversas formas assumir,
por fim, depois de se disfarçar de todas as feras, se revelou
e curvou a cabeça, disforme pela perda de um corno,
então como mulher o vitorioso Alcides me recebeu,
e regressava a Argos.([106]) Por acaso, pelos campos vagueando
e dirigindo para o mar o seu profundo turbilhão de água,

([103]) Febo Apolo, o deus-Sol.

([104]) Nesso era um Centauro, filho, como todos os Centauros, de Ixíon (o «tessálico chefe») e Néfele. Participou na luta contra Folo e Hércules, e, expulso pelo herói, estabeleceu-se na margem do rio Eveno, onde era barqueiro. Foi lá que encontrou, pela segunda vez, Hércules, quando este, acompanhado de Dejanira, se apresentou para atravessar o rio. Hércules passou o rio a nado, mas confiou Dejanira a Nesso. Durante a travessia, Nesso tentou violá-la. Dejanira pediu socorro e Hércules varou-o com uma das suas setas embebidas no sangue da Hidra. Ao morrer, e para se vingar de Hércules, Nesso confiou a Dejanira um suposto segredo, assegurando-lhe que, se alguma vez o amor do marido lhe viesse a faltar, não teria mais do que embeber uma peça do vestuário no líquido que lhe deu (uma mistura do seu próprio sangue e do sémen que derramara durante a tentativa de violação), e fazer com que Hércules a vestisse. Afirmou-lhe que essa peça de vestuário agiria como filtro e devolveria a Hércules a fidelidade. Em verdade, o presente de Nesso era um violento veneno, que levará a que a túnica que Hércules há-de vestir se lhe cole ao corpo, provocando-lhe um atroz sofrimento que o fará imolar-se pelo fogo.

([105]) Montanha na Tessália.

([106]) Recorde-se que Aqueloo e Hércules disputaram a mão de Dejanira num combate (cf. vv. 299–303). Aqueloo, que tinha a capacidade de assumir variadas formas, a dada altura transformou-se num touro, ao qual Hércules arrancou um dos cornos. Foi nesse momento que Aqueloo se deu por vencido, se rendeu e cedeu a Hércules o direito desposar Dejanira, reclamando-lhe, porém, o seu corno. Em troca, deu-lhe como presente um corno da cabra Amalteia, a ama de Júpiter, que derramava profusamente flores e frutos.

o turbulento Eveno já quase tocava no cimo das suas margens.
Nesso, acostumado a atravessar a voragem pelos vaus,
um preço requereu; e, já sobre o dorso me carregando,
naquela parte em que termina a espinha do cavalo e se une à parte
[humana([107]),
vencia do túmido rio as próprias ameaças.
Já por completo das águas havia saído o feroz Nesso
e ainda se debatia Alcides no meio do rio,
a rapace voragem fendendo com os seus passos largos;
então aquele, quando viu que Alcides estava longe:
«Tu serás minha presa», disse, «e também serás minha mulher;
ele está retido pelas águas», e, levando-me agarrada,
o passo acelerava. Não detêm as águas Hércules:
«Traiçoeiro transportador», diz, «mesmo que, misturados,
o Ganges e o Istro corram com os seus leitos juntos,
hei-de vencê-los a ambos, e atingir com o meu dardo a tua fuga.»
Precedeu o seu arco as suas palavras; então, com o seu ferimento
de longo alcance, o dardo pôs termo à fuga
e a morte implantou. Nesso, já perdendo a luz do dia,
recolhe com a destra o pus pestilento que corria da ferida
e entrega-mo dentro de um casco seu,
que oportunamente arrancara e fendera com a sua mão cruel.
Em seguida, estas palavras, moribundo, acrescenta: «Com este
[sortilégio» — diz — «as feiticeiras me disseram que
o amor pode ser enlaçado;
isto a douta Mícale ensinou às tessálicas esposas,
a única que a Lua segue, entre todas as feiticeiras([108]),
abandonando os astros. Tu mesma hás-de oferecer», diz,
«as vestes untadas com este pus, se alguma concubina odiosa
o teu tálamo usurpar e o teu leviano marido
ao altíssono pai der outra nora.

([107]) Os Centauros eram metade cavalos, metade humanos.

([108]) Puxar do céu a Lua era um dos tópicos mais produtivos na descrição de práticas mágicas na literatura clássica, juntamente com práticas necromânticas, ou fazer parar/retroceder o curso dos rios. A Tessália era a região por excelência das feiticeiras.

Que nenhuma luz veja isto, apenas o cubram
trevas profundas: assim há-de manter a sua força
este sangue poderoso». As suas palavras arrebatou a quietude,
e um torpor levou a morte aos seus membros lassos.

(À Ama)

Tu, cuja fidelidade dá acesso aos meus segredos,
esforça-te por que, impregnado nas suas vestes brilhantes, o filtro
atinja a sua mente por meio do seu corpo, e, silencioso, no mais
[íntimo
da sua medula penetre.

AMA

O mais depressa possível as tuas ordens vou executar,
filha; quanto a ti, com preces o deus invencível([109]) convoca,
ele que certeiros dardos despede com a sua delicada mão.

(Sai a Ama)

DEJANIRA

A ti, a ti, suplico, a quem temem a terra e os súperos
e o mar e aquele que o raio do Etna lança([110]),
menino portador de dardos, motivo de temor para a própria mãe
[cruel:
lança um dardo ligeiro com a tua certeira mão, escolhido
não de entre as leves setas: de entre a categoria mais pesada, suplico,
puxa uma que as tuas mãos jamais
arremessaram contra alguém; não leve dardo é necessário,

([109]) Eros/Cupido, geralmente tido como filho de Hermes/Mercúrio e Afrodite/Vénus. Era representado sob a forma de uma criança, geralmente alada, que se comprazia em perturbar os corações, inflamando-os com a paixão amorosa.

([110]) Júpiter, cujos raios eram pelos Ciclopes forjados nas cavernas subterrâneas do vulcão do Etna.

para que amar possa Hércules. As tuas mãos hirtas
estende, e o teu arco, juntando as suas duas pontas, prepara.
Agora, agora, puxa a seta com que outrora, hórrido,
atingiste Júpiter, quando, tendo deposto o raio,
e com a fronte subitamente inchada, o deus o mar revolto
fendeu, na forma de um touro, carregando a jovem assíria([111]);
envia-lhe o amor, que ele ultrapasse todos os exemplos anteriores:
aprenda a amar as suas esposas.([112]) Se a beleza
de Íole acendeu no peito de Hércules quaisquer chamas,
extingue-as a todas, possa ele beber da minha beleza.
Tu, que muitas vezes domaste o fulminante Júpiter,
tu, que muitas vezes domaste aquele que porta o sombrio ceptro
[do caliginoso pólo,
guia da turba mais numerosa e senhor do Estige([113]),
tu, ó deus mais temível do que a madrasta irada([114]),
arrebata para ti este triunfo: sê o único a conquistar Hércules.

AMA

(Voltando)

Foi trazida a substância, bem como aquilo que, tecido na roca de
[Palas([115]),
deixou lassas as mãos de todas as servas.
Agora, derrame-se o filtro e que o manto de Hércules beba
a peçonha; com preces vou aumentar o sortilégio.

([111]) Júpiter, metamorfoseado em touro (daí que lhe tenham rompido cornos e «a fronte subitamente inchada»), raptou Europa (a «jovem assíria», aqui mais no sentido de «oriental», em rigor, «fenícia»), irmã de Cadmo, e levou-o para Creta, onde ela acabaria por dar à luz Minos; a Cadmo e aos demais irmãos foi imposto pelo pai, Agenor, que encontrassem a irmã, sob pena de exílio.

([112]) O plural sugere uma referência à própria Dejanira, bem assim a Mégara.

([113]) Plutão, rei dos Infernos.

([114]) Juno.

([115]) Palas Atena/Minerva. Como deusa da actividade inteligente, protegia as fiandeiras, as tecedeiras e as bordadeiras.

(A Ama e Dejanira impregnam de peçonha o manto.
Aproxima-se Licas)

Em momento oportuno surge o solícito Licas:
esconda-se a ominosa substância, para que não seja descoberto o
[nosso ardil.

DEJANIRA

Ó Licas, para os reis nome sempre fiel,
algo que as casas soberbas nunca possuem,
toma este manto, que as minhas mãos teceram, enquanto
vagueava pelo mundo Hércules e, dominado pelo vinho,
detinha no seu abraço feroz a jovem mulher lídia([116]),
e também enquanto desejava Íole. Mas talvez o seu hórrido coração
eu consiga subjugar servindo-o: os obséquios venceram os maus.
Ordena que o meu marido não envergue este manto
antes de, com incenso, as chamas alimentar e propiciar os deuses,
depois de ter cingido os espessos cabelos com o choupo branco.([117])
Quanto a mim, para o interior do palácio real os meus passos vou
[dirigir
e com preces a mãe do hórrido Amor cultuar.
Vós, que eu trouxe como companheiras do pátrio lar,
Calidónias([118]), lamentai esta deplorável sorte.

CORO de Etólias

Choramos, filha de Eneu, os teus infortúnios,
turma de companheiras ao longo dos teus primeiros anos,
choramos, miseranda, o teu dúbio leito.
Nós, nos vaus do Aqueloo habituadas

([116]) Ônfale. Cf. vv. 371–376.

([117]) Uma lenda de Olímpia contava que Hércules tinha trazido dos Infernos o choupo branco, cuja madeira era a única autorizada a ser utilizada nos sacrifícios oferecidos a Zeus/Júpiter de Olímpia.

([118]) Mulheres da cidade de Calidónia, na Etólia, perto do rio Eveno.

a brincar contigo, quando, no fim da Primavera,
ele amainava as já túmidas águas
e, ténue, serpenteava em passo regular;
e não fazia rolar uma impetuosa corrente
o fulvo Licormas([119]), ao romper da nascente;
nós, habituadas a percorrer contigo os altares de Palas
e a executar as danças das virgens,
nós, habituadas a juntamente contigo levar, escondidos
nos cestos cadmeus, os símbolos místicos de Baco,
quando a cada três anos o Verão expulsava
a estrela do Inverno e convocava o Sol([120]),
e, consagrada à deusa portadora das espigas,
rodeava os iniciados a ática Elêusis.([121])
Agora também, qualquer que seja o infortúnio que temes,
como fiéis companheiras do teu destino recebe-nos:
em verdade, rara é a fidelidade, assim que uma melhor
sorte começa a ruir.
Tu, quem quer que sejas, que o ceptro deténs,
ainda que todo o vulgo às cem portas
do teu palácio bata ao mesmo tempo:
ainda que avances rodeado de vasta multidão,
entre essa vasta multidão dificilmente hás-de encontrar uma única
[pessoa leal.
Guarda o teu dourado limiar uma Erínis([122]),
e quando se abrem as grandes portas
entram os ardis e os cautelosos dolos
e o ferro escondido; e sempre que te preparas para te mostrares

---

([119]) Outro nome do rio Eveno.

([120]) Alusão a um festival báquico, que se realizava de três em três anos em Tebas (cidade fundada por Cadmo, daí o adjectivo «cadmeus»), em que objectos rituais eram transportados em cestos.

([121]) A deusa cultuada nos Mistérios de Elêusis, perto de Atenas, na Ática, era Deméter/Ceres, a deusa maternal da terra cultivada.

([122]) As Euménides ou Erínias (cujo equivalente romano eram as Fúrias), forças primitivas, pertencentes ao grupo das mais antigas divindades do panteão helénico, que personificavam a vingança. Puniam, em especial, os crimes cometidos contra familiares. Os seus nomes eram Alecto, Tisífone e Megera.

diante do público, a Inveja é tua companheira:
quantas vezes à noite sucede Eos([123]),
tantas vezes um rei, acreditai, renasce.([124])
São poucos aqueles que os próprios reis, e não os seus tronos, [reverenciam:
a muitos instiga o fulgor da corte.
Deseja este, ao lado do rei,
percorrer ilustre todas as cidades:
(queima tal glória o seu mísero peito),
deseja este com riquezas saciar a fome,
porém, nem toda a região do gemífero Istro
o satisfaz,
nem toda a Lídia a sede lhe mata,
nem a terra súbdita ao Zéfiro,
a qual se deslumbra com o famoso Tago([125]),
que resplandece no seu caudal dourado,
nem se ficasse sob o seu domínio todo o Hebro,
e os campos de ambas as margens unisse o rico Hidaspes([126]),
e dentro do seu próprio território visse correr
com todo o seu caudal o Ganges:
para os ávidos, para os ávidos a natureza é pouco.
Venera este os reis, e dos reis os palácios,
não para que, com o arado sempre a fender a terra,
nunca tenha descanso o seu corcunda arador
ou sulquem os seus campos mil lavradores:
ele cobiça as riquezas só para as guardar de reserva.
Venera outro os reis, para a todos pisar,
a alguns perder e a ninguém ajudar:
apenas para fazer o mal ele deseja ser poderoso.
Quão poucos deles morrem no tempo destinado!
É raro ser-se, ao mesmo tempo, feliz e velho:

([123]) A personificação da Aurora.

([124]) O perigo de um rei ser assassinado era tal que cada novo dia representava uma dádiva, um renascimento.

([125]) O rio Tejo.

([126]) Rio na Índia, actual Jelum.

641 aqueles que Cíntia([127]) vê felizes,
642 vê-os míseros o despontante dia,
673 nem o pobre se julga afortunado,
674 a menos que os afortunados veja cair.
648 Oh, se se abrissem os corações dos ricos!
Quantos medos agita no seu âmago
650 uma soberba fortuna!
São mais serenas as ondas do Brútio([128]),
quando o Coro([129]) golpeia o mar.
652 O pobre carrega um coração tranquilo:
655 colhe acessíveis e triviais alimentos,
656 mas não tem de se preocupar com espadas desembainhadas.
653 Possui taças feitas da frondosa faia,
654 mas não as segura com trémula mão:
657 com as taças de ouro se mistura o sangue.
644 A relva, mais suave do que a púrpura de Tiro([130]),
645 costuma acalentar impávidos sonos.
Tecidos de ouro quebram a quietude,
647 e a púrpura arrasta consigo vigilantes noites.
658 A mulher casada com modesto marido
não usa, expostos num colar, os brilhantes dons
660 do mar avermelhado,
nem lhe pesam nas orelhas, enfeitadas de gemas,
as pedras colhidas no mar de Eos,
tão-pouco a sua lã é amaciada nos vasos de Sídon([131]),
bebendo duas vezes a cor vermelha,
665 nem, com meónia agulha, adorna
tecidos que o Ser, exposto aos ventos de Febo oriental,
colhe das árvores de Eos:
quaisquer ervas tingiram os tecidos

([127]) A Lua. Cíntia era outro nome de Ártemis/Diana, cultuada no Monte Cinto e associada à Lua.

([128]) Região do Sul de Itália, correspondente à actual Calábria.

([129]) O Coro (ou Cauro) é o vento noroeste.

([130]) Uma das principais cidades da Fenícia, de onde provinha a púrpura.

([131]) Cidade na Fenícia.

que as suas inexpertas mãos fiaram,
mas essa mulher protege não dúbio tálamo.
A Erínis com o seu ominoso facho persegue
aquelas cujo dia as multidões veneraram.
Todo aquele que foge do caminho mediano
jamais por via estável há-de correr:
quando o menino(132) pediu para oferecer a luz por um dia apenas
e se postou firme no carro paterno,
não seguiu pelo costumeiro caminho,
mas, procurando estrelas desconhecedoras
das chamas de Febo numa rota vagante,
juntamente consigo perdeu o mundo.
Enquanto a meia altura sulca do céu o caminho,
alcançou Dédalo o litoral tranquilo
e a nenhum mar deu o seu nome;
mas, enquanto ousava superar
as aves verdadeiras
e, jovem, desdenhava das asas do pai,
e do próprio Febo voava próximo,
Ícaro deu o seu nome a um mar desconhecido(133):
penosamente são pagos com a ruína os grandes feitos.
Que outro se proclame feliz e grandioso,
a mim, que nenhuma multidão me chame poderoso.
Roce o litoral o meu frágil barco
e que nenhum vento forte ordene à minha pequena barca
fender o alto-mar:
passa a Fortuna ao largo das velas prudentes,
mas procura, em alto-mar, as naus
cujas velas golpeiam as nuvens.

---

(132) Faetonte, filho de Febo Apolo. Cf. vv. 187–189.

(133) Alusão ao exemplo negativo de Ícaro, em contraste com o exemplo positivo do seu pai, Dédalo, da importância do meio-termo. Preso em Creta, Dédalo construiu asas feitas de penas, coladas com cera, para ele e para o filho. Porém, durante a fuga, Ícaro, desobedecendo às instruções do pai, voou muito próximo do Sol e as suas asas derreteram, o que fez com que se precipitasse numa parte do Mar Egeu, que recebeu, por isso, o nome de Mar Icário (cf. *e.g.* Ovídio, *Metamorfoses* 8.183–235).

ACTO TERCEIRO

(Dejanira sai do palácio)

CORO de Etólias

Mas porque, aterrorizada, com o semblante pávido,
qual ménade atingida por Baco,
se aproxima a rainha com passo ligeiro?
Qual seja o revés que de novo te tumultua,
miseranda, dá-o a conhecer:
mesmo que o negues, o teu rosto diz
tudo o que escondes.

DEJANIRA

Errabundo, pelos meus membros inquietos vagueia um tremor;
arrepiados, eriçam-se os meus cabelos, no meu espírito ferido
está ainda instalado o terror, e o coração, perplexo, salta-me no peito;
e pávido palpita, com as suas trémulas veias, o meu fígado.
Como o mar dividido pelo Austro([134]) continua a intumescer-se,
ainda que se apazigue com os lânguidos ventos o dia, assim o meu
[espírito
permanece atormentado, mesmo depois de afastado o medo.

([134]) Austro, ou Noto, o vento sul.

Certamente que uma vez que o deus comece a perseguir
os afortunados, ele os atormenta. Assim acaba a grandeza.

CORO de Etólias

Que infortúnio tão desmesurado, miseranda, te perturba?

DEJANIRA

Logo que foi enviado o manto impregnado da peçonha de Nesso
e, gemendo, conduzi os meus passos para junto do meu tálamo,
desconheço o que o meu espírito temeu ★ ★ ★
★ ★ ★ e um dolo urde.
Quis fazer um teste. Que aos raios do Sol, e às chamas,
o filtro feroz e o sangue fossem expostos Nesso proibiu:
esse próprio artifício me advertiu de que se tratava de um logro.
E por acaso nenhuma nuvem escurecia os raios do Sol,
estendia o ardente Titã um tórrido dia
(mesmo agora, dificilmente o temor permite que se me abram os [lábios):
arremessado para o meio dos raios do Sol e do reluzente facho,
o pincel, com o qual tinha sido tingido o manto e impregnada a veste,
tremula e, pelos raios de Febo aquecido,
incendeia-se (custa-me falar de tal monstruosidade).
Tal como o Euro ou o tépido Noto derretem as neves,
as quais no início da Primavera perde o resplandecente Mimas([135]),
e tal como, no mar Jónio, Leucas([136]) quebra as ondas
que se distendem contra ele, e o exaurido inchaço
no próprio litoral espuma, ou, espargidos em honra dos celestes,
os incensos se derretem nos tépidos larários,
assim definha todo aquele velo e perde os seus pêlos.
E enquanto isso observo espantada, a causa do espanto desaparece;
mais do que isso: a própria terra com movimentos espumosos treme,
e tudo o que por aquela peçonha foi tocado se arruína

([135]) Montanha na Jónia.

([136]) Promontório na ilha de Leucas, no Mar Jónio.

e intumescendo silenciosa ⋆ ⋆ ⋆ ⋆ ⋆
⋆ ⋆ ⋆ ⋆ ⋆ abana a cabeça,
vejo o meu filho apavorado e com passo ardente
avançando. Diz-me que trazes de novo.

HILO

Vai, foge, procura se algo se abre
além das terras, do mar, dos astros, do Oceano, dos Infernos:
para lá dos trabalhos de Alcides, mãe, foge.

DEJANIRA

Desconheço que grande mal pressente o meu espírito.

HILO

Da plena de triunfos Juno os templos demanda:
esses para ti se abrem, vedados te estão todos os outros santuários.

DEJANIRA

Diz que ruína sobre mim, inocente, se abate.

HILO

Aquela glória do mundo e seu baluarte único,
oferecido à terra pelo destino para ocupar o lugar de Júpiter,
ó mãe, desapareceu: os membros e de Hércules os músculos
queima uma peste que desconheço; aquele que domou as feras,
aquele, aquele vencedor foi vencido, lamenta-se, está em sofrimento.
Para quê perguntar por mais?

DEJANIRA

Apressam-se a ouvir as suas misérias
os miseráveis; fala, em que situação está

agora a nossa casa? Ó lares, miseráveis lares!
Agora viúva, agora rejeitada, agora aniquilada, parto.

HILO

Não és a única a lamentar Hércules: todo o mundo jaz
gemebundo; e não penses, mãe, que o teu destino
te diz respeito só a ti: já todo o género humano chora em protesto.
Eis que esse luto que gemes todos em conjunto gemem;
comum a todas as terras sofres um mal.
O luto lhes antecipaste: és a primeira, mas não a única, a Hércules,
miseranda, lamentar.

DEJANIRA

Quão próximo da morte, porém,
fala, fala, suplico-te, jaz o meu Alcides.

HILO

A sua morte escapa-se-lhe, ela que foi vencida uma vez
no seu próprio reino; nem ousa o destino confirmar tamanha
[atrocidade.
Talvez, tremendo-lhe a mão,
Cloto([137]) tenha atirado o seu fuso para longe e o destino de Hércules
tema completar. Oh, dia, nefando dia!
Acaso será o derradeiro para aquele poderoso Alcides?

DEJANIRA

Para a morte e para as sombras e para o mundo mais negro
dizes que ele me precede? Ou posso primeiro
a morte agarrar? Fala, se ainda não morreu.

([137]) Uma das Parcas, ou Moiras, ou Meras (os nomes das outras duas eram Átropo e Láquesis), responsáveis por fiar e cortar o fio das vidas humanas (cf. Hesíodo, *Teogonia* 904–906).

HILO

A terra eubeia, em imenso cume se intumescendo,
é golpeada por todos os lados: o Cafereu[138] cinde
o mar de Frixo[139], e acomoda o Austro este flanco;
e, no lado em que do nevoso Áquilo[140] sofre as ameaças,
o Euripo[141] inconstante curva as suas ondas erradias
e sete vezes as águas faz rolar e outras tantas as traz de volta,
até que o Titã[142] mergulhe no Oceano as suas fatigadas parelhas.
Aí, numa rocha elevada, que nenhuma nuvem fere,
brilha um vetusto templo de Jove Ceneu[143].
Logo que se postou junto do altar todo o rebanho votivo
e o bosque gemeu por inteiro com os touros adornados de ouro[144],
a pele do leão, sórdida com a peçonha, ele[145] tirou
e depôs da clava o peso e da aljava libertou
os ombros oprimidos. Então, refulgindo com a tua veste,
e com a eriçada cabeleira cingida de choupo branco,
acendeu o altar: «Recebe no teu altar», diz, «estas colheitas,
não falso pai, e que o fogo sagrado
resplandeça com o profuso incenso que o sumptuoso Árabe,
cultuando Febo, colhe das árvores sabeias.
Pacificada foi a terra», diz, «e o céu e os mares;
subjugadas todas as feras, vitorioso regressei:
depõe o raio» — um gemido interrompe as suas preces,
ele próprio fica aturdido; depois disso, o céu com hórridos clamores
enche: qual touro que ao fugir com a bipene cravada,
a ferida e a arma consigo arrastando,
enche com o seu vasto mugido o templo que estremece,

---

(138) Promontório rochoso na fronteira sudeste da ilha de Eubeia.

(139) Mar de Frixo, aqui, designa o Egeu.

(140) Áquilo, ou Bóreas, o vento norte.

(141) Apertado canal entre a Beócia e a Eubeia, cujas águas eram proverbialmente inconstantes.

(142) O Sol.

(143) Cidade na Eubeia.

(144) Os cornos dos touros eram por vezes dourados antes do sacrifício.

(145) Hércules.

ou qual raio que ressoa despedido do firmamento,
assim ele com gemidos as estrelas e o mar fere,
e a vasta Cálcis([146]) bramiu e todas as Cíclades([147])
acolheram os seus lamentos; aqui, os rochedos de Cafereu,
ali, todo o bosque devolve os lamentos de Hércules.
Vemo-lo chorar. O vulgo julga ter voltado
a sua antiga loucura([148]); então, fogem os seus servos.
Mas ele, virando o rosto por causa do ígneo calor,
um entre todos segue e procura Licas.
Este, abraçando o altar com a sua trémula mão,
a morte desperdiçou com o medo e pouco de si
deixou para o castigo. E enquanto na mão
segurava o trémulo cadáver: «Por esta mão, esta», diz, «se há-de dizer,
ó destinos, que fui vencido? Licas venceu Hércules.
Pois, eis mais sangue: Hércules matou Licas.
Que os meus feitos sejam maculados: seja este o meu derradeiro
[trabalho.»
Em direcção aos astros arremessado, ele([149]) eleva-se no ar e as nuvens
salpica com o seu difuso sangue; da mesma forma em direcção ao
[céu salta
a seta despedida à ordem de uma mão gética([150]),
ou aquela que o Cídon([151]) atirou: mais baixo, porém,
hão-de esses dardos voar. O corpo de Licas cai sobre o mar;
sobre os rochedos, a cabeça: um só corpo em dois lugares jaz.
«Esperai», diz, «a loucura não me privou da razão,
mais grave do que a loucura e a ira é este mal:
contra mim mesmo agrada enfurecer-me.» A custo o flagelo tinha
[revelado
e logo se enfureceu: dilacera o seu próprio corpo

([146]) Principal cidade da Eubeia.

([147]) Conjunto de ilhas no Mar Egeu, proverbialmente ventosas.

([148]) Que lhe fora infligida por Juno. Cf. *Hércules Enlouquecido*.

([149]) O corpo de Licas.

([150]) Recorde-se que os Getas, tribo do norte da Trácia, eram exímios arqueiros (tal como os Cretenses, em seguida referidos).

([151]) Habitante de Cídon, em Creta.

e os seus possantes membros arranca, rasgando-os com as mãos.
Despir o manto procura: apenas isto vi Hércules
não conseguir fazer; tendo tentado arrancá-lo, porém,
também os membros arrancou: do corpo hórrido
é parte, em verdade, o próprio manto — a veste funde-se com a pele.
E a causa da ominosa desgraça não é para todos visível,
mas é essa, porém, a causa; e dificilmente sendo suficiente para o mal,
ora lânguido, de cabeça para baixo, pesa sobre a terra,
ora exige água — a água não vence o mal;
procura a marulhante praia e mergulha no mar:
o séquito dos seus servos retém-no errabundo —
ó sorte acerba! Fomos de Alcides pares.
Agora um barco, do litoral de Eubeia, o carrega,
e o Austro suave o pesado Hércules arrebata;
abandonou o espírito os seus membros, a noite cerra-lhe os olhos.

DEJANIRA

Porque, espírito, te demoras? Porque entorpeces? Consumado foi
[o crime.
Júpiter reivindica o seu filho, Juno, o seu rival;
★ ★ ★ ★ ★ ★ ★ ★ ★
Ele deve ser restituído ao mundo — o que pode ser restituído,
[exibe([152]):
trespasse o meu corpo uma espada nele cravada.
Assim, assim deve ser feito — tão frágil mão
tão grande castigo reclama? Destrói com os teus raios, sogro,
a tua nora infame. E que com leve dardo não se arme
a tua mão: aquele raio despede do céu,
com o qual, não tivesse de ti nascido Alcides,
a Hidra terias abrasado. Fere-me como a uma peste insólita
e como a um mal pior do que a madrasta irada([153]).
Lança um dardo semelhante ao que foi lançado outrora

([152]) Isto é, a vida da própria Dejanira, em compensação da vida de Hércules.
([153]) Juno.

contra o errabundo Faetonte([154]): também eu fiz perder, num único [Hércules,
todos os povos. Porque pedes aos deuses uma arma?
Poupa já o teu sogro: envergonhe-se a mulher de Alcides
de desejar a morte: a minha prece contará com esta mão,
por mim mesma seja procurada; pega numa espada, depressa —
mas porquê uma espada? O que quer que arraste até à morte é arma
mais do que suficiente: de uma penha que toque os céus me hei-de [atirar.
Este, este Eta que primeiro conhece o dia que renasce
seja eleito; o meu corpo daqui atirar agrada-me.
Mas é leve pena uma só morte — leve, mas pode ser prolongada:
que uma pedra aguçada me rasgue, e pedaços de mim
me arranquem todos os rochedos, pendam as minhas mãos laceradas
e torne-se vermelho todo o flanco da escarpada montanha.
Não sabes escolher, espírito, sobre que arma te deites!
Oxalá, oxalá estivesse pendurada no meu quarto nupcial
de Hércules a espada: sobre esse ferro eu devia morrer.
Mas ser morta por uma única destra é-me bastante?
Uni-vos, povos, e contra mim lance pedras o mundo,
e fachos sem número, que não se abstenha agora nenhuma mão,
apanhai os dardos, o vosso vingador vos roubei:
impunemente, reis cruéis hão-de agora os ceptros portar,
impunemente, há-de agora nascer indómito mal;
hão-de voltar os altares acostumados a ver vítimas
semelhantes a quem as sacrifica([155]): para os crimes abri caminho;
eu vos expus aos tiranos, aos reis, aos monstros, às feras
e aos deuses cruéis, roubando-vos o vosso vingador. —
Não fazes nada, do Tonante companheira? Imitando o teu irmão,
não espalhas o fogo roubado a Júpiter, e não o atiras,
perdendo-me a mim? A ilustre glória foi-te arrebatada,
o ingente triunfo: da morte do teu rival, Juno,
me apossei.

([154]) Cf. vv. 187–189.

([155]) Alusão a sacrifícios humanos, tais como os que conheciam os altares de Busíris. Cf. vv. 25–26.

AMA

Para quê a tua casa, já abalada, derrubar?
A um erro se deve tudo quanto aqui é uma iniquidade.
Não é culpado quem quer que, sem vontade, é culpado.

DEJANIRA

Quem quer que com o destino contemporiza e se poupa a si mesmo,
incorrer em erro mereceu: à morte ser condenada agrada-me.

AMA

Parecer culpado deseja aquele que procura morrer.

DEJANRA

Só a morte torna inocentes os que foram ludibriados.

AMA

Hás-de fugir ao Titã([156])?

DEJANIRA

O próprio Titã foge de mim.

AMA

A vida vais abandonar?

DEJANIRA

Esta vida infeliz, para Alcides seguir.

([156]) O Sol, isto é, fugir à luz do dia.

AMA

Ele está vivo e o ar do céu respira.

DEJANIRA

Quando Hércules pôde ser vencido, aí começou a morrer.

AMA

O teu filho vais abandonar e romper com o teu próprio destino?

DEJANIRA

Qualquer que seja a mãe sepultada por um filho, essa mãe viveu [muito tempo.

AMA

O teu marido segues.

DEJANIRA

Precedê-los as mulheres castas costumam.

AMA

Se tu mesma te condenas, de um crime tu, infeliz, te arguis.

DEJANIRA

Nenhum culpado inflige a si mesmo a sua pena.

AMA

A muitos cuja culpa se devera a um erro, e não às suas destras,
foi poupada a vida. Quem condena o seu destino?

DEJANIRA

Quem quer que com um destino iníquo foi sorteado.

AMA

Esse mesmo Hércules, em verdade, lançou por terra Mégara
[trespassada
pelas suas setas, bem como os seus filhos,
despedindo os dardos de Lerna com mão furiosa.[157]
Triplamente parricida feito, perdoou-se, porém,
a si mesmo; na fonte cinífia[158], sob o céu da Líbia,
o crime da sua loucura ele expurgou e a destra purificou.
Para onde, infeliz, vais? Porque condenas as tuas mãos?

DEJANIRA

Condena as minhas mãos o derrotado Alcides:
agrada-me o crime punir.

AMA

Se conheço Hércules,
ele há-de talvez sair vencedor desse cruento mal,
e a dor, domada, há-de recuar perante o teu Alcides.

DEJANIRA

Devorou-lhe os membros, segundo se diz, a peçonha da Hidra;
essa numerosa peste[159] o corpo do meu marido destruiu.

---

[157] Hércules matou a sua esposa, Mégara, e os filhos de ambos com os dardos embebidos na peçonha da Hidra de Lerna, bem assim com a sua ingente clava. Cf. *Hércules Enlouquecido*.

[158] Rio na Líbia.

[159] Alusão às múltiplas cabeças da Hidra de Lerna. Cf. v. 19.

AMA

Achas que a peçonha da serpente morta não pode
ser vencida por aquele que ao monstro vivo resistiu?
Ele esmagou a Hidra, quando, com as presas dela cravadas, se ergueu
no meio do pântano, vitorioso, com o corpo coberto
de veneno. O sangue de Nesso há-de prostrar aquele
que venceu as hórridas mãos do próprio Nesso?

DEJANIRA

Em vão se detém aquele que decidiu morrer:
ademais, fugir à luz do dia foi determinado por mim.
Viveu o suficiente quem quer que com Alcides morre.

AMA

Por estes cabelos encanecidos,
e por estes seios quase maternos, eis que, súplice, te imploro:
afasta do coração ferido as túmidas ameaças
e de uma morte ominosa repele essa hórrida resolução.

DEJANIRA

Quem quer que, por acaso, a um infeliz dissuade de morrer,
cruel esse é: por vezes, morrer é um castigo,
mas, muitas vezes, um presente; para muitos foi o perdão.

AMA

Iliba ao menos a tua destra, infeliz,
e que o crime se deveu a um embuste, e não à mulher, ele saiba.

DEJANIRA

Hei-de ser defendida lá: os ínferos hão-de absolver a ré,
condeno-me a mim mesma; purifique Plutão estas mãos.

Hei-de estar diante das tuas margens, imémore Lete([160]),
e, triste sombra, receber o meu marido.
Mas tu([161]), que torturas os reinos do negro pólo,
prepara o suplício (os crimes que qualquer outro ousou
este meu erro supera: nem Juno ousou arrebatar
Hércules da terra), um hórrido castigo prepara.
Que o pescoço de Sísifo([162]) descanse e os meus ombros
oprima a sua pedra. Que a volúvel água me fuja
e a falaz onda iluda a minha sede([163]);
mereci as mãos oferecer às tuas rotações,
qualquer que sejas, roda que torturas o rei dos Tessálios([164]);
escave um ávido abutre por aqui e por ali as minhas entranhas([165]);
falta uma Danaide([166]): hei-de eu fazer a sua vez.
Abri-vos, manes; recebe-me como tua companheira,
do Fásis esposa([167]): esta destra é pior, pior

([160]) Lete, um dos rios dos Infernos (juntamente com o Estige, o Cocito, o Flegetonte e o Aqueronte), do qual os mortos bebiam para esquecer as suas vidas terrenas (era o rio/fonte do Esquecimento).

([161]) Plutão/Hades.

([162]) Sísifo, vítima da cólera de Júpiter, por tê-lo denunciado como o raptor de Egina, filha de Asopo. Foi-lhe imposto, como castigo, fazer rolar eternamente um enorme rochedo pela subida de um monte.

([163]) Por ter matado o seu filho Pélops, que depois cozinhou para servir como refeição aos deuses, Tântalo foi punido com fome e sede eternas. Cf. *Tiestes*.

([164]) Ixíon, dos mais célebres supliciados nos Infernos. Por ter tentado violar Juno, foi amarrado a uma roda em chamas que girava sem cessar.

([165]) Enciumada com a relação extramatrimonial entre Júpiter e Leto/Latona, Juno instigou contra Leto/Latona o gigante Tício, inspirando-lhe o desejo de a violentar. Mas Tício foi fulminado por Júpiter e lançado nos Infernos, onde duas serpentes (ou águias) devoravam o seu fígado, que renascia de acordo com as fases da lua.

([166]) Das cinquenta filhas de Dánao, as Danaides, quarenta e nove mataram os seus respectivos maridos (todos filhos do rei Egipto); apenas uma, Hipermnestra, poupou o seu, Linceu, que sempre a respeitara. As demais receberam, nos Infernos, um castigo que consistia em eternamente carregar água com recipientes furados.

([167]) Medeia que, por amor a Jasão, matou o seu próprio irmão, Absirto; por ressentimento para com Jasão, Medeia matou os filhos de ambos. O Fásis era o principal rio da Cólquida, a pátria de Medeia. Cf. *Medeia*.

do que os teus dois crimes, quer mãe culpada,
quer ominosa irmã és; acrescenta-me como companheira,
trácia esposa([168]), dos teus crimes; a tua filha,
mãe Alteia([169]), recebe, agora reconhece
a tua verdadeira filha — ainda assim, o que de tão grande
as tuas mãos alguma vez destruíram? Fechai-me os Elísios([170]),
todas vós, esposas fiéis, que habitais as regiões
do bosque sagrado; se alguma salpicou as mãos
com o sangue do seu marido, e, esquecida do casto himeneu,
qual cruenta Belíade([171]), de espada desembainhada se ergueu,
em mim se reconheça e louve as suas mãos:
para o meio dessa turba de esposas agrada-me ir —
mas também essa turba há-de fugir de tão ominosas mãos.
Invencível marido, tenho um espírito inocente,
mas uma mão criminosa. Oh, mente demasiado crédula,
oh, Nesso falaz, e ardis de um ser híbrido!
Desejando arrancar-te à tua concubina, arrebatei-te de mim mesma.
Recua, Titã, e tu, vida, que conservas
numa sedutora luz os desgraçados: privada de Hércules,
de nada vale essa luz. Reclame-se o castigo
e que eu pague com a minha vida — ou acaso devo prolongar o [meu destino
e a minha morte, marido, guardar para as tuas mãos?
Porventura alguma força ainda te resta e, armadas, as tuas mãos
são capazes de retesar o arco para lançar setas?

([168]) Procne, que matou o seu próprio filho. Cf. vv. 191–195.

([169]) Alteia, esposa de Eneu, rei de Cálidon, e mãe de Dejanira e Meleagro. Sete dias após o nascimento do filho, as Parcas, as Fadas do Destino, advertiram-na de que a criança morreria se o tição que naquela altura ardia na lareira se consumisse inteiramente. Alteia pegou de imediato nesse tição, apagou-o e escondeu-o num pequeno cofre. Mas Meleagro, durante a caçada de Cálidon, matou os seus dois tios, os irmãos de Alteia. Esta, irritada, lançou ao fogo o tição a que estava ligada a vida do filho. Nesse mesmo instante, Meleagro morreu. Com o desespero, Alteia enforcou-se.

([170]) Os Campos Elísios/Elísio, morada, após a morte, dos heróis e homens virtuosos.

([171]) Nova alusão às Danaides, cujo avô paterno era Belo.

Ou repousam os dardos e, lânguida a mão,
não te ouve o arco? Se podes dar-me a morte,
como tua destemida mulher espero pela tua destra.
Seja adiada a minha morte: desfaz-me como ao inocente Licas,
por outras cidades espalha o meu corpo e lança-me num mundo
desconhecido de ti; mata-me como ao monstro da Arcádia([172])
e a tudo quanto deixou de existir — e de tudo isso, porém,
marido, regressaste.

HILO

Pára já, mãe, suplico-te,
perdoa o teu destino: o teu erro carece de culpa.

DEJANIRA

Se genuína compaixão, Hilo, tentas alcançar,
mata já a tua mãe — pávida, porque te treme a mão?
Porque desvias o olhar? Este será um crime de compaixão.
Timorato, hesitas? De Hércules te privei:
esta, esta minha destra matou o pai a quem tu deves
o ter por avô o Tonante. Maior glória te arrebatei,
do que, dando-te à luz, te proporcionei. Se te é desconhecido [o crime,
com a tua mãe aprende. Quer te agrade mergulhar a espada
no meu pescoço, quer te agrade violentamente atacar
o ventre materno, a tua mãe te há-de mostrar
um espírito intrépido. Não será tão grande crime
só por ti perpetrado: serei abatida pela tua destra,
mas por decisão minha. Filho de Alcides, temes?
Nesse caso não cumpras quaisquer ordens, nem vagueies pelo mundo
abatendo monstros; se algum monstro nascer
lembra-te do teu pai: intrepidamente a tua destra prepara.
Eis que se abre diante de ti um peito cheio de infortúnios: fere-o.

([172]) Alusão ao enorme javali que vivia no cimo do Monte Erimanto, na Arcádia, e que Hércules subjugou, no seu terceiro trabalho.

O teu crime perdoo: poupar-te-ão a destra
as próprias Euménides: dos seus açoites soou o ruído.
Quem é essa que agita a cabeleira de vibrantes serpentes
e bate as negras asas sobre as têmporas esquálidas?
Porque me persegues com o teu facho ardente,
ominosa Megera([173])? Vens exigir vingança para Alcides? Hei-de
[vingá-lo.
Acaso já se sentaram, deusa, os juízes dos Infernos?([174])
Mas eis que vejo abertas as portas do cárcere.
Quem é esse homem já velho que carrega aos ombros alquebrados
imane pedra?([175]) Eis que, apesar de dominada, a pedra
procura rolar de volta. Quem é aquele que oferece os seus membros
[à roda?([176])
Eis que aqui a pálida e ominosa Tisífone([177]) se firma,
sobre a causa me inquire; poupa-me aos açoites, suplico-te,
Megera, poupa-me, suspende os estígios fachos:
foi um crime de amor. Mas que é isto? A terra treme
e o palácio desmorona-se, rachados os tectos — de onde
vem essa turba ameaçadora? O mundo inteiro
avança contra mim. Daqui e dali os povos bradam
e toda a terra demanda o seu vingador.
Poupai-me já, cidades: para onde, a grande velocidade, hei-de
[fugir?
Só a morte há-de dar um porto aos meus infortúnios.
Tomo por testemunha o disco flamejante do resplandecente
[Febo([178]),
e os súperos tomo por testemunhas: Hércules na terra deixo ainda,
eu, que parto para a morte.

([173]) Uma das Euménides/Fúrias. Cf. v. 609.

([174]) Eram três os juízes que, nos Infernos, julgavam os mortos: Minos, Radamanto e Éaco.

([175]) Nova alusão a Sísifo. Cf. vv. 942–943.

([176]) Nova referência a Ixíon. Cf. vv. 945–946.

([177]) Outra das Euménides/Fúrias. Cf. v. 609.

([178]) Febo Apolo, o deus-Sol.

HILO

Foge atónita: ai de mim.
Completou já o papel de mãe: decidiu morrer;
agora resta o meu papel: arrebatar-lhe o ímpeto de morte.
Ó desgraçado amor de filho: se de morrer a mãe impedes,
para com o pai és criminoso; se consentes que ela morra,
contra a mãe cometes uma falta — oprime-me de um lado e de
[outro um crime.
De qualquer forma, ela deve ser impedida: vou avançar e arrancá-la
[à morte.

CORO de Etólias

É verdade o que, ajustando-se à lira piéria,
sob os cumes do Ródope trácio[179],
o sagrado Orfeu,
filho de Calíope[180],
cantou: nada é eterno.
Ante os cantos dele
cessou da torrente rápida o fragor,
e, olvidada de prosseguir o seu curso,
a água perdeu o seu ímpeto;
e, enquanto os rios se demoram,
os Getas, os mais distantes Bístones[181], julgam
que o Hebro[182] desertara.
Trouxe criaturas aladas a floresta
e sentados nas árvores elas vieram;
e se uma ave vagante percorre os ares,
ouvidos os seus cantos,
desfalecida cai.
Despedaçou os seus próprios rochedos o Atos[183],

[179] Montanha na Trácia.
[180] Uma das Musas.
[181] Tribo da Trácia.
[182] Rio na Trácia.
[183] Montanha na Macedónia.

os Centauros arrastando na sua marcha,
e junto ao Ródope([184]) se deteve,
derretida a neve com os cantos;
e, abandonando o seu carvalho,
na direcção do vate([185]) se apressa a Dríade.
Aos teus cantos acorrem as próprias feras
com os seus abrigos,
e junto ao impávido rebanho
senta-se o leão marmárico([186]),
nem as corças tremem ante os lobos,
e a serpente o seu antro abandona,
então esquecida do seu veneno.
Quando, pelas portas do Ténaro([187]),
se aproximou dos manes silenciosos,
ferindo a plangente lira,
com o seu canto flébil ele venceu
o Tártaro e os deuses tristes do Érebo([188]),
e não temeu os lagos do Estige,
ligados por juramento aos súperos.
Parou a roda não fatigável,
com a sua rotação vencida, lânguida([189]);
cresceu de Tício o fígado,
enquanto o canto as aves prende([190]);
então, com as águas estagnadas,
o velho frígio, esquecido,
pela primeira vez sacudiu a violenta sede,

([184]) Montanha na Trácia.

([185]) Orfeu.

([186]) Da Marmárica, região do Norte de África.

([187]) Promontório na Lacónia, onde havia um templo dedicado a Neptuno e uma caverna que dava acesso ao mundo dos Infernos.

([188]) Érebo era, tecnicamente, o deus da escuridão, irmão/marido ou pai da Noite; o seu nome é frequentemente usado como metonímia para mundo dos Infernos, como é aqui o caso.

([189]) Nova alusão ao suplício de Ixíon. Cf. vv. 945–946.

([190]) Nova alusão ao suplício de Tício (as «aves» eram as duas águias que lhe debicavam o fígado). Cf. v. 947.

nem estendeu as mãos para os frutos[191], 1078
e pôde ser vencida a pedra ímproba 1081
e seguir o vate.[192] 1082
Ouves tu também, nauta[193]: 1072
a barca do rio infernal
sem nenhuma acção dos remos navega. 1074
Assim, quando Orfeu venceu todos 1079
os ínferos pela música, 1080
também as deusas fiaram novamente 1083
os exauridos fusos de Eurídice!
Mas quando, esquecido, olhou para trás, 1085
não acreditando que Eurídice,
a si restituída, o seguia,
Orfeu perdeu a recompensa pela sua música:
aquela que renascera morreu de novo.
Então, consolação procurando 1090
na música, em toada flébil
esses temas Orfeu cantou aos Getas:
★ ★ ★ ★ ★ ★
foram estabelecidas leis para os súperos,
até para aquele deus que, dividindo os tempos,
ordena as quatro estações 1095
do célere ano;
para ninguém as Parcas deixam de tramar
os fios das suas ávidas rocas:
tudo o que nasceu apressa-se a morrer.
A acreditar no vate trácio 1100
nos ordena o vencido Hércules,
já, já, aniquiladas todas as leis,
um dia há-de vir para o Universo em que
o pólo austral há-de cobrir
tudo o que jaz pela Líbia 1105

---

[191] Nova alusão ao suplício de Tântalo. Cf. vv. 943–944.
[192] Nova alusão ao suplício de Sísifo. Cf. vv. 942–943.
[193] Caronte, barqueiro dos mortos.

e tudo o que os dispersos Garamantes([194]) possuem;
o pólo árctico há-de cobrir
tudo o que jaz sob o seu eixo
e que o Bóreas seco açoita,
o ansioso Titã([195]), perdido o céu,
há-de expulsar o dia.
O palácio celeste, ao ruir,
o Levante e o Poente há-de arrastar,
e algum tipo de morte e o caos
todos os deuses em conjunto hão-de aniquilar,
e a própria morte há-de fixar
contra si mesma a sentença capital.
Que lugar há-de albergar o universo?
Há-de rasgar-se uma via para o Tártaro,
de modo a receber o céu desintegrado?
Ou o espaço que separa o céu
da terra é suficiente, e até de mais,
para acolher as ruínas do mundo?
Que lugar há-de albergar tamanha
atrocidade, que lugar há-de albergar os súperos?
O mar, o Tártaro, o céu,
um único reino há-de albergar os três.
Mas que não suave ruído
os meus atónitos ouvidos fere?
É, é de Hércules a voz.

([194]) Tribo nómada do interior de África.

([195]) O Sol.

ACTO QUARTO

(Hércules é transportado numa liteira pelos seus servos)

HÉRCULES

Faz retroceder, Titã preclaro, os teus cavalos ofegantes,
e manda a noite: pereça para o Universo este dia
em que morro, com negra nuvem estremeça o firmamento;
tapa a visão à minha madrasta. Agora, pai, o escuro caos
restabelecer convinha, daqui e dali rompidas as juntas,
ambos os pólos deviam ser quebrados;
porque poupas os astros? Hércules perdes, pai.
Agora, Júpiter, vigia todos os recantos do céu,
para que nenhum Gias[196] arremesse as tessálicas montanhas
e para que o Ótris[197] não se torne para o Encélado[198] um fardo leve.
Já, já o soberbo Plutão há-de abrir as portas
do negro cárcere, quebrar as cadeias do seu pai[199]
e devolver-lhe o céu. Eu, que nasci na terra para ser
o teu raio e o teu fogo,

---

(196) Um dos Hecatonquiros. Participou na Gigantomaquia. Cf. vv. 167–170.

(197) Montanha na Tessália.

(198) Gigante que combateu contra os Olímpicos, na Gigantomaquia. Atena/Minerva lançou sobre ele a ilha da Sicília, enquanto ele tentava fugir.

(199) Saturno, encarcerado nos Infernos depois de Júpiter o ter destronado.

ao Estige regresso: há-de ressurgir o Encélado feroz
e lançar contra os súperos o fardo que agora o oprime.
A minha morte tornará todo o reino do céu, pai,
uma incerteza para ti — antes que sejas espoliado
do teu céu, envolve-me, pai,
na ruína total do Universo, destrói o céu que deitas a perder.

CORO

Não temes em vão, filho do Tonante:
agora, o Pélion sobre o Ossa tessálico
há-de pesar, e o Atos, implantado sobre o Pindo[200],
há-de semear a sua floresta com os celestes astros;
depois, Tifeu[201] há-de vencer os rochedos
e erguer a tirrena Inárime[202];
em seguida, há-de erguer as fornalhas do Etna,
e rasgar a encosta da montanha aberta,
o Encélado ainda não vencido pelo raio:
já o reino do céu te segue.[203]

HÉRCULES

Eu que, depois de deixar para trás a morte, tendo desprezado o Estige,
pelo meio das águas estagnadas do Lete com espólios regressei;
ante o qual, o Titã[204] quase caiu dos seus cavalos desembestados;

---

[200] Recorde-se que, na Gigantomaquia, os Gigantes tentaram escalar o Olimpo, empilhando montanhas (nomeadamente os montes Pélion, Ossa e Pindo, na Tessália, e o Atos, na Macedónia), e derrubar os deuses, mas foram vencidos por estes.

[201] Tifeu, ou Tífon, ser monstruoso, filho da Terra (Geia) e do Tártaro, aprisionado no Etna, por ter contestado a posição de Júpiter enquanto senhor dos deuses. Acreditava-se que as chamas que saíam do Etna eram ou as que o próprio monstro lançava, ou o que restava dos raios com que Júpiter o abatera.

[202] Ilha junto à Sicília.

[203] Para a ruína.

[204] O Sol.

eu, a quem conheceram os três reinos dos deuses(205),
morro, e nenhuma espada silva ao passar
ao meu lado, e a arma da minha morte
não é um rochedo, nem uma fraga igual a uma montanha escarpada
ou ao Ótris inteiro, nenhum gigante de fauce truculenta
enterrou o meu cadáver sob o Pindo inteiro:
sem nenhum inimigo, sou vencido, e, o que mais me atormenta,
(oh, mísera coragem!) o derradeiro dia de Alcides não deitou por terra
nenhum monstro; não gasto a minha vida, ai de mim,
em façanha alguma; ó árbitro do mundo,
e súperos outrora testemunhas da minha destra,
ó terra inteira, agrada-vos que a morte do vosso Hércules
se desperdice? Oh, vergonha terrível para mim,
oh, desonroso destino: uma mulher será conhecida
como autora da morte de Hércules! Morro, Alcides, a que mãos.
Se o destino inflexível queria que eu morresse
pela mão de uma mulher, e se por tão torpes fusos(206)
a minha morte passou, ter-me-ia agradado cair
pelo ódio de Juno: teria caído pela mão de uma mulher,
mas pela mão de uma mulher que possui o céu. Se isso fosse
[excessivo para os súperos,
que uma Amazona, nascida sob o céu da Cítia, subjugasse
as minhas forças — pela mão de que mulher sou vencido,
eu, o inimigo de Juno! Daqui te sobrevém, madrasta,
uma desonra mais grave. Porque chamas feliz a este dia?
Que ser semelhante jamais a terra gerou, para servir a tua ira?
Uma mulher mortal superou-te no ódio.
Até agora enfurecias-te por não seres igual a Alcides: foste vencida
[por dois — envergonhem-se os deuses das suas iras.

---

(205) O céu, o mar e os Infernos. Zeus/Júpiter, Posídon/Neptuno e Dite/Plutão dividiram entre eles o poder sobre o Universo, depois de derrotarem os Titãs, nome genérico dos seis filhos varões de Úrano e Geia. Os Titãs pertenciam à geração divina primitiva, e o mais jovem era Saturno, progenitor da geração dos Olímpicos, de entre eles Júpiter, que a dada altura declarou guerra ao pai, juntamente com os irmãos. Saturno, por sua vez, contou com a ajuda dos seus próprios irmãos Titãs. Dez anos durou essa guerra, conhecida por Titanomaquia.

(206) Alusão às fiandeiras do Destino, as Parcas. Cf. vv. 768–770.

Oxalá o monstro de Némea[207] tivesse saciado as suas fauces
com o meu sangue ou, cercado pelas suas cem víboras,
com o meu sangue tivesse alimentado a Hidra[208],
oxalá tivesse sido dado como presa aos Centauros
ou, entre as sombras vencido, permanecesse, infeliz,
preso a um eterno rochedo! Então, arranquei à morte estupefacta
os seus espólios mais longínquos, então, do Estige infernal,
recuperei a luz, triunfei dos obstáculos de Dite —
por toda a parte a morte me fugiu, privando-me do título
de uma morte ínclita. Ó monstros, vencidos monstros!
Tendo visto a luz do Sol, o triforme cão[209]
não me reconduziu ao Estige; sob o céu da Hespéria[210]
não me venceu a turba do pastor feroz[211],
nem as serpentes gémeas[212] — quantas vezes desperdicei, ai de mim,
uma morte honrosa: que derradeiro título é este!

CORO

Acaso vedes como o seu valor, cônscio da sua própria glória,
não se assusta com as ondas do Lete?
Com o autor da morte, não com a morte, sofre:
deseja encerrar o derradeiro dia
sob a imensa mole de um enorme Gigante
e suportar um Titã portador de montanhas,
e dever a sua morte a um monstro furioso.
Mas a causa é, infeliz, a tua própria mão,
de não existir nenhum monstro nem nenhum Gigante:
afinal que autor adequado resta
para a morte de Hércules senão a tua própria destra?

---

[207] O leão de Némea. Cf. v. 16.

[208] A Hidra de Lerna. Cf. v. 19.

[209] O tricéfalo Cérbero. Cf. vv. 22–24.

[210] Nome que os habitantes da Península Itálica davam à Península Ibérica, por estar situada a ocidente deles.

[211] Alusão ao gado de Gérion. Cf. v. 26.

[212] As duas serpentes com que Juno tentou matar Hércules quando ele tinha apenas oito meses de vida. Cf. vv. 58–59.

HÉRCULES

Oh, que escorpião dentro de mim, que caranguejo[213]
arrancado da sua zona tórrida queima as minhas vísceras
cravado fundo? O meu vigor, outrora pleno de sangue,
distende-se sobre as fibras calcinadas
dos meus pulmões inchados, com o fel ressecado o fígado arde,
e um calor vagaroso levou todo o meu sangue.
Primeiro, consumiu a minha pele; daí, o flagelo
espalhou-se pelo corpo, a peste destruiu-me os flancos,
devorou os meus membros até ao fundo e o mal exauriu
toda a minha medula: aloja-se nos ossos ocos;
nem os próprios ossos resistem, antes, quebrados à medida
que os ligamentos se rompem, escorrem numa massa dispersa.
O meu corpo imenso definha e para esta peste não são suficientes
os membros de Hércules. Oh, quão grande é este mal,
para que eu consiga reconhecer a sua extensão, ó terrível atrocidade!
Eis, observai, cidades, o que daquele Hércules resta.
Hércules reconheces, meu pai?
Acaso foi com estes braços que eu estrangulei e sufoquei o pescoço
do monstro de Némea?[214] Retesado por estas mãos, o meu arco
derrubou dos próprios astros as aves do Estinfalo?[215]
Com estes pés venci o monstro veloz
que meneava uma reluzente cabeça por causa da sua fronte
[radiante?[216]
Destruída por estas mãos, espremeu Calpe[217] o mar?

[213] Hércules refere-se aos dois signos zodiacais Escorpião (tido como abrasador) e Caranguejo (o caranguejo que auxiliara a Hidra e foi depois transformado numa constelação — cf. vv. 67–68).

[214] Nova alusão ao leão de Némea. Cf. v. 16.

[215] Alusão ao quinto trabalho de Hércules. Cf. v. 17.

[216] Alusão ao quarto trabalho de Hércules, a captura de uma corça de cornos dourados. Cf. v. 17.

[217] Antigo nome de Gibraltar, cujo estreito foi aberto por Hércules, que, para assinalar as suas façanhas, erigiu duas colunas (as Colunas de Hércules): uma em Gibraltar, outra em Ceuta.

É graças a estas mãos que tantos monstros, tantos crimes, tantos
[tiranos jazem por terra?
Foi sobre estes ombros que se apoiou o céu?(218) É este o meu
[corpo maciço,
é esta aquela nuca? Estas as mãos que opus
ao céu que ruía? Que guardião do Estige será doravante
arrastado pela minha mão?(219) Aonde foram as minhas forças,
antes de mim sepultadas? Porque pai chamo a Júpiter?
Porque reivindico o céu por intermédio do Tonante?
Agora, agora se há-de acreditar que é Anfitrião o meu pai.(220)
Qualquer que sejas, monstro que nas minhas entranhas te escondes,
mostra-te — porque com este ferimento oculto me atinges?
Que mar da Cítia sob o pólo gelado,
que indolente Tétis(221) te gerou, ou que ibero Calpe que comprime
o litoral da Mauritânia? Ó mal terrível!
Acaso és uma serpente esquálida que vibra a sua cabeça encimada
por uma crista, ou és algum mal desconhecido por mim?
Acaso foste gerado do sangue do monstro de Lerna
ou na terra te deixou do Estige o cão?
És todos os males e não és nenhum — que cara tens tu?
Concede-me, ao menos, saber que mal me está a matar.
Qualquer monstro, ou qualquer fera que sejas,
à vista de todos sê temido. Quem te ofereceu um lugar
no interior das minhas entranhas? Eis que, desfeita a pele,
a minha mão pôs a nu as minhas vísceras; mas um esconderijo mais
[profundo
foi descoberto — ó mal semelhante a Hércules!(222)
De onde este lamento? De onde as lágrimas nas minhas faces?
Este rosto outrora invicto e jamais acostumado

(218) Recorde-se que Hércules aliviou, durante um breve período, o Gigante Atlas do seu fardo de suportar sobre os ombros a abóbada celeste.

(219) Nova alusão a Cérbero.

(220) Anfitrião, casado com Alcmena, era o pai «mortal» de Hércules. Cf. *Hércules Enlouquecido.*

(221) O mar (Tétis era a esposa do Oceano).

(222) Semelhante no desbravar de um caminho para os mais longínquos lugares (cf. vv. 33, 1197 e 1765).

a oferecer lágrimas às desgraças (envergonha-se)
aprendeu agora a chorar. Que terra viu alguma vez o choro de Hércules,
que terra o viu? Sem lágrimas os infortúnios suportei.
Diante de ti, apenas, se vergou a força que venceu tantos males,
diante ti, apenas([223]); primeiro e antes de todos
o choro me arrancaste: mais duro do que uma fraga escarpada,
do que o aço e do que as vagantes Simplégades([224]),
o meu rosto foi vencido, mitigou a sua expressão ameaçadora e chorou.
A chorar e a gemer, ó supremo senhor do Universo,
a terra me viu, e, o que me atormenta mais,
também a minha madrasta me viu. — Eis que se incendeiam de [novo as minhas entranhas,
e se aviva o ardor: de onde, neste momento, um raio para me [atingir?

CORO de Etólias

Há alguma coisa que não possa ser conquistada pela dor?
Outrora mais duro do que o gético Hemo([225]),
e não menos flexível do que o eixo parrásio([226]),
Hércules abandonou os seus membros à dor cruel
e, meneando, com o pescoço, a cabeça lassa,
vira o seu peso alternadamente de um lado para outro.
A sua força sufoca muitas vezes o pranto:
assim não ousa derreter as neves árcticas,

([223]) Hércules refere-se à peçonha do filtro de Nesso.

([224]) As Simplégades, também conhecidas por Rochas Azuis ou Ciâneas, eram recifes móveis que incessantemente colidiam. Constituíram uma das muitas tribulações por que passaram, na sua expedição até à Cólquida em demanda do velo de ouro, os Argonautas (de que, originariamente, Hércules fazia parte). Imobilizaram-se depois de a Argo ter passado incólume por elas. Cf. *Medeia* 342–349.

([225]) Cordilheira na Trácia. «Gético» refere-se, aqui, vagamente à Trácia.

([226]) Alusão à Ursa Maior. «Parrásio» refere-se à Arcádia, de onde era originária a ninfa Calisto, que, depois da sua apoteose, se transformou na constelação da Ursa Maior.

por muito tépida que seja a sua estrela, o Titã([227]),
e vence os raios do radiante Sol
a alvura glacial.

HÉRCULES

Volta os teus olhos para a minha desgraça, pai:
nunca Alcides recorreu às tuas mãos,
nem mesmo quando sobre os meus membros a Hidra desenrolava
as suas fecundas cabeças; aprisionado no meio dos lagos infernais
pela negra noite, quando deparei com o Destino
não te invoquei; venci tantos monstros horríveis,
reis, tiranos, e nem sequer o meu rosto
para os astros voltei: sempre esta mão
com os meus votos me comprometeu; nenhum raio brilhou jamais,
por causa de mim, no céu sagrado — este dia ordena-me
que deseje alguma coisa. Será ele o primeiro a ouvir as minhas preces,
e também o último: tão-só um raio te peço;
considera-me um Gigante (não menos do que eles, para mim
podia ter reivindicado o céu — mas porque te acredito o meu
[verdadeiro pai,
poupei o céu).([228]) Se acaso és cruel, pai,
ou se és compassivo, estende ao teu filho a mão,
apressando-lhe a morte, e toma posse dessa glória.([229])
Ou, se isso te desagrada e a tua mão rejeita a atrocidade,
manda contra mim do sículo cume([230]) os ardentes Titãs,
pai, que, com as suas mãos, contra mim carreguem o Pindo
ou, arremessando o monte Ossa, me esmaguem.
Rompa as barreiras do Érebo e, de espada desembainhada,

([227]) O Sol.

([228]) Júpiter defendera-se com os seus raios, quando os Gigantes atacaram os Olímpicos.

([229]) A glória de matar Hércules, a qual, caso contrário, seria atribuída a Dejanira ou Juno.

([230]) O Etna («sículo», o mesmo que «siciliano»).

ataque-me Belona[231]; envia o truculento Gradivo[232],
arme-se, terrível, contra mim: ele é, em verdade, meu irmão,
mas do lado da minha madrasta. Tu também, de Alcides irmã
tão-só da parte do pai, a tua lança contra o teu irmão
atira, Palas[233]. A ti estendo, madrasta,
as minhas mãos súplices: atira tu ao menos, suplico-te,
um dardo: estou disposto a morrer pela mão de uma mulher.
Já apaziguada, já saciada, porque alimentas ameaças?
Que pretendes mais? Alcides suplicante contemplas,
e nenhuma terra, nenhum monstro jamais me viu
a implorar-te. Agora preciso
de uma madrasta irada — é justamente agora que cessa o teu [ressentimento?
É justamente agora que depões o teu ódio? Poupas-me quando o [meu voto é morrer.
Ó terra e cidades, ninguém há-de emprestar a Hércules um facho,
ou armas? Subtraís-me as minhas setas?
Que nenhuma terra conceba monstros cruéis
depois de eu ter sido sepultado, nem jamais pelas minhas mãos
implore o mundo; se quaisquer males vierem a nascer,
nasça outro eu: desde que a minha desventurada cabeça de todos [os lados
imoleis com pedras e conquisteis os meus infortúnios.
Ficas parado, mundo ingrato? Esqueceste-te de mim?
A monstros e feras estarias ainda sujeito,
se não me tivesses gerado. Livrai dos males o vosso
vingador, povos: esta ocasião vos é dada para recompensar
os meus méritos — a minha morte será o preço de todos eles.

ALCMENA

Que terras eu, infeliz mãe de Alcides, hei-de procurar?
Onde está o meu filho, onde está? Se a minha visão revela o que é certo,

---

(231) A deusa romana da guerra.

(232) Um dos títulos romanos de Marte.

(233) Palas Atena/Minerva, que nascera da cabeça de Júpiter.

eis que, deitado, com respiração ofegante, ele arde;
geme: acabou-se. Que me seja permitido abraçar os teus membros
pela última vez, ó filho. O suspiro que te foge
seja recolhido pelos meus lábios: os meus braços, os meus abraços recebe.
Onde estão aqueles membros? Onde aquela nuca estelífera
que sustentou o céu? Quem te deixou tão exígua
parte de ti mesmo?

HÉRCULES

Hércules vês, de facto,
mãe, mas uma sombra, e desconheço que vil parte de mim.
Reconhece-me, mãe: porque desvias o olhar
e o teu rosto cobres? De que se diga que Hércules é teu filho
te envergonhas?

ALCMENA

Que céu gerou um novo monstro,
que terra o gerou? Que abominação tão terrível
sobre ti triunfa? Quem é o vencedor de Hércules?

HÉRCULES

Tu vês Alcides abatido pelos ardis da sua mulher.

ALCMENA

Que ardil é tão grande a ponto de vencer Alcides?

HÉRCULES

Qualquer ardil, mãe, que a uma mulher irada satisfaça.

ALCMENA

E donde vem esse mal que nos teus membros e ossos se aloja?

HÉRCULES

Uma túnica deu acesso aos venenos feminis.

ALCMENA

Onde está essa túnica? Vejo desnudados os teus membros.

HÉRCULES

Comigo foi consumida.

ALCMENA

Foi inventada tão potente peste?

HÉRCULES

Vagueia pelo interior das minhas vísceras, acredita,
ó mãe, a Hidra de Lerna e, com ela, mil monstros.
Que chama tão potente como esta corta as nuvens da Sicília,
que ardente Lemnos([234]), que região do céu ignífero,
impedindo que o Sol perfure o seu espaço candente?([235])
Atirai-me ao próprio mar, ó companheiros,
e no meio dos rios — que Istro me é suficiente?
Nem o próprio Oceano, maior do que as terras,
há-de aplacar o meu abrasamento, ante os meus males,
há-de falhar qualquer substância líquida, toda a água há-de secar.
Porque, senhor do Érebo, me devolveste a Júpiter?
Devias ter-me retido: reconduz-me às tuas trevas,
neste estado mostra Hércules aos ínferos que ele mesmo derrotou.
Nada daí hei-de trazer; porque temes de novo a Hércules?
Ataca-me, morte, sem temor: já posso morrer.

([234]) Sicília e Lemnos, ambas ilhas com vulcões, onde se encontravam as fornalhas de Vulcano.

([235]) Isto é, sugere-se, hiperbolicamente, que a zona equatorial nos céus é demasiado quente, até para o Sol.

ALCMENA

Contém as lágrimas, ao menos, e os infortúnios domina,
e restitui-nos o Hércules indómito perante grandes males,
e a morte adia: como costumas, vence os ínferos.

HÉRCULES

Se o hórrido Cáucaso me oferecesse, preso em cadeias,
como alimento à ave voraz,
mesmo que a Cítia gemesse, nem um flébil gemido
eu havia de deixar escapar([236]); se as Simplégades vagantes
me espremessem entre os dois rochedos, eu havia de suportar as ameaças
da ruína que vai e vem([237]); deite-se sobre mim o Pindo
e também o Hemos, e o Atos que rompe as ondas
do mar da Trácia, e aquele que intercepta os raios de Júpiter, o
[Mimas([238]):
nem se o próprio firmamento, mãe, sobre mim ruísse
e sobre o meu leito se incendiasse o ardente carro
de Febo, nem assim um ignóbil clamor havia de domar
a coragem de Hércules. Que contra mim se lancem mil feras
e ao mesmo tempo me dilacerem, que de um lado se lancem,
com os seus clangores ferozes, as aves do Estinfalo([239]), ataque-me
[de outro lado
o touro ameaçador, com todo o vigor do seu pescoço([240]), e tudo
[o que por si só
era também prodigioso; surjam daqui e dali florestas

([236]) Por ter ludibriado Júpiter por mais de uma vez, Prometeu foi agrilhoado a um rochedo no cume do Cáucaso, onde uma águia lhe devorava o fígado, que incessantemente se ia renovando. Foi precisamente Hércules quem pôs termo ao suplício, quando, ao passar por aquela região, varou com uma das suas setas a águia.

([237]) As Simplégades. Cf. v. 1273.

([238]) Montanha na Jónia.

([239]) Nova alusão ao quinto trabalho de Hércules. Cf. v. 17.

([240]) Alusão ao enorme javali que vivia no cimo do Monte Erimanto, na Arcádia, e que Hércules subjugou, no seu terceiro trabalho. Cf. v. 980.

e que disperse os meus membros o ominoso Sínis([241]):
apesar de esquartejado, manterei silêncio — nem monstros nem armas
me hão-de arrancar gemidos, nem nada que possa ser atacado. 1395

ALCMENA

Não é um veneno feminil, filho, que os teus membros faz derreter,
mas talvez tenham alimentado essas cruentas moléstias
a dura série de trabalhos e o teu prolongado esforço.

HÉRCULES

Onde a moléstia, onde está? Acaso há ainda no mundo algum mal
a coexistir comigo? Que venha até aqui — alguém me 1400
estenda o meu arco: a minha mão desarmada há-de bastar.
Vamos, avança. * * *
* * *

ALCMENA

Ai de mim, também os sentidos
lhe abalou, e arrancou, a desmesurada dor.
Essa dor é loucura: a única capaz de dominar Hércules. 1407

(Aos servos)

Afastai, peço-vos, os dardos; e as infestas setas, suplico, 1404
levai daqui: os seus olhos, marejados de chamas, 1405
um crime prometem. Que esconderijo hei-de eu procurar, uma
[anciã? —
Mas para quê, insensata, procurar um esconderijo ou fuga? 1408
Alcmena merece morrer por acção de um possante braço;
ou seja-me possível por um crime perecer, antes que algum timorato 1410

([241]) Malfeitor morto por Teseu perto do Istmo de Corinto. Tinha o epíteto de «O Dobrador de Pinheiros», porque costumava dobrar pinheiros, entre os quais amarrava um homem: em seguida, largava as árvores, que, endireitando-se violentamente, rasgavam o supliciado.

me imponha a morte, e torpe mão
sobre mim triunfe. Mas eis que uma dor lassa
prende com um sono profundo as suas veias exauridas pelos males
e o seu peito ofegante com pesadas convulsões se agita.
Sede propícios, súperos. Se a mim, infeliz, o meu ínclito filho
me recusais, ao menos, suplico, conservai na terra
o seu vingador. Desapareça, expulsa, a sua dor
e ganhe novas forças o corpo de Hércules.

(Ao entrar)

HILO

Ó luz amarga, ó dia pleno de crimes!
A nora do Tonante morreu, jaz prostrado o seu filho,
e eu, seu neto, sobrevivo; pelo crime da minha mãe, Hércules perece,
ela que foi vítima de um logro — que ancião, ao sucederem-se os anos
e numa vida inteira, poderá experimentar
tão grandes infortúnios? Um só dia me arrebatou
ambos os pais; e para calar outros males,
e me conter quanto ao destino, perco Hércules como pai.

ALCMENA

Domina as tuas palavras, ínclito filho de Alcides
e neto da desafortunada Alcmena, com um destino semelhante ao dela:
talvez um longo sono possa vencer a dor de Hércules.
Mas eis que a quietude abandona a sua alma lassa
e à moléstia devolve o seu corpo, e a mim, o luto.

HÉRCULES

Que é isto? Vê-se Tráquin com a sua inóspita montanha,
ou, colocado entre os astros, libertei-me por fim
do género mortal? Quem o céu para mim prepara?
A ti, a ti, pai, já te vejo, contemplo também
a minha madrasta, apaziguada. Que som celeste toca

os meus ouvidos? Juno chama-me genro.([242])
Vejo o nitente palácio do luminoso éter
e a região desgastada pelas incandescentes rodas de Febo([243]).
Agora, vejo o leito da noite; para longe daí as trevas me chamam.
Que é isto? Quem fecha os céus e me faz sair, pai,
dos próprios astros? Ainda agora os cavalos de Febo
bafejavam no meu rosto: quão perto estive do céu —
Tráquin vejo; quem me deu a terra?
Ainda agora o Eta estava abaixo de mim e o mundo inteiro
a meus pés. Quão agradavelmente te afastaras, dor!
Obrigas-me a confessá-lo. — Poupa-me e previne essas palavras.([244])
Estes, Hilo, os presentes da tua mãe? Estas as dádivas que ela prepara?
Oxalá me fosse possível, a golpes da minha clava,
destruir-lhe a ímpia vida, qual o mal amazónio
que subjuguei perto dos flancos do nevoso Cáucaso.([245])
Ó querida Mégara, acaso eras tu a minha mulher
quando estava enlouquecido?([246])

(Aos servos)

A minha clava e o meu arco dai-me, macule-se a minha destra,
que nas minhas próprias glórias eu crave uma mácula:
que uma mulher seja escolhida como o derradeiro trabalho de Hércules.

HILO

Refreia, pai, as ominosas ameaças da tua ira; está feito,
acabou-se, os castigos que reclamas, ela os impôs a si mesma:
trespassada pela sua própria destra, a minha mãe jaz morta.

([242]) Em verdade, depois da sua apoteose e de reconciliado com a sua madrasta, será mesmo assim, porquanto Hércules casará com Hebe, filha de Júpiter e Juno.

([243]) O Sol.

([244]) Hércules estava prestes a admitir que a dor era insuportável, até para ele.

([245]) Alusão a Hipólita, rainha das Amazonas. Cf. v. 21.

([246]) Isto é, devia ter sido Dejanira (recorde-se que, enlouquecido, Hércules matou a mulher, Mégara, e os filhos de ambos — cf. *Hércules Enlouquecido*).

HÉRCULES

Morreu dolosamente: pelas mãos do irado Hércules
merecia ter morrido; Licas perdeu uma companheira.
A enfurecer-me contra o seu corpo, mesmo exânime, obrigam-me
o ímpeto e a ira. Porque há-de escapar às minhas ameaças
o seu próprio cadáver? Como pasto o recebam as feras.

HILO

A infeliz sofreu mais do que fez sofrer; daí talvez quisesses
retirar alguma coisa: morreu pela sua própria destra,
por causa do teu sofrimento; mais castigos do que os que reclamas
[suportou.
Mas não jazes por causa do crime de uma mulher sanguinária,
nem por um logro da minha mãe: Nesso urdiu esses ardis,
quando, ferido pelas tuas setas, a vida exalou.
A tua túnica foi tingida com o sangue dessa semifera, pai,
e Nesso inflige-te agora a sua vingança.

HÉRCULES

Está feito, acabou-se, o meu destino desenrola-se;
esta é a minha derradeira luz: o carvalho profético([247]) outrora
me previra essa sorte, e as florestas que sacodem
os templos de Cirra com os seus mugidos no Parnaso([248]):
«Pela destra de um homem assassinado, Alcides,
hás-de um dia tombar, apesar de o teres vencido; esse fim derradeiro,
depois de teres percorrido os mares, a terra e os Infernos, te está
[reservado.»
Nada mais lamento: convinha ser-me dado este fim,
para que ninguém pudesse vencer Hércules e sobreviver-lhe.
Agora seja escolhida uma morte ilustre, memorável, célebre,

([247]) Provável alusão ao famoso carvalho sagrado de Dodona, na Caónia, região do Epiro, no noroeste da Grécia.

([248]) Alusão ao oráculo de Delfos (Cirra era uma antiga cidade próxima de Delfos).

perfeitamente digna de mim: famoso hei-de tornar este dia.
Corte-se todo o bosque e sucumba
a floresta do Eta: ingente pira receba Hércules,
mas antes da sua morte. Tu, filho de Peante([249]),
para mim, jovem, este triste ofício providencia:
que as chamas da pira de Hércules incendeiem completamente o
[próprio dia.
A ti agora, Hilo, os meus derradeiros pedidos faço:
há, entre as cativas, uma jovem ilustre,
que traz no rosto a sua raça e a sua realeza, a filha de Êurito,
Íole: prepara-a para os fachos nupciais e para o teu leito.
Vencedor cruento, privei-a da pátria, dos Lares,
e nada à infeliz, senão o próprio Alcides, ofereci —
e até esse lhe é arrebatado. Que ela compense os seus infortúnios,
acarinhe o neto de Júpiter e filho de Hércules;
que dê à luz para ti um filho que tenha concebido de mim.
E tu também, cessa esses prantos fúnebres, suplico-te,
ó ilustre mãe: viverá Alcides para ti.
Graças à minha coragem, fiz com que a minha madrasta
parecesse uma mera concubina, quer aquela célebre noite seja
[realmente
a do nascimento de Hércules, quer o meu pai seja
um mortal. Mesmo que falsa seja a minha linhagem,
mesmo que desapareçam o delito da minha mãe e o crime de Júpiter([250]),
mereci ter Júpiter como pai: proporcionei honra ao céu,
a natureza concebeu-me para glória de Júpiter.
E mais, o próprio, apesar de ser Júpiter, se alegra,
por ser considerado meu pai; poupa já as lágrimas, mãe:
excelente entre as mães argólicas serás.
Juno, que porta o ceptro etéreo e é a mulher do Tonante,
gerou alguém parecido? Governando nos céus,
teve inveja, ainda assim, de uma mortal, desejou que Alcides

([249]) Filoctetes, que teria entrado em cena juntamente com os servos que no início do Acto transportam Hércules numa liteira.

([250]) Ambos devido à história em que, metamorfoseado em Anfitrião, Júpiter se uniu a Alcmena gerou Hércules.

fosse chamado seu filho. Segue agora, Titã, o teu curso,
sozinho, esquecido: eu, que fui teu companheiro
por toda a parte, vou para o Tártaro e para os manes.
Para o abismo hei-de levar, todavia, esta insigne glória:
a de que nenhum monstro aniquilou Alcides às claras
e a de que todos os monstros Alcides venceu às claras.

CORO de Etólias

Ó ornamento do mundo, radiante Titã([251]),
ante cujos primeiros raios Hécate([252])
alivia as fatigadas mandíbulas da sua nocturna biga:
diz aos Sabeus([253]) que vivem sob a Aurora,
diz aos Iberos que vivem sob o Ocaso,
e aos que são fustigados pelo teu carro abrasador,
e aos que sofrem sob o carro da Ursa([254]),
diz que Hércules se apressa em direcção aos eternos manes
e ao reino do cão vigilante([255]),
de onde jamais há-de voltar.
Escolhe raios que as nuvens persigam,
pálido contempla as terras entristecidas
e vagueiem pela tua cara sombras disformes.
Quando, ó Titã, onde, sob que céu
outro Hércules na terra hás-de seguir?
Que mãos este infeliz universo há-de invocar,
se perto de Lerna algum monstro multiforme
espalhar a sua fúria com cem serpentes([256]),

([251]) O Sol.

([252]) Frequentemente representada na arte pictórica com três cabeças ou três corpos, Hécate era a deusa das encruzilhadas, donde o seu nome de Trívia, e estava presente nas três regiões do mundo mitológico: nos céus, como a Lua ou Febe; na terra, como Diana caçadora; no mundo infernal, como Prosérpina, mulher de Plutão. Na época de Séneca, era já associada à magia. Aqui, designa a Lua.

([253]) Tribo do Sul da Arábia.

([254]) A Ursa Maior, aqui com o sentido de Norte distante.

([255]) Cérbero.

([256]) Nova alusão à Hidra de Lerna. Cf. v. 19.

se algum javali tornar inseguras
aos Árcades, esse vetusto povo, as suas florestas([257]),
se algum filho do Ródope([258]) trácio,
mais duro do que as terras da nivosa Hélice([259]),
espargir de sangue o estábulo?([260])
Quem há-de devolver a paz ao povo amedrontado,
se, irados, os súperos ordenarem que nas cidades
nasça alguma coisa? Jaz igual aos demais,
aquele que a terra gerou igual ao Tonante.
Retumbe, sem fim, o pranto por todas as cidades,
e as mulheres, desfeitos os nós que lhes prendem os cabelos,
firam os braços desnudados,
e, fechadas as portas dos deuses,
somente os templos da serena madrasta permaneçam abertos.
Vais para o Lete e para as margens do Estige,
de onde nenhuma barca te há-de trazer de volta;
vais, miserando, para junto dos manes, de onde,
derrotada a Morte, trouxeras um triunfo;
como uma sombra hás-de chegar, com os braços desnudados,
o rosto lânguido e o pescoço cansado,
e não te há-de transportar só a ti aquela barca([261]),

⋆ ⋆ ⋆

Todavia, não serás vulgar entre as sombras:
junto a Éaco e aos gémeos cretenses([262]),

([257]) Nova alusão ao enorme javali que vivia no cimo do Monte Erimanto, na Arcádia, e que Hércules subjugou, no seu terceiro trabalho. Cf. v. 980.

([258]) Montanha na Trácia.

([259]) A Constelação da Ursa Maior. Aqui com o sentido de «Norte».

([260]) Nova referência ao oitavo trabalho de Hércules, as éguas de Diomedes, rei da Trácia (onde se localizava o rio Hebro), que alimentava os seus animais com carne humana.

([261]) A barca de Caronte, apesar de, aquando da descida do herói aos Infernos, quase ter ido ao fundo só com o peso de Hércules (vivo) (cf. *Hércules Enlouquecido* 775–777).

([262]) Minos, rei lendário de Creta, e o seu irmão Radamanto (de acordo com algumas versões, rei antes de Minos) eram, juntamente, com Éaco, juízes dos mortos.

hás-de avaliar os feitos dos homens, punindo os tiranos.
Sede clementes, ó ricos, contende as vossas destras:
digno de louvor é teres mantido limpo o ferro,
e, enquanto reinavas, teres permitido o mínimo
de tempestades do Destino contra as tuas cidades.
Mas a virtude tem lugar entre os astros.
Terás um posto na morada do Árctico
ou onde o grave Titã([263]) faz despontar o seu calor?
Ou sob o tépido Ocaso hás-de brilhar,
de onde hás-de ouvir Calpe([264]) ressoar
com o encontro dos seus mares? Que regiões do céu sereno
hás-de afundar? Qual lugar será seguro,
depois de Alcides ser recebido entre os astros?
Que o teu pai te dê, ao menos,
um lugar distante do hórrido Leão e do ardente Caranguejo([265]),
para que os céus, assustados diante da tua presença,
não confundam as suas leis, nem trepide o Titã.
Enquanto vierem as flores com a Primavera morna,
1578 e o Verão chamar de volta às florestas a sua folhagem,
1579 e os frutos cessarem com o Outono fugidio,
1577 e o Inverno esbulhar da sua folhagem as florestas,
1581 tu, companheiro de Febo, companheiro dos astros, permanecerás.
1580 Jamais o tempo te há-de arrebatar à terra:
mais facilmente há-de nascer uma seara no fundo do mar
ou o mar ressoar com água doce,
mais facilmente há-de descer a constelação da Ursa Glacial
e fruir do mar proibido,
do que os povos hão-de esquecer as tuas glórias.
A ti, pai da natureza, nós, os infelizes, suplicamos:
não nasça nenhuma fera, nenhum monstro,
não se horrorize nenhuma terra miserável com comandantes cruéis,

---

([263]) O Sol.

([264]) Antigo nome de Gibraltar, cujo estreito foi aberto por Hércules, que, para assinalar as suas façanhas, erigiu duas colunas (as Colunas de Hércules): uma em Gibraltar, outra em Ceuta.

([265]) Duas das constelações do Zodíaco.

nenhum palácio seja governado
por quem julgue ser a única glória do reino
brandir constantemente a espada;
se de novo algo vier a ser temido na terra,
pedimos um vingador para a terra abandonada.
Mas que é isto? Eis que o mundo ressoa lúgubre.
Geme o pai de Alcides? Ou é dos deuses
o clamor, ou a voz da temerosa madrasta
e, à vista de Hércules, foge dos astros Juno?
Ou, suportando a sua carga, Atlas titubeou?
Ou os manes terríveis tremeram ainda mais
diante de Hércules, e o cão dos Infernos([266]), quebrando as suas cadeias,
fugiu assustado ante a visão de Hércules?
Enganamo-nos: eis que, com uma expressão alegre, avança
aquele que Peante gerou([267]), e traz sobre os ombros as setas
e a aljava famosas junto dos povos,
de Hércules o herdeiro.([268])

([266]) Nova alusão a Cérbero.

([267]) Filoctetes.

([268]) É como herdeiro de Hércules que Filoctetes faz uma entrada tão tonitruante quanto as do próprio herói (cf. *e.g.* vv. 1128–1130, ou *Hércules Enlouquecido* 520–523).

ACTO QUINTO

(O Coro vê Filoctetes regressar do Monte Eta)

CORO de Etólias

Conta-nos, jovem, os infortúnios de Hércules, suplicamos-te,
e com que disposição Alcides enfrentou a morte.

FILOCTETES

Com uma disposição com que ninguém enfrentou a vida.

CORO de Etólias

Acaso foi, pois, com alegria que confrontou
o derradeiro fogo?

FILOCTETES

Ele mostrou que já
as chamas não são nada. O que, sob este céu, Hércules
deixa imune a ser vencido? Eis que tudo foi dominado.

CORO

Entre as chamas, que lugar para um homem corajoso?

FILOCTETES

Único mal que ele ainda não vencera sobre a terra,
até o fogo foi vencido; a esse, também ele o acrescentou aos [monstros:
o fogo acabou entre os trabalhos de Hércules.

CORO

Explica, vamos, de que modo foram conquistadas as chamas?

FILOCTETES

Assim que o triste grupo se lançou ao trabalho no monte Eta,
de um lado, uma faia perde as suas sombras e jaz por terra,
com o tronco cortado; outro homem, feroz, deita por terra um [pinheiro
que ameaçava os astros e que ele chama do meio das nuvens:
ao cair, o pinheiro abala a encosta e arrasta consigo
as árvores mais pequenas. O outrora profético carvalho da Caónia[269]
ergue-se imenso em altura, e impede a luz de Febo,
e estende os seus ramos por toda a floresta.
Ele geme ameaças, maltratado pelos inúmeros golpes,
e parte as cunhas; com o impacto, volta para trás a espada,
e o ferro sofre uma ferida e não é suficientemente duro.
Deslocado por fim, ao cair causou
uma ruína tão grande quanto ele; de imediato todos os recantos [recebem
a luz do Sol: expulsas das suas moradas,
vagueiam as aves pela claridade da floresta devastada
e, gárrulas, procuram as suas casas com as asas fatigadas.
Já todas as árvores haviam bramido e até os carvalhos sagrados
sentido as mãos iradas com o ferro,
e a nenhum bosque foi proveitosa a antiga sacralização.
É amontoada toda a floresta e os seus troncos alternados elevam,

[269] Aqui e poucos versos *infra*, nova alusão aos carvalhos sagrados de Dodona, na Caónia, região do Epiro.

até os astros, a pira, ainda assim exígua para Hércules:
o pinheiro que faz brotar as chamas e o obstinado carvalho
e, mais pequena, a azinheira. Mas, no topo, coroa a pira
um choupo branco, árvore das folhas de Hércules.(270)
Quanto a ele, qual leão imenso que sob a floresta nasamónia(271)
ruge deitado sobre o seu peito ferido,
é para ali transportado: quem havia de acreditar que tinha pressa
[em chegar às chamas?
A sua expressão era a de quem se dirigia para os astros, não para o fogo.
Assim que pôs o seu peso sobre o Eta e com o olhar
examinou toda a pira, depositado sobre ela esmagou a lenha.
⋆ ⋆ ⋆ ⋆
Pediu o seu arco. «Recebe esta dádiva», diz ele,
«ó filho do Peante, aceita o ofício de Alcides.
Estas setas, sentiu-as a Hidra, por causa delas jazem as aves do Estinfalo
e todos os outros monstros que à distância venci com a minha mão
[triunfante.
Ditoso jovem, jamais hás-de lançar em vão estas setas
contra o inimigo; mesmo que do meio das nuvens queiras
derrubar as criaturas aladas, hão-de cair os pássaros,
e as presas pingar do céu com os teus dardos certeiros,
nem este arco há-de jamais defraudar a tua destra:
ele aprendeu a disparar o dardo e a dar a direcção certa
às suas setas; os próprios dardos, uma vez projectados pela corda,
não erram o percurso; tu tão-só, suplico,
prepara-me o fogo e o derradeiro facho.
Que esta clava, em que mais ninguém pegou,
seja, como eu, pasto das chamas; somente esta arma
há-de seguir a Hércules. A esta, também tu havias de recebê-la,
se a pudesses carregar. Que ela avolume a pira do seu dono.»
Em seguida, pede que os horríveis despojos do monstro de Némea(272)

(270) Recorde-se que uma lenda de Olímpia contava que Hércules tinha trazido dos Infernos o choupo branco, cuja madeira era a única autorizada a ser utilizada nos sacrifícios oferecidos a Zeus/Júpiter de Olímpia.

(271) Relativo aos Nasamões, povo que habitava no Norte de África.

(272) O leão de Némea. Cf. v. 16.

ardam juntamente com ele; e desapareceu, entre os despojos, a pira.
Toda a turba gemeu e a ninguém a dor
poupou as lágrimas. A sua mãe, de luto enlouquecida,
desnudou o seu ansioso peito e com grandes golpes
feriu os seios, despida até ao ventre,
e, atacando, com os seus lamentos, os súperos e até o próprio Júpiter,
encheu o espaço todo com a sua voz de mulher.
«Tornas indigna, mãe, a morte de Hércules,
contém as tuas lágrimas, que essa dor de mulher
se recolha dentro de ti; porque, com o teu choro, ofereces a Juno
um dia feliz? Ela rejubila ao contemplar
as lágrimas da sua rival. Domina o teu flébil coração,
mãe: é ímpio dilacerar os seios, e o ventre
que me gerou.» E rugindo de um modo terrível,
como quando conduziu pelas cidades argólicas o Cão([273])
e voltou vencedor do Érebo tendo desprezado Dite
e a morte trémula, deitou-se sobre a fogueira.
Quem, tendo obtido uma vitória, assim se mostrou no seu carro([274]),
alegre e triunfante? Que tirano ditou leis aos povos
com semelhante expressão? Quanta paz naquele semblante!
Estancaram-se as lágrimas; a dor, repelida, deixou-nos
também a nós, ninguém gemeu o que ia morrer:
já chorar é uma vergonha; e até aquela cujo sexo
manda chorar([275]), Alcmena, parou, com os olhos enxutos,
e manteve-se de pé, mãe já quase igual ao filho.

CORO de Etólias

Nenhuma prece pelos astros dirigiu aos súperos,
antes de arder, ou não olhou para Jove em súplica?

([273]) Cérbero.

([274]) Alusão à entrada solene em Roma dos generais vitoriosos (os triunfos).

([275]) Na *Consolação a Hélvia* 16.1, Séneca menciona uma tradição romana que permitia um luto de dez meses para viúvas; e, na *Epístola* 63.13, prescreve-se um ano de luto para as mulheres, e nenhuma permissão de tempo de luto para os homens.

Ele permaneceu deitado, seguro de si, e, observando o céu,
inquiriu com os olhos se de alguma cidadela o seu pai
o contemplava. Então, estendendo as mãos, diz:
«De qualquer lugar de onde observas o teu filho, pai,
a ti, a ti suplico, para quem, com uma noite a outra fundida,
repousou o dia[276], se as minhas glórias cantam
ambos os litorais de Febo[277], e a raça dos Citas
e toda a região que o dia ardente torra,
se de paz está plena a terra, se nenhuma cidade geme
e ninguém mancha impiamente os altares,
se não há mais crimes, recebe entre os astros o meu espírito,
suplico-te. Nem a morada da morte infernal,
nem os reinos sinistros do tenebroso Jove[278] me aterrorizam,
mas de ir como sombra para junto daqueles deuses que venci,
pai, me envergonho. Dissipadas as nuvens, aclara o dia,
para que a assembleia dos deuses Hércules em chamas contemple;
ainda que tu me negues as estrelas e o céu,
contra a tua vontade, pai, serás forçado a fazê-lo: se a dor me arrancar
algum gemido, abre-me então os pântanos do Estige
e devolve-me ao meu destino; põe à prova o teu filho antes disso:
com que me mostre digno do céu, este dia há-de fazer.
É de pequena importância tudo o que foi feito antes. É este dia, pai,
que há-de consagrar ou condenar Hércules.» Depois que proferiu
[estas palavras,
pelas chamas implorou. «Age agora, de Alcides companheiro,
sem indolência», diz, «agarra do Eta o facho.
Porque treme a tua destra? Acaso temendo
um crime ímpio, a tua mão foge? Devolve-me imediatamente a aljava,
cobarde, incapaz, fraco — eis a mão que devia
retesar o meu arco! Porque se instala a palidez nas tuas faces?
Lança-te sobre o facho com a coragem, com o ânimo com que vês

(276) Nova alusão à noite prolongada em que Hércules foi concebido.

(277) O Sol («ambos os litorais»: o Levante e o Poente).

(278) Hades, ou Dite, ou Plutão, irmão de Júpiter e rei dos Infernos.

aqui jazer Alcides. Contempla-me, infeliz, prestes a arder:
observe a minha madrasta como eu suporto as chamas.
Eis que o meu genitor já me chama e me abre os céus;
estou a caminho, pai» — e a sua expressão não mais foi a mesma.
Com a minha destra tremente, introduzi na pira o pinho em chamas.
Recua o fogo e relutam as chamas,
e nos seus membros evitam tocar, mas o próprio Hércules
[persegue
o fogo que retrocede. Havias de acreditar que o Cáucaso, ou o Pindo,
ou o Atos eram devorados por línguas de fogo: nenhum som irrompe,
tão-só a fogueira geme. Ó invencível coração!
Até o horrendo Tífon[279], posto sobre aquela pira,
teria gemido, e aquele que pôs aos ombros
o Ossa arrancado do chão, o feroz Encélado[280].
Hércules, porém, levantando-se no meio das chamas,
semiqueimado e lanhado, diz com um olhar intrépido:
«Agora és a mãe de Hércules: assim te convém permanecer firme
junto à minha pira, mãe, assim convém que se chore Hércules.»
Instalado no meio do fumo e das ameaças das chamas,
imóvel, inabalável, não virando para nenhum dos lados
os membros apossados pelo fogo, ele exorta, aconselha,
mantém-se activo enquanto arde. Insuflou em todos os seus
[servidores
força de espírito; havias de julgar que era ele quem queimava
[enquanto ardia.
Espanta-se todo o vulgo, dificilmente criam haver ali fogo:
tão tranquilo está o seu rosto, tal majestade tem aquele homem.
E não se apressa a ser consumido pelo fogo; e quando chegou à
[conclusão de que o alcançado

---

(279) Tífon, ou Tifeu, ser monstruoso, filho da Terra (Geia) e do Tártaro, aprisionado no Etna, por ter contestado a posição de Júpiter enquanto senhor dos deuses. Acreditava-se que as chamas que saíam do Etna eram ou as que o próprio monstro lançava, ou o que restava dos raios com que Júpiter o abatera.

(280) Um dos Gigantes que combateu contra os Olímpicos, na Gigantomaquia. Tentando escalar o Olimpo, os Gigantes empilharam montes uns sobre os outros (como é o caso do Ossa, aqui mencionado — cf. vv. 1152–1153).

era já suficiente para uma morte virtuosa, ele reuniu daqui e dali
os troncos em brasa, em que uma labareda mais fraca crepitava,
e atira-os a todos para o fogo, e intrépido, feroz,
busca aqueles donde transborda o fogo mais intenso.
Em seguida, enche de chamas o seu rosto: refulgiram
as suas barbas espessas; e enquanto o fogo ameaçador
já lhe atacava o rosto, e as chamas lhe lambiam a cabeça,
ele não fechou os olhos. Mas que é isto?

(Aproxima-se Alcmena, trazendo nas mãos a urna fúnebre de Hércules)

Vejo a sua desolada mãe
carregando junto ao peito os despojos do grande Hércules,
e, sacudindo as cinzas dos seus cabelos, Alcmena geme.([281])

ALCMENA

Temei, súperos, o destino: tão parcas as cinzas
de Hércules, a isto, a isto ficou reduzido aquele gigante!
Tão ingente corpo, Titã([282]), em nada transmutado.
O peito de uma anciã, ai de mim, é suficiente para recolher
[Alcides,
este é o túmulo dele: foi dificilmente que Hércules encheu
a urna inteira; quão leve é para mim o peso desse homem
sobre quem o céu inteiro se deitou como um peso leve.
Ias outrora ao Tártaro, ó filho, e aos reinos longínquos
com a garantia de que havias de voltar — quando regressarás
[novamente
do Estige infernal? Não para arrebatares troféus,
ou para que de novo Teseu te fique a dever a luz —
mas quando voltarás daí, sozinho? O mundo, pesando sobre ti,
há-de confinar a tua sombra, e o cão do Tártaro([283])

([281]) As pessoas enlutadas costumavam deitar pó e cinzas sobre as suas próprias cabeças.

([282]) O Sol.

([283]) Cérbero.

poderá impedir o teu regresso? Quando hás-de bater aos portais
[do Ténaro[284]?
Ou a que fauces por onde se alcança a morte me hei-de dirigir eu,
tua mãe? Vais para os manes, numa viagem
sem retorno.

(A si mesma)

Porque gasto o dia com queixumes?
Porque continuas, vida infeliz? Porque te agarras a esta luz?
Que outro Hércules posso de novo parir para Jove?
Que filho tão notável me há-de chamar, a mim, Alcmena,
sua mãe? Ó felicíssimo, felicíssimo
marido tebano[285], entraste nas regiões do Tártaro
quando o nosso filho prosperava e os ínferos certamente
te temeram, a ti que chegavas, tão-só porque eras pai de Hércules,
mesmo que falsamente. Que terras vou procurar, anciã,
odiada por reis cruéis (se é que algum rei
cruel restou ainda)? Ai de mim!
Todos os filhos que gemam os pais assassinados,
em mim, hão-de buscar vingança, sobre mim todos se hão-de lançar:
se qualquer pequeno Busíris[286] ou se qualquer pequeno Anteu[287]
aterrorizar as cidades da terra ardente,
como sua presa eu serei conduzida; se qualquer habitante do Ísmaro[288]
vingar os rebanhos do cruento Trácio, esses ferozes rebanhos

---

[284] Promontório na Lacónia, onde havia um templo dedicado a Neptuno e uma caverna que dava acesso ao mundo dos Infernos.

[285] Anfitrião, o pai «mortal» de Hércules.

[286] Rei do Egipto, famoso por fazer sacrifícios humanos (um forasteiro por ano) a Júpiter; foi morto por Hércules, depois de o ter tentado imolar.

[287] Gigante, filho de Posídon/Neptuno e de Geia/Terra. Habitava na Lídia e obrigava todos os viajantes a lutar com ele. Enquanto estivesse em contacto com a sua mãe, isto é, o solo, Anteu era invulnerável. Mas Hércules, quando passou pela Lídia em busca das maçãs de ouro, lutou com ele e sufocou-o, soerguendo-o sobre os ombros.

[288] Cidade na Trácia (localizada no sopé da montanha com o mesmo nome).

hão-de despedaçar os meus membros([289]); talvez me castigue
a irada Juno: há-de manar toda a sua mágoa;
está segura, por fim, do derrotado Alcides, livre,
mas eu, sua rival, continuo viva — quantos suplícios me há-de
[infligir,
para que eu não possa mais parir! Este filho tornou temível
o meu ventre. Que refúgios hei-de eu, Alcmena, procurar?
Que lugar, que região, que plaga do Universo me
há-de defender ou para que esconderijo me hei-de dirigir,
mãe por tua causa conhecida em toda a parte? Se me dirigir para
[a minha pátria
e para os meus infelizes lares, Euristeu é senhor de Argos([290]);
hei-de dirigir-me para Tebas e Ísmaro([291]), reino do meu marido,
e para o nosso leito nupcial, em que um dia
vi a Júpiter e por ele fui amada? Ó felicíssima, felicíssima,
se também eu tivesse sentido um raio de Júpiter!([292])
Oxalá, enquanto feto, tivesse Alcides sido arrancado
das minhas entranhas! Mas foi-me concedido tempo, concedido
ver o meu filho rivalizar em glória com Júpiter,
para que me fosse também concedido saber o que o destino
me podia arrancar. Que povo vive lembrando-se de ti,
filho? Já todo o género humano te é ingrato.
Hei-de dirigir-me a Cleonas([293])? Hei-de dirigir-me ao povo dos
[Árcades
e procurar essas terras enobrecidas pelos teus méritos?
Aqui sucumbiu a ominosa serpente, ali uma ave feroz,

([289]) Nova referência ao oitavo trabalho de Hércules, as éguas de Diomedes, rei da Trácia, que alimentava os seus animais com carne humana.

([290]) Argos/Micenas.

([291]) Cidade na Trácia (localizada no sopé da montanha com o mesmo nome).

([292]) Como aconteceu com Sémele, que, à semelhança de Alcmena, foi amada por Júpiter, e dele concebeu Baco. Juno, enciumada, sugeriu-lhe que pedisse ao seu amante divino que lhe aparecesse em toda a sua glória. Júpiter, que, imprudentemente, prometera a Sémele conceder-lhe tudo quanto lhe pedisse, teve de se aproximar dela com os seus raios. Sémele, fulminada, morreu instantaneamente.

([293]) Cidade perto de Némea, na Argólide, onde Hércules abateu o Leão.

aqui um cruento javali, ali, aniquilado por tua mão,
o leão que, enquanto tu és sepultado na terra, habita o céu([294]):
se a terra é grata, que todos os povos defendam
a tua Alcmena. Hei-de dirigir-me à terra dos Trácios
e aos povos do Hebro? Essa região foi também defendida
pelos teus méritos: destruídos os estábulos juntamente com o reino.
Aí abatido um cruento rei, foi estabelecida a paz:
onde, em verdade, foi ela negada? Que sepulcro, eu, uma infeliz anciã,
hei-de procurar para ti? Que o mundo inteiro
dispute o teu túmulo. Que povo, que templos, que gentes
reclamam os despojos do grande Hércules?
Quem, quem pede, quem reivindica o fardo([295]) das mãos de Alcmena?
Que sepulcro, filho, que túmulo te será bastante?
O mundo inteiro: a fama será o teu epitáfio.
Porque, espírito, tremes? Tens nas tuas mãos as cinzas de Hércules;
abraça os seus ossos: estes resquícios te hão-de ajudar,
hão-de ser protecção suficiente, até só a tua sombra há-de aterrorizar
[os reis.

CORO de Etólias

Apesar de devido ao teu filho,
contém o teu pranto, mãe do ínclito Alcides.
Não deve ser gemido, nem oprimido pelo peso das preces,
quem quer que, pelo seu valor, tenha arrebatado o acesso ao destino:
a eterna virtude de Hércules proíbe que se chore Hércules:
os heróis dispensam que os choremos, os fracos exigem-no.

ALCMENA

Hei-de eu, uma mãe, apaziguar os meus queixumes, desaparecido
[o vingador

([294]) Nova alusão a alguns dos doze trabalhos de Hércules: a Hidra de Lerna, as aves do Estinfalo, o javali de Erimanto, o leão de Némea, transformado em constelação depois de abatido por Hércules.

([295]) A urna com as cinzas de Hércules.

da terra e do pélago ⋆ ⋆ ⋆
⋆ ⋆ ⋆ e de toda a parte onde o purpúreo Sol
contempla os dois oceanos([296]) a partir do seu radiante carro?
Quantos filhos sepultei, mãe infeliz, num único filho!
De reino carecia, todavia, eu podia conceder reinos.
De todas as mães que a terra nutre,
apenas eu me abstinha de fazer votos, nada pedia aos súperos,
enquanto vivia meu filho: o que não me podia dar
o ardor de Hércules, que deus me poderia negar
o que quer que fosse? A resposta aos meus votos estavam nestas mãos:
tudo o que Júpiter me negasse, dar-mo-ia Hércules.
Que outra mãe mortal gerou um filho como ele?
Certa mãe transformou-se em pedra, permaneceu imóvel, tendo
[sido privada
de todos os seus filhos, e de uma só vez chorou a sua dupla grei
de sete filhos([297]): a quantas greis poderia ser comparado
aquele meu filho! A essas mães enlutadas
faltava, ainda, um distinto modelo: eu, Alcmena, o vou providenciar.
Cessai, mães, se uma obstinada dor
ainda vos manda chorar, e aquelas que um luto profundo
em pedras converteu; cedei todas diante dos meus males.
Vamos, ó mãos infelizes, este peito senil
feri — e uma única anciã, longeva e alquebrada,
é bastante para tão grandioso corpo, que em breve
todo o mundo há-de disputar? Prepara, porém, para o pranto
os teus braços, mesmo que lassos: para que, com o lamento,
causes inveja aos deuses, conclama ao pranto todo o género humano.
Pranteai; pelo filho de Alcmena

([296]) Como um rio que corria à volta do disco plano que era a Terra (de acordo com as concepções helénicas primitivas do mundo), o Oceano encontrava-se quer a Levante, quer a Poente.

([297]) Nova alusão a Níobe, que se jactava de ter uma prole mais numerosa do que a de Leto/Latona: tinha sete filhos e sete filhas, ao passo que a deusa tinha apenas dois. Ultrajada, Leto/Latona pediu aos seus próprios filhos, Febo Apolo e Diana, que a vingassem. Eles mataram, então, todos os filhos de Níobe, à excepção de dois, um rapaz e uma rapariga. Tendo chorado copiosamente, Níobe acabaria por ser metamorfoseada numa fonte, no Monte Sípilo (na Lídia).

e do magno Júpiter desferi golpes,
para cuja concepção um dia pereceu
e fundiu duas noites a Aurora:
perde-se agora algo mais do que um dia.
Desfiram golpes, igualmente, todos os povos
cujos cruéis tiranos
ele mandou penetrar na morada do Estige
e depor o ferro banhado no sangue dos seus súbditos.
Pagai com lágrimas tão grandes méritos,
e ressoe todo, todo o mundo.
Chore Alcides a cerúlea Creta,
terra querida ao magno Tonante:
que os seus cem povos golpeiem os braços.([298])
Agora, Curetes([299]), agora, Coribantes([300]),
brandi as armas nas vossas mãos do Ida:
as armas são apropriadas para prantear Hércules.
Agora, agora, chorai uma morte genuína([301]):
Alcides, não inferior ao próprio Tonante,
está morto, ó Creta.
Chorai a morte de Hércules, habitantes da Arcádia,
povo de quando Febe([302]) nem era nascida:

([298]) Creta era famosa pelas suas cem cidades.

([299]) Génios que acompanharam a infância de Júpiter numa caverna do Monte Ida, em Creta, onde o recém-nascido deus fora escondido pela sua mãe, Reia, que o quis proteger do seu marido, o Titã Crono/Saturno. Este, tentando evitar a concretização do oráculo que o advertia de que seria destronado por um dos seus filhos (como Júpiter acabaria por fazer), devorava todos os filhos e filhas assim que Reia os paria. Júpiter foi confiado à Ninfa Amalteia, mas eram os Curetes, com as suas ruidosas danças guerreiras, que abafavam o choro de Júpiter, o que tornou possível que o deus chegasse à idade adulta.

([300]) Sacerdotes de Cíbele (Grande Mãe), a grande deusa da Frígia (onde se localizava um monte também chamado Ida), importante sobretudo por causa do seu culto orgiástico. Os Coribantes eram por vezes identificados com os Curetes.

([301]) Os Cretenses também se jactavam de albergarem o «túmulo» de Júpiter, para indignação de mitógrafos e poetas, que defendiam a imortalidade de Júpiter, daí a referência, aqui, a «uma morte genuína».

([302]) A deusa-Lua.

ressoem os cumes do Parténio([303]) e † de Némea([304]),
e que duros golpes desfira Ménalo([305]).
Para o grande Alcides pedem gemidos
o javali abatido nos vossos campos,
e as aves subjugadas pelas suas setas
e cujas asas roubavam toda a luz do dia.([306])
Chora, argiva Cleonas, chora:
o leão que aí aterrorizava,
outrora, as vossas muralhas
foi aniquilado pela destra do meu filho.
Mães bistónias([307]), feri-vos com açoites
e ressoe com os vossos golpes o gélido Hebro([308]):
chorai Alcides, pois de vós já não nascem crianças
para os estábulos,
nem os rebanhos rasgam carne da vossa carne.
Chore a terra libertada de Anteu,
bem como a região arrancada ao fero Gérion([309]):
desferi golpes comigo, povos desafortunados,
e oiçam os vossos golpes as duas Tétis([310]).
Vós também, turba do célere céu,
ó deuses, chorai o destino de Hércules:
o meu Alcides, súperos, suportou nos seus ombros
o vosso mundo e o céu,

([303]) Montanha na Arcádia.

([304]) Cidade na Argólide, perto da qual Hércules abateu o Leão.

([305]) Montanha na Arcádia.

([306]) Nova alusão a dois dos trabalhos de Hércules: o javali de Erimanto e as aves do Estinfalo.

([307]) Equivalente a «trácias».

([308]) Rio na Trácia.

([309]) Recorde-se o décimo trabalho de Hércules: a captura, e deslocamento para a Grécia, do gado de Gérion, gigante de três cabeças e cujo corpo era triplo até às ancas.

([310]) *Tethys*, uma das divindades primordiais das teogonias helénicas, personificava a fecundidade feminina do mar (filha de Geia e Úrano, irmã e mulher do Oceano); e *Thetis*, uma das Nereides, filhas de Nereu, o Velho do Mar, e de Dóris (foi desposada por Peleu, de quem gerou Aquiles).

quando o portador do estelífero Olimpo, Atlas,
pôde respirar livre do seu fardo.
Onde estão agora, Júpiter, as tuas cidadelas?
Onde o palácio prometido no céu?
Certamente Alcides morreu como um mortal,
e foi certamente sepultado:
tantas vezes ele te poupou de usar
os dardos e o fogo,
quantas vezes terias de ter espargido o fogo.
Lança, ao menos, o teu raio contra mim
e finge que sou Sémele.
Porventura chegaste já, filho, à morada dos Elísios,
chegaste já às margens
para onde a natureza convoca os povos?
Ou o negro Estige, por lhe teres raptado o cão,
te vedou o caminho, e o destino
te retém no primeiro limiar de Plutão?
Que tumulto perturba agora, filho,
as sombras e os manes?
Foge o barqueiro, levando a sua barca,
e, com os Centauros em debandada,
fere com as suas unhas tessálicas os manes atónitos,
e, aterrorizada, a Hidra mergulha nas águas
as suas serpentes,
e as vítimas dos teus trabalhos, filho, temem-te?
Estou enganada, estou enganada, insana, enlouquecida,
nem os manes nem as sombras te temem,
a pele roubada ao leão de Argos,
coberta por fulva juba,
não cobre mais, ominosa, o teu ombro esquerdo,
nem os dentes da fera rodeiam as tuas têmporas:
a tua aljava tornou-se um presente,
e já uma destra inferior à tua há-de lançar os teus dardos.
Segues inerme, filho, pelas sombras,
junto às quais ficarás para sempre.

(Aparecendo das alturas, sem de início ser visto por Alcmena)

HÉRCULES

Porque, agora que detenho o reino do pólo sideral
e depois de ter sido finalmente devolvido ao céu, me ordenas com
[o teu pranto
que sinta o meu destino? Poupa-me: já a minha virtude me preparou
[o caminho até aos astros e até aos próprios deuses.

ALCMENA

Donde vem essa voz que fere os meus ouvidos ansiosos?
Donde vem esse fragor que inibe as minhas lágrimas?
Reconheço, reconheço que foi vencido o caos.
Do Estige, filho, voltas novamente para mim,
e novamente foi vencida a morte hórrida?
Venceste de novo a morada da morte
e os lúgubres vaus da barca infernal?
Já o Aqueronte se torna lânguido e pérvio([311]),
e somente a ti é permitido regressar,
e nem o destino te pode reter após a morte?
Ou barrou-te Plutão o caminho
e, amedrontado pelo seu reino, temeu por ele mesmo?
É certo que te vi estendido
sobre a floresta em chamas, quando as labaredas, ingentes e terríveis,
se enfureciam contra o céu: foste consumido pelo fogo certamente;
porque as derradeiras moradas
não retiveram a tua sombra?
Que parte de ti temeram os manes? Suplico-te.
Até a tua sombra é para Dite demasiado hórrida?

HÉRCULES

Não me retêm os pântanos do gemebundo Cocito([312]),
nem a barca sombria transportou a minha sombra;

([311]) O curso impetuoso do Aqueronte impedia as sombras de escaparem (cf. *Hércules Enlouquecido* 714).

([312]) Um dos rios dos Infernos (juntamente com o Lete, o Estige, o Flegetonte e o Aqueronte).

agora, mãe, chega de lamentos: vi apenas uma vez os manes
e as sombras. Tudo o que, vindo de ti,
era mortal em mim, o fogo o conquistou e arrebatou:
a parte paterna foi entregue ao céu, e a tua às chamas.
Por isso, renuncia aos prantos que havia de preparar a mãe
de um filho pusilânime; que o luto fique para os cobardes:
a coragem tende para os astros, para a morte, o temor.
Vindo dos astros, mãe, eu, Alcides, profetizo:
em breve o cruento Euristeu há-de pagar-te o castigo;
montada num carro, hás-de passar por cima da sua cabeça soberba.
A mim convém-me agora subir para a morada celeste;
eu, Alcides, venci mais uma vez os territórios infernais.

ALCMENA

Fica um pouco mais — desapareceu de diante dos meus olhos, [partiu,
para os astros se dirige. Estou enganada, ou os meus olhos [acreditam
ter visto o meu filho? O meu pobre espírito está em dúvida.
És uma divindade e o céu te detém para a eternidade;
acredito nos teus triunfos. Vou dirigir-me ao reino de Tebas
e cantar um novo deus acrescentado aos seus templos.

CORO de Etólias

Nunca é levada para as sombras do Estige
a ínclita virtude: vivei corajosos,
e a morte cruel não vos há-de arrastar
pelas águas do Lete;
pelo contrário, quando os teus dias, consumados,
cobrarem as suas derradeiras horas,
a glória há-de abrir um caminho até aos súperos.
Mas tu, grande domador de monstros
e, ao mesmo tempo, pacificador do mundo, fica connosco:
vela também agora pelas nossas terras,
e, se algum monstro de aspecto desconhecido

transtornar os povos com grave terror,
aniquila-o, tu, com os raios trissulcos:
com força ainda maior do que a do teu próprio pai
despede os raios.

OCTÁVIA

PERSONAGENS

OCTÁVIA, filha do imperador Cláudio e de Messalina, irmã de Britânico, irmã adoptiva e mulher de Nero
AMA de Octávia
SÉNECA, filósofo, poeta, antigo preceptor e conselheiro de Nero
NERO, filho de Domício Aenobarbo e Agripina Menor, filho adoptivo de Cláudio, marido de Octávia e seu irmão adoptivo, quinto imperador de Roma
PREFEITO da guarda pretoriana
ESPECTRO DE AGRIPINA, mulher de Cláudio e mãe de Nero
POPEIA, concubina e, em seguida, mulher de Nero
MENSAGEIRO
CORO de cidadãos romanos, favoráveis a Octávia
CORO de partidários de Popeia e Nero

CENA

Interior e exterior do palácio imperial de Roma;
no final, junto a um porto

DIA 1

(Ao romper do dia da véspera do casamento de Popeia e Nero)

OCTÁVIA

(Sozinha, nos seus aposentos)

Já a Aurora fulgente afasta do céu
as estrelas vagantes,
surge o Titã(1) com a sua cabeleira radiante
e devolve ao mundo o dia luminoso.
Anda, oprimida por tantos e tão grandes males,
repete já os costumeiros lamentos
e supera os alcíones marinhos(2),
supera também as aladas filhas de Pandíon(3):

---

(1) O Sol.

(2) Segundo Ovídio (*Metamorfoses* 9.410–750), Ceíce, casado com Alcíone, decidira ir consultar um oráculo. Durante a viagem, foi surpreendido por uma tempestade. A nau destruiu-se, e ele próprio morreu afogado. O seu corpo foi trazido pelas ondas para o litoral, onde a sua mulher o encontrou. Com o desespero, ela metamorfoseou-se num pássaro de pio lamentoso, e os deuses concederam uma metamorfose similar ao seu marido.

(3) As filhas de Pandíon eram Procne e Filomela. Procne era casada com Tereu, de quem tinha um filho, Ítis. Contudo, apaixonado pela cunhada, Filomela, Tereu violou-a e cortou-lhe a língua, para que ela não pudesse revelar

em verdade, mais desafortunado do que o deles é o teu destino.
Mãe([4]), sempre por mim chorada,
primeira causa dos meus males,
o triste lamento da tua filha ouve,
se subsiste algum sentimento nas sombras.([5])
Oxalá com as suas mãos a grandeva Cloto([6])
tivesse rompido o fio do meu destino,
antes de que eu tivesse visto, enlutada, as tuas feridas,
e o teu rosto terrivelmente manchado de sangue!
Ó noite sempre para mim funesta;
desde então a vida é para mim mais odiosa
do que as trevas:
suportei, de uma madrasta cruel([7]), as ordens,
o ânimo hostil e o olhar irado.
Ela, ela, como tenebrosa Erínis([8]),

---

o sucedido. Mas Filomela, ao desenhar o crime num bordado, conseguiu informar a irmã do que se passara. Para se vingar do marido, Procne matou o filho de ambos, Ítis, cozeu-o e serviu-o a Tereu. Quando este se apercebeu do que tinha acontecido, perseguiu as duas irmãs, para as matar. Tendo fugido, Procne e Filomela chegaram à Fócida, mais especificamente à cidade de Dáulis, onde pediram ajuda aos deuses, que as transformaram em pássaros que lamentavam a morte de Ítis (Procne em andorinha, Filomela em rouxinol — cf. *Agamémnon* 670–677; e Ovídio, *Metamorfoses* 6.426–674).

([4]) Messalina, a primeira mulher de Cláudio, responsável pela sua própria queda, ao ter-se entregado a uma espiral de devassidão e promiscuidade, a qual o autor da peça não descreve, a fim de não comprometer a alegada superioridade moral da *gens Claudia*.

([5]) No reino das sombras, os Infernos.

([6]) Cloto era uma das três Parcas, ou Moiras, ou Meras (as outras duas eram Átropo e Láquesis), responsáveis por fiar e cortar o fio das vidas humanas (cf. Hesíodo, *Teogonia* 904–906).

([7]) Agripina Menor, sobrinha e mulher de Cláudio, mãe do imperador Nero.

([8]) As Erínias/Fúrias eram forças primitivas, pertencentes ao grupo das mais antigas divindades do panteão helénico, que personificavam a vingança. Puniam, em especial, os crimes cometidos contra familiares. Os seus nomes eram Alecto, Tisífone e Megera. À semelhança de outros poetas romanos, e das tragédias genuínas de Séneca (cf. *e.g.* *Medeia* 13–18), as mitológicas, aqui as Erínias figuram como espécie de terríveis madrinhas de casamento, arrastando consigo ruína e infelicidade.

às minhas núpcias trouxe chamas do Estige([9])
e assassinou-te, meu miserando pai([10]),
a quem ainda há pouco todo o mundo para lá do Oceano
obedecia, e diante do qual
os Britânicos fugiram,
eles até então desconhecidos pelos nossos generais
e pelas nossas leis.([11])
Ai de mim, pai, pelas insídias da tua mulher
jazes morto, e a tua casa e a tua filha servem
como cativas a um tirano.([12])

AMA de Octávia

(À porta dos aposentos de Octávia, mas sem ser vista nem ouvida por ela)

Quem quer que se deixa seduzir pelo primeiro fulgor
e se deslumbra com os frágeis bens de uma corte falaz,
veja como a Fortuna, saindo das sombras com ímpeto inesperado,
derrubou a casa, ainda há pouco tão poderosa, e a estirpe de Cláudio,
a cujo poder o mundo se submeteu;
obedeceu-lhe o Oceano([13]), livre durante muito tempo,
e, de mau grado, teve de lhe receber as naus.
Ele que foi o primeiro a subjugar os Britânicos,

([9]) Um dos cinco rios dos Infernos (os outros eram o Cocito, o Aqueronte, o Flegetonte e o Lete).

([10]) Cláudio. Convicta de que esse era o único caminho que lhe podia garantir pleno acesso ao poder, Agripina envenenou Cláudio, em Outubro do ano 54, por meio de uma iguaria que o imperador muito apreciava, cogumelos. E, assim, Nero foi investido *princeps*, tornando-se (com apenas 17 anos) o mais jovem imperador da história de Roma.

([11]) Enquanto Júlio César arriscou apenas dois ataques breves no sul da Britânia, para lá do «Oceano» (isto é, do Canal da Mancha), o timorato Cláudio (pouco preparado militarmente) iniciou o seu principado com campanhas vitoriosas que submeteram ao poderio romano muitas tribos da Britânia.

([12]) Primeira alusão a Nero.

([13]) Um Titã (filho de Geia e Úrano, e marido da deusa do mar Tétis), personificação da água que, segundo as concepções helénicas primitivas, cercava o mundo; era representado como um rio que corria à volta do disco plano que era a Terra.

e a cobrir ignotos mares de imensas armadas,
e a passar ileso por terras bárbaras
e mares em fúria, morreu pelo crime da própria mulher;
em breve morreu esta às mãos do filho: por este envenenado
jaz o seu irmão[14]. Vive em tristeza
a irmã e mulher infeliz de Nero, e não consegue esconder
o profundo luto, apesar de obrigada a fazê-lo pela ira do marido cruel.
Constantemente procura afastar-se dele.
Este, ardendo em fúria, tem por Octávia um ódio igual ao dela.
Em vão, com lealdade e amor, tento consolar
a alma da desventurada: a sua dor ingente não acolhe os meus [conselhos,
o nobre ardor do seu espírito não se pode dominar:
pelo contrário, aos próprios infortúnios vai buscar novas forças.
Que nefando crime adivinham os meus receios,
possa a vontade dos deuses impedi-lo.

OCTÁVIA

(Sem se dar conta da presença da Ama)

Ó minha fortuna,
por nenhuns males igualada,
mesmo que repita, Electra, as tuas lágrimas:
na tua dor, pudeste chorar
a morte do teu pai,
encontraste em Orestes,
que a tua lealdade e amor arrebataram ao inimigo e protegeram,
um vingador do crime.[15]

---

[14] Britânico.

[15] Acabado de chegar de Tróia, Agamémnon foi assassinado pela sua própria mulher, Clitemnestra, mancomunada com Egisto, o seu amante. Electra, que só por pouco escapa à morte, fica devastada com a perda do pai, bem assim o seu irmão, Orestes, que, fugindo com a ajuda da irmã, há-de vingar depois a morte de Agamémnon, matando a própria mãe, Clitemnestra, e Egisto. Todavia, as Erínias/Fúrias irão persegui-lo. Cf. *Agamémnon*, e a trilogia de Ésquilo conhecida como *Oresteia* (*Agamémnon*, *Coéforas* e *Euménides*).

A mim, o temor impede-me de chorar os meus pais,
arrebatados por um destino cruel,
e de lamentar a morte do meu irmão,
no qual residia a minha única esperança
e a breve consolação de tantos males.
Agora, guardada apenas para a desgraça,
assemelho-me à sombra de um ilustre nome.

AMA de Octávia

Fere os meus ouvidos a voz da triste Octávia:
irá esta trôpega velhice impedir-me
de entrar no seu quarto?

(Entra nos aposentos de Octávia)

OCTÁVIA

Recebe as minhas lágrimas, Ama,
testemunha fiel da minha dor.

AMA de Octávia

Que dia te há-de salvar
de tantos cuidados, infeliz?

OCTÁVIA

Aquele que me enviar para as sombras estígias.

AMA de Octávia

Imploro que fiquem longe esses presságios.

OCTÁVIA

Não são os votos que regem a minha vida,
mas sim o destino.

AMA de Octávia

Um deus favorável compensará a tua aflição
com melhores dias;
por agora procura aplacar o teu marido
com ternas carícias.

OCTÁVIA

Mais depressa venceria leões selvagens
e tigres ferozes,
do que o coração cruel desse bárbaro tirano:
ele odeia os descendentes de um sangue nobre,
igualmente despreza deuses e homens,
nem sabe lidar com a sua própria fortuna,
alcançada pelo terrível crime([16])
da sua odiosa mãe.
Apesar de, ingrato,
se envergonhar de ter recebido o poder
como dádiva dessa mãe execrável,
apesar de a ter recompensado com um crime([17]),
mesmo depois da morte Agripina há-de carregar esse título,
e por toda a eternidade.

AMA de Octávia

Retém as palavras do teu espírito em fúria,
retém as frases proferidas sem pensar.

OCTÁVIA

Ainda que fosse suportável o meu sofrimento,
nunca estes males poderiam esgotar-se senão por uma morte cruel.
Assassinada a minha mãe, criminosamente eliminado o meu pai,

([16]) O assassínio de Cláudio, ao qual se seguiu a ascensão de Nero ao poder.
([17]) O terrível matricídio.

órfã do meu irmão, coberta de lutos e infortúnios,
oprimida pela tristeza, detestada por Nero
e vassala da minha própria serva([18]), de uma luz que me não é cara fruo,
sempre com o coração tremendo de terror, não da morte,
mas de um crime — que do meu destino fique longe o crime,
ser-me-á grata a morte; pior castigo do que morrer
é ver o rosto túmido e selvagem do tirano,
ser beijada por esse inimigo,
temer os gestos desse homem de quem nem obséquios poderia
[tolerar
a dor em que estou pela morte de Britânico,
criminosamente extinto, cujo império detém,
e da sua sorte se alegra, o próprio autor do nefando crime.
Quantas vezes me surge diante dos olhos
a sombra do meu infeliz irmão, quando em repouso se me relaxa
[o corpo
e um sopor se apodera dos meus olhos cansados de chorar:
ora, armando com negros fachos as infirmes mãos,
procura com ódio atingir o olhar, o rosto de Nero,
ora se refugia a tremer no meu leito;
é perseguido pelo inimigo, que, ao ver-nos abraçados,
mergulha violentamente a espada no nosso flanco.
Então um calafrio e um tremendo pavor despertam-me do sono,
renovam o luto e o medo que me afligem.
Junte-se a tudo isso a arrogante concubina([19]) do príncipe,
soberba com os despojos da nossa casa. Em honra de Popeia
fez Nero subir a própria mãe ao barco do Estige([20]),
a qual, depois de terrível naufrágio e de ter escapado ao mar,
ele matou à espada, mais cruel do que as ondas do pélago([21]):

([18]) Acte, a anterior concubina de Nero. Nascida na Grécia, de família síria, Acte era uma doméstica ao serviço de Octávia. Detentora de uma extraordinária beleza, diz-se que se entregava ocasionalmente à prostituição.

([19]) Popeia Sabina.

([20]) Alusão ao matricídio. Sugere-se que Agripina navega pelo Estige em direcção aos Infernos.

([21]) Eventos pormenorizadamente descritos nos vv. 310–376.

após tão grande crime, que esperança de salvação há para mim?
Uma rival exultante ameaça o meu tálamo,
arde em ódio por mim e, como prémio do adultério,
reclama de um marido a vida da legítima mulher.
Surge das sombras, pai, e vem auxiliar a filha
que te invoca, ou, depois de rasgares a terra,
descerra o abismo infernal, para que aí eu me precipite!

AMA de Octávia

Em vão, desgraçada, em vão invocas os manes([22]) do teu pai,
que no mundo das sombras não conserva
qualquer interesse pela sua raça, ele que ao filho
ousou preferir o descendente de um sangue estranho([23]),
e a filha do próprio irmão([24]), dominado pela paixão,
introduziu no seu nefando leito, em união fatal.
Daqui se gerou toda uma série de crimes: assassínios, intrigas,
cupidez de poder, ominosa sede de sangue.
Junto à alcova de Cláudio foi o genro([25]) a vítima imolada,
de modo que a tua união com ele o não tornasse poderoso.
Crime monstruoso! Silano foi dado em presente a uma mulher([26])
e manchou com o seu sangue
os pátrios Penates([27]), réu de um crime inexistente.
Entrou o inimigo([28]), ai de mim, na corte cativa
graças às intrigas da tua madrasta, foi feito genro e filho

([22]) Os manes eram as almas dos mortos.

([23]) Ao adoptar Nero, que, pela idade, tinha precedência sobre Britânico, o filho consanguíneo.

([24]) Agripina (Menor) era filha de Germânico, irmão de Cláudio. O casamento de tios e sobrinhas havia sido proibido, por ser considerado incestuoso.

([25]) Júlio Silano (também da dinastia Cláudia), de quem Octávia estava noiva, e, como tal, havia de ser genro de Cláudio.

([26]) Agripina, que o queria ver morto, de modo a poder casar com Octávia o seu filho, o futuro imperador Nero.

([27]) Os Penates eram as divindades romanas que protegiam os recessos das casas.

([28]) Nero.

do imperador esse jovem de carácter perverso,
capaz de todos os crimes, ao qual, acendendo o facho nupcial,
a terrível Agripina te uniu contrariada, obrigando-te pelo medo.
Vencedora[29], incitada por tão grande êxito,
ousou lançar os olhos para o sacro governo do mundo.
Quem poderá referir tantas espécies de crimes,
todas as nefastas esperanças e as sedutoras intrigas de uma mulher
que procurava o poder através dos mais criminosos meios?
Então o sagrado Amor afastou os seus trémulos passos[30]
e a feroz Erínis entrou, com pé funesto,
no palácio vazio, poluiu com o seu facho do Estige
os sacros Penates e, enfurecida, as leis da natureza
e tudo o que é divino rompeu: Agripina preparou para o marido
terríveis venenos, mas em breve também ela tombava às mãos
do próprio filho. E tu, Britânico, jazes também sem vida,
por nós sempre chorado, desventurado jovem,
ainda há pouco Sol do mundo, sustentáculo da casa de Augusto,
ai de mim, agora apenas leve cinza
e triste sombra, por quem verteu lágrimas
a tua própria madrasta[31], ao entregar à pira
o teu corpo para ser cremado, e a chama ardente devorou
os teus membros e o teu rosto, em beleza iguais aos do deus
[alado[32].

(29) Agripina. O palácio imperial é descrito como um campo de batalha entre os Júlios e os Cláudios.

(30) Primeira alusão ao Mito das Idades, de Hesíodo (*Os Trabalhos e os Dias*), baseado nas diferentes raças que se sucederam desde o começo da humanidade, da Idade de Ouro à Idade do Ferro (ao mesmo tempo que se iam degradando, as idades eram simbolizadas por metais cada vez menos nobres: ouro, prata, bronze e ferro).

(31) Tácito (*Anais* 13.17), entre outros autores, atesta este facto.

(32) Cupido/Eros, geralmente tido como filho de Hermes/Mercúrio e Afrodite/Vénus. Era representado sob a forma de uma criança, geralmente alada, que se comprazia em perturbar os corações, inflamando-os com a paixão amorosa.

OCTÁVIA

Mate-me também, para não tombar às minhas mãos!

AMA de Octávia

A Natureza não te deu tamanha força.

OCTÁVIA

A dor, a ira, o desgosto, a desventura, o luto hão-de dar-me força!

AMA de Octávia

Tenta antes conquistar o teu feroz marido por meio de blandícias.

OCTÁVIA

Para que me restitua o irmão que pelo crime me arrebatou?

AMA de Octávia

Para lhe escapares incólume e poderes um dia restaurar,
através da tua descendência, a decadente casa do teu pai.

OCTÁVIA

Aguarda outra descendência o palácio do príncipe;
a mim, arrasta-me o destino do meu desditoso irmão.[33]

AMA de Octávia

O forte favor do povo há-de incutir-te coragem.[34]

---

(33) Octávia alude à nova gravidez de Popeia, a concubina de Nero. Caso ela viesse a dar um filho homem a Nero, Octávia temia ser condenada à morte, à semelhança do seu irmão.

(34) É discutível se o apoio do povo seria assim tão «forte» e se teria beneficiado, mais do que prejudicado, Octávia, já que a revolta popular mencionada em seguida apenas apressará a morte de Octávia.

OCTÁVIA

Isso apenas consola os meus males, não os afasta.

AMA de Octávia

É grande a força do povo.

OCTÁVIA

A do príncipe é, todavia, maior.

AMA de Octávia

Há-de voltar a olhar para a sua mulher.

OCTÁVIA

A amante lho proíbe. 186

AMA de Octávia

Certamente todos a detestam.

OCTÁVIA

Mas é amada pelo marido.

AMA de Octávia

Não é ainda sua mulher.

OCTÁVIA

Em breve o será, e mãe também.

AMA de Octávia

O amor juvenil é fogoso a princípio,
mas enfraquece facilmente, e não permanece por muito tempo
numa ligação infame, tal como o fumo leve de uma chama:
o amor de uma esposa virtuosa permanece eternamente.
Aquela escrava que primeiro ousou profanar o teu leito
e que durante tanto tempo prendeu a atenção do seu senhor
já receou o mesmo[35] —

OCTÁVIA

Ver-se preterida.

AMA de Octávia

Submissa e humilhada, Acte ergueu monumentos
que comprovam os seus temores.[36]
Também a Popeia há-de abandonar o deus inconstante e falaz,
o alado Cupido: embora de extraordinária beleza,
arrogante com o seu poder, breve será a sua felicidade.
Passou por dores similares
a própria rainha dos deuses[37],
quando em todas as formas
se metamorfoseou o senhor do céu e pai dos deuses,

---

(35) Referência à paixão de Nero pela liberta Acte, uma doméstica ao serviço de Octávia..

(36) Nova alusão a Acte. Uma inscrição, que chegou até nós (*CIL* XI 1414), regista o dedicar de um monumento à deusa Ceres por uma liberta do palácio imperial chamada Acte (talvez a mesma Acte de Nero).

(37) O paralelismo com Juno/Hera é baseado no facto de, à semelhança desta, que era irmã de Júpiter/Zeus, Octávia se ter tornado irmã de Nero (por adopção) e também sua mulher. A Ama sugere, pois, que, seguindo o exemplo de Juno, Octávia desconsidere as relações extramatrimoniais de Nero, desde que isso lhe permita viver em relativa tranquilidade. A Ama realça ainda como algumas das mulheres que, ludibriadas, se uniram a Júpiter foram depois recompensadas, nomeadamente por meio de gloriosa descendência.

assumindo, umas vezes, as plumas do cisne[38],
outras, o corno do touro sidónio[39];
caiu de outra vez como chuva dourada.[40]
Brilham no céu os astros filhos de Leda[41],
Baco reside no pátrio Olimpo[42],
Alcides, já um deus, está unido a Hebe,
sem mais receio das iras de Juno,
para quem o antigo inimigo é agora seu genro.[43]
Venceu, por fim, a sábia complacência
com que a ilustre mulher soube dominar a sua dor:
só ela, a poderosa Juno, possui no etéreo tálamo,
segura, o Tonante,
e Júpiter já não abandona, seduzido por qualquer beleza mortal,
o seu excelso palácio.
Também tu, na Terra uma segunda Juno,
irmã e mulher de Augusto[44],
supera as tuas profundas mágoas.

---

[38] Júpiter transformou-se em cisne para se unir a Leda. Dessa união, nasceram os Dioscuros Castor e Pólux, que haviam de ser transformados na constelação de Gémeos, daí «brilharem» no céu.

[39] Júpiter, metamorfoseado em touro, raptou Europa, irmã de Cadmo, enquanto ela brincava com as suas companheiras na praia de Sídon ou de Tiro (ambas cidades da Fenícia), e levou-a para Creta, onde acabaria por dar à luz Minos.

[40] Acrísio, avô de Perseu, perguntara certo dia ao oráculo como poderia vir a ter filhos. O deus respondeu-lhe que a sua filha Dánae teria um filho que o havia de matar. Assustado e tentando impedir que o oráculo se cumprisse, Acrísio mandou construir uma câmara de bronze subterrâneo, nela encerrando a filha. Mas Júpiter acabou por seduzir a jovem, entrando na câmara através de uma fenda, metamorfoseado em chuva de ouro. Dessa união, nasceu Perseu.

[41] Os Dioscuros Castor e Pólux, que alternavam entre eles o estatuto de imortal.

[42] Baco, filho da mortal Sémele, tornou-se um deus.

[43] Depois de se ter imolado pelo fogo no Monte Eta (cf. *Hércules no Eta*), Hércules, fruto de outra união de Júpiter com uma mortal (Alcmena), ascendeu ao Olimpo, onde desposou Hebe, filha de Júpiter e Juno.

[44] Nero é aqui referido pelo título honorífico de Octaviano/Augusto, que foi sendo usado por sucessivos imperadores.

Mais depressa se há-de juntar o mar furioso aos astros,
e o fogo à água, o Céu ao triste Tártaro([45]),
a alma luz às trevas, à húmida noite o dia,
do que ao coração ímpio do meu criminoso marido
se há-de juntar o meu próprio coração, sempre da morte do meu irmão lembrado.
Oxalá a vida detestável do depravado príncipe
pudesse o rei dos deuses destruir com as suas chamas,
ele que amiúde atinge as terras com os seus infestos raios
e aterroriza os nossos espíritos com sacros fogos
e novos prodígios; vimos no céu um clarão ardente,
um cometa a espalhar a sua ominosa luz([46]),
lá por onde o lento Boieiro, enregelado pelo frio da Ursa([47]),
conduz o seu carro, sempre acompanhando a noite que sucede ao dia.
O próprio ar é poluído pela respiração execrável
do cruel tirano, os astros prometem
novas desgraças aos povos governados por tão ímpio tirano.
Não era tão feroz Tífon([48]), que a terra, encolerizada,
no passado gerou, sem consideração por Júpiter:
Nero, praga ainda mais terrível, inimigo dos deuses
e dos homens, expulsou dos seus templos os imortais
e da pátria os cidadãos, roubou a vida ao irmão,
bebeu o sangue da sua própria mãe — e contempla a luz do dia
e frui da vida e a sua alma criminosa arrasta!

([45]) «Tártaro», sinédoque para Infernos.

([46]) Os cometas eram vistos como símbolo da mudança de governante, ou semelhante desastre. Avistaram-se vários durante o principado de Cláudio, bem assim durante o principado de Nero.

([47]) A constelação Bootes, o Boieiro, também designada por *Arctophylax* («guarda da ursa»), descrito pela tradição a empurrar um carro e como lento, devido ao tempo que levava a pôr-se para lá do horizonte.

([48]) Tífon, ou Tifeu, era um ser monstruoso, filho da Terra (Geia) e do Tártaro, que contestou a posição de Júpiter enquanto senhor dos deuses e, como tal, acabaria por ser aprisionado no Etna. Dizia-se que as chamas que saíam do Etna eram ou as que o próprio monstro lançava, ou o que restava dos raios com que Júpiter o abateu.

Ó pai supremo(49), porque com a tua régia mão
lanças tantas vezes, ao acaso, dardos invencíveis?
Ante um homem tão perverso, porque se detém a tua destra?
Oxalá um dia os seus crimes expie
esse Nero enxertado, filho de Domício(50),
do mundo, tirano, que oprime com torpe jugo,
e que macula com os seus viciosos costumes o nome de Augusto!

AMA de Octávia

Ele é indigno, reconheço-o, do teu tálamo,
mas cede ao destino e à tua sorte,
filha, peço-te, não excites a ira
do teu violento marido. Talvez venha a surgir
algum deus vingador, e chegue um dia feliz.

OCTÁVIA

Há já muito tempo que a nossa casa
sofre a ira dos deuses: a primeira a oprimi-la foi a cruel Vénus,
através da loucura da minha desgraçada mãe,
que, insana e embora já casada, se entregou a uma união adúltera,
esquecendo-se de mim e do marido, não fazendo caso das leis.(51)
Soltos os seus cabelos, coberta de serpentes,
a vingativa Erínis assistiu a essas estígias núpcias
e com sangue apagou os fachos do tálamo arrancados;
inflama o peito do príncipe(52) com selvagem ira,

---

(49) Júpiter, que punia com o seu raio todos os que tentavam/cometiam crimes contra os deuses.

(50) Filho de Lúcio Domício Aenobarbo, Nero era, também ele, um Domício, até que, ao ser adoptado por Cláudio, recebeu o nome de Tibério Cláudio Nero (Nero era um nome da *gens Claudia*).

(51) Era conhecida a promiscuidade e depravação de Messalina, mas o que acabou por perdê-la foi, enquanto mulher legítima de Cláudio, publicamente ter celebrado novo «casamento», com Gaio Sílio. Acabaria por ser assassinada por ordem do secretário de Cláudio, o liberto Narciso.

(52) Cláudio, marido de Messalina.

pronta ao nefando crime: a minha infeliz mãe
sucumbiu pelo ferro, deixando-me, ao morrer, ai de mim,
sepultada sob perpétuo luto; mas arrastou o marido e o filho
para o mundo das sombras, traiu a nossa casa destruída.

AMA de Octávia

Deixa de renovar, com lágrimas, piedosos lutos,
não perturbes os manes da tua mãe,
que pela sua loucura sofreu pesados castigos.

(Nas dependências do palácio imperial)

CORO de cidadãos romanos

Que notícia me chega aos ouvidos?
Oxalá, à custa de em vão tantas vezes ser repetida,
se verifique inteiramente falsa.
Não suba uma segunda mulher
ao leito de Nero, mantenha a filha de Cláudio
os seus direitos nos Penates pátrios.
Que ela gere príncipes, garantias de paz(53),
com que, tranquilo, se regozije o mundo
e conserve Roma uma glória eterna.
O tálamo do irmão em sorte coube
à excelsa Juno.
A irmã e consorte de Augusto(54)

---

(53) Octávia congregava em si as simpatias do povo romano, não só por ser filha consanguínea de Cláudio, mas também como progenitora de um eventual sucessor para a *gens Claudia*. Os Romanos viam os filhos como *pignora* («garantias») do amor dos pais e/ou da perpetuação da família.

(54) Nero recebeu o título de «Augusto» quando se tornou imperador. Tal como Juno, irmã e mulher de Júpiter, Octávia era mulher e irmã de Nero. No entanto, com a adopção de Nero por parte de Cláudio, também Octávia teve de ser adoptada fora da família, de modo a evitar quaisquer contornos incestuosos. Depois de assassinado, Cláudio foi deificado como *Diuus Claudius*, com direito a um templo próprio (de que Agripina, a mandante do seu homicídio, era sacerdotisa).

por que motivo é expulsa da corte paterna? 285
De que lhe vale
a venerável piedade,
o deus seu pai?
De que lhe vale a juventude e o casto decoro?
Também nós esquecemos o nosso príncipe,
após a sua morte, cuja estirpe traímos,
persuadidos por mórbido terror.
Os antigos Romanos, incontestavelmente,
autêntica coragem mostravam, e genuína raça
e sangue de Marte havia neles.
Da nossa cidade expulsaram
os reis soberbos,
dignamente vingaram os teus manes, 295
miseranda filha de Lucrécio, 301
morta por tuas próprias mãos
depois de violada pelo cruel tirano.([55]) 303
Guerra também funesta se gerou por tua causa, 300
virgem vitimada pela destra paterna, 296
para escapares a dura servidão
e não servires de ignóbil prémio à vitoriosa,
cruel licenciosidade.([56]) 299
De sacrílego crime o castigo sofreu, 304
juntamente com o seu marido Tarquínio, Túlia, 305
filha impiedosa que sobre o cadáver do pai
fez avançar o seu carro

([55]) Alusão à fundação da República romana, quando o filho do rei Tarquínio-o-Soberbo (o último rei de Roma), Sexto Tarquínio, violou a casta matrona Lucrécia, que, não suportando viver com o opróbrio, se matou. Depois disso, Júnio Bruto, companheiro de Tarquínio Colatino, o marido de Lucrécia, encabeçou uma revolta de Romanos contra Tarquínio-o-Soberbo. O rei e a rainha, Túlia, foram expulsos de Roma e exilados. Sexto Tarquínio acabou assassinado, e Lucrécia, vingada. Cf. Tito Lívio 1.58–60.

([56]) Alusão a Virgínia, a Virgem, morta pelo seu próprio pai, Lúcio Virgínio, em 451 a. C., que assim evitou que ela se tornasse propriedade sexual do decênviro Ápio Cláudio. O escândalo acabaria por conduzir à extinção do decenvirato. Cf. Tito Lívio 3.44–48.

e ao dilacerado velho negou
uma pira fúnebre.([57])
A nossa era igualmente contemplou
o crime monstruoso de um filho,([58])
quando o imperador ludibriou a própria mãe,
e, em fúnebre nau,
ao mar Tirreno a lançou.
Apressam-se a partir do tranquilo porto
os nautas, ordenados a largar,
ressoa o mar, batido pelos remos;
célere, rumo ao largo avança a nau,
quando, rompido o casco, começa a afundar,
quebra-se ao meio com a pressão e engole o mar.
Sobe, então, aos astros ingente clamor,
misturado com o pranto das mulheres.
Ante os olhos vagueia a morte cruel;
cada um procura fugir ao seu destino:
uns às tábuas do barco desfeito
se agarram, nus, e as ondas cortam,
outros procuram alcançar a costa a nado.
O destino afoga muitos no mar profundo.
Rasga as suas vestes Augusta([59]),
e arranca os cabelos
e cobre o rosto de triste pranto.
Quando é nula qualquer esperança de salvar-se,
ardendo em ira, já vencida pelos males, exclama:

([57]) Tendo começado por evocar a lenda de Lucrécia, o autor da peça trata, em seguida, da lenda de Virgínia, para depois recuar no tempo, ao centrar-se na lenda de Lúcio Tarquínio, mormente na forma como, juntamente com a sua mulher, Túlia, ele usurpou o trono ao seu sogro, Sérvio. Túlia ordenou ao seu cocheiro que passasse por cima do cadáver do seu próprio pai, naquela que ficou conhecida como a «Rua do Crime» (*Vicus sceleratus*, Tito Lívio, 1.48).

([58]) O autor da tragédia ter-se-á inspirado na mesma fonte que Tácito (*Anais* 14.5–8) para a narração da morte da Agripina, incluindo o célebre pedido a Aniceto para que a ferisse no ventre, que parira o monstro que agora a mandava matar.

([59]) Como mulher do imperador, Agripina recebera este título.

«Em troca do poder, é este o prémio
com que me retribuis, filho?
Tenho de reconhecer que sou digna deste barco,
culpada de te gerar, de te ter dado a vida
e o poder imperial e o nome de César,
na minha loucura.
Ergue do Aqueronte o teu olhar
e regozija-te com o meu castigo, meu marido:
fui eu, infeliz, a causa da tua morte,
e a responsável pela morte do teu filho,
bem mereci, agora, até aos teus manes
descer insepulta([60]),
tragada pelas cruéis ondas do oceano.»
Ferem-lhe o rosto as ondas enquanto fala,
afunda-se no abismo e de novo ressurge
fustigada pelo mar;
afasta com as mãos as ondas, impelida pelo medo,
mas, fatigada, cede ao esforço.
Conserva-se, porém, silenciosa nos corações,
uma lealdade que desafia a triste morte:
muitos ousam socorrer a imperatriz,
apesar de enfraquecidos pelo pélago;
quando ela já não consegue mover os braços,
incitam-na com a voz e erguem-na com as mãos.
Que ganhaste em ter escapado
às ondas do mar cruel?
Estavas destinada a perecer pela espada do teu filho,
monstruoso crime, em que só dificilmente há-de crer a posteridade,
e em que todos os séculos vindouros terão dificuldade em acreditar.
Enfurece-se Nero, e aflige-o que a mãe continue viva,
resgatada do pélago,
o ímpio, e pretende duplicar o crime:
anseia por ver cumprido o destino da miseranda mãe,
transtorna-o que o crime tarde.

([60]) Morrer afogado no mar privava o cadáver dos derradeiros ritos dos familiares e da segurança religiosa de uma sepultura em terra.

Um servidor[61] vai cumprir-lhe as ordens,
no peito da imperatriz crava a espada.
Moribunda, a infeliz
roga ao sicário
que com a execrável espada lhe rasgue o ventre:
«Aqui, aqui deves afundar o ferro,
neste ventre que tal monstro gerou!»
Depois dessas palavras,
misturadas com o derradeiro gemido,
por fim a triste alma se evola
pela hedionda ferida.

(Em outra sala do palácio imperial)

SÉNECA

Porque, poderosa Fortuna, seduzindo-me
com o teu rosto falacioso, estando eu contente com a minha sorte,
me elevaste tanto, só para, depois de recebido em tão alto lugar, [ser maior
a minha queda e me ver cercado por tantos terrores?
Quão melhor estava, escondido dos tormentos da Inveja,
distante entre os penhascos do mar da Córsega[62],
onde o meu espírito, livre e soberano,
encontrava sempre tempo para cultivar os seus estudos.
Que alegria contemplar as maiores criações da Mãe Natureza,
artífice desta imensa fábrica: o céu e o carro sagrado do Sol,
e os movimentos do mundo, a eterna sucessão entre dia e noite,
e o disco de Febe[63], cingido de astros vagantes,

---

[61] Aniceto.

[62] Recorde-se que a carreira de senador e advogado de Séneca foi interrompida pelo exílio na Córsega. A acusação oficial para a *relegatio* foi a de adultério com Júlia Livila, irmã de Calígula e sobrinha de Cláudio, mas os verdadeiros motivos terão sido políticos, obscuros, provavelmente intrigas de Messalina, a primeira mulher de Cláudio.

[63] A Lua.

e o vasto brilho resplendente do amplo éter;
se este envelhecer e, apesar de enorme, retornar
a um cego caos, então há-de surgir o derradeiro dia para o mundo,
o dia que há-de oprimir sob as ruínas do céu
esta ímpia raça[64]; renascendo melhor, o universo há-de gerar
uma nova estirpe, como aquela a que deu existência na sua juventude,
no tempo em que Saturno governava o Céu.[65]
Então aquela virgem, deusa de grande poder,
a Justiça, enviada do Céu com a santa Lealdade,
brandamente guiava na Terra a raça humana.
Os povos não conheciam a guerra, nem o frémito cruel das [trombetas,
nem as armas, nem costumavam rodear
de muralhas as cidades: os caminhos davam passagem a todos,
de todas as coisas o uso era comum;
a própria terra, fértil, abria
o seu fecundo seio, como mãe abundante e segura
para os seus piedosos filhos. Mas surgiu
uma nova raça, menos afável
* * * * *
* * * * * E a terceira,
inclinada a novas artes, porém justa;
em breve seguiu-se outra, inquieta, capaz de correr
atrás das feras cruentas, de com pesada rede

---

(64) O passo evoca a teoria estóica da conflagração universal, segundo a qual o Universo seria consumido pelo fogo, para depois, numa lógica de eterno retorno, renascer (palingénese). Com essa destruição (cíclica), as constelações cairiam no vazio do caos (cf. *Tiestes* 832–878, e Lucano 1.72–80).

(65) Na *Eneida* 8.319–358, diz-se que a primitiva Itália conhecera a Idade de Ouro quando, antes de ser destronado pelo seu filho Júpiter, Saturno reinava na Itália (Ausónia) (cf. Vergílio, *Geórgicas* 1.112–149, e Ovídio, *Metamorfoses* 1.89–150). Os homens viviam então como os deuses, livres de preocupações, sofrimentos e miséria. Passavam o tempo em banquetes e festas, numa eterna juventude. Chegado o momento da morte, adormeciam serenamente. Não estavam sujeitos à lei do trabalho. Todas as riquezas lhes pertenciam espontaneamente. A terra produzia por si mesma abundantes frutos, e os homens viviam em paz no meio dos campos. Não havia guerras, nem cidades muralhadas.

extrair peixes das águas, ou com leve lança,
capturar aves com armadilhas de cana ★ ★ ★ ★ ★
de aprisionar com laços, de submeter a pesado jugo
ferozes touros, de sulcar com o arado a terra
outrora intocada, que, ferida, os seus frutos
★ ★ ★ ★ ★
resguardou mais no interior do seu sagrado seio.
Mas a raça mais depravada penetrou nas entranhas da
Terra-Mãe; extraiu o pesado ferro
e o ouro, e em breve armou as mãos cruéis;
instituiu fronteiras, fundou reinos,
construiu novas cidades, com armas protegeu as próprias moradas,
ou atacou as moradas alheias, atraída pelo espólio.
Desprezada, a virgem Astreia([66]), o mais belo ornamento do céu,
fugiu da Terra, dos feros costumes
e das mãos dos homens, poluídas por cruentos crimes.
A cupidez da guerra e a fome de ouro cresceu
por todo o orbe, nasceu o maior de todos os males,
o luxo([67]), praga insinuante, à qual deram força e robustez
a passagem do tempo e a pesada cegueira.
Os vícios acumulados durante tantos séculos, ao longo dos tempos,
reúnem-se agora sobre nós: somos oprimidos por uma época
[terrível,
em que os crimes reinam, desgovernada se enfurece a impiedade,
o desejo de torpes paixões domina poderosamente,
o luxo vitorioso arrebata com mãos ávidas
as imensas riquezas do mundo, para as perder.
Mas eis que se aproxima Nero, com passos hesitantes
e o olhar enfurecido. Horrorizo-me ao imaginar o que trará na sua
[mente.

([66]) Astreia, que abandonara a Terra e se transformara numa constelação (Virgem), no termo da Idade do Ferro, quando os mortais degeneraram e a inclinação para o mal se espalhou pelo mundo.

([67]) As vitórias de Roma sobre a Grécia, a Ásia e o Egipto fizeram-na prosperar com espólios, amiúde apontados como a causa do declínio moral e ganância que haviam de levar às guerras civis.

(Entra Nero, acompanhado do prefeito do pretório, com quem teria estado reunido)

NERO

Executa as minhas ordens: envia alguém que traga até mim
as cabeças degoladas de Plauto e Sula[68].

PREFEITO

Cumprirei sem demora. Sigo de imediato para o acampamento.

(Sai o Prefeito)

SÉNECA

Não convém tomar decisões precipitadamente contra parentes.

NERO

É fácil ser-se justo quando não há medo no coração.

SÉNECA

A clemência é um grande remédio contra o temor.

NERO

A maior virtude de um comandante é aniquilar o inimigo.

---

[68] Sula, cunhado de Nero, marido de Antónia, filha que Cláudio teve com a sua segunda mulher. A relação de Plauto com Nero era mais distante, e através da linhagem de Augusto. Ambos haviam sido exilados por serem considerados uma ameaça para Nero.

SÉNECA

Maior virtude é defender os cidadãos, para o Pai da Pátria([69]).

NERO

A um velho brando, seria mais conveniente dar lições a crianças.

SÉNECA

Ainda precisa de mais lições uma impulsiva adolescência.

NERO

Com esta minha idade, tenho já bastante discernimento, creio.

SÉNECA

Possam os deuses sempre aprovar as tuas acções.

NERO

Estultamente os temeria, quando eu próprio tenho o poder de criar
[deuses.([70])

SÉNECA

Deves temê-los tanto mais quanto maior é o teu poder.

NERO

A minha Fortuna permite-me tudo.

([69]) O título *Pater Patriae* fora tomado por Nero (à semelhante de outros imperadores predecessores, à excepção de Tibério).

([70]) Nero havia deificado o seu antecessor, Cláudio.

SÉNECA

Se ela te favorece, não te fies demasiado: é uma deusa volúvel.

NERO

Próprio de um cobarde é ignorar o que lhe é concedido.

SÉNECA

A glória consiste em fazer o que se deve, não o que se pode.

NERO

O vulgo calca aos pés um imperador comedido.

SÉNECA

Mas esmaga um que seja detestável.

NERO

A espada protege o príncipe.

SÉNECA

Melhor ainda a lealdade.

NERO

Convém temer a um César.

SÉNECA

Ainda mais convém que seja amado.

NERO

É necessário que temam. —

SÉNECA

Tudo quanto se impõe pela força é reprovável.

NERO

Obedeçam todos às minhas ordens.

SÉNECA

Dá ordens justas.

NERO

Sou eu que decido.

SÉNECA

E que o consenso possa apoiar.

NERO

A espada desembainhada a tal o há-de forçar.

SÉNECA

Longe de nós esse crime.

NERO

Acaso hei-de tolerar que exijam o meu sangue,
inulto e desprezado, para subitamente ser esmagado?
Embora desterrados, o exílio não vergou
Plauto e Sula, cuja fúria pertinaz

arma assassinos que me querem dar a morte;
apesar de ausentes, é-lhes votado um grande favor
na nossa cidade, favor que alimenta as esperanças dos exilados.
Sejam esses meus inimigos suspeitos removidos pela espada,
pereça a minha odiosa mulher e vá para junto
do seu querido irmão. Tudo quanto há de elevado caia.

SÉNECA

É belo distinguir-se entre ilustres varões,
proteger a pátria, poupar os aflitos,
abster-se de crimes cruéis, dar tempo à ira,
tranquilidade ao mundo, paz à sua época.
É essa a suprema virtude, essa a via para o céu.
Dessa forma, Augusto, primeiro pai da pátria,
alcançou os astros, e é agora cultuado nos templos como um deus.
No entanto, a Fortuna fustigou-o por longo tempo,
na terra e no mar, em terríveis reveses bélicos,
até que lhe foi possível aniquilar os inimigos do seu pai:
a ti, foi sem derramamento de sangue que ela submeteu a sua vontade,
e deu-te com mão generosa as rédeas do poder,
subjugou ao teu comando a terra e o mar;
a nefasta Inveja, vencida por leal consenso,
desvaneceu-se; inflamou-se por ti o favor do Senado, dos Cavaleiros.
Tu, escolhido pelos votos da plebe e pela decisão dos Pais([71])
como autor da paz e árbitro do género humano,
governas com sacra inspiração o mundo,
verdadeiro pai da pátria: Roma suplica-te que mantenhas esse título
e confia os seus cidadãos à tua protecção.

NERO

É uma benesse dos deuses que Roma e o Senado
sejam meus servos, que o medo que sentem por mim
lhes arranque, contrariados, preces e palavras humildes.

([71]) Os Senadores.

Não seria loucura conservar cidadãos nocivos ao príncipe e à [pátria([72]),
túmidos do seu sangue ilustre,
quando basta uma única palavra
para ordenar a morte dos suspeitos? Bruto([73]) armou a destra
para matar o comandante que lhe poupara a vida:
invencível na guerra, conquistador de povos, César,
igualado a Júpiter por um ilustre conjunto de honras,
pelo nefando crime dos seus concidadãos tombou.
Quanto do seu sangue não viu então correr Roma,
tantas vezes destruída! Aquele que pela sua piedosa virtude
mereceu o Céu, o divino Augusto,
quantos homens nobres matou, jovens, velhos,
espalhados pelo mundo, quando, com medo da morte,
fugiam aos próprios Penates e à espada dos três comandantes([74]),
por sinistras proscrições destinados a terríveis mortes!
Os senadores viram com tristeza as cabeças dos mortos
expostas nos rostros, nem lhes foi permitido chorar os seus,
ou gemer o fórum profanado pelo repugnante apodrecimento
e pelo horrendo sangue que escorria pelos rostos putrefactos.
Mas não ficou por aqui o sangue e o crime:
durante muito tempo os funestos campos de Filipos([75]) saciaram aves

([72]) Nero contrapõe ao modelo augustano de Séneca uma versão mais fiel à realidade histórica. Durante quinze anos, depois de ter formado o Triunvirato com Marco António e Lépido, Octaviano foi implacável na eliminação dos republicanos (através das proscrições). Muitos foram banidos e só escaparam à morte pelo exílio. Em 42 a. C., juntamente com Marco António, Octaviano derrotou Bruto e Cássio em Filipos, na Macedónia, assim ganhando controlo sobre o império oriental, que inicialmente confiara a Marco António. A personagem Séneca enfatiza a carnificina da guerra civil, dando menos proeminência às batalhas *per se*.

([73]) Marco Júnio Bruto foi perdoado por Júlio César depois da batalha de Farsalo (48 a. C.), mas viria a ser um dos seus assassinos em 44 a. C.

([74]) O triunvirato de Octaviano, Marco António e Lépido, os quais publicaram listas de proscritos, que deviam ser mortos.

([75]) Filipos é usado para designar quer a batalha de Farsalo (48 a. C., Júlio César *vs.* Pompeio), quer a de Filipos propriamente dita (42 a. C., Octaviano e Marco António *vs.* Bruto e Cássio), daí a expressão «durante muito tempo».

e cruéis feras ★ ★ ★ ★ ★
★ ★ ★ ★ ★ e o mar Sículo([76]) tragou
esquadras e homens, que amiúde matavam os seus próprios
[familiares,
o mundo foi abalado pelas desmesuradas forças dos dois chefes.
O vencido na batalha chega ao Nilo, nas suas naus aprestadas
para a fuga, e aí viria a morrer em breve:
de novo o incestuoso Egipto sorveu o sangue
de um general romano([77]), não leves sombras cobre.
Aí foi sepultada e impiamente conduzida por muito tempo
a guerra civil. Então o vencedor,
já fatigado, guardou a sua espada embotada
por feridas monstruosas, e o medo uniu o império.
Com as armas e a lealdade dos soldados, Augusto ficou seguro;
feito deus pela exímia piedade do filho([78]),
após a morte, foi consagrado, e foram-lhe dedicados templos.
Também por mim aguardam os astros, se primeiro,
com cruel espada, me libertar dos meus inimigos,
e se fundar a minha casa numa descendência digna.([79])

([76]) O mesmo que «siciliano». Alusão à batalha naval entre Octaviano e Sexto Pompeio (filho de Pompeio Magno), que terminou com a derrota deste em Náulocos (36 a. C).

([77]) «De novo», porque, efectivamente, o Egipto bebeu por duas vezes sangue romano: a primeira, o de Pompeio Magno, que, derrotado por Júlio César, fugiu para Alexandria, procurando refúgio na corte de Ptolemeu XIII, onde foi assassinado em 48 a. C. (e a sua cabeça entregue a César); a segunda, o de Marco António, que, derrotado em Áccio, fugiu para o Egipto, onde se suicidou. O «incestuoso Egipto» alude aos casamentos entre irmãs e irmãos da família real egípcia, incluindo os sucessivos casamentos de Cleópatra com os seus irmãos Ptolemeus XIII e XIV.

([78]) Tibério, o seu filho adoptivo.

([79]) Como Augusto fundara a sua (competitiva) dinastia de Júlio-Cláudios, assim Nero fala da sua ainda não anunciada descendência, o filho de que Popeia está grávida. Séneca, por sua vez, defende Octávia. A partir do v. 551, Nero glorifica abertamente Cupido, deus do Amor, e Popeia Sabina.

SÉNECA

Há-de encher o teu palácio de uma estirpe celeste
a filha de um deus, glória da família Cláudia,
ela[80] que, tal como Juno, partilha o leito do próprio irmão.

NERO

A mãe adúltera[81] priva de confiança a sua família,
e o coração de Octávia nunca esteve unido ao meu.[82]

SÉNECA

A fidelidade não é suficientemente clara na juventude,
quando o amor, vencido pelo pudor, esconde as suas chamas.

NERO

Em verdade, também eu, em vão, nisso acreditei durante muito tempo,
apesar de a disposição hostil e o rosto de Octávia
me darem manifestos sinais do seu ódio por mim;
porém a minha dor inflamada decidiu vingar-se —
encontrei uma mulher digna do meu tálamo,
na família e na beleza, diante da qual hão-de ceder, vencidas, Vénus,
a mulher de Júpiter e a feroz deusa das armas.[83]

SÉNECA

Agradem a um marido a honra, a fidelidade,
os costumes, o pudor da sua mulher: apenas uma coisa permanece
sempre, independentemente de tudo: os dons do espírito e da alma.
As flores da beleza, cada dia que passa as colhe.

---

[80] Octávia.

[81] Messalina.

[82] Sugere-se aqui, e também no v. 287, que Octávia teria recusado ter relações sexuais com Nero.

[83] Nero descreve a sua concubina como excedendo as três deusas do Julgamento de Páris (Atena/Minerva, Hera/Juno, Afrodite/Vénus).

NERO

Numa só mulher congregaram os deuses todas as qualidades,
e, tal como é, quis o destino que ela nascesse só para mim.

SÉNECA

Aparte-se de ti, para que não sejas demasiado crédulo, esse amor.

NERO

Apartar-se o tirano do céu[84], que nem o senhor do raio
consegue afastar, que invade as ondas cruéis
e os reinos de Plutão, e que dos céus faz descer os súperos?[85]

SÉNECA

O erro dos homens é imaginar o alado Amor
como um deus severo; armam-lhe as sacras mãos
de arco e setas, munem-no de um cruel facho
e julgam-no nascido de Vénus, filho de Vulcano:
mas o Amor não é senão uma grande força do espírito
e um brando calor do espírito; é gerado pela juventude,
e nutrido pelo luxo e pelo ócio, entre os aprazíveis dons da Fortuna.
Se deixares de o cultivar e de o alimentar, ele desvanece-se
e, em breve extinto, perde o seu poder.

NERO

Julgo que o Amor é a causa essencial da vida,
a fonte primeira da volúpia; o Amor não conhece fim;
graças a ele, que até amolece as cruéis feras,
vai-se multiplicando sempre o género humano.
Leve esse deus diante de mim os fachos conjugais,
e una, à luz do seu archote, Popeia ao meu tálamo.

---

(84) Eros/Cupido.

(85) Para visitarem amores humanos.

SÉNECA

A custo a dor do povo poderá suportar e contemplar
essa união, tão-pouco pela sagrada lealdade sancionada.

NERO

Só eu serei proibido de fazer o que a todos é lícito?

SÉNECA

O povo sempre mais exige a quem mais alto se encontra.

NERO

Seja-me permitido descobrir se, destruído pelo meu poder,
cessa esse despropósito irreflectidamente gerado.

SÉNECA

Antes, placidamente, faz a vontade aos teus concidadãos.

NERO

Mal vai o império, se o vulgo governa os chefes.

SÉNECA

Quando nada consegue obter, ofende-se, não sem razão.

NERO

É justo que pela força alcance o que não conseguem as preces?

SÉNECA

É duro negar.

NERO

E forçar um príncipe é sacrilégio.

SÉNECA

Seja o próprio príncipe a transigir.

NERO

Os rumores hão-de considerá-lo vencido.

SÉNECA

São voláteis e vãos.

NERO

Sejam, mas atingem muitos…

SÉNECA

Temem os poderosos.

NERO

Nem por isso os visam menos.

SÉNECA

Facilmente são abafados. Demovam-te os méritos do teu divino pai,
assim como a idade, a probidade, o pudor da tua mulher.

NERO

Já estás a ser demasiado importuno,
não insistas: seja-me permitido fazer o que Séneca desaprova.

Estou até há muito a adiar os votos do povo,
★ ★ ★ ★ ★[86]
em verdade, Popeia carrega no ventre o meu penhor e parte de mim.
Destinemos para a boda o dia de amanhã.

[86] Na lacuna, Nero alegaria que o povo romano ansiava por um herdeiro e, como tal, não hesitaria em apoiar o casamento com (a grávida) Popeia.

DIA 2

(Dia do casamento de Popeia com Nero.
De madrugada ainda, surge o espectro de Agripina)

AGRIPINA

Rompida a terra, deixei o Tártaro,
na cruenta destra portando um facho do Estige
para estas criminosas núpcias: una-se Popeia ao meu filho
à luz destas chamas, que a minha mão vingadora
e a minha dor de mãe hão-de transformar em piras fúnebres.
Entre as sombras, nunca me abandona a memória
do meu ímpio assassínio, penosa aos meus manes,
ainda inultos; em troca das minhas dádivas,
recebi uma fúnebre nau, e o preço do Império
foi aquela noite em que chorei o meu naufrágio.
A minha vontade era chorar os companheiros mortos
e o sacrilégio do meu filho cruel — não houve tempo
para lágrimas, mas com monstruoso crime duplicou a atrocidade.
Assassinada pela espada, cheia de horrendas feridas,
entre os sacros Penates exalei
a alma agoniada; nem com o meu sangue, todavia,
extingui o ódio do meu filho: contra o nome da mãe
investe o fero tirano, quer encobrir tudo quanto fiz por ele,
com medo da morte, as minhas estátuas e inscrições destrói

por todo o mundo, o qual, para meu castigo,
a uma criança o meu infeliz amor deu a governar.
O meu marido[87], que eu própria matei, persegue furioso a minha
[sombra,
tenta alcançar com chamas o meu rosto culpado,
acusa, ameaça, imputa-me a sua morte
e o túmulo do filho[88], exige o autor do seu assassínio[89].
Espera um pouco: tê-lo-ás, não peço muito tempo.
Uma víndice Erínis prepara uma morte digna
do tirânico Nero, açoites e uma torpe fuga,
e castigos com que supere a sede de Tântalo[90],
o terrível labor de Sísifo[91], a ave de Tício[92],
a roda em que se arrastam os membros de Ixíon[93].

---

(87) Cláudio.

(88) Britânico.

(89) Nero.

(90) Por ter matado o seu filho Pélops, que depois cozinhou para servir como refeição aos deuses, Tântalo foi punido com fome e sede eternas: mergulhado na água até ao pescoço, não podia beber, porque o líquido fugia sempre que tentava mergulhar nele a boca; um ramo carregado de frutos pendia sobre a sua cabeça, mas, se levantava o braço, o ramo erguia-se bruscamente e ficava fora do seu alcance (cf. *Odisseia* 11.582–592, em que, contudo, não se menciona a causa do suplício). Uma versão diferente do crime (servir aos homens a ambrósia, alimento dos deuses) e da punição (ter uma enorme pedra suspensa sobre a cabeça) pode ler-se em Píndaro, *Olímpicas* 1.54–63.

(91) Sísifo, vítima da cólera de Júpiter por tê-lo denunciado como o raptor de Egina, filha de Asopo. Foi-lhe imposto, como castigo, fazer rolar eternamente um enorme rochedo pela subida de um monte. Todavia, mal atinge o cume, o rochedo volta para trás, mercê do seu próprio peso, e o trabalho tem de recomeçar.

(92) Enciumada com a relação extramatrimonial entre Júpiter e Leto/Latona — relação em que foram gerados Diana e Febo Apolo —, Juno instigou contra Leto/Latona o gigante Tício, inspirando-lhe o desejo de a violar. Mas Tício foi fulminado por Júpiter e lançado nos Infernos, onde duas serpentes (ou águias) devoravam o seu fígado, que renascia de acordo com as fases da Lua. Cf. *Odisseia* 11.576–581.

(93) Por ter tentado violar Juno, Ixíon foi amarrado a uma roda em chamas que girava sem cessar.

Erga e cubra, soberbo, o seu palácio de mármore e ouro([94]),
guardem o seu principesco limiar
coortes armadas, envie-lhe infindas riquezas
o mundo exaurido, implorem a sua cruenta destra
os súplices Partos([95]), ofereçam-lhe os seus reinos, os seus bens:
virá o dia e o tempo em que a alma culpada de Nero
pagará pelos seus crimes, em que a cerviz aos inimigos dará,
sozinho e destroçado e privado de tudo.
Oh, a que conduziram o meu esforço e os meus votos?
A que ponto te arrastou, aturdido, a tua loucura e o teu destino,
filho, que ante tão grandes males é forçada a recuar
a ira da mãe assassinada por ti?
Se ao menos, antes de te ter parido tão frágil,
e de te ter alimentado, as cruéis feras me tivessem dilacerado
as vísceras: sem nenhum crime, sem conhecimento, inocente,
terias morrido meu; preso a mim e agarrado a mim,
verias a sempre tranquila morada dos mortos,
os teus antepassados e o teu pai, homens de insigne nome,
mas para quem estão guardadas agora vergonha e dor eternas,
por tua causa, nefando, e por minha, que te gerei assim.
Porque tardo em ir esconder no Tártaro o meu rosto,
de madrasta, de mulher e de mãe desgraçada para todos os meus?

(Mais tarde, no mesmo dia. Em frente ao palácio imperial)

OCTÁVIA

Poupai as lágrimas neste dia festivo([96]),
e alegre, para a cidade,
para que tão grande amor e favor por mim
não suscitem a terrível ira do príncipe,

([94]) Alusão profética à opulenta *Domus Aurea* (o «Palácio Dourado») de Nero, cuja construção começou no ano 64, depois do incêndio de Roma.

([95]) Os Partos detinham um império na Ásia Menor e eram célebres por combaterem com arco e setas, a cavalo.

([96]) Octávia estará a dirigir-se às suas servas.

para que eu não seja para vós causa de infortúnios.
Não é esta a primeira ferida
infligida no meu peito: já as suportei mais graves;
há-de dar-me este dia o fim das minhas inquietações,
nem que seja pela morte;
não mais serei obrigada a olhar
para o rosto de um marido cruel,
nem a deitar-me no detestável tálamo
de uma fâmula.([97])
Serei irmã de Augusto, não mais sua mulher.
Mantenham-se longe os funestos castigos
e o medo da morte.
Miseranda, lembrada dos crimes desse homem abominável,
podes, delirante, esperar realmente isso?
De há muito guardada para essas núpcias,
como funesta vítima por fim tombarás.
Mas porque tantas vezes os pátrios Penates
fixas, transtornada, com o rosto banhado de lágrimas?
Apressa-te a guiar os teus passos para fora desta casa,
abandona o cruento palácio imperial.

CORO de cidadãos romanos

Despontou enfim o dia esperado,
tanta vez anunciado por rumores:
expulsa, Cláudia([98]) abandona
do detestável Nero o tálamo,
que já a vitoriosa Popeia ocupa,
enquanto a nossa piedade se encolhe, oprimida por um medo terrível,
e a nossa dor se revela inerte.
Onde está a força do povo romano,
que tantas vezes aniquilou terríveis adversários,
deu leis à invicta pátria,
outrora, aos cidadãos dignos os fasces,

([97]) Acte (cf. v. 105).

([98]) Cláudia Octávia.

decidiu a guerra e a paz,
ferozes povos domou,
no cárcere reis cativos encerrou?
Por toda a parte, ante os nossos olhos
refulge a odiosa imagem de Popeia
unida já a Nero.
Que uma mão violenta lance ao chão
essa imagem demasiado semelhante ao rosto da sua senhora,
arrebatemo-la a ela própria do alto tálamo,
ataquemos sem demora com funestas chamas e dardos
o palácio do fero príncipe.

DIA 3

(Manhã seguinte ao casamento de Popeia e Nero.
Aposentos de Popeia)

AMA de Popeia

Porque, trémula, deixas o tálamo do teu marido,
filha, que esconderijo procuras
com o rosto tão perturbado? Porque estão as tuas faces plenas de
[pranto?
Despontou por fim o dia tão implorado
pelas nossas preces e votos: ao teu César foste unida
pelos fachos nupciais, esse César que a tua beleza arrebatou
e que, vencido, a deusa devotadamente cultuada por ti te
[entregou,
Vénus, mãe do Amor, poderosa deusa.
Oh, como foste grandiosa quando te reclinaste
sobre o alto leito no palácio: contemplou atónito
a tua beleza o Senado, quando ofertavas incenso aos súperos
e, com gratidão, espargias vinho sobre os sacros altares,
com o rosto coberto por fino véu cor de fogo;
o príncipe, ao teu lado e unido a ti,
altivo entre os alegres votos dos cidadãos, avançava,
no porte e no rosto transparecendo-lhe
soberbo regozijo: semelhante a Peleu

quando recebeu Tétis(99), esposa saída do espumante oceano,
nessas núpcias a que, conta-se, assistiram com igual interesse
os deuses dos céus e todos os deuses dos mares.
Porque de súbito se te transtornou o rosto?
Que significa essa palidez, essas lágrimas, diz-me.

POPEIA

Ama, estou perplexa com a visão funestamente assustadora
que tive na noite passada, estou com o espírito transtornado,
privada dos meus sentidos. Quando o alegre dia
cedeu lugar às estrelas nocturnas e o dia à noite,
vencida entre os braços do meu Nero,
fui invadida pelo sono; mas não fruí por muito tempo
de um plácido repouso. Pareceu-me que uma hórrida turba
rodeava o meu tálamo: com os cabelos soltos,
as matronas romanas gemiam dolorosos prantos;
entre o constante e terrível estridor das trombetas,
a mãe(100) do meu marido, encolerizada, o olhar ameaçador,
brandia um facho salpicado de sangue.
Quando vou a segui-la, forçada pelo medo que me dominava,
abre-se para mim a terra, subitamente,
numa ingente fenda; precipito-me por ela,
e deparo e espanto-me com o meu leito nupcial,
onde vou cair exausta; acompanhados de grande chusma,
vejo vir ao meu encontro o meu primeiro marido
e o nosso filho(101); apressa-se a vir para os meus braços
Crispino, e tenta dar-me os beijos adiados:

(99) As bodas de Tétis e Peleu realizaram-se no Monte Pélion, e a elas assistiram os deuses e as Musas, que cantaram o epitalâmio. Dessa união, nasceu Aquiles. Tétis (*Thetis*), era uma das Nereides, filhas de Nereu, o Velho do Mar, e de Dóris.

(100) Agripina.

(101) Ambos se chamavam Rúfio Crispino. O ex-marido foi morto pouco depois da morte da própria Popeia, em 65. Também o filho não viveu além do principado de Nero.

eis que, a tremer, irrompe pela casa Nero,
que mergulha a espada cruel na sua garganta.([102])
Até que por fim um medo enorme me arranca ao sono;
um hórrido tremor agita-me a cara e os membros,
palpita-me o coração; o terror priva-me da fala,
que agora a tua lealdade e afeição me fazem reaver.
De que me ameaçam os manes infernais,
que significa ter visto o sangue do meu marido?

AMA de Popeia

Uma certa faculdade sagrada, ligeira e misteriosa, traz de volta ao
[espírito,
durante o sono, tudo quanto com empenhado vigor se agita
no nosso espírito. Admiras-te de ter visto
o teu marido, o tálamo, o leito,
enquanto o novo marido te abraçava? Transtornam-te neste dia
[alegre
os peitos dilacerados com as mãos e os cabelos desgrenhados das
[matronas?
Elas choravam o afastamento de Octávia,
entre os sacros Penates do irmão e o lar paterno.
Aquele facho que seguiste, diante de ti portado pela mão de
[Agripina,
vaticina-te um nome ilustre que a inveja
para ti há-de gerar, os lugares infernais
garantem-te uma união duradoura numa casa eterna.
Ter o teu príncipe mergulhado na garganta a espada
significa que não fará guerras, mas que o ferro permanecerá em paz.
Recupera o ânimo, recobra a alegria, suplico-te,
expulsa esse medo e volta para o tálamo.

([102]) O original não especifica de que garganta se trata (o mesmo no v. 752), nem, no v. 739, qual dos maridos. Assim, o significado do sonho, com a sua ambígua profecia, poderia ser que o assustado Nero mergulhava a espada na sua própria garganta, como, de resto, aconteceu no seu suicídio, no ano 68.

POPEIA

Decidi procurar os templos e os altares sagrados,
para aplacar com vítimas imoladas a vontade dos deuses,
para expiar as ameaças da noite e do sonho,
e este terror espantoso passar a visar antes os meus inimigos.
Tu, faz votos por mim e implora aos súperos com piedosas preces,
de modo que se conservem as actuais circunstâncias.

CORO de partidários de Popeia

Se é verdade o que a fama loquaz conta
dos amores furtivos de Júpiter
(que, dizem, um dia apertou o peito de Leda
contra o seu, coberto de penas de cisne,
e outra vez carregou no dorso através das ondas
a raptada Europa, como um violento touro),
novamente o deus há-de deixar os astros, que rege,
e procurar os teus braços, Popeia,
preferíveis certamente aos de Leda
e aos teus, Dánae, que, perplexa,
o viste um dia cair como chuva dourada.
Jacte-se Esparta da beleza de Helena
e enalteça o pastor frígio([103]) o seu prémio.
Popeia suplantará o encanto da Tindárida([104]),
causadora da hórrida guerra
que arrasou o império de Tróia.([105])
Mas quem se aproxima com passo ligeiro,
e que notícias trará no peito ofegante?

([103]) Páris, que, por ter decidido que Vénus era a deusa mais bela foi recompensado com Helena de Esparta. «Frígio», aqui o mesmo que «troiano».

([104]) Helena, filha de Júpiter e Leda. O seu pai «humano» era Tíndaro, daí o patronímico «Tindárida».

([105]) Helena era a mulher de Menelau, por quem os gregos combateram em Tróia, durante dez anos, depois ter ela ter sido raptada pelo troiano Páris. A guerra terminou com a derrota dos Troianos e a destruição da cidade. Cf. *Troianas*.

MENSAGEIRO

Todos os soldados desocupados nas imediações
corram a defender o palácio do príncipe, que a fúria popular ameaça.
Eis que os ansiosos prefeitos levam as coortes
para a defesa da cidade; porém, a revolta, nascida impetuosamente,
não cede, vencida, ao medo, antes vai ganhando novas forças.

CORO de partidários de Popeia

Que conturbada fúria é essa que transtorna os ânimos?

MENSAGEIRO

O vulgo é incitado pela lealdade a Octávia
e avança, fora de si, para crimes terríveis.

CORO de partidários de Popeia

Diz-nos o que ousaram fazer, e com que objectivo.

MENSAGEIRO

Preparam-se para restituir à filha de Cláudio
os seus Penates e o leito do execrável irmão, a parte do império que lhe é devida.

CORO de partidários de Popeia

O leito que Popeia já ocupa em concorde fidelidade?(106)

---

(106) O que confirma que, neste ponto, o casamento de Nero e Popeia Sabina já se realizara.

MENSAGEIRO

É precisamente por isso que, obstinada, a lealdade a Octávia inflama
[os ânimos
e os incita a precipitarem-se cegamente na loucura:
todas as efígies que, em claro mármore ou refulgente bronze,
representavam o rosto de Popeia,
jazem despedaçadas pelas mãos dos populares
e derrubadas pelo ferro cruel; arrastam as estátuas, que, com o
[recurso a cordas, reduzem
a pedaços, e cobrem-nas de excrementos repugnantes, calcando-as
durante muito tempo; juntam, a essas acções, terríveis palavras,
que o meu temor não se atreve a reproduzir.
Preparam-se para rodear de chamas o palácio do príncipe,
se ele não entregar à ira do povo a nova mulher
e, dando-se por vencido, restituir à filha de Cláudio os seus Penates.
Mas quero que Nero saiba por mim do movimento popular,
por isso não adio por mais tempo executar as ordens do prefeito.

(Sai o Mensageiro)

CORO de partidários de Popeia

Porque ferozes guerras em vão provocais?
Possui invencíveis dardos Cupido:
os vossos ardores há-de domar com as mesmas chamas
com que tantas vezes extinguiu os raios de Júpiter
e do céu o arrastou, cativo do amor.
Se o ofendeis, haveis de suportar graves castigos
com o vosso próprio sangue.
Não controla a ira, quando se irrita,
nem é fácil de dominar:
ele obrigou o fero Aquiles
a dedilhar a lira,
vergou os Dánaos, vergou o Atrida(107),

(107) Patronímico que pode designar quer Menelau, quer Agamémnon, os filhos de Atreu. No caso, designa Agamémnon. Durante uma expedição dos

subverteu o reino de Príamo([108]),
arrasou cidades ilustres.
E o espírito horroriza-se com o que poderá intentar agora
a força violenta desse deus inflexível.

(Aposentos de Nero)

NERO

Oh, como é lenta a acção dos meus soldados,
e como é paciente a minha ira depois de tão grande sacrilégio;
o sangue popular não apagou ainda os fachos acesos
contra mim, com o sangue dos cidadãos não está ainda ensopada
a funérea Roma, que tais homens gerou!
Mas é já insuficiente a morte para punir o que fizeram,
merece mais o ímpio crime da plebe.
Quanto a essa mulher, que contra mim lançou a loucura do
[povo,
mulher e irmã desde sempre suspeita,
sacrifique enfim ao meu ressentimento
a sua vida, extinga a minha ira com o seu sangue;
em breve as casas de Roma hão-de desmoronar-se por acção das
[minhas chamas.([109])

---

gregos contra a cidade de Tebas da Mísia, Criseida, filha de Crises, sacerdote de Febo Apolo na cidade de Crisa, na Tróade, foi capturada e dada a Agamémnon como parte do saque. O pai da jovem reclamou junto do rei a sua restituição, mas este recusou o pedido. Crises suplicou, então, a Febo Apolo que mandasse aos gregos uma peste que os forçasse a anular essa decisão. O deus assim fez. Os gregos obrigaram Agamémnon a restituir Criseida, mas o rei, em troca, exigiu Briseida, causando, assim, um conflito entre os dois reis, a célebre cólera de Aquiles e a sua recusa em combater, período em que se distraía «a dedilhar a lira». A sua ausência do campo de batalha «vergou», pois, os «dánaos» (isto é, os «gregos»), e o próprio Agamémnon, que, a dada altura, se viu na necessidade de devolver, a Aquiles, Briseida.

([108]) Nova alusão ao desfecho da Guerra de Tróia.

([109]) O autor alude ao Grande Fogo do ano 64, que devastou grande parte de Roma. Os detractores de Nero, antigos, mas não só, atribuíam-lhe a autoria do incêndio.

Que o fogo e a ruína esmaguem esse povo culpado,
e a indigência, a cruel e dolorosa fome.
Exulta, desmedida, essa plebe corrompida pela abundância
do meu século, e ingrata, não é capaz
de merecer a minha clemência e de fruir da paz,
mas, volátil, ora é arrebatada pela audácia,
ora pela temeridade é arrastada para o abismo:
tem de ser domada à força de desgraças e esmagada pelo sempre
[pesado jugo,
para que não ouse nada de semelhante,
nem levante os olhos para o rosto sagrado
da minha mulher; vergada por castigos e pelo terror,
há-de aprender a obedecer ao aceno do seu príncipe.
Mas vejo aproximar-se o homem cuja rara dedicação
e lealdade lhe valeram o comando da minha guarda.

PREFEITO

Venho anunciar-te que a fúria do povo foi contida
pela morte de uns quantos que mais tempo insensatamente
[resistiram.

NERO

E é isso o suficiente? Que soldado és tu que assim escutas o teu
[chefe?
* * * * *
Contida? É essa a vingança que me é devida?

PREFEITO

Os ímpios cabecilhas do movimento tombaram pelo ferro.

NERO

E essa multidão que ousou pegar fogo
aos meus Penates, ao seu príncipe ditar leis,

arrebatar-me do tálamo a minha querida mulher[110]
e ultrajá-la quanto lhe foi possível com mão indecente
e voz detestável, não há-de receber o merecido castigo?

PREFEITO

Irá a tua dor decretar castigos contra os teus concidadãos?

NERO

Decretá-los-á, e tais que época alguma os há-de esquecer.

PREFEITO

Seja a tua ira a governar-me, não o meu receio.

NERO

Há-de aplacar a minha ira aquela que primeiro a mereceu.

PREFEITO

Diz-me quem a tua ira reclama, para que a minha mão não a poupe.

NERO

Reclama a morte e a execrável cabeça da minha irmã.

PREFEITO

Tolhido pelo horror, um calafrio paralisa-me.

NERO

Hesitas em obedecer?

---

(110) Popeia.

PREFEITO

Porque pões em causa a minha lealdade?

NERO

Porque poupas um inimigo.

PREFEITO

Uma mulher pode receber esse nome?

NERO

Se for culpada.

PREFEITO

Acaso há quem possa demonstrar que ela é culpada?

NERO

A fúria do povo.

PREFEITO

Quem consegue ter mão na sua loucura?

NERO

Quem pôde instigá-la.

PREFEITO

Não creio que o tenha feito alguma mulher…

NERO

A quem a Natureza dotou de um espírito propenso ao mal,
e a quem encheu o coração de insídias para urdir o mal.

PREFEITO

Mas negou-lhe a força.

NERO

Para que não fosse invencível
e pudessem subjugar as suas débeis forças
o medo ou o castigo, castigo esse que já tarda a esmagar
essa criminosa há muito condenada. Deixa-te de conselhos e preces,
e executa as minhas ordens: fá-la entrar numa nau
de partida para um litoral longínquo, e manda-a lá matar,
para que finalmente se dissipe a ira que me intumesce o peito.

(Em frente ao palácio imperial)

CORO de cidadãos romanos

Ó para muitos funesto e ominoso,
o favor do povo
é como um sopro propício que insufla
as velas da nau e a leva a fazer-se ao largo;
depois, enfraquecido,
abandona-o no mar alto e cruel.
A miseranda mãe dos Gracos([111]) chorou-os,

([111]) Aos dois filhos de Cornélia, Tibério Semprónio Graco e Gaio Semprónio Graco — em conflito permanente com a nobreza a que pertenciam — se deve a célebre reforma agrária (em que Tibério Graco teve maior relevo). Tibério Graco, e muitos dos seus apoiantes políticos, foi assassinado no Capitólio, em 133 a. C. Quanto ao irmão, Gaio Graco, em 122 a. C., propôs oferecer a cidadania romana aos aliados itálicos. A sua lei não foi aprovada, porém, devido, em parte, à oposição de Gaio Fânio. Em 121, Gaio Graco arriscou uma sublevação,

quando os perdeu o ingente amor
e o excessivo apoio da plebe,
de origem ilustre, notáveis em piedade, lealdade,
eloquência, corajosos,
nas leis severos.
Também a ti, Lívio([112]), a Fortuna entregou
a morte semelhante, o qual nem os fasces
nem o tecto da sua casa
protegeram — o sofrimento do dia de hoje
impede-me de referir mais exemplos:
ainda não há muito os cidadãos quiseram restituir a Octávia
o paterno palácio e o leito do irmão,
agora podem vê-la, chorosa e desolada,
a ser arrastada para o castigo e para a morte.
Feliz a pobreza
que sob humilde tecto se esconde:
as casas altas, quantas vezes as fustigam as procelas
ou as arrasa a Fortuna.

(Entra Octávia, rodeada de soldados da guarda pretoriana)

OCTÁVIA

Para onde me arrastais, que exílio me ordena
o tirano, ou a sua imperatriz?
Acaso me concede a vida, por fim condoída
e impressionada pela prodigalidade dos meus males?([113])

---

suprimida pelo uso de um *senatus consultum ultimum*. Gaio Graco e muitos dos seus seguidores políticos foram mortos de imediato, outros, executados depois de presos.

([112]) Marco Lívio Druso, tribuno em 91 a. C., alinhou-se politicamente com os Gracos. Pretendeu resolver todos os maiores problemas de Roma (propôs *e.g.* a constituição de colónias e a distribuição de terras para ajudar os mais pobres, e, ainda, a concessão da cidadania romana a todos os aliados itálicos). Muitas das medidas que propôs e pretendia aplicar ganharam-lhe inimizades, o que talvez explique o facto de ter sido assassinado.

([113]) Sentido claramente irónico: o exílio visto como uma generosa concessão.

Mas se com a minha morte se prepara para completar
os meus infortúnios, porquê ainda recusar-me, cruel,
a possibilidade de morrer na pátria?
Mas já não tenho qualquer esperança de salvação:
já vejo, desgraçada, a nau do meu irmão.([114])
Nesse barco já a sua mãe foi passageira
certo dia, hoje é a minha vez,
desgraçada irmã expulsa do tálamo.
A Piedade já não tem qualquer poder,
nem existem deuses:
reina no mundo uma sinistra Erínis.
Quem dignamente pode chorar os meus males?
Que rouxinol poderá emitir um pranto condigno
das minhas lágrimas?([115])
Oxalá as suas asas pudessem pelo destino
ser dadas à infeliz que eu sou!
Fugiria aos meus lutos, transportada em leve asa,
para longe do convívio pernicioso,
da fúria assassina dos homens:
sozinha, numa floresta deserta,
pendendo de frágil ramo,
poderia com plangente som
emitir triste murmúrio.

CORO de cidadãos romanos

É regido pelo destino o género mortal,
e ninguém pode a si mesmo prometer
nada de firme e estável,
através das sortes variadas que revolve
cada dia, por nós sempre temido.
O teu ânimo fortaleçam os muitos exemplos
dos males que a tua família já suportou:

([114]) A nau letal de Nero, a qual o imperador mandara armadilhar para ruína de Agripina.

([115]) Nova alusão a Filomela. Cf. v. 8.

em que é mais cruel contigo a Fortuna?
Tu és a primeira que devo lembrar,
mãe de tantos filhos([116]), filha de Agripa,
nora de Tibério Augusto, mulher de Germânico César,
cujo nome ilustre
refulgiu por todo o orbe,
tantas vezes carregaste, no ventre pesado,
penhores de paz,
logo tiveste de suportar o exílio, açoites,
cruéis cadeias, funerais, lutos,
por fim a morte depois de longo sofrimento.
Feliz no casamento e nos filhos que teve de Druso,
Lívia([117]) num cruel crime
se precipitou e no respectivo castigo.
Júlia sofreu destino semelhante ao da sua mãe:
ao fim de muito tempo, pelo ferro
pereceu, embora inocente.([118])
O que não era outrora permitido à tua mãe,
que governou o palácio imperial,
fortalecida pelo papel de esposa e de mãe?
Subjugada por um dos seus vassalos,
matou-a a espada de um feroz soldado.([119])
E a influente mãe de Nero, a quem foi dada

([116]) Agripina Maior, filha de Agripa, e Júlia (filha de Augusto), mulher de Germânico (filho adoptivo do imperador Tibério, aqui designado pelo seu título «Augusto») e mãe de nove filhos, incluindo Gaio (Calígula) e Agripina (Menor), a ambiciosa mãe de Nero. Porque se desentendeu com Tibério depois da morte do marido, Agripina Maior foi exilada na ilha da Pandatária (tal como Octávia), onde morreu de inanição.

([117]) Lívia Júlia, amiúde chamada Livila, casou com o filho de Tibério, Druso, e dele teve filhos. Tornou-se amante de Sejano, o maquinador Prefeito do Pretório de Tibério, e, no ano 31, com a queda de Sejano, foi executada sob a acusação de ter envenenado Druso oito anos antes.

([118]) Filha de Livila e Druso, executada no principado de Cláudio.

([119]) Alusão a Messalina, mulher de Cláudio e mãe de Octávia e Britânico, forçada a cometer suicídio, por ordem do liberto Narciso, depois do seu ultrajante «casamento» público. Cf. vv. 258–269.

a esperança de reinar no próprio céu?([120])
Atingida primeiro pela mão funesta
de um remador,
não sucumbiu depois, ferida pela espada,
vítima do seu filho cruel?

OCTÁVIA

Eis que também a mim para o triste mundo das sombras
e dos manes me manda o feroz tirano...
Miseranda, porque me demoro em vão?
Conduzi-me à morte, vós a quem a Fortuna
concedeu tal direito contra mim.
Tomo os deuses por testemunhas — que fazes, insana?
Poupa-te de implorar a vontade dos numes,
para quem és odiosa: tomo antes por testemunhas o Tártaro
e as deusas do Érebo([121]), vingadoras dos crimes([122]),
e a ti, pai,
digno da morte e do castigo que tiveste:
não é para mim odiosa esta morte.
Preparai a nau, dai as velas às ondas
e ao vento, procure o timoneiro
o litoral da terra Pandatária([123]).

(Sai Octávia, sempre acompanhada dos pretorianos)

CORO de cidadãos romanos

Suaves brisas e ligeiros zéfiros
que outrora, coberta por etérea nuvem,

([120]) Isto é, oficial deificação depois da morte, tal como a anteriormente concedida a Lívia, a mulher de Augusto.

([121]) Metonímia para reino dos Infernos.

([122]) As Erínias/Fúrias. Cf. v. 23.

([123]) Pequena ilha no Mar Tirreno (actual Ventotene), local do exílio de Júlia, filha de Augusto, e, agora, também o de Octávia, até ser assassinada.

levastes Ifigénia(124), roubada aos altares
da virgem feroz,
afastai também Octávia do funesto castigo,
suplico-vos, levai-a ao templo da Trívia(125).
Mais dócil do que a nossa pátria é Áulis,
e a bárbara terra dos Tauros:
aí(126) propicia-se com sangue estrangeiro
a vontade dos súperos;
já Roma, regozija-se com o sangue dos seus próprios cidadãos.

---

(124) Porque Agamémnon tinha provocado a cólera de Diana, a armada grega, pronta a partir para Tróia, foi retida em Áulis por uma prolongada calmaria. Consultou-se o adivinho Calcas, que disse que a fúria da deusa só poderia ser aplacada se Agamémnon consentisse em sacrificar-lhe a filha Ifigénia, que então se encontrava com a mãe em Micenas. Agamémnon mandou vir a filha, sob pretexto de a casar com Aquiles, e ordenou a Calcas que a oferecesse em sacrifício no altar da deusa. No derradeiro momento, contudo, Diana teve compaixão da jovem e colocou em seu lugar, como vítima, uma corça. Quanto a Ifigénia, levou-a para a Táurica (na península da actual Crimeia), onde fez dela sua sacerdotisa.

(125) Trívia era outro nome de Hécate/Diana e uma tradução do grego *Trioditis*, «(deusa) dos três caminhos», isto é, das encruzilhadas. De resto, a deusa era frequentemente representada na arte pictórica com três cabeças ou três corpos. Estava presente nas três regiões do mundo mitológico: nos céus, como a Lua ou Febe; na terra, como Diana caçadora; no mundo infernal, como Prosérpina, mulher de Plutão. Na época de Séneca, era já associada à magia.

(126) Na Táurica, onde os estrangeiros eram sacrificados (cf. Eurípides, *Ifigénia Táurica*). Áulis era «mais dócil», porque, aí, Ifigénia fora substituída, enquanto vítima sacrificial, por uma corça.

Índice

Impresso por:

Docuprint

CNPJ 01.036.332/0001-99